上海文化
與現代派文學

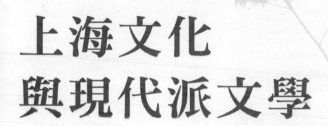

李洪華　著

探究現代派文學的文化語境與文化精神

——李洪華《上海文化與現代派文學》序

楊劍龍

　　自 20 世紀 80 年代新批評理論與方法的引進，從形式批評的角度細讀文本成為一種傾向，改變了以往僅僅關注作家、時代、思想等外部研究的格局，學術研究開始關注意象、隱喻、象徵、文體、敘事等文學內部研究。90 年代以來，受到西方文化理論與批評的影響，文學研究又拓展至文化研究，使文學研究有了更加開闊的視閾。李洪華的《上海文化與現代派文學》可以說是承續了 90 年代文化研究的思路，卻形成了其更為細致深入的研究風格。

　　中國現代文學在其誕生與發展過程中，現代派文學的萌生與發展成為中國文學逐漸成熟走向世界的標志，新感覺派、現代詩派、九葉派等幾乎成為中國現代文學研究的焦點。以往對於中國現代派文學的研究中，往往傾向於從藝術形式、藝術技巧等方面展開研究，較少從文化的觀點，尤其較少從上海文化的觀點展開研究，李洪華在對中國現代派文學的發生與發展的研究中，立足於將中國現代派文學置於都市上海的歷史背景中，置於上海文化的歷史語境中展開研究，形成其論文的獨特視角與研究方法，在宏觀與微觀相結

合的研究中，拓展與深化了對於中國現代派文學的研究，使該著成為一部有重要價值的學術著作。

倘若觀照《上海文化與現代派文學》一著的特點，我想大致有如下幾方面：開闊的學術視閾，細緻的學術梳理，深入的學術探究。

洪華在以文化研究與文學研究構成該著的基本思路後，以十分開闊的學術視閾結構篇章，既從現代都市的文化語境的形成、現代都市的生活空間與文化表徵、現代報刊的繁榮與文學商業空間的營造，分析上海現代都市文化語境的形成與表徵；又從不同歷史時期梳理域外現代派文學的譯介，研究現代派雜誌與上海文化精神，分別從都市文化語境、半殖民地文化語境、政治文化語境中分析現代派群體的文化身份。該著還特別從左翼文化角度研究現代派作家的文學選擇，不僅研究了象徵派詩歌創作的轉變，而且分析了「第三種人」的文學主張，研究了徐訏的文學選擇，顯示出該著的獨闢蹊徑。著者還從都市想像的角度分別研究了新感覺派、現代詩派、九葉派、徐訏、張愛玲，在不同時期的社會文化背景中展開頗為深入的研究。著者還從東西方文化交融的視角觀照上海文化語境中的現代派文學，不僅看到了中國現代派文學所受到西方文化與文學的影響，而且注意到了中國現代派文學具有中國傳統文化文學某些方面的傳承，使其對於中國現代派的研究顯得別開生面。

學術研究必須有論從史出的原則，應該在諸多史料的梳理研究中得出觀點，而非主觀地以想當然的觀點去搜集資料，因此對於過程的梳理往往比輕易地得出某些並不嚴謹的結論更為實在更為重要。洪華在該著中注重史料的梳理、注重過程的細緻梳理，得出了一些紮實嚴謹的結論。在對於中國現代派文學的研究中，該著第一次細緻地梳理了域外現代派文學的譯介，從晚清至「五四」、20年代後期至30年代、抗戰爆發至40年代，細緻地梳理了域外現代派

文學的譯介過程，從尼采、叔本華、佛洛德、柏格森等作品的翻譯，到對象徵主義、表現主義和未來主義等西方現代主義文學思潮的譯介，到對艾略特、裏爾克和奧登等現代派作家的詩歌作品和詩學思想的翻譯，在細緻的梳理中得出中國現代派文學在域外現代派影響下成長的事實。在對於上海的現代派雜誌的研究中，著者分別梳理了《瓔珞》、《無軌列車》、《新文藝》先鋒的藝術追求與開放的文化視野，研究了《現代》雜誌商業化的運作與現代性的追求，並分析了《新詩》創作、理論與編排上的開拓創新。著者在大量的史料的搜集研讀中，進行細致的梳理分析，以嚴謹踏實的姿態使研究具有相當的廣度與深度。

學術研究是建築在前人已有研究成果的基礎上，但是又應該尋找新的視角、新的方法，才能不重複別人的研究，有自己獨到的見解。該著以文化研究與文學研究相結合，力圖在宏觀與微觀結合中，對於問題作一些深入的探究，從而得出其獨到的見解。著者在研究現代派群體的文化身份表徵時指出：「在 1930 年代上海的都市文化語境中，劉吶鷗、穆時英、施蟄存、戴望舒等正是用他們的先鋒『話語實踐』，創造出了中國真正的現代派文學和都市文學，彰顯出他們文化身份的都市性和先鋒性色彩。」並認為：「在抗戰以前，施蟄存、杜衡、戴望舒、穆時英等人在上海沒有固定的職業，他們只有主動地融入商業性的文化市場，靠編雜誌和賣文為生，因而，在他們的文化身份中不可避免地注入了上海文化的商業性特徵。」切中肯綮地道出了他們獨特的文化表徵。在研究象徵派對左翼文化的回應時，著者指出：他們「在 20、30 年代上海的政治文化環境中，作出了不同的選擇，……從象徵主義的『象牙塔』走向了普羅運動的『十字街頭』，用詩歌構建了一個鮮明的政治文化語境中的上海意象：穆木天筆下的上海是『煌煌的火城』，馮乃超詩中

的上海『簡直一個戰場』，王獨清眼中的上海『到處還是這樣被陳廢，頹敗占據』」。這些觀點都在對於歷史語境與詩人創作的深入分析中得出，深入而深刻。在該著深入的探究中，有諸多諸如此類新穎紮實的觀點。

洪華於 2005 年跟隨我攻讀中國現當代文學專業博士學位，原先他興趣在海外華文文學研究，根據其原先的知識積累與學術興趣，我為他選定了該論題，並且要求其將論題放在上海都市文化的語境中展開研究，尤其讓他梳理域外現代派文學的譯介過程。雖然，在他的論題研究過程中，我們常常進行一些討論，我也常常對他的論文提出一些比較高的要求，但是論文成功的主要原由在於其認真踏實的學術態度。洪華是一個十分勤勉的學者，他以孜孜不倦的精神從事該論題的研究，以精益求精的姿態進行該論題的研究。2007 年底，他將論文的初稿交給我，我在閱讀過程中就有著一種欣喜，雖然我還對他的論文提出了一些修改意見，但是我知道該論文已達到了可以出版的水平。論文答辯時，我邀請了范伯群、周斌、王兆勝、湯哲聲、王光東教授，他們都給予了很高的評價。而今，洪華的博士論文即將出版，特寫此序表示祝賀，並期望洪華以此為基點，今後在學術上作出更大的成就。

楊劍龍

2008 年 7 月 2 日

於瞻雨樓

目次

導言

　　近年來，隨著我國城市現代化進程的加快，都市文化和都市文學日益發展繁興，對都市文化和都市文學的研究也漸成顯學。上海作為中國最早現代意義上的世界性大都市，代表了中國城市發展的水平，「提供了用以說明中國已經發生和即將發生的事物的鑰匙」[1]。上海的近現代史實質上是中國社會現代化進程的一個縮影。對上海這樣一個具有代表性的都市進行文學和文化的研究，不僅具有地區性意義，甚至具有全國性乃至世界性的意義。

一、「海派文化」概念的歷史回顧

　　「上海文化」是近年來學界尤其是滬上學者在「海派文化」的基礎上提出的一個更具包容性的概念。因此在討論「上海文化」之前，我們有必要對「海派文化」作一個簡單的回顧。一般來說，海派生發於清末民初上海的繪畫和戲劇，經 20 世紀 30 年代著名的「京海之爭」而獲得各方關注，至 1949 年新中國成立後銷聲於社會主義文藝新方向的確立。

　　「海派」是一個歷史的文化的概念，在不同的歷史時期，人們對它有著不同的體認。它既不是一個嚴格意義上的流派，也超出了

---

[1]　羅茲・墨菲：《上海——現代中國的鑰匙》，上海人民出版社，1986 年版，第 5 頁。

單一的上海地域範疇，具有不確定性。「海派」一開始便被染上了
貶抑的色彩，最初北方統稱上海畫派為海派，而在上海，人們則稱
錢慧安、吳友如等擅長洋場人物風習者為海派。20 年代，周作人站
在傳統文化的立場指責海派「以財色為中心」，「充滿著飽滿頹廢
的空氣」，是「買辦流氓與妓女的文化，壓根兒沒有一點理性與風
格」[2]。30 年代，沈從文則以京派的立場挑起了著名的「京海之
爭」，進一步提高了海派的「知名度」。他把「在上海寄居於書
店、報館、官辦雜誌」，染上「玩票」、「白相」的脾氣，對文學
創作缺乏認真態度的一類人劃歸為海派，並把海派文化的性質界定
為「『名士才情』與『商業競賣』」[3]。儘管沈從文的主要目的是要
批評一部分上海文人「道德上與文化上」的惡風氣，而無意指稱或
命名一個文學流派，聲明不是上海的所有作家都是「海派」，他明
確指出生活在上海的杜衡、茅盾、葉聖陶和魯迅等不在「海派作
家」之列[4]，但是他的那些關於「海派」的言論仍然激怒了當時上海
的許多作家。杜衡在《現代》雜誌上撰寫了〈文人在上海〉予以反
駁。他先羅列了「新文學界」對「海派文人」的惡意，「大概地
講，是有著愛錢，商業化，以至於作品的低劣，人格的卑下這種意
味」，然後從生存、消費和生產等角度分析了商業文化對文人生存
影響的必然和傳統道德失落的無奈，「上海社會的支援生活的困難
自然不得不影響到文人，於是在上海的文人，也像其他各種人一
樣，要錢」，「這結果自然是多產，迅速的著書，一完稿便急於送
出，沒有閒暇在抽斗裏橫一遍豎一遍的修改。這種不幸的情形誠然
是有，但我不覺得這是可恥的事情」，「機械文化的迅速傳播是不

---

[2]　周作人：〈上海氣〉，《談龍集》，岳麓書社，1989 年版，第 90 頁。
[3]　沈從文：〈文學者的態度〉，《大公報・文藝》，1933 年 10 月。
[4]　沈從文：〈論「海派」〉，《大公報・文藝》，1934 年 1 月 10 日。

久就會把這種氣息帶到最討厭它的人們所居留的地方去的」[5]。曹聚仁則從京、海文化在藝術形態上的「異」和生存本質上的「同」出發，指出「京派如大家閨秀」，「不妨說是古典的」，「海派則如摩登女郎」，「不妨說是浪漫的」，各有長短，但二者在依靠他人求生存上「無以異也」[6]。魯迅有著「由京入海」的經歷，他以置身事外的立場，一針見血地指出「所謂『京派』與『海派』，本不指作者的本籍而言，所指的乃是一群人所聚的地域」，「文人之在京者近官，沒海者近商」，「『京派』是官的幫閒，『海派』則是商的幫閒。但從官得食者其情狀隱，對外尚能傲然，從商得食者其情狀顯，到處難於掩飾，於是忘其所以者，遂據以有清濁之分。而官之鄙商，固亦中國舊習，就更使『海派』在『京派』眼中跌落了」[7]。魯迅的這些分析是比較切近問題實質的，也歷來被人們所徵引。雖然這場「京海之爭」多少有些意氣用事，但雙方還是從文學與社會文化、政治、經濟等角度進行了深入的論析，指出了海派文學與現代都市商業文化之間的互動關聯。儘管人們對「海派」的指認歷來不一，但對於它在地域上聚集上海，在形式上融合中西，在方法上追新求異，在性質上重商近利等基本特徵一般是具有共識的。

二、「海派文化」的正名與「上海文化」的提出

20世紀80年代中期以來，隨著改革開放的深入，為了配合上海經濟中心地位的確立和對文化中心的訴求，重振「海派文化」的呼聲高漲，為了遮罩此前在不同歷史語境中人們對「海派文化」生成的一些不良印象，學界紛紛為「海派文化」正名，重新界定海派的

[5] 杜衡：〈文人在上海〉，《現代》，1933年12月。
[6] 曹聚仁：〈海派〉，《曹聚仁雜文集》，三聯書店，1994年版，第476頁。
[7] 魯迅：〈「京派」與「海派」〉，《申報·自由談》，1934年2月3日。

內涵與外延，誠如李天綱所言，「『海派』原是城鄉對立時期產生帶有強烈倫理偏見的名詞，事實上應該摒棄」[8]。也有不少學者另外提出了「上海文化」的概念，並對其歷史淵源和性質特徵進行學理層面的梳理和詮釋。

賈植芳在《海派文化長廊‧小說卷總序》中從時間與空間、內涵與外延上對海派文化進行了新的界說，他認為「海派文化是指本世紀初以來以上海地區為代表的文化審美現象，它是在中西文化衝突和融合中，在傳統文化藝術與現代都市的經濟文化相結合的過程中，在文學、繪畫、音樂、戲曲、建築、時尚以及各類文化生活藝術等領域中相繼產生的一種綜合性文化形態」[9]。陳思和在〈論海派文學的傳統〉中探討了海派文學（文化）的兩種傳統，一種是以繁華與靡爛同體的文化模式描述出極為複雜的都市文化的現代性圖像，稱其為突出現代性的傳統；另一種是以左翼文化立場揭示出現代都市文化的階級分野及其人道主義的批判，稱其為突出批判性的傳統[10]。吳福輝在《都市漩流中的海派小說》中把海派文化的性質認定為現代都市文化，並對它的現代質和傳統性進行了歸納。他認為海派文化的現代質是：第一，它最多地「轉運」新的外來文化。第二，它迎合讀書市場，是現代商業文化的產物。第三，它是站在現代都市工業文明的立場上來看待中國的現實生活和文化的。第四，它是新文學，而非充滿遺老遺少氣味的舊文學。除了第四點是針對文學的（當然文學是文化的重要部分，其實在這裏「新文學」完全可以用「新文化」來替代），其他三點則完全是從文化的角度出發的。在規約了海派文化的「現代質」同時，吳福輝又進一步指出，

8　李天綱：〈海派文化和都市文化〉，《文化上海》，上海教育出版社，1998
　　年9月，第348頁。
9　賈植芳：《海派文化長廊‧小說卷》，學林出版社，1997年版，第2頁。
10　陳思和：〈論海派文學的傳統〉，《杭州師範學院學報》，2002年第1期。

「海派文化的基質是吳越文化」,它承襲了吳越文化的「農商傳統」、「叛逆性和相容性」、「散逸、精巧的享用性」。吳福輝得出的結論是:「海派文化正是中國文化內部和外部兩重意義上的雜交文化」,在中國,作為一種地域文化,「很可能只有海派的地方性較少地區文化的局限,而更指向內地,指向未來」,「具備了任何一種多元文化都能擁有的巨大包容特徵」[11]。陳伯海在《上海文化通史・引言》中,從區域文化的角度闡釋了上海文化的概念,又從學術研究的角度提出了超越區域層面的意義。他認為,上海文化是上海人特有的精神生活的表徵,以其豐富多彩的姿容,展現著這一新興都市生態環境裏人們複雜的心理感受與行為方式。它從一個側面勾畫出中國在東西方世界碰撞與交匯下走向現代化變革的歷史軌跡,預示著它的文明發展的前景。因此我們必須超越區域文化的眼界和急功近利的心態,給予上海文化研究以更深一層的關注[12]。許道明把「上海文化」作為「海派文化」的延伸和替代,並在此基礎上展開了海派文學的辨正和論析。他認為,上海文化是「一個綜合體」,包括上海的「精神文化、觀念文化和藝術文化,以及上海人的生存狀態、生活方式、價值準則」,具有反叛性、競爭性、雜陳性和實利性。海派文學「以上海文化為依託」,「從基本性狀上可以從上海文化精神中尋得大部的一致性」[13]。以上學者大多是從為「海派文化」正名的角度,重新界定「海派文化」或「上海文化」的內涵與外延,並對其歷史淵源和性質特徵進行學理層面的梳理和詮釋,其本質上是把海派文化基本等同於上海文化。此外,關於二者之間的關係還有兩種認識,一是認為海派文化小於上海文化,如

---

[11] 吳福輝:《都市漩流中的海派小說》,湖南教育出版社,1995 年 8 月,第 3—18 頁。

[12] 陳伯海:《上海文化通史》,上海文藝出版社,2001 年 11 月,第 2—3 頁。

[13] 許道明:《海派文學論》,復旦大學出版社,1999 年 3 月,第 39—56 頁。

劉學照、袁進、丁鳳麟等認為,海派文化是上海文化的一個部分,「上海文化既包括海派文化,也包括非海派文化」。二是認為海派文化大於上海文化。如沈渭濱、馬長林等認為,海派文化的外延要比上海文化大,輻射面要大。海派文化仍在繼續發展,其形成過程有階段性,在不同階段有不同特徵,現在的城市裏到處都有海派文化的沉澱和影響[14]。

三、上海文化與現代派文學

在中國現代文學史上,「現代派」(modernists)文學通常指的是「現代主義」(modernism)文學。「五四」時期魯迅、郭沫若、茅盾、田漢等人曾把它稱為新浪漫主義。五十年代,茅盾在《夜讀偶記》中指出,「『新浪漫主義』這個術語,二十年代後不見有人用它了,但實質上,它的陰魂是不散的。現在我們總稱為『現代派』的半打多的主義,就是這個東西」[15]。八十年代,施蟄存在〈關於「現代派」一席談〉中也認為,「『現代派』並非新鮮貨,在中國早在五十年前就有人已介紹過,運用過」,「現代主義這個名詞的涵義很多,它不可能只有一個『派』。外國人也有用 The Modernists 或 The Modernism 這個名詞的,我以為應當譯作現代主義者,而不應當譯作現代派」[16]。一般來說,現代派文學(或現代主義文學)是對產生於 19 世紀末 20 世紀初西方各種反傳統的非理性文學思潮的總稱。它是在浪漫主義之後的一次文藝思潮運動,共同的特點是對古典主義理性傳統的反叛,它包括象徵主義、表現主義、

---

[14] 張劍、陸文雪:〈「上海文化・都市文化・海派文化學術研討會」綜述〉,《學術月刊》1998 年第 8 期。

[15] 茅盾:《夜讀偶記》,百花文藝出版社,1979 年 5 月版,第 3 頁。

[16] 施蟄存:〈關於「現代派」一席談〉,《文匯報》,1983 年 10 月 18 日。

唯美主義、意象派、心理主義、新感覺主義、未來主義、荒誕派、存在主義、黑色幽默派、魔幻主義等各種文學思潮。西方現代主義文學產生的背景是高度發達的城市工業文明和兩次世界大戰所造成的精神危機，其產生的理論基礎是西方長期以來的非理性主義和個人主義的思想傳統，主要包括康德的唯美主義、佛洛伊德的精神分析學說、叔本華的悲觀主義、尼采超人哲學以及柏格森的生命哲學等。

都市是現代派文學產生的搖籃，在某種意義上，沒有巴黎、都柏林、布拉格，就沒有波特賴爾、喬伊斯和卡夫卡。在中國沒有上海，也就沒有現代派文學。中國的現代派文學是在借鑒和吸收西方現代派文學的基礎上，再結合本國的實際而產生的，最初是對西方現代主義文化思潮的引進，然後才是對其創作方法和藝術形式的借鑒與吸收。中國真正意義上的現代派文學發端於 20 年代以李金髮為代表的象徵詩派，發展於 30 年代以戴望舒為代表的現代派詩歌和以穆時英為代表的新感覺派小說，成熟並嬗變於 40 年代張愛玲、徐訏等人的新海派小說和杭約赫、辛笛等人的「九葉派」詩歌，50 年代以後由於意識形態和主流文化的壓抑與排擠，經歷了漫長的潛伏期，80 年代興起的朦朧詩和徐星、陳村等人的現代派小說以及高行健、沙葉新、馬中駿等人的實驗戲劇是其進一步的恢復和探索期。縱觀中國現代派文學發展的曲折歷程，幾乎都離不開上海，都與上海都市文化有著複雜而微妙的互動關聯，呈現出異彩紛呈的特色和魅力，為上海文化與現代派文學研究提供了豐富的資源和潛力。

80 年代中期，現代派文學與都市文化在沉寂了很長一段時間之後開始進入了研究者的視野，並至 90 年代以後逐漸成為研究的熱點。嚴家炎的《新感覺派小說選·前言》[17]和《中國現代小說流派

---

[17] 嚴家炎選編：《新感覺派小說選》，人民文學出版社，1985 年 5 月。

史》[18]首次確立了新感覺派作為中國現代文學史上第一個獨立的現代主義小說流派的位置，把新感覺派和現代主義、都市文學聯繫在一起，歸納了新感覺派的特點：快節奏地表現都市生活，不懈地追求主觀印象和文體創新，探索潛意識和無意識，以及在中國首創心理分析小說。吳福輝的《都市漩流中的海派小說》第一次從都市文化的角度把處於分散狀態的海派小說作家聚集在一起，首先站在為「海派」正名的角度，分析了海派文化的現代質，然後綜合性地論述了海派作家的人格和創作上所顯示出來的海派文化特徵，其中把穆時英、劉吶鷗、施蟄存等現代派作家作為新海派文學的代表，分析了在小說創作中體現出來的海派文學現代特色。李歐梵的《上海摩登》在「文化想像」層面上重繪了上海的文化地理，以施蟄存、劉吶鷗、穆時英、張愛玲等現代派作家的創作為對象，分析了物質生活上的都市文化和文學藝術想像中的都市的關聯。全書共分三部分：一、都市文化的背景；二、現代文學的想像：作家和文本；三、重新思考。此書在重構上海現代性的內在理路與外在描述方面特別耐人尋味，但似乎忽視了兩個重要方面，即現代派與左翼文化思潮、現代派詩歌與都市文化的重要關聯。楊義的《京派海派綜論》[19]以圖志的方式，綜合比較了京、海派文學產生的不同背景，表現出的不同文學特徵。作者認為在 30 年代文學的總體格局中，由於以魯迅、茅盾為代表的左翼文學作為主潮左右著整個文壇，京派和上海現代派是以講究審美情趣或表現技巧為職志的獨具風采的文學支派，上海現代派承襲了前期創造社的文學向內心掘進的取向，並且以作家葉靈鳳為橋樑，把原來附屬於浪漫抒情流派的現代主義因素，拓展成為一個相對獨立的現代主義流派。譚楚良的《中國現代

---

[18] 嚴家炎：《中國現代小說流派史》，人民文學出版社，1989 年 8 月。
[19] 楊義：《京派海派綜論》，中國社會科學出版社，2003 年 1 月。

派文學史論》[20]從文學史的角度對中國現代派文學的形成、發展及其美學特徵進行了勾勒和論析。全書凡三篇十三章，其中第二、三章分別對新感覺派小說和現代派詩歌的形成過程、藝術特徵、代表作家及其創作進行了分析論述。該書值得注意的地方是十分重視結合文本分析來總結歸納各個有代表性的現代派作家的創作特色。朱壽桐主編的《中國現代主義文學史》[21]從文學史的角度對中國現代主義文學的產生、發展進行了整體和綜合研究，其中第三篇「感性表現期」和第四篇「理性深化期」用十二章的篇幅把 30 年代上海的新感覺派小說、現代派詩歌和 40 年代張愛玲、徐訏、無名氏等人的小說置於中國現代主義文學史的背景上進行了較為詳盡的論述。孫玉石的《中國現代主義詩潮史論》[22]是第一部對中國現代主義詩歌理論和創作潮流作出整體考察的學術專著。全書共分十一章，其中第四、五、六、七章探討了三十年代上海現代派詩人的詩情智性化的審美追求、「倦行人」的創作心態和中外詩藝融合的理論主張。許道明的《海派文學論》在考辨「海派文學」概念的基礎上梳理了海派文學產生、發展和成熟的歷史進程，探討了具有代表性的海派作家的文學創作特色，並對海派文學的歷史地位作出了中肯的評價，認為海派文學以文學「現代化」為旗幟，「以對人的生存空間新質的呼喚」，對「五四」以來的「現代精英文化具備補充和啟發的資源意義」。李今的《海派小說與現代都市文化》[23]剖析了海派文學賴以生長的特定時期的經濟、社會和文化土壤，以西式現代主義建築風格、唯美——頹廢的現代都市文學和電影構成的現代都市文化對海派小說的影響為線索，探討了海派小說在文學觀念和主題上獨特的

[20] 譚楚良：《中國現代派文學史論》，學林出版社，1996 年 8 月。
[21] 朱壽桐：《中國現代主義文學史》，江蘇教育出版社，1998 年 5 月。
[22] 孫玉石：《中國現代主義詩潮史論》，北京大學出版社，1999 年 3 月。
[23] 李今：《海派小說與現代都市文化》，安徽教育出版社，2000 年 12 月。

精神特徵。此書值得重視的是系統地發現了新感覺派諸作家三十年代參與「軟性電影和硬性電影之爭」的大量材料，並闡發了它們對新感覺派小說創作所產生的影響。朱曉進的《政治文化與中國二十世紀三十年代文學》[24]從政治文化的特殊視角審視了 30 年代的文學狀況，其中論及了左翼文化對「現代派」文學選擇的影響。李俊國的《中國現代都市小說研究》[25]在現代都市文學的大背景上考察了海派文學的特徵。認為海派文學是「帶有上海人的眼光和心態」的都市敘事，將現代都市作為獨立的審美對象，對現代都市人生處境的智性體驗。李永東的《租界文化與 30 年代文學》[26]從租界文化的獨特視角審視了 30 年代文學的特點，論析了租界文化的殖民性、商業性和頹廢性等特徵對 30 年代的左翼文學、新感覺派小說以及茅盾、沈從文、魯迅等創作的影響。李楠的《晚清、民國時期上海小報研究》[27]從文化、文學的綜合視角對晚清、民國時期的上海小報進行了較為系統的梳理和考察，對上海市民文化與小報和小報文學之間的互動關係進行了較為詳盡的論析，把小報文學和鴛蝴文學等定位為通俗海派，並認為「純文學海派是經過西方現代主義洗禮的上海文化養育出來的，他們的文學生命附著在殖民色彩濃郁的現代社會身上」。金理的《從蘭社到〈現代〉》[28]從社團的角度，以人事為主，梳理了從「蘭社」到「瓔珞社」、「水沫社」再到《現代》雜誌的演變，探討了以施蟄存、戴望舒、杜衡、劉吶鷗、穆時英等為代表的文學社團的聚集、發展和離散過程。此外，在上海文學史研究方

---

[24] 朱曉進：《政治文化與中國二十世紀三十年代文學》，人民出版社，2006 年 11 月。
[25] 李俊國：《中國現代都市小說研究》，中國社會科學出版社，2004 年 1 月。
[26] 李永東：《租界文化與 30 年代文學》，三聯書店，2006 年 10 月。
[27] 李楠：《晚清、民國時期上海小報研究》，人民文學出版社，2005 年 9 月。
[28] 金理：《從蘭社到〈現代〉》，東方出版中心，2006 年版。

面，陳伯海、袁進主編的《上海近代文學史》、王文英主編的《上海現代文學史》和邱明正主編的《上海文學通史》，在對上海文學進行全方位梳理和研究的同時也對上海的現代派文學進行了歸納與總結。關於上海文化與現代派文學的研究，除了以上的論著之外，還有大量富有創見的論文，在此不再一一贅述。

綜上所述，我們不難發現，關於上海文化與現代派文學的研究長期以來一直是包裹在中國現代派文學、海派文學、都市文學或上海文學之中的。真正從都市文化的角度，把現代派文學作為獨立的個體，研究都市文化如何影響了現代派文學，現代派文學又是如何彰顯出都市文化精神特徵，並對都市文化產生相應影響的研究成果尤顯單薄，甚至闕如。因而，在複雜多元的都市文化背景下探討現代派文學的發生、發展和嬗變，研究其品格和特質，無疑具有十分重要的理論價值和現實意義。

四、本文研究的對象、範圍、方法、重點和難點

一般認為，「文化」這一概念最早是由英國人類學家愛德華·泰勒於 1871 年在《原始文化》中提出的。泰勒認為，文化「就其廣泛的民族學意義來說，是包括全部的知識、信仰、藝術、道德、法律、風俗以及作為社會成員的人所掌握和接受的任何其他的才能和習慣的複合體」[29]，顯然泰勒所定義的「文化」在很大程度上是包括人類一切文明成果在內的廣泛意義上的概念。其後，各類學者從不同的角度和立場對「文化」概念進行了闡述和使用，一般把文化分為廣義和狹義兩種，「從廣義來說，指人類社會歷史實踐過程中所創造的物質財富和精神財富的總和。從狹義來說，指社會的意識形

---

[29] 愛德華·泰勒：《原始文化》，上海文藝出版社，1992 年版，第 1 頁。

態，以及與之相適應的制度和組織機構」[30]。本文將在廣義上來理解和使用「上海文化」的概念，因此所謂「上海文化」是指在上海歷史（尤其是開埠以後的近現代歷史）發展過程中逐漸形成的融合了東西兩種文化樣式的「物質財富和精神財富的總和」。它主要包括以下三個層面：

首先，上海文化是生發在上海的一種區域文化。我國幅員遼闊，民族眾多，由於歷史沿革、地理環境以及諸多人文因素的差異，形成了許多具有不同質態的區域文化。與齊魯文化、吳越文化、荊楚文化、湘西文化、巴蜀文化、三晉文化和嶺南文化等區域文化一樣，上海文化也是在歷史、地理和諸多人文因素的共同作用下形成的具有鮮明的上海特色的區域文化。把上海文化作為一種地域文化提出，使其成為一個具有明確內涵與外延的中性概念，規避了此前海派文化在特定歷史語境中黏附的諸多負面因素和漂浮的語義，為我們進入嚴謹的學術研究提供了一個更好的前提。

其次，上海文化是在東西文化的融合中形成的一種開放多元的綜合文化。從上海的歷史沿革來看，它本是吳越文化的支脈，「喜事功，尚意氣」（正德《松江府志》卷四），「崇華黜素」（弘治《上海志》卷一，「風俗」）。開埠以後，西方文化大量輸入，從器物到制度再到思想各個層面不斷改造和打磨著近代的上海。「就在這個城市，勝於任何其他地方，理性的、重視法規的、科學的、工業發達的、效率高的、擴張主義的西方和因襲傳統的、全憑直覺的、人文主義的、以農業為主的、效率低的、閉關自守的中國——兩種文明走到一起來了」[31]，上海逐漸從吳越文化中脫離出來，在

---

[30] 《辭海》，上海辭書出版社，1989 年版，第 1533 頁。
[31] 羅茲·墨菲：《上海——現代中國的鑰匙》，上海人民出版社，1986 年版，第 4 頁。

「傳統與現代、本土與外洋、南來與北往、高雅與通俗各種成分的匯合」[32]中，形成了上海獨具特色的多元文化格局。

第三，上海文化主要是指在開埠以後逐漸形成的以商業性和消費性為主的現代都市文化，但又包含有多個不同的亞文化層次和方面，並在不同時期呈現出某些突出的複雜性。上海，這個宋代的漁村，元代的小鎮，經過 100 多年的發展，一躍而為「江海之通津」，「東方之巴黎」，可謂是世界城市史上的奇跡。雖然上海舊時便有經商傳統，「為海商馳騖之地」。但作為現代都市文化形象的上海是在開埠以後形成的。伴隨著上海現代商貿、航運、金融、製造和娛樂業的發展，都市中「詩的內容已經變換了」，現代價值觀念取代了傳統的倫理道德，「一切抽象的東西，如正義，道德的價值都可以用金錢買」[33]，商業性和消費性已成為人們生活方式和價值觀念的主要特徵。三、四十年代是上海文化由繁盛到衰頹的重要轉變時期，也是現代派文學發展、繁榮、成熟和分化的關鍵時期。開埠以來近百年的工商經濟發展造就了這個繁華的東方都市，而國民黨的白色恐怖和左翼文化的紅色浪潮又構織了它濃郁的政治文化氛圍，再加上「一二八」事變和「八一三」抗戰的戰火硝煙所帶來的戰爭文化心理，三、四十年代的上海在原有的「東西文化衝撞中」呈現出更加複雜的文化徵候。

丹納說，「要瞭解一件藝術品，一個藝術家，一群藝術家，必須正確地設想他們所屬的時代的精神和風俗概況。這是藝術品最後的解釋，也是決定一切的基本原因。」[34]這裏所強調的「時代的精神和風俗」正是文化的主要方面，它深刻地「影響了作家的性格氣

---

[32] 陳伯海：〈上海文化發展面面觀〉，《社會科學》，2000 年第 2 期。
[33] 劉吶鷗：《熱情之骨》，《劉吶鷗小說全編》，學林出版社，1997 年 12 月，第 39 頁。
[34] 丹納：《藝術哲學》，傅雷譯，人民文學出版社 1996 年版，第 7 頁。

質、審美情趣、藝術思維方式和作品的人生內容、藝術風格、表現手法，而且還孕育出了一些特定的文學流派和作家群體」[35]。基於以上的理解，本文所涉及的上海文化與現代派文學研究是一種社會文化視角的文學研究。這是一種「大文學觀」，它包括文藝學、歷史學、社會學和哲學等多重視角。本文將以大量的第一手材料作為立論的基礎，細讀文本，還原歷史，按照「言必有據」、「小心求證」的學術理路，充分吸收前人的研究成果，深入細緻地進行文本分析、史實考證和理論概括，通過橫向和縱向比較、個案和整體研究、感性體悟和理性思索相結合，綜合運用文藝學、歷史學、社會學、統計學等多種學科的知識和方法。本文將首先梳理上海文化形成的歷史脈絡，從生活空間和雜誌出版等方面描述上海都市文化語境，在開放性、多元性、現代性和商業性等維度上來把握上海文化的特質。在此基礎上，探討在上海文化語境中域外現代派文學的譯介、現代派作家的都市文化身份、現代派雜誌及其所彰顯出的上海文化精神、左翼文化對現代派作家的影響、上海文化語境中現代派作家的都市想像，以及並最終得出上海文化與現代派文學之間複雜而微妙的互動關係及其在現代文學史乃至文化史上的重要意義。如前所述，由於此前的上海文化與現代派文學的研究是包裹在中國現代派文學、海派文學、都市文學或上海文學之中的，而有關上海文化與海派文化的闡述又眾說紛紜，因此，從都市文化的角度，把現代派文學作為獨立的個體，來考察二者之間的關聯互動既是本文的難點、重點，也是本文的創新之處。由於中國的現代派文學主要產生和發展於「現代文學的三十年」，再加上本人在學識、視野和能力等方面的局限，因此本文的研究範疇主要限定在 20 世紀 20 年代

---

[35] 嚴家炎：《二十世紀中國文學與區域文化叢書‧總序》，湖南教育出版社，1995 年 8 月。

至 40 年代的上海文化和現代派文學。需要說明的是，在現代文學史上，「現代派」（modernists）文學在廣義上通常指的是「現代主義」（modernism）文學，但也有從文學流派的角度把 1930 年代結集在施蟄存主編的《現代》雜誌周圍的新感覺派和「現代」詩派稱為「上海的現代派」的（如楊義、王文英等）。本文在具體論述中將主要在廣義上來使用「現代派」的概念，但同時也將從流派的角度將後者作為考察的重點。對於施蟄存、戴望舒、劉吶鷗、穆時英等人的現代派身份在學界早有共識，而對於徐訏、張愛玲的現代派歸屬尚有爭議，或稱之為「新海派」，或稱之為「新浪漫派」，或稱之為「通俗的現代派」等，這主要是因為他們在形式上融合了現代與傳統，在旨趣上化雅為俗，而使得其作為現代派的現代性和先鋒性具有了潛隱性。其實，無論是從他們在形而上層面的哲理探索和人生體驗，還是在藝術形式上的大量象徵、隱喻、暗示等現代派手法，都無可置疑地標識了他們的現代派身份。

第一章　上海現代都市文化語境的
　　　　形成與表徵

　　上海文化是在對傳統文化的繼承和外來文化的吸納中逐步形成的。本章力圖從時間和空間兩個帷度來梳理和描述上海文化的歷史沿革、都市文化語境的形成及其表徵，並試圖從報刊出版和文人集聚兩個角度重構二、三十年代上海作為現代文學中心的繁榮景觀。

第一節　現代都市文化語境的形成

一、上海文化的歷史沿革

　　上海在 5000 年前便有先民活動，春秋時屬吳，後歸越。在戰國時期又為楚國春申君領地，故簡稱為「申」。至晉代，當地漁民創制出一種專用於海口捕魚的工具「扈」，後改為「滬」，這便是上海簡稱為「滬」的由來。在唐代開元以前，上海地區還是「濱海斥鹵之地」，此後才開始築塘墾田，設立華亭縣制。直到南宋咸淳三年（1267 年），上海才漸漸由一個居民寥寥無幾的海濱漁村發展成為集鎮，並開始興建官署、學校、寺廟、店鋪等，因其地處上海浦西側，故名上海鎮。到元代（1292 年），上海因其「蕃商雲集」而改鎮為縣，隸屬江浙行省松江府。明清時期，以棉紡織業和航運業

為基礎的上海地區經濟已發展到較高水準，商業資本日益滲入到各個生產領域，資本主義萌芽已見端倪。十九世紀初期的上海，已是一個人口眾多、店鋪林立、交通繁忙的「江海之通津，東南之都會」[1]。

從歷史的沿革來看，上海文化的基質是吳越文化。上海在古代屬於吳越之地，舊時在歲時節慶、婚喪壽誕以及日常生活中的飲食起居和交際禮俗都與吳越一致，因而上海素來有「士風似吳十之三，似浙十之七」的說法。《宋史‧地理志》說吳越人「人性柔慧，尚浮屠之教，原於洋味，善進取，急圖利，而奇技之巧出焉」[2]，這樣看來，上海人的精明、進取、圖利和崇洋並不是空穴來風的。而上海土話細軟悠柔，與吳儂軟語之間的淵源則更無用贅言。上海不僅因其在歷史上曾歸屬於吳越，文化習俗與吳越一致，而且在近代的上海移民中也「主要是自南而來的浙江人，和自北而來的江蘇人，本來統是棲息於寧紹平原的古老越族的子孫。無論從歷史地理環境到人口構成，上海都無法割斷吳越文化的這根臍帶」[3]。

二、租界的形成與政治、經濟、文化的畸形發展

眾所周知，在開放多元的上海文化中，如果沒有西風東漸，也就沒有現代的都市文明。鴉片戰爭後，1843 年英國政府通過《南京條約》和《五口通商附粘善後條款》獲准在上海正式開埠，其後又通過《土地章程》獲准在上海成立租界，開始了由「華洋分居」到

---

[1] 嘉慶朝《上海縣誌‧序》，轉引自《上海近代史》，劉惠吾編，華東師範大學出版社，1985 年，第 15 頁。
[2] 脫脫（元）：《宋史‧地理志》，北京：中華書局，1977 年版，第 155 頁。
[3] 吳福輝：《都市漩流中的海派小說》，湖南教育出版社，1995 年 8 月，第 52 頁。

「華洋混居」的中西融合過程。1844 年法、美兩國也先後通過《黃埔條約》和《望廈條約》取得了與英國同樣的權利，並於 1849 年、1854 年先後建立了法租界和美租界。1863 年為了共同的利益，英、美租界又合併為公共租界（Foreign Ssttlement 或 International Concession）。此後，租界各方又通過各種方式不斷擴張勢力範圍，逐漸形成了以洋涇浜和蘇州河為中心、範圍達六萬多畝的「國中之國」，直到 1945 年二戰結束後租界才被正式收回。上海開埠以後，西方殖民者紛至遝來，把上海當成了「冒險家的樂園」，開辦洋行，經營貿易，走私鴉片，甚至販賣人口，大肆掠奪土地和財富。據統計，僅 1849 年上海進口鴉片 22981 箱，價值 13,404,230 元，約占全國消費總數的 53.3%[4]。1852 年 9 月 1 日，時任駐滬領事阿禮國在給英國駐香港的對華貿易監督包令的一份報告中說，僅 1849 年就「約有兩百苦力」，在上海乘亞馬遜號船被運往加利福尼亞，又有二三十人於 1851 年乘雷金娜號被運往澳大利亞[5]。因而在英國《韋氏大辭典》中，「Shanghai」一詞也被解釋為「使用暴力、借助於酒或麻醉品的力量，將人載至國外」。從這裏不難看出當時西方殖民者在上海的罪惡行徑。

　　雖然西方殖民者的入侵和掠奪給上海帶來了無法抹去的屈辱和傷痛，但是中西文化的交融客觀上也促進了上海政治、經濟和文化的畸形發展。隨著外國僑民的增多，租界的市政體系日趨完善。1854、1869 年，英、法、美三國領事召開了租地人會議，先後兩次通過了新的《土地章程》，根據「自治」、「法治」、「安全」和「自由」等西方民主精神成立了以工部局為管理機構的租界市政體

4　黃葦：《上海開埠初期對外貿易研究》，上海人民出版社，1979 年版，第173 頁。

5　湯偉康、杜黎：《租界 100 年》，上海畫報出版社，1991 年版，第 60 頁。

系。工部局的最高決策機關是董事會，由納稅人會議每年選出五至九人組成，下設警備、工務、財政稅務、衛生、銓敘、公用、交通、學務、宣傳等委員會，管理租界的一切事務。1854 年工部局成立巡捕房維護治安，1870 年又把萬國商團改組為正規的武裝力量，抵禦外侵，防止內亂，租界的公共安全有了一定保障。在清末民初的亂世之秋，租界在某種意義上成了包括文人、政客在內的各種人物的避難所。在市政建設方面，現代交通、郵政、水電、傳媒、娛樂等各類公共設施的修建和引進完全改變了上海幾千年以來的消費觀念和生活方式。

以交通和電力為例。1874 年 12 月，由英商怡和洋行集資組織鐵路公司建築的淞滬鐵路在上海開始鋪軌，起自天後宮橋，終至吳淞碼頭，可以和上海輪運相聯絡。1876 年 7 月 3 日，上海至江灣段正式通車，車票分上、中、下三等，每天開行六次，觀看者人山人海。據《申報》記載：「那天，到下午一點鐘，男女老幼紛至遝來，大半皆願坐上中二等車，頃刻之間，車廂已無虛位，盡有買了上中等票，仍坐下等車的。到了車已開行，而來客尚如潮至，因為他們從未看見過，欲親身試試也。」[6]這是中國的第一條鐵路。甲午海戰以後，興實業、辦鐵路成為清政府新政的一項重要內容，而各國列強也爭先恐後通過修築鐵路來瓜分中國，自上海至杭州、寧波、嘉興等地的滬寧、滬杭甬等鐵路紛紛築成。鐵路始成為上海至周邊地區的主要交通方式之一。汽車第一次到上海是在 1901 年（清光緒 27 年），由匈牙利人李恩時（LEINZ）輸入二輛，一輛賣給寧波商人周湘雲，另一輛賣給猶太商人哈同。到了 1910 年，工部局開始頒發汽車執照，1－500 號為私家車，501－600 號為營業車。上海的汽車營運也就開始了。當時著名的汽車公司有雲飛、祥生、利利

6　《申報》，1876 年 7 月 4 日。

和銀色等[7]。公共租界的電車自 1911 年 3 月 5 日開辦以來先後開通八條線路，一自靜安寺路（今南京西路）至外灘，一自西門至滬寧車站，一自滬寧車站至外白渡橋，一自滬寧車站至提籃橋，一自楊樹浦至十六鋪，一自提籃橋至十六鋪，一自外洋涇橋至靶子場，一自三洋涇橋至北泥城橋。後來法租界也有了電車，接著又興起了無軌電車。第一天通車時也是人山人海。由於當時謠傳電車容易觸電，所以車廂外掛著「大眾可坐，穩快價廉」的招牌。曹聚仁說那時坐電車的確價廉，從靜安寺到外灘，只要銅板二枚[8]。自此，以火車、汽車和電車為主的現代都市交通體系逐漸形成。現代交通方式不但直接地改變了人們的出行方式，拓寬了人們的到達範圍，而且深刻地影響了都市人們的思維方式、行為方式和體驗方式，培育了短暫便捷和浪漫刺激的情感體驗，深刻地影響了人們的生活方式和審美趣味。1865 年 12 月 18 日，英國商人在上海租界開辦了「大英自來火房」，在南京路正式點燃了煤氣燈，以往漆黑的街道開始變成了不夜城。燈光照耀下的街景也成為上海最美的「都市風景線」。有人興奮地記錄了當時的情景，「租界中地火如林，夜遊無須秉燭」[9]。煤氣出現時，「初設僅有路燈，繼即行棧鋪面、茶酒戲館、以及住屋，無不用之。火樹銀花，光同白晝，滬上真不夜之天也」[10]。照明方式的改變，給沉悶的夜色注入了商業生機，城市夜間娛樂生活開始全方位、多層次地繁榮起來。

外商和洋貨的進駐在很大程度上促進了上海經濟的發展。自開埠以來，上海的航運、商貿、金融、和製造業得到了快速發展。具

---

[7]　《上海通志・事務源始》，上海通志編纂委員會編，上海人民出版社，2005 年版，第 125 頁。

[8]　曹聚仁：《上海春秋》，上海人民出版社，1996 年版，第 156 頁。

[9]　〈春申浦竹枝詞〉，《申報》，1874 年 10 月 16 日。

[10]　葛元熙：《滬遊雜記》，上海古籍出版社，1989 年版，第 38 頁。

有關資料表明，1844 年上海進出港貨物總值為 988,863 磅，到 1853 年就猛增到 7,224,000 磅，10 年增長近 8 倍[11]。到 30 年代，上海已與世界上 100 多個國家的 300 多個港口建立了固定的貿易往來聯繫[12]。到抗日戰爭前，除東三省外，外國資本對華進出口貿易和商業總額有 81.2%集中在上海，1936 年上海直接對全國各通商口岸貿易總值 9 萬億元，占全國 75.2%[13]。在金融方面，自 1848 年第一家外國銀行英國麗如銀行（後稱東方銀行）在上海成立以來，到 1935 年，上海擁有總分支行在內的各類銀行機構達到 182 家，其中包括絕大部分在華的外資銀行，以及相當數量的華資銀行[14]。在航運、商貿和金融業迅速發展的同時，上海的製造業也逐漸勃興起來。1902－1911 年的《海關十年報告》表明：「近幾年來上海的特徵有了相當大的變化。以前它幾乎只是一個貿易場所，現在它成為一個大的製造中心。」[15]到 30 年代，上海已成為全國的工業中心。1933 年，上海工業產值已達 11 億元，超過了全國工業總產值的一半以上[16]。工業資本總額占全國 40%，產值占全國 50%，工人占全國 43%。航運、商貿、金融、製造業以及其他相關產業的發展，「形成了巨大的經濟凝聚力量，使上海自然而然地成為我國最重要的多功能經濟中心」[17]。

[11] 黃葦：《上海開埠初期對外貿易研究》，上海人民出版社，1979 年版，第 173 頁。
[12] 張仲禮：《近代上海城市研究》，上海人民出版社 1990 年版，第 148 頁。
[13] 唐振常主編：《上海史·前言》，上海人民出版社，1989 年，第 2 頁。
[14] 熊月之：《上海通史》，上海人民出版社，1999 年版，第 8 卷，第 14 頁。
[15] 徐雪韻等編：《上海近代社會經濟發展概況》（1882-1931），上海社會科學院出版社 1985 年版，第 158 頁。
[16] 黃漢民：〈1933 年和 1947 年上海工業產值的估計〉，《上海經濟研究》1989 年第 1 期，第 63 頁。
[17] 熊月之：《上海通史》，上海人民出版社，1999 年版，第 8 卷，第 11 頁。

三、人口的迅速增長與現代都市文化語境的形成

　　經濟的繁榮和交通的便利進一步加快了上海人口增長的速度。開埠以後，上海以它的開放性和包容性吸納了世界各地和五湖四海的移民。上海城市人口的結構逐漸由原來相對封閉和狹窄的地域結構演變成為以移民為主的開放和動態發展的人口結構，國內外移民從各個方面推進了上海城市的轉型。「城市需要廉價勞動力用於開動紡紗機或揀選煙葉，或用於製造火柴、麵粉、罐頭食品、水泥和其他批量生產的商品的工廠之中。這些通過新建的鐵路和汽船而能夠得到的就業機會為那種封閉的農民生活提供了另外的選擇」。[18]上海人口增長除了因經濟發展產生的需求以外，還有各種其他的社會因素也造成了大規模的人口遷移。十九世紀五、六十年代，南澇北旱災害不斷，加上長期戰亂頻繁，造成了大量移民的遷徙。而經濟繁榮、充滿機遇的上海成為了他們首要遷移的目的地。1850 年代黃河決口，蘇北地區已成澤國，「一時無家可歸者，無慮千萬，咸來上海就食」[19]。1853 年至 1862 年太平天國和清軍在江蘇、浙江、安徽等地區長達 10 年的戰亂造成了 10 多萬難民遷入上海租界避亂，尤其是 1853 年劉麗川領導的小刀會起義軍佔領上海縣城，大量華人湧入租界避難，徹底打破了「華洋分居」的狀態。各種移民的流入，使得上海人口以跳躍式方式增長。1900 年超過 100 萬，1915 年躍過了 200 萬[20]。上海人口增長的第二次高峰是在二十世紀三、四十年代。1937 年抗戰開始，各淪陷區人民大批來上海避難，到 1945 年抗

---

[18] 費正清、賴肖爾：《中國：傳統與變革》，江蘇人民出版社，1992 年版，第449 頁。

[19] 上海研究中心、上海人民出版社編：《上海 700 年》，上海人民出版社，1991 年版，第 193。

[20] 鄒依仁：《舊上海人口變遷的研究》，上海人民出版社 1980 年版，第 114 頁。

戰結束，上海人口達到 330 萬。而隨後的解放戰爭期間，1946 年至
1948 年三年間來滬人數增加了 208 萬餘人。與當時國內其他城市相
比，上海移民不但規模大，而且範圍廣，成分複雜。從國內移民
看，幾乎涵蓋了中國大多數省份，據統計，當時各省移民比例依次
為：江蘇 48％，浙江 25％，廣東 2％，此外還有安徽、山東、湖
南、湖北、天津等，移民總數五倍於本地籍的上海人[21]。來到上海的
各地移民常常聚集在各行各業中，如粵商專事煙草、鴉片和洋雜貨
業，皖商專事茶葉、絲綢業，江、浙、晉商多操銀錢業。絲織、印
染以江浙人居多，航運以廣東、天津、寧波人為最，而從事員警的
則多來自河北、山東兩省。1935 年，非上海籍的外鄉移民占上海城
市總人口的 76％左右[22]。從國際移民來看，1854 年租界由華洋分居
變為華洋混處後，發展速度加快，外僑數量逐漸增多，1860 年超過
600 人，1865 年超過兩千，1895 年超過五千。1899 年英美租界改
為國際公共租界後，上海的外僑數量迅速增加，1905 年超過一萬，
1915 年超過兩萬，1925 年超過三萬，1931 年超過六萬。二戰時期
上海的外僑數量更是迅速膨脹，1942 年達到最高峰，超過十五萬，
二戰結束後又迅速銳減，到 1949 年底已不到三萬。上海外僑國籍
最多的時候達 58 個國家，包括英、美、法、德、日、俄、印度、葡
萄牙、義大利、奧地利、丹麥、瑞典、挪威、瑞士、比利時、荷
蘭、西班牙、希臘、波蘭、捷克、羅馬尼亞等等。不同時期、不同
國籍的人在上海從事不同的職業。各國外僑以經商居多，1935、
1946 年的統計表明，外僑從事商業活動的占 40％以上，其他還有
傳教士、水手、醫生、教師、工程師等等，而印度、越南人則主要

---

[21] 上海研究中心、上海人民出版社編：《上海 700 年》，上海人民出版社，
1991 年版，第 194－195 頁。
[22] 鄒依仁：《舊上海人口變遷的研究》，上海人民出版社，1980 年版，第
112 頁。

充當巡捕[23]。形形色色的外國人把各自國家和民族的思想觀念、生活方式、風俗習慣帶到了上海，把這個東方的大都市融匯成世界文化的「博覽會」。著名的海派文人張若谷曾這樣描述過當時上海的「異國情調」：「我們凡是住在位居世界第六大都會的上海，就可以自由享受到一切異國情調的生活。我不敢把龍華塔來比巴黎鐵塔，也不敢說蘇州河是中國的威尼斯水道，但是，馬賽港埠式的黃浦灘，紐約第五街式的南京路，日本銀座式的虹口區，美國唐人街式的北四川路，還有那夏天黃昏時候的霞飛路，處處含有南歐的風味，靜安寺路與愚園路旁的住宅，形形式式的建築，好像瑞士的別墅野宮，宗教氛氣濃郁的徐家彙鎮，使人幻想到西班牙的村落，吳淞口的海水如果變了顏色，那不就活像衣袖（愛琴）海嗎？」[24]

　　城市政治、經濟的發展促使了人口的增長，而人口的增長又反過來大大推動了經濟和文化的繁榮，這種相互影響尤其是在服務業、娛樂業和出版業等領域更為顯著。由於上海在經濟、政治和文化上的特殊地位，1925 年 1 月 29 日，江蘇省省長韓國鈞致電上海市政公所總董李平書，將上海建制改為特別市，並委任李平書等 11 人為籌備委員，籌建特別市。江蘇省政府規定上海特別市立法機關為議會，行政長官為市長。這是上海由縣治改建市制的開端。1930 年 5 月 20 日，南京國民政府公佈《上海市組織法》，改「特別市」為「市」，直隸於南京國民政府行政院。同年 7 月 1 日，上海特別市政府改稱為上海市政府，其管轄範圍和機構設置仍如特別市。隨著社會政治、經濟的發展，城市人口的增長，市民生活方式的改變，上海現代都市文化語境逐漸形成。

---

[23]　熊月之：《上海的外國人・序言》，上海古籍出版社，2003 年 12 月，第 1-3 頁。

[24]　張若谷：《異國情調・序言》，漢語大辭典出版社，1996 年 4 月，第 2 頁。

第二節　現代都市的生活空間與文化表徵

　　恩格斯說：「在歷史上出現的一切社會關係和國家關係，一切宗法制度和法律制度，一切理論觀點，只有理解了每一個與之相應的時代的物質生活條件，並且從這些物質生活條件中被引申出來的時候，才能理解。」[25]因而，為了更好地理解上海文化與現代派文學之間的互動關聯，我們有必要描畫出與之相應的物質生活條件，即都市的生活空間。包涵著不同建築風格、生活方式、風俗習慣、情感體驗和價值觀念的生活空間是最重要的文化表徵。人們的生活空間主要包括外部公共生活空間和內部私密生活空間。外部與內部、公共與私密是兩組相對的概念，在公共空間中也包含有大量的私密性生活內容，而內部的生活空間中也常常會引入公共生活方式。本文在此所指涉的外部公共生活空間和內部私密生活空間是以家庭或居室為域限的有著明確外延的兩個概念，即家庭或居室以外的生活空間稱為外部公共生活空間，家庭或居室以內的生活空間稱為內部私密生活空間。在此需要說明的是，在重商主義和消費文化支配下的上海，傳統的內部空間——家庭逐漸失去了主導生活的作用，而公共空間在市民生活中的作用和地位與日俱增，二者在塑造都市文化過程中的作用也不可同日而語，因而本文在分析外部空間和內部空間時更多地偏重於前者。

---

[25]　恩格斯：〈卡爾·馬克思《政治經濟學批判》〉，《馬克思恩格斯選集》第2卷，人民出版社，1972年版，第243頁。

一、都市的外部公共空間及其文化表徵

上海自開埠以來，隨著經濟的持續發展、現代市政體系的逐步完善和人口的不斷增長，都市（尤其是租界）的公共空間迅速發展起來，大街、公園、商場、舞廳、影院、飯店、酒吧、咖啡館和各類遊樂場繁華一時。不可否認，這些上海早期的公共空間是由洋人創建、為洋人服務的，外灘公園甚至有過「華人與狗不得入內」的種族歧視，但它畢竟誕生在中國的上海，文化交融的巨輪是任何人為力量都不可阻遏的。1854 年，新《土地章程》取消了「華洋分居」的條款，默認了「華洋混居」的客觀事實。隨後，華人通過各種途徑開始滲透到租界的方方面面。1881 年虹口醫院的華人醫師聯名致函工部局，要求外灘花園對華人一體開放。1921 年，宋漢章、謝永森、趙錫恩等華人先後以顧問身份加入工部局或被選為董事。居民的華洋雜居，文化的東西融合，逐步形成了上海城市生活結構的開放性和生活方式的多元化。我們不妨以城市公園、電影院、歌舞廳、咖啡館和百貨公司等都市公共生活空間為例，分析近代上海都市生活空間所彰顯出的娛樂性和消費性的都市文化表徵。

我國歷史上的園林一般可分為皇家園林和私家園林，這些園林都有明確的歸屬，不為大眾開放。「由政府下屬某一個機構或者某一社會團體營建，而供百姓大眾游憩的西方模式的公共花園在我國古代是沒有的。」[26]1868 年 8 月 8 日，上海公共租界工部局建成並開放了外灘公園（Public Park）。雖然它當時只對西方人開放（後來在華人的強烈反對中，1890 年工部局在蘇州河邊建了一座小公園取名小公園，又稱華人公園），但從園林文化的角度來看，它應是中國

---

[26] 陳伯海主編：《上海文化通史》（上卷），上海文藝出版社，2001 年 11 月，第 88 頁。

近代第一座城市公園。在外灘公園之後，租界又陸續修建了顧家宅公園（今復興公園）、虹口娛樂場（今魯迅公園）、極司菲爾公園（今中山公園）等。據統計，1949 年前上海共建有公園 14 個，總面積為 998 畝[27]。城市公園以一種全新的城市公共娛樂空間模式，提供了與傳統的私家花園完全不同的設計理念和活動樣式。在設計理念和佈局安排上，中國傳統私家園林講究「曲徑通幽」的內秀和賞花吟詩的自娛，更多的是體現靜態的觀賞價值。而現代城市公園，注重風景外在形式的審美價值和公眾娛樂休閒的實用性，除了設置自然狀態的園林風景以外，還配備了露天音樂演出場、體育健身場所等休閒娛樂設施，為遊客提供參與動態娛樂活動的各種機會。一些公園為了方便遊客觀看在公園內舉行的體育活動賽事，還搭建了一些大型的看臺。如虹口公園棒球場的看臺能夠容納 1200 人，膠州公園足球場建造的看臺也能容納 1000 人。在公共租界公園，每年利用公園體育娛樂設施進行戶外活動的遊客多達 68807 人[28]。儘管城市公園剛剛出現時，因其數量少，活動空間有限，不被人們廣泛注意，而且因為它帶有某些民族歧視色彩，受到社會輿論的強烈抨擊，但是它所具有的現代城市公共娛樂的精神內涵，如場所的開放性，活動的公共性，設施的公用性，無疑對上海華人社區娛樂場所的發展，對大批私家園林娛樂功能的改造和使用方式的轉變產生了較大影響。19 世紀晚期為了適應上海城市功能變化的趨勢，部分私家花園也開始逐步由傳統意義上的私家園林走向具有娛樂活動性質的公共場所，上海城市的公共空間進一步得到拓展。當時，張園、徐園、愚園等一批著名的私家花園都已開始擯棄舊習，對外公開經

---

[27] 陳伯海主編：《上海文化通史》（上卷），上海文藝出版社，2001 年 11 月，第 93 頁。
[28] 《上海市年鑒》，上海中華書局，1937 年版，丁卷，第 132-133 頁。

營，娛樂場所的公共性逐漸代替了傳統私人園林的私密性。一些私家花園，除了安排觀花賞月、吟詩作畫、戲曲演出等傳統節目以外，還設置了網球場、彈子房等現代娛樂設施，安排焰火、魔術等娛樂演出活動，如張園就可以說是「集花園、茶館、飯店、書場、劇院、會堂、照相館、展覽館、體育場、遊樂場等多種功能於一體的公共場所」[29]。30 年代，茅盾、曾今可、張若谷等人都生動地描述了上海市民在公園裏戀愛、娛樂的場景：「遊園常客便是摩登男女，公園是他們的戀愛課堂之一」，「是都市高速度戀愛的舊戰場」[30]；「廣大的法公園內滿處都是遊人，老的，少的，男的，女的，美的，醜的，中國的，外國的都有」，「或三五成群，或獨自徘徊，占大多數的要算手攜著手肩並著肩的情侶們了」[31]；「法國公園，這是一個多麼魅誘的勝地！空中流溢著浪漫的色彩；遊人的臉容都呈現歡笑快樂的痕跡，既是遊息所，又是情場勝地」[32]。城市公園的出現大大拓展了上海都市的公共空間，深刻影響了上海市民的生活觀念和娛樂方式。

　　1896 年 8 月 11 日，電影經香港傳入上海，攜帶電影放映機和影片的西方商人，在位於西唐家弄（今天憧路和山西北路附近）徐園的「又一村」茶樓第一次放映了「西洋影戲」，這與世界上最早的電影短片在法國巴黎出現，相差僅 8 個月，上海由此成為中國電影的發祥地。而在此前一天，《申報》便登載了徐園的電影廣告，稱「初三夜仍設文虎候教，西洋影戲客串戲法，定造新樣奇巧電光焰

---

[29] 熊月之：《晚清上海私園開放與公共空間的拓展》，《學術月刊》，1998 年第 8 期，第 76 頁。

[30] 茅盾：〈秋的公園〉，《茅盾全集》第 11 卷，人民文學出版社，1986 年版，第 134 頁。

[31] 曾今可：《法公園之夜》，現代書局，1931 年版，第 22 頁。

[32] 張若谷：《法公園之夜・序》，現代書局，1931 年版，第 4 頁。

火。每位遊資 2 角」[33]。這是國內報刊有關電影的最早紀錄。電影在上海的放映場所最早由茶園到遊樂場，再到戲院，最後才出現專供放映電影的電影院，如虹口戲院（1898 年）、維多利亞戲院（1909年）、上海大戲院（1917 年）等。最初這些電影院大多為外國人所有，放映的影片也主要是法國電影和美國好萊塢影片。中國人最早拍攝的電影是 1905 年在北京由豐泰照相館任慶泰拍攝的譚鑫培表演的京劇《定軍山》，但真正的電影藝術創作應該是 1913 年在上海，由亞細亞影片公司委託張石川、鄭正秋等人拍攝的我國第一部故事片《難夫難妻》。電影的傳入與放映對上海的現代都市生活產生了十分顯著的影響。首先，電影院建築設計的現代特色和裝潢佈置的豪華舒適吸引了大批觀眾。20 年代《良友》畫報為奧登影院登載的廣告稱：「奧登是東方最寬敞最華美的電影宮殿。完美的構造和設計。一切為觀眾的舒適和健康著想。奧登首家為您提供最佳影像。」[34]30 年代斥資 100 萬元重金改造的的大光明電影院更加豪華，「配有空調，由著名的捷克建築師鄒達克（Ladislaus lludec）設計，計有 2000 個沙發座，寬敞的藝飾風格的大堂，三座噴泉，霓虹閃爍的巨幅遮簾以及淡綠色的盥洗室」[35]。40 年代，張愛玲在她的小說〈多少恨〉中也把電影院描述為「最大眾化的王宮」，「全部是玻璃，絲絨，仿雲母石的偉大結構」[36]。其次，電影對上海市民的審美觀念和生活方式產生了重要影響。據當時的《晶報》描述：上海等大都會的時髦女子，都喜穿各種歐式的高底鞋，戴歐式女帽，穿各種斗篷，學白娘娘的裝束，這是婦女社會的「電影化」；在男女交

[33] 《申報》，1896 年 8 月 10 日。
[34] 《良友》，1928 年第 16 期。
[35] 曹永福：〈上海大光明電影院概況〉，《上海電影史料》，1992 年 10 月，第207 頁。
[36] 張愛玲：〈多少恨〉，《惘然記》，臺北皇冠出版社，1991 年版，第 97 頁。

際場內，往往認識不到十分鐘，便公然舉行那最親愛的接吻禮，這
是男女交際社會的「電影化」；各位闊人公館中的房屋，那些裝飾
陳設，鋪排得與電影中最華麗的宮室無異，這是闊人社會的「電影
化」[37]。電影「在物質和文化上給城市生活帶來了一種新習慣」，使
「『看電影』成為一句摩登口號或一種時髦行為」[38]。電影明星和影
片人物的言行舉止和穿著打扮常常成為人們談論和效仿的對象。30
年代電影明星胡蝶喜歡西式打扮，阮玲玉則喜歡素色或碎花旗袍，
於是她們的影迷也都爭相仿效。而 1935 年 3 月，著名電影明星阮玲
玉的自殺更成為上海轟動一時的新聞。電影明星對公眾的影響在阮
玲玉的葬禮上達到驚人的程度，一萬多上海市民參加了葬禮，連
《紐約時報》對此也加以報導。電影不但影響著人們的思維方式和
行為方式，有時候甚至與國家的命運和民族的前途聯繫在一起。
1933 年當選為上海「電影皇后」的胡蝶，就曾被時人抨擊為「紅顏
禍水」，說她一年前害得張學良一心和她跳舞，無心軍務，而導致
東北失守[39]。把國家的命運與一個柔弱的女子相聯繫，當然太過牽
強，但它卻從另一個側面反映出電影對人們的影響之大。第三，由
於現代電影的興起，傳統戲劇在上海日漸受到冷落。「滬上自電影
院驟興以後，平劇以不加改良之故，營業日見頹敗，加以世面惡
劣，高昂之票價，未能得觀眾之同情，因而平劇局勢頓覺淒涼，繼
偶而有名角來戶，亦不過短時間之熱鬧，一轉瞬間，冷落之現象又
復透露於吾人眼簾之前，今則，僅下列三舞臺，全賴乎佈景機關之

---

[37] 〈中國的電影化〉，《晶報》，1922 年 1 月 3 日。
[38] 李歐梵：《上海摩登——一種新都市文化在中國》，北京大學出版社，2001
    年版，第 99 頁。
[39] 林劍主編：《上海時尚 160 年海派生活》，上海文化出版社，2005 年版，第
    66 頁。

變態話劇以維持其不景氣之生命線耳。」[40]造成這一市場變化固然也有其他因素，但是來自電影的衝擊是顯而易見的。電影對都市文化生活多層次多角度多方位的深刻影響正如丹尼爾‧貝爾所說，「電影有多方面的功能——它是窺探世界的視窗，又是一組白日夢、幻想、打算、逃避現實和無所不能的示範——具有強大的感情力量。電影作為世界的視窗，首先起到了改造文化的作用」，「最初的變革主要在舉止、衣著、趣尚和飲食方面，但或遲或早它將在更為根本的方面產生影響，即思維方式和行為方式方面」[41]。

現代性的歌舞廳和大眾化的交際舞傳入上海以後，使得上海市民的娛樂生活和交際方式為之一新。開埠以前，上海只有傳統表演性和自娛性的民間舞蹈，如龍舞、獅舞、船舞、花籃燈、茶擔舞等，大多在歲時年節或婚嫁喜慶之時舉行。開埠以後，西方大眾化和交際性的現代交際舞傳入上海，開始是在租界洋場和上流華人社會流行，後來逐漸成為華界大眾社會的流行時尚。1927 年上海第一家營業性舞廳永安公司的大東舞廳開設後，跳舞日漸成為風靡上海的娛樂形式[42]。1928 年的一份《小日報》描述了當時上海市民跳舞的盛況：「今年上海人的跳舞熱，已達沸點，跳舞場之設立，亦如雨後之春筍，滋茁不已。少年淑女競相學習，頗有不能跳舞，即不能承認為上海人之勢。」[43]30 年代，上海舞廳業十分興旺，據統計，上海有一定規模的舞廳為 28 家，登記註冊的舞女人數達 1645 人[44]。舞客來自各個階層和不同職業。當時有人曾從職業的角度把舞客分

[40] 周世勳：《上海市大觀》，上海文華美術圖書公司，1933 年版，第 67 頁。
[41] 丹尼爾‧貝爾：《資本主義文化矛盾》，三聯書店，1989 年版，第 115－116 頁。
[42] 熊月之：《上海通史》（第九卷），上海人民出版社，1999 年版，第 177 頁。
[43] 〈不擅跳舞是落後〉，《小日報》，1928 年 6 月 28 日。
[44] 上海市政府統計處編印：《上海市統計總報告》（1937 年），警衛一第 39 頁。

為七種：即富豪闊紳、小開少爺、辦公人員、大學生、商界人、白相人和舞藝研究人員等[45]。也有人從娛樂心理角度把舞客分為五種：一是真正把跳舞作為一種娛樂方式和社交活動，人數約在 5%左右。二是儘管沒有非分之想，但是「情願撿姿色較好而舞藝較差的跳」，喜歡和舞女一同看電影，吃夜宵，以求精神上的愉快，這類舞客約占 10%。三是總抱著希望滿足肉體的欲望而去跳舞，「不惜犧牲許多金錢去做瘋性」，這類舞客占 40%。四是為了尋找愛情而跳舞的。雖然希望渺茫，但仍舊「抱著偉大的精神去做」，這類舞客占 15%。第五是氣量非常小，有得隴望蜀的野心的舞客，占20%[46]。以上兩種對舞客的不同劃分，雖不免有主觀和牽強之處，但是通過舞廳這扇視窗，我們大致可以觀察到 30 年代上海市民的眾生相。在二、三十年代的上海舞廳，現代文明常常被罪惡和色情所扭曲。舞廳外面五光十色的霓虹燈和舞廳內部眩人耳目的聲光化電，在現代派作家的小說中常常成為都市頹廢和魅力的所在。劉吶鷗、穆時英等筆下的夜總會和狐步舞是那樣的讓人瘋狂和迷醉。1938 年的《電聲》雜誌描繪了當時舞廳中流行黑燈舞曲的情況，當舞廳「每奏此曲必熄滅所有燈光，變成一伸手莫辨五指的黑暗世界」，那些「於黑燈音樂中婆娑舞者，多懷有某種企圖。有性挑逗者，聞〈黑夜哨聲〉之曲，輒捷足下池，以『餓虎撲食』之姿勢，攫起『戶頭』而狂舞。或詢其有何趣味，則曰：『暗中摸索，其樂也融融』」[47]。從黑燈舞的盛行和上面所分析的抱著滿足肉體欲望而去跳舞的 40%的舞客，我們不難想像，是消費者和經營者的合謀使得近代上海娛樂環境的色情化更趨張揚。30 年代在上海由舞廳而引起全

---

[45] 〈舞客的種種〉，《電聲》，1937 年第 12 期，第 584 頁。
[46] 〈五種舞客的心理分析〉，《電聲》，1937 年第 1 期，第 139 頁。
[47] 《電聲》，1938 年第 17 期，第 357 頁。

社會關注的，最大莫過於 1934 年的大學生禁舞事件。由於不少學生
因沉迷跳舞而荒廢了學業。同時，社會上有些人看到大學生頗得舞
女好感，莫不冒充大學生，以致引起了社會輿論的非議。於是在國
民黨當局新生活運動開展時，社會、學校和學生家長都紛紛借此機
會，呼籲禁止大學生跳舞。1934 年上海大學聯合會做出決議，禁止
大學生跳舞。由於大學生被禁舞，舞場經營活動受很大打擊。有雜
誌報導：「是時，社會蕭條，舞客本已大減，因受到大學生禁舞的
影響，各中學生亦被校方禁止跳舞，而一般社會人士，亦相率勸戒
其子弟，勿再沉迷於舞場，致使各舞場中的舞客，較前數月更形銳
減，各大舞場，若百樂門、大都會、大滬、大華、維也納等，以前
營業最盛時，舞客幾無隙地，今則每夜平均只百餘人而已，甚至連
次數亦不滿。」[48] 當然，舞廳也並不只是頹廢和墮落，也有高雅和時
尚。當年上海的老克臘孫樹棻先生在他的憶舊散文《上海的最後舊
夢》中描述了昔日上海舞廳的「四大名旦」仙樂斯、百樂門、新仙
林和大都會裏，舞客穿著講究，樂隊演奏的舞曲高雅，舞廳侍應服
務彬彬有禮。在他看來，「對一家舞廳來說，能否挨得進高檔次，
門口的氣派和內部的裝修及侍應的態度等方面固然要緊，但更重要
的是要看聘用什麼樣的樂隊」。這些高檔舞廳大都聘請國外著名樂
手尤其是音樂細胞最豐富的菲律賓人，「這些樂隊很能緊跟『潮
流』，國外流行出一首什麼樣的樂曲，不多幾天就能搬進上海的舞
廳裏演奏樂了」，「與之相應的是在那些舞廳裏的舞女也必須會
跳所有那些舞曲」[49]。因此，即便二、三十年代上海舞廳的確有
諸多藏污納垢之處，但這絕不能排除它們對活躍市民生活、擴展

---

[48] 《電聲》，1934 年第 47 期，第 93 8 頁。
[49] 孫樹棻：《上海的最後舊夢》，上海古籍出版社，1999 年 9 月，第 5、10 頁。

社交範圍、促進社會流通、引導都市時尚、培育市民文化所起的
重要作用。

　　咖啡和咖啡館的出現完全改變了上海市民飲茶的傳統習慣。20
年代以前，咖啡大多是被包含在西式菜館中來介紹的。在上海商務
印書館編制的 1918 年版《上海指南》中真正以咖啡館之名列入的僅
有一座。20 年代以後，隨著外國僑民的增多，咖啡館也日漸增多起
來[50]。當時的咖啡館多由外國人經營，最初只是外國僑民休閒娛樂的
場所，後來漸漸吸引了不少在外國洋行工作的華人職員，後來逐漸
成為上海市民尤其是青年男女談情說愛、休閒娛樂的理想場所了。
30 年代在上海，人們把久坐咖啡館裏喝咖啡稱作「孵」。這個安
靜、閒適、溫馨的「孵」字十分生動形象地描繪出了喝咖啡者的內
在心裏和外部表現。「孵」客們即便「喝完杯中的咖啡便招呼女侍
拿來杯開水，獨坐或對坐在那裏『孵』上一整個下午或一整個晚
上，開水是免費的，喝完可以招呼添加，不用擔心會受到女侍或領
班的冷淡或白眼」[51]。當時著名的海派文人張若谷在他的《咖啡座
談》中寫道，「除了坐寫字間，到書店漁獵之外，空閒的時間，差
不多都在霞飛路一帶的咖啡館中消磨過去」，「大家一到黃昏，就
會不約而同地踏進幾家我們坐慣的咖啡店，一壁喝著濃厚香醇的咖
啡以助興，一壁低聲輕語訴談衷曲。——這種逍遙自然的消遣法，
外人不足道也」[52]。咖啡館的寧靜、優雅和閒適完全不同於酒店、茶
館的喧鬧、世俗和忙亂。首先，咖啡館內的座位設置多為火車廂
式，為人們提供了一個相對封閉的私密交往的空間。這與茶館和酒
店敞開式的空間佈局完全不同，因而到咖啡館的消費群體大多是具

---

[50] 《上海指南》，上海商務印書館，1909 年版，酒店一，第 6 頁。

[51] 孫樹棻：《上海的最後舊夢》，上海古籍出版社，1999 年版，第 52 頁。

[52] 張若谷：〈現代都會生活象徵〉，《咖啡座談》，上海真善美書店，1929 年
版，第 3－8 頁。

有一定知識和涵養的中上層人士。其次,人們在咖啡館裏聊天時,說話的聲音都壓得很低,當然這並不是故作姿態,怕被他人聽見談話的內容,而是唯恐自己說話的聲音打擾了他人,破壞了咖啡館的寧靜和優雅。因而這種互不相擾的寧靜既適合情人幽會時的竊竊私語,也被進步文化人士用作協商密談的安全去處。「左聯」成立前的幾次籌備會議都是在北四川路上的「公啡」咖啡店舉行的。在上海,咖啡館作為社會公共空間所特有的文化內涵,還吸引了一大批作家和文學青年。1928 年,史蟫在他的〈文藝咖啡〉中寫道,「不知什麼人靈機一動,竟在號稱神秘之街的北四川路上,開設了上海歷史上破天荒的第一家咖啡館,招牌名叫『上海珈啡』,從『珈啡』這一點上看,就可知道那時喝咖啡的風氣在上海還沒有普遍」,「於是吸引了一批愛好新文藝作品的青年學生」,「他們到這裏來,既可以認識他們所崇拜的作家,又可以飽餐女招待的秀色,還可以喝香味濃郁的咖啡」[53]。咖啡館對上海都市娛樂生活的影響是深遠的,在某種程度上,它已成為近代都市娛樂生活現代性的一個表徵。

　　中國傳統的購物場所是店鋪,這些店鋪大多規模小、經營方式陳套。在單一的供需關係結束之後,三尺櫃檯常常阻止了顧客與店員或者顧客與商品之間進一步「交往」的可能。開埠以來,隨著外商的進駐,現代百貨公司也在上海搶灘登陸,最有代表性的是坐落在南京路由海外華商投資的先施、永安、新新和大新四大百貨公司。現代百貨公司的出現完全改變了傳統店鋪的經營方式和上海人的娛樂消費方式。首先,各大百貨公司以其宏大的規模和華美的裝飾吸引顧客。先施百貨公司於 1917 年 10 月 20 日由粵商馬應彪建成

---

[53] 史蟫:〈文藝咖啡〉,載陳子善編《夜上海》,經濟日報出版社,2003 年版,第 221－222 頁。

開業，占地 7000 餘平方米，外觀具有文藝復興後期巴羅克建築特色。整個大樓共七層，大樓立面採用古典主義三段式處理，底層設騎樓式外廊，外廊內設大櫥窗，二、三層間用愛奧尼克立柱支托三層以上部位的弧形出簷；四層為鑄鐵陽臺，五、六層為雙扇窗。東南轉角立面的六層頂部蓋一座「摩星塔」，意即與星齊高，成為南京路商業街景標誌之一。1918 年建成開業的永安百貨公司擁有新舊兩座大樓。舊樓 6 層，占地 5681.5 平方米，為英國式混凝土結構，外牆用圓柱與貼壁方柱修飾，東北部外沿呈弧形。沿南京路有 3 座愛奧尼雙柱式拱形大門和 10 個大面積玻璃櫥窗，外牆用水磨石飾面，在上海首屈一指。新樓高 22 層，占地 1400 平方米，是一座鋼框架結構的高層建築，建築形式仿美國摩天樓式。沿街設大面積櫥窗，並以綠色花崗石鋪砌，上面為淺黃色面磚飾面，處理簡潔明快。為了與西面隔著一條馬路的老永安公司聯成一體，建了兩座天橋。大樓頂尖高度在當時獨霸遠東，頂尖上裝置了別致的燈光設施，夜間大放異彩，引人注目。建築內設備比較新穎，裝有冷暖氣及快速電梯。1926 年 1 月建成開業的「新新公司」，寓意「日日新又月月新」之意。整座樓高 6 層，並在上海首先於商場內開放冷氣。大樓簡化了古典主義建築繁複的線條和裝飾，趨於簡潔明朗，在面臨南京路中部頂層設一座高高的方形空心塔樓，在高度及霓紅燈的設置上與「先施」、「永安」爭奇鬥豔。其次，各大百貨公司以其琳琅滿目的商品和各種形式的促銷手段吸引和刺激顧客的購買欲望。永安公司老闆郭樂從商業救國的初衷出發，大量吸收和借鑒國外先進商業經驗。1949 年他在《回憶錄》中說「余思我國欲於外國人經濟侵略之危機中而謀自救，非將外國商業藝術介紹於祖國」[54]。永安一開業時便打出「經營環球百貨，推銷中華土產」的口號，

---

[54] 郭樂：《回憶錄》，轉引自〈華僑成為中國百貨商店鼻祖〉，《人民日報》

經營商品達萬種。它最早發行公司獨用的禮券，還設法用漂亮的女營業員做「花瓶」招徠生意，營業額超過了先開張的先施公司，而成為上海百貨行業的老大。第三，近代上海的各大型百貨公司除了具有消費功能以外，同時兼備娛樂功能。先施百貨大樓一至三層為商場，四至五層為美商東亞旅社，六至七層為先施樂園，另有屋頂花園，開創了上海大型商場開辦娛樂業的先例。永安公司一至四層為百貨商場，其他樓層設有酒樓、旅館、彈子房、跳舞廳、遊樂場和戲院。新新公司一至三層為百貨商場，四層為粵菜館，五層設新新茶室、新新美髮廳、新新旅館等，六層設新都飯店、新都劇場，並在新都飯店大廳內自行設計裝備了上海第一個由中國人創辦的廣播電臺。大新公司一至四層為商場，五層為舞廳和酒家，六至十層為大新遊樂場。大新遊樂場佈置精巧，內有「天臺十六景」，同時開闢京劇、話劇、電影、滑稽、魔術等節目的演出。大新公司先進的裝備招徠了不少顧客近悅遠來，很快後來居上，成為南京路上赫赫有名的「四大公司」的龍頭[55]。百貨公司不僅在經濟上促進了市場的繁榮，在生活上滿足了人們的物質需求，同時也在文化上豐富了人們的精神生活。市場和商品在引導和改變人們的生活方式和價值觀念。逛商場不一定要購物，商場已經成為一種現代休閒的新去處。而對那些缺乏購買力的人們來說，百貨公司也成為他們心理補償和自我陶醉的好去處。正是在這個意義上，本雅明說「百貨商店是閒逛者的最後一個場所」，「人群不僅是那些受鄙視者的最新避難所，也是那些被遺棄者的最新麻醉藥。閒逛之輩便是處於人群中的被遺棄者，在這一點上，他與商品的處境有相同之處，他自己並

（海外版），2006 年 11 月 7 日。

[55] 參見上海市地方誌辦公室主編：《上海建築施工志‧工程篇》，上海社會科學院出版社，1997 年版。

沒有意識到他的這個特殊處境，但這並不降低這種處境在他身上的效用。這種處境如同能補償很多侮辱的麻醉藥，極樂地滲透了他的全身。閒逛者所迷戀的這種陶醉，就是對顧客潮水般湧向商品的陶醉」[56]。

通過以上對城市公園、電影院、歌舞廳、咖啡館、百貨公司等代表性的都市公共空間的分析，我們不難發現，現代都市物質空間在塑造都市現代形象、改變都市文化生活方面的重要意義。它們以其現代性的建築外觀和豐富的文化內涵打造了全新的現代都市形象，改變了人們的生活方式和思維方式，從而深刻地影響著作家的寫作方式和讀者的審美方式。沒有了它們，茅盾、曹禺、戴望舒、穆時英、施蟄存、劉吶鷗、張愛玲、徐訏等都將無法進入文學想像，三、四十年代的中國現代文學圖景將幾乎出現蒼白甚至空白。

二、都市的內部生活空間及其文化表徵

陳丹燕在《上海的風花雪月》中描述過上海市民的兩種生活：「上海的市民常常有兩種生活，一種是面向大街的生活，每個人都收拾得體體面面，紋絲不亂，豐衣足食的樣子，看上去，生活得真是得意而幸福。商店也是這樣，向著大街的那一面霓虹閃爍，笑臉相迎，樣樣東西都亮閃閃的，接受別人目光的考驗。背著大街的弄堂後門，堆著沒有拆包的貨物，走過來上班的店員，窄小的過道牆上都是黑的，被人的衣服擦得發亮。小姐還沒有梳妝好，吃到一半的菜饅頭上留著擦上去的口紅印子。而人呢，第二種生活是在弄堂裏的，私人家裏的，穿家常衣服，男人們圍著花圍裙洗碗。上海市

---

[56] 本雅明：《發達資本主義時代的抒情詩人》，江蘇人民出版社，2005 年版，第 53－54 頁。

民的真正生活,是在大玻璃牆和黃銅的美國鐘擺後面的,不過他們不喜歡別人看到他們真實的生活,那是他們隱私的空間,也是他們的自尊。」[57]

　　如同市民的生活一樣,上海的都市空間也包括兩類最具代表性建築,一是矗立在外灘及臨近大街的摩天大樓,如滙豐銀行、海關大樓、沙遜大廈、禮查飯店、滙中飯店、百老滙大廈、上海總會、中國銀行等這些被稱為「萬國建築博覽會」的西式建築群,以其濃郁的異國風情和目空一切的高大雄姿炫耀著殖民者的自信、得意和狂妄。另一類則是上海的「地方特產」石庫門民居。如果說摩天大樓是都市用來示人的外衣,那麼弄堂民居則是都市人冷暖自知的內裏,「把捉上海文化的大概,石庫門實在是當之無愧的最佳視角」[58]。如果說四合院是北京的文化名片,那麼石庫門則是上海的地方特產。十九世紀中後期,上海爆發了小刀會起義和太平軍三次進攻上海的戰鬥。頻繁的戰亂,使得江浙一帶的殷實之家和老城廂居民紛紛攜眷湧入上海租界,他們爭搶租賃一些臨時搭建的茅棚和木屋作為安身之處。租界當局對這些違章建築採取了嚴厲措施,但遭到界內外國地產商的強烈反對。最後,雙方妥協的結果是,根據「占地經濟、設計合理、結構堅固、外觀整然有序」的原則統一設計和建築了石庫門住宅。石庫門民居早期的佈局和建築風格,既吸收了某些江南民居講氣派守尊卑的傳統文化特色,又具有西方城市民居整齊有序、經濟實用的現代理性特徵,集中地傳達出上海文化融合中西的風貌。這種磚木結構的石庫門之所以建為上下兩層,一是與江南地面潮濕,人們多擇樓房而居,求其高爽有關。另一原因則是由於租界地價昂貴,民居向空間發展較為經濟。從石庫門的單體佈局

---

[57] 陳丹燕:《上海的風花雪月》,作家出版社,1998 年版,第 156 頁。
[58] 許道明:《海派文學論》,復旦大學出版社,1999 年版,第 58 頁。

來看，仍保留著以舊式家庭為單位的那種封閉式獨立住宅特點，體現了長幼有序、尊卑分明的傳統文化特徵。早期石庫門一般是三上三下，即正間帶兩廂（也有五上五下、六上六下，而兩上兩下、一上一下的較少）。樓下正中是客堂間，面對天井設落地長窗，東西為兩廂房，一般做書房或雜用。二樓正中為客堂，兩邊東西廂房是臥室。正屋後面是附屋，中間有天井與正屋完全分開，一般用作廚房、雜屋或儲藏室。附屋向後有天井採光通風，附屋頂上架木曬臺。後天井挖設水井，為生活用水。整幢住宅前後設一處入口，前立面由天井圍牆、廂房山牆組成，後圍牆與前圍牆同高，呈封閉式結構。從外面看，石庫門為左右較狹、前後較長的長方體。最注目的是正面的大門，一般是以花崗岩或寧波紅石作門樓，石料為門框，配上黑漆厚木的門扇，每個單體設一樘，一副銅環，用料相同，規格一致[59]。石庫門近觀顯得氣派有序，遠望整齊劃一、黑白對照，給人一種厚實、莊重、富足、安全的審美印象，是典型的傳統與現代、東方與西方文化融合的載體。梁實秋當年曾感歎石庫門既不乏經濟實用的精明又處處好講門面的上海作派，「房子雖然以一樓一底為限，而兩扇大門卻是方方正正的，冠冕堂皇，望上去總不像是我所能租賃得起的房子的大門。門上兩個鐵環是少不得的，並且還是小不得的。因為門環偌大，敲起來當然聲音就大，敲門而欲其聲大，這顯然是表示門裏面的人，離門甚遠，而其身份又甚高也」[60]。由於租界的住房緊張，一套石庫門房子後來常常租住著三、四戶甚至十來戶人家。當年從房東那裏租下幾間廂房或亭子間再轉租給別人而從中牟利的所謂二房東比比皆是。這種層層分隔，使本

---

[59]　參見王紹周、陳志敏《里弄建築》，上海科學技術文獻出版社，1987 年版，第 57 頁。

[60]　梁實秋：〈住一樓一底房者的悲哀〉，倪墨炎選編《浪淘沙——名人筆下的老上海》，北京出版社，1999 年版，第 135 頁。

來尚覺寬敞的住房變得逼仄不堪，人們戲稱「鴿子籠」。當時有人曾經描述了石庫門住房的擁擠：「樓上前房一戶張，樓上後房一戶黃；樓下前房一戶唐，樓下後房一戶楊。廚房改造一戶莊，梯半閣樓一戶桑，亭子間，一戶郎，曬臺改造一戶孀。」[61]沿街而建的石庫門一樓一底的結構，既適合租住又適合作為鋪面。當年郭沫若、成仿吾、郁達夫等人的創造社就設在哈同路的石庫門內，劉吶鷗、施蟄存、戴望舒等人經營的「第一線書店」、「水沫書店」也都分別設在四川北路的石庫門房子裏，既作出版社又作臨時的書店。

　　亭子間是石庫門中的一間。早期石庫門一般是三上三下，即正間帶兩廂，樓下正中是客堂間，東西為兩廂房，客堂後為扶梯，後面有灶間。灶間上面的一間就是上海人慣稱的「亭子間」[62]。亭子間是房屋後部、樓梯轉角處的小房間，在弄堂裏，能看見亭子間的小窗戶。亭子間的設計頗具巧思，合理分割了屋內空間，充分利用朝向不好的部位，增加了相對獨立的使用面積。亭子間作為輔助房間或臨時客房，或堆放雜物，較為實用，而租給一家好幾口人居住自然局促不堪了[63]。當年亭子間文人曾因毛澤東的一番幽默指稱而成為上海文化人的代稱（1938 年毛澤東在延安演講時說：「亭子間的人弄出來的東西不大好吃，山頂上的人弄出來的東西有時不大好看。」[64]），當年許多著名作家尤其是左翼作家大多住過亭子間。巴金曾回憶住在康悌路康益里某號亭子間裏的時候，常常睡在床上，聽到房東夫婦在樓下打架[65]。梁實秋則念念不忘當年住在冬冷夏熱的

[61] 丹翁：〈住房分租小唱〉，《晶報》，1929 年 7 月 3 日。

[62] 章清：《亭子間：一群文化人和他們的事業》，上海人民出版社，1991 年版，第 2 頁。

[63] 施康強：《都市的茶客》，遼寧教育出版社，1995 年版，第 21 頁。

[64] 毛澤東：《毛澤東論文藝》，中央文獻出版社出版，2002 年版，第 13 頁。

[65] 巴金：〈談《滅亡》〉，載《文藝月報》，1958 年 4 月。

上海亭子間裏，無論躲到哪個角落都難以逃避殺雞聲和油煙味的痛苦[66]。石庫門的擁擠和亭子間的逼窄製造了嘈雜的市聲和緊張的鄰里關係，使得許多市民從弄堂逃離到寬闊的大街和喧鬧的舞場去充分享用都市無拘束的自由。

近代上海民居建築除了里弄的石庫門以外，還有花園洋房、公寓住宅和簡屋棚戶。據統計，上海解放前住宅面積共有 2360.5 萬平方米，其中舊式里弄 1242.5 萬平方米，新式里弄 469 萬平方米，二者共占居民建築總面積的 72.5%；公寓 101.4 萬平方米，占 4.3%；花園住宅 223.7 萬平方米，占 9.5%；簡棚屋 332.6 萬平方米占 13.7%[67]。花園洋房集中在上海西區，主要居住著洋人、官僚、資本家和來滬的地主士紳等城市上層富裕家庭，當年臺灣地主家庭出身的劉吶鷗就租住在北四川路的一家花園洋房裏，一個人住著嫌太寬綽和單調，便經常邀請戴望舒、施蟄存、杜衡、穆時英等人來住。花園洋房大多為有錢人自己請人設計製造，佈局裝飾各有不同。在此不妨以滬淞護軍使盧永祥兒子造價 25 萬的豪宅為例。盧宅是一座「朝南三層的巨大洋房，占地七畝一分，建築精緻，屋內浴室、自來水、火爐、下房、花房、汽車房一應設備齊全。且有庭園花圃、草地、樹木、足資娛樂」[68]，滬上豪宅由此可見一斑。公寓住宅的居民主要是高級職員、商人、買辦等收入較高的城市中上層市民。30 年代以後，高層公寓住房逐漸增多，採用鋼筋混泥土結構，門窗多用鋼框，室外有陽臺，屋頂有花園，配有冷熱水供應和電梯，已經儼然是現代氣派了，但住在鋼筋水泥裏的中等市民彼此之間從一開始便形成了「老死不相往來」的都市冷漠症。當年住在公寓六樓的張愛

---

[66] 梁實秋：〈住一樓一底房者的悲哀〉，倪墨炎選編《浪濤沙——名人筆下的老上海》，北京出版社，1999 年版，第 134－136 頁。
[67] 羅蘇文：《石庫門：尋常人家》，上海人民出版社，1991 年版，第 22 頁。
[68] 〈高等住宅出讓〉（廣告），《晶報》1927 年 3 月 18 日。

玲便有「高處不勝寒」的感受。在她看來，「公寓是最合理想的逃世的地方」，「在公寓房子的最上層你就是站在窗前換衣服也不妨事」[69]。與前面幾類人相比，上海底層貧民的生活境遇最為淒慘，很大一部分居住在環境最差的棚戶裏。據統計，1920 年代上海約有棚戶 5 萬以上，人口約二、三十萬。這種棚戶以稻草、竹竿、泥土為材料。有建在船上的，也有直接搭建在地上的。棚戶裏面往往「沒有床也沒有椅桌，地上鋪一層厚厚的草，就算是床。冬天用編織的草簾子掛在門上擋風。許多棚戶人畜共居，臥室、灶間、糞桶間甚至雞塒豬欄共處一室，空氣極其污濁。雨季和大雪飄飛的日子是棚戶極為難熬的季節，外面下大雨，裏面滴小雨，冬天，鬥大的風從針尖大的窟窿裏灌進來，草棚裏與冰窟無異」[70]。住在草棚裏的主要是從農村逃荒來的蘇北難民。

不同的民居建築在一定程度上反映著社會的階層結構。曾經有人根據居住條件把上海作家分為四等，頭等作家占「住房一幢」，二等作家住「前樓亭子間外，還有一會客室」，三等作家住「一前樓與一亭子間」，四等作家「只要住一個亭子間」[71]。19 世紀末 20 世紀初石庫門的住戶主要是中小工商業主、自由職業者及一部分從事新聞出版工作的雇員，他們生活水平在溫飽以上。到 20 年代，石庫門一般還以經商和文化人居多。穆時英一家在敗落之前就曾在海寧路上一座三上三下的石庫門房子居住過。當年，陳獨秀、李達、邵力子、李漢俊、戴季陶、沈玄盧、茅盾等國共名流都住過石庫門。1933 年魯迅遷居虹口施高塔路大陸新村 130 弄 9 號（現山陰路 132 弄 9 號），當時茅盾住大陸新村 3 弄 9 號（現為山陰路 156 弄 29

---

69 張愛玲：〈公寓生活記趣〉，《流言》，花城出版社，1997 年版，第 26
　　－32 頁。
70 綏之：〈三個草棚區域〉，《社會日報》，1935 年 3 月 24 日。
71 魏京伯：〈海派與京派產生的背景〉，《魯迅風》第 16 期，1939 年 6 月。

號），均為單開間三層新式里弄，月租 60 元[72]。而 30 年代中期，與同期興起的新式里弄房客相比，石庫門房客的消費檔次呈相對下降趨勢，包括小職員、工人、小販、舞女、妓女等小市民的各色成員，成為里弄住宅中人員最龐雜、居住密度最高條件最差、建築結構最陳舊的一部分。花園洋房則主要居住著洋人、官僚、資本家和來滬的地主士紳等城市上層富裕家庭。然而同樣是花園洋房的居民，洋人、資本家的洋房和官僚、地主、士紳的洋房卻常常表現出迥異的文化氛圍，前者更多的是西方現代氣息，後者則更多的是遺老遺少的古舊味道。從民居的變遷和居民的日常生活中，可以透視出社會文化風習的變動。

第三節　現代報刊的繁榮與文學商業空間的營造

一、現代報刊與出版業的繁榮

我國最早的報紙可以追溯到唐朝的邸報，主要用於傳遞和發佈朝廷的政令法規、皇室的起居言行、官員的任免賞罰、臣僚的奏章表疏等，幾乎沒有現代意義上公開的新聞言論，明代以前的歷代封建王朝都是嚴禁民間報刊出版的。直到 16 世紀中葉，明朝政府允許民間自設報房，在朝廷的監督下，翻印從內閣有關部門轉抄來的邸報中的一些內容，但也幾乎沒有任何眾意民情。因這類報房大多設在北京，所以通稱為「京報」，但訂閱京報的讀者主要是官吏、豪紳和鉅賈[73]。中國現代意義上的報刊是伴隨著

---

[72] 周國偉等：《尋訪魯迅在上海的足跡》，上海教育出版社，1987 年版，第 22 頁。
[73] 方漢奇：《中國近代報刊史》，山西人民出版社，1981 年 6 月，第 3 頁。

西方列強的殖民入侵，在「西風東漸」中開始誕生的。初期的報刊大多是由外國傳教士創辦，主要刊載宗教事務，同時也介紹一些新聞和西方科學技術知識，帶有一些文化殖民的特徵，如嘉慶20年（西元 1815 年）由英國佈道會教士馬禮遜在麻六甲創辦的中國第一份報刊《察世俗每月統紀傳》，表明上稱「考察世俗人道」，實則主要用來宣傳基督教，由專人帶往廣州，連同其他宗教書籍一起免費贈送給一些參加科舉考試的讀書人[74]。自開埠以後，「上海因為得著機械的幫助，環境的優越，人才的集中，俄而成為全國新聞紙的中心地了」[75]。姚公鶴當年分析道，這種「環境的優越」主要體現在：一是辦報歷史早，「為全國先導」；二是「水路交會」，「傳達消息靈便」；三是為商業中心，「為全國視線所集」；而最重要的則是，「以託足租界之故，始得免嬰國內政治上之暴力」。由此可見，「上海報紙發達之原因，已全出外人之賜」，「然則吾人而苟以上海報紙自豪於全國者，其亦可愧甚矣」[76]。姚公鶴當年在分析上海報業發達原因時對租界既愛且恨的複雜心態表達了一代報人的痛苦和無奈。

　　早期上海報刊的創辦主要以商業為主，意在報導市場消息。由英國人亨利・奚安門創辦的上海第一份報紙，一開始便取名為《航務商業日報》（1850 年創刊，1864 年改名為《字林西報》，1949 年停刊）在發刊詞中開宗明義地說：「我們的熱情的努力，將喚起一種對於廣大的商業，和親切的國際政治關係之安適。」最早的中文

---

[74] 戈公振：〈中外經營的中文報刊〉，載張靜廬編《中國近代出版史料》，中華書局，1957 年版。

[75] 胡道靜：〈上海的日報〉，楊光輝等編《中國近代報刊發展概況》，新華出版社，1986 年版，第 279 頁。

[76] 姚公鶴：〈上海報紙小史〉，楊光輝等編《中國近代報刊發展概況》，新華出版社，1986 年版，第 258 頁。

報紙《上海新報》（1861 年創刊，1872 年停刊）在發刊詞中也宣稱一切「世俗利弊，生意價值，貨船往來，無所不載」[77]。由於這些報刊更多關注的是商業資訊，長年訂閱者「蓋大率洋商開設之洋行公司及與洋商有關係之各商店為多」。而它們「所載多不切用之文字」，「亦實多瑣碎支離之記事」，因而發行艱難，不被時人接受，以至於「每日出報，外埠託信局分寄，而本埠則必雇有專人，於分送長年定閱各家者外，其有剩餘之報，則挨門分送於各商店。然各商店並不歡迎，且有厲聲以詬之者。而此分送之人，則唯唯承受惟謹，及屆月終，復多方以善言乞取報資，多少即亦不論，幾與沿門求乞無異」[78]。隨著社會的發展、時局的變動，報刊的政治因素逐漸加強，社會性和時效性很強的政治資訊給報紙帶來了發展的契機。《上海新報》創刊時適逢太平軍和清軍在江浙和上海一帶交戰激烈時期，那時避難於上海租界的江浙殷富人家十分關心鄉情戰事，及時刊載這些消息的《新報》也就逐漸為時人關注了。《申報》（1872 年創刊，1949 年終刊）的崛起也與時政有關。1884 年法國侵略越南，《申報》創辦人美查雇俄人到法營探報。次年，法艦入侵寧波，美查又遣人前往觀戰，「這是我國報紙有軍事通信員的開始」。《申報》憑藉著這些準確詳細的軍事消息，打敗了《字林滬報》。「此役告終，申報的聲譽愈大。」[79]此外，早期《申報》還因追蹤清末「四大奇案」之一的楊乃武案，刊載為康有為、梁啟超翻案等文章，以及「不惜資本，函請北京及各省市機關人擔任重要

---

[77] 胡道靜：《上海新聞事業之史的發展》，上海通志館，1935 年版，第 2 頁。

[78] 姚公鶴：〈上海報紙小史〉，楊光輝等編《中國近代報刊發展概況》，新華出版社，1986 年版，第 260 頁。

[79] 胡道靜：〈上海的日報〉，楊光輝等編《中國近代報刊發展概況》，新華出版社，1986 年版，第 312 頁。

訪稿」，而使「閱者為之耳目一新，大受歡迎」[80]。當然《申報》之所以成為中國近現代史上歷史最長、影響最大的商業報紙，還有著多方面的原因，這與它最初的辦報理念和歷任經營者美查、席裕福、史量才等的開拓創新分不開。《申報》創刊之始，便確定了以普通市民為讀者對象，「凡國家之政治，風俗之變遷，中外交涉之要務，商賈貿易之利弊，與夫一切可驚愕可喜之事，足以新人聽聞者，靡不畢載」[81]，到史量才接手《申報》時又適逢「五四」新文化運動風起雲湧。史氏大膽地整頓編務，革新版面，聘請新人，大量刊載政論性和文藝性內容吸引讀者。「這時的《申報》確有欣欣向榮、蒸蒸日上之勢，大踏步地向前發展，儼然成為報界地領袖」[82]。近代上海報刊由偏重商業資訊到注重政治時事，再到關注日常生活，姿態不斷下移，內容不斷變化，市場不斷繁榮，到副刊、小報、畫報聲勢壯大時，報刊已逐漸成為上海市民日常生活中最重要的精神食糧，正所謂「或與良友抵掌評論，或與愛妻並肩互讀」，「一編在手，萬慮都忘」[83]。近代上海報刊除了面面俱到的綜合類報刊之外，按其所載內容大致可以分為經濟類、政治類、文藝類、娛樂生活類。當然這種劃分只是相對而言的，事實上，大多數報刊（專業性除外）都是按讀者市場的需求而不斷調整變化的，畢竟報刊的發行者在關注社會效應的同時最重要的還是要讓它們賺錢盈利。注重經濟新聞的報刊除早期的《字林西報》、《上海新報》外，最有代表性的是後起的《新聞報》，總經理汪漢溪提出「輕政重商」的口號，特闢「經濟新聞版」，注重國外及本埠經濟新聞，爭取商人和小市民階層的讀者。這一「重商」策略和後來副刊《快活林》的開

---

[80] 曹正文：《舊上海報刊史話》，華東師範大學出版社，1991年版，第84頁。
[81] 〈本館告白〉，《申報》，1872年4月30日。
[82] 曹正文：《舊上海報刊史話》，華東師範大學出版社，1991年版，第84頁。
[83] 〈《禮拜六》出版贅言〉，《禮拜六》，1914年6月6日，第1期。

關都大獲成功，使它當時的銷量超過《申報》居上海報界之首。在
政治類報刊中影響較大的有《強學報》、《時務報》、《蘇報》、
《民國日報》、《民權報》、《新青年》等。尤其是《蘇報》和
《新青年》，前者因鄒容的《革命軍》和章太炎的《革命軍序》而
引發了震動全國的《蘇報》案，後者更因新文化的宣傳而成為時代
的號角。在舊上海的報刊中文藝類的報刊比例最大，吳福輝在當年
上海經銷雜誌的廣告上查到的數字是 600 餘種[84]，如《小說月報》、
《禮拜六》週刊、《紫羅蘭》、《創造月刊》、《美育雜誌》、
《戲劇》月刊、《現代》、《文學》、《論語》、《譯文》、《萬
象》等都是聞名一時的文藝雜誌。舊上海的著名副刊主要有《申
報》的〈自由談〉、《新聞報》的〈快活林〉、〈時報〉的〈餘
興〉、《民國日報》的〈覺悟〉和《時事新報》的〈學燈〉等。相
對於那些刊載社會資訊的正刊來說，副刊大多聘請一些名家主持編
務，主要刊載一些文藝性作品和時事性評論來吸引讀者，如周瘦
鵑、黎烈文主編的〈自由談〉、嚴獨鶴主編的〈快活林〉、包天笑
主編的〈餘興〉、鄭振鐸、宗白華主編的〈學燈〉等。這些吸引讀
者的副刊一方面提高了整個報紙的發行量，另一方面為作者提供了
很好的文學園地。當年張恨水的《啼笑因緣》在《新聞報》副刊上
連載時，該刊的發行量急劇上升到 20 萬份[85]。黎烈文主持〈自由
談〉時，經常登載魯迅、茅盾、郁達夫、巴金等針砭時弊的雜文而
大受讀者歡迎。在商業文化環境中，報刊與讀者是商品與消費者之
間的關係。一方面讀者的消費趨向主導著報刊市場的走向，比如一
般市民讀者對名人隱私的好奇，促使了登載黑幕小說和八卦新聞的
通俗期刊和小報的繁榮。年青的寫字間讀者或大學生讀者對都市流

---

[84] 吳福輝：〈三十年代人文期刊的品類與操作〉，《東方》，1995 年第 6 期。
[85] 曹正文：《舊上海報刊史話》，華東師範大學出版社，1991 年版，第 92 頁。

行時尚的熱衷，使得劉呐鷗、穆時英等的洋場小說和《良友》一類
畫報的盛行。吳福輝說：「小報文化的商業性質最為濃重，敗壞海
派名聲，登載桃色作品、花邊新聞，製造流言蜚語，主要便是它
們。」[86]當然小報也有如《繁華報》、《晶報》、《立報》等可讀性
較強、影響較大者。而一般小報在談風月說勾欄的同時也在一定程
度上反映了近代上海都會生活的現實。阿英認為「風月」、「勾
欄」是小報在半殖民地都市生活中的物質基礎，它們在「反映了當
時半殖民地的買辦階級、洋場才子、都會市民和官僚地主一些沒落
的生活形態」的同時，「也揭露了當時的社會黑暗，抨擊了買辦、
官僚以及帝國主義，奠定了晚清譴責小說發展的基礎」[87]。張愛玲也
曾說她對小報「沒有一般人的偏見」，只有小報才有一種「特殊的
得人心的機智風趣」[88]。另一方面各種報刊對人們的價值觀念、審美
趣味、生活方式乃至整個社會文化風尚的形成都產生深刻的影響。
沈從文曾就《禮拜六》和《良友》畫報等雜誌對讀者趣味的影響做
過這樣的分析：「承繼《禮拜六》，能制禮拜六死命的，使上海一
部分學生把趣味掉到另一方向的，是如良友一流人物。這種人分類
應當在新海派。他們說愛情，文學，電影以及其他，製造上海的口
胃，是禮拜六派的革命者。幫助他們這運動的是基督教所屬的學
生，是上帝的子弟，是美國生活的模仿者，作進攻禮拜六運動而仍
然繼續禮拜六趣味發展的有《良友》一類雜誌。」[89]在近代上海傳統

---

[86] 吳福輝：《都市漩流中的海派小說》，湖南教育出版社，1995 年 8 月，
第 35 頁。
[87] 阿英：〈晚清小報錄〉，楊光輝等編《中國近代報刊發展概況》，新華出版
社，1986 年，第 114 頁。
[88] 張愛玲：〈致《力報》編者的信〉，載《春秋》，1944 年 12 月 28 日。
[89] 沈從文：〈郁達夫張資平及其影響〉，《沈從文文集》第 11 卷，廣州花城出
版社、香港三聯書店，1984 年版，第 143 頁。

倫理道德與現代西方價值觀念逐漸融合的過程中，承載著西方自由觀念和開放意識的報刊可謂是功不可沒。

　　報刊繁榮的背後是出版業的激烈競爭，30 年代上海的出版機構可謂是盛況空前。曾經在上海出版界工作了 50 年的朱聯保描述了當年他所目睹的上海出版業的盛況：「在河南路上，自南而北，店面朝東的，有文瑞樓，著易堂，錦章圖書局，校經山房，掃葉山房，廣益書店，新亞書店，啟新書局，文明書局，商務印書館，中華書局，會文堂書局等。其店面朝西的，有群益書社，正中書局，審美圖書館，民智書局，龍門聯合書局等。在廣東路中段，有亞東圖書館，文華美術圖書公司，正興畫片公司等。在福州路上，自東而西，店面朝南的，有黎明書局，北新書局，傳薪書店，開明書店，新月書店，群眾圖書雜誌公司，金屋書店，現代書局，光明書局，新中國書局，大東書局，大眾書局，上海雜誌公司，九州書局，新生命書局，徐盛記畫片店，泰東圖書局，生活書店，中國圖書雜誌公司，世界書局，三一畫片公司，兒童書局，受古書店，漢文淵書肆等；店面朝北的，有作者書社，光華書局，中學生書局，勤奮書局，四書局，門市部，華通書局，環球畫片公司，美的書店，梁溪圖書館，陳正泰畫片店，百新書店等。文化街上，書店鱗次櫛比，確實顯示出出版文化的一派繁榮氣象。而設在弄堂內，大樓裏的書店書鋪，還不包括在內。」[90]如此眾多的出版機構，可以想見當時上海圖書報刊出版發行的繁盛景象。曹聚仁這樣描述道：「望平街是上海新聞事業的象徵名詞和報紙的發行中樞。這條短短的街道，整天都活躍著。四更向盡，東方未明，街頭人影幢幢，都是販報的人，男女老幼，不下數千人。一到《申》、《新》兩報出版，那簡

---

[90] 朱聯保：《近現代上海出版業印象記》，學林出版社，1993 年版，第 6—7 頁。

直是一股洪流,掠過瞭望平街,向幾條馬路流去,此情此景,都在眼前。」[91]1934年,茅盾在〈所謂「雜誌年」〉中說:「目前全中國約有各種性質的定期刊300餘種,內中倒有百分之八十出版在上海。」[92]據統計,近代上海有日報129種(中文97種,外文32種)[93],晚報23種,小報190種,期刊648種[94]。而據王雲五統計,1927－1936年全國出版新書42718種,占總數的65.2%,而上海商務印書館一家就獨佔48%[95]。毋庸諱言,繁榮發達的文化出版市場打造了上海自由、開放、多元、創新的現代都市文化環境,為20年代末我國文化(文學)中心由京入滬的南移提供了前提和保障。

二、文學中心的南移與各路文人的匯聚

現代報刊是由創作者、出版方和讀者大眾共同組成的「想像共同體」。除了經營者的商業運作和接受者的閱讀需求以外,近代上海報刊出版的繁榮離不開把資訊生活轉換為紙面媒體的創作群體。20年代末,由於特殊的政治原因,上海匯聚了一批來自四面八方的文藝工作者,他們和上千種報刊一道使上海很快取代北京而成為中國新文學的中心。首先是一批原來投身於革命的作家和文化工作者匯聚上海。1927年大革命失敗後,白色恐怖籠罩一時。郭沫若、郁達夫、田漢、成仿吾等創造社前期成員和馮乃超、李初梨、彭康、

---

[91] 曹聚仁:《上海春秋》,上海人民出版社,1996年版,第100頁。

[92] 蘭(茅盾):〈所謂「雜誌年」〉,《文學》,1934年8月1日。

[93] 胡道靜:〈上海的日報〉,楊光輝等編《中國近代報刊發展概況》,新華出版社1986年9月,第281頁。

[94] 曹正文:《舊上海報刊史話》,華東師範大學出版社,1991年版,第176－220頁。

[95] 王雲五:《十年來的中國出版事業(1927－1936)》,轉引自陳伯海主編《上海文化通史》,第588頁。

朱鏡我等後期成員分別從廣州和日本來到上海，他們除了繼續出版
《創造月刊》外，又創辦了《文化批判》。錢杏邨、蔣光慈、孟
超、洪靈菲、沈端先、楊邨人等先後來到上海於 1928 年 2 月成立太
陽社，出版了《太陽月刊》。此外，瞿秋白、茅盾、馮雪峰、潘漢
年、周揚等左翼文藝界領導和柔石、丁玲、胡也頻、葉紫等進步文
學青年也先後來到上海。這批左翼作家於 1930 年在上海成立「左翼
作家聯盟」，先後出版《萌芽》、《拓荒者》、《北斗》、《世界
文化》、《十字街頭》、《前哨》、《文學》、《文藝新聞》、
《文學月報》等多種刊物，提倡無產階級革命文學。其次是一批北
京文人的南遷。1926 年前後，北洋政府一方面在經濟上拖欠薪水，
另一方面在思想上採取高壓政策，甚至直接進行政治迫害，如 1926
年段祺瑞政府製造了駭人聽聞的「三‧一八慘案」，屠殺無辜民
眾，魯迅稱之為「民國以來最黑暗的一天」[96]。隨後奉軍入關，張作
霖又採取更嚴厲的措施捕殺進步人士（如新文化運動領袖李大釗
等），鉗制思想自由。北京最主要的兩個刊物《語絲》和《現代評
論》相繼停刊。此時，北京已被恐怖的氣氛所籠罩，大批文人紛紛
離京南下。文人南下主要集中在上海、南京、廣州、廈門等四個大
城市，而尤以上海最多。魯迅由北京經廈門走廣州，於 1927 年 10
月 3 日到達上海。胡適、丁文江、徐志摩、陳源、劉英士、沈從
文、葉公超、梁實秋、余上沅等人也都在 1926 至 1927 年間到達上
海。這批原來「現代評論派」人物重聚上海，成立新月書店，出版
《新月》雜誌，提倡以「健康」和「尊嚴」為原則的自由主義文
學。除了上述兩種外來入「海」的文學力量之外，素居上海的海派
文人更是上海灘頭的文化弄潮兒。從早期鴛鴦蝴蝶派的通俗言情到
後來現代派的都市新感覺，共同打造了上海文藝的「風景線」。

---

[96] 魯迅：〈無花的薔薇之二〉，《語絲》週刊，1926 年 3 月 29 日，第 72 期。

三、文學商業空間的營造

　　現代報刊為各路文人提供了想像的空間、言論的陣地和生活的資源，使得商業化和職業化的文學寫作成為可能。在近代上海，上千種報刊雜誌如同嗷嗷待哺的嬰兒一樣需要大量的文字濡養。上至國家政治，下至風俗變遷，「宇宙之大，蒼蠅之微」[97]，只要能「新人聽聞者，靡不畢載」[98]。科舉廢除之後，一些失去仕途期待的文人墨客，走上了賣文為生的商業寫作之途。文人走向市場一般有兩種方式，一是為出版商服務，從事編輯出版工作，如張元濟、李伯元、嚴獨鶴、周瘦鵑、茅盾、葉聖陶、黎烈文等等；二是作為撰稿人賺取謀生的稿費，如林紓、魯迅、郭沫若、戴望舒、杜衡、張愛玲等等；當然很多人是既作編輯又賺稿費的，如上述的李伯元、周瘦鵑、茅盾、葉聖陶等人。文人獲取稿費的方式主要有按字取酬和抽取版稅兩種。據陳明遠考證，中國最早有關版稅的記載是 1901 年上海的《同文滬報》，規定「提每部售價二成相酬」，也就是版稅20％；最早有關字數稿酬的史料是梁啟超的相關記載。他主持的《新民叢報》和《新小說》（皆為 1902 年創刊）等刊物「大約評述及批評兩門，可額定為每千字 3 圓。論著門或可略增（斟酌其文之價值），多者至 4 圓而止，普通者亦 3 圓為率。記載門則 2 圓內外，此其大較也」[99]。近代上海的各出版商常常根據作者名氣的大小和讀者市場的需求來支付稿酬。當時一般的稿費每千字 2－3 元，一般書籍的版稅約為 15％左右，林譯小說的稿酬每千字 6 元，胡適最初在《東方雜誌》的稿費也是每千字 6 元，梁啟超的《中國歷史研究法》等書的版稅為 40％（這在當時已是最高的了），魯迅的出版

---

[97] 林語堂：〈《人間世》發刊詞〉，《人間世》，1934 年 4 月 5 日，第 1 期。
[98] 〈本館告白〉，《申報》，1872 年 4 月 30 日。
[99] 陳明遠：《文化人的經濟生活》，文匯出版社，2005 年 2 月版，第 51 頁。

合同則通常約定抽版稅 20％。從晚清至三、四十年代，除了教書，賣文便成了文人謀生的主要手段。柔石在給他哥哥的信中寫道：「福現已將文章三本，交周先生（魯迅）轉給書局，如福願意，可即賣得八百圓之數目。惟周先生及諸朋友，多勸我不要賣了版權，云以抽版稅為上算。彼輩云，吾們文人生活，永無發財之希望。抽版稅，運命好，前途可得平安過活，否則一旦沒人要你教書，你就只好挨餓了。抽版稅是如此的：就是書局賣了你的一百圓的書，分給你二十圓。如福之三本書，實價共二圓，假如每年每種能賣出二千本，則福每年可得八百圓，這豈非比一時得到八百圓要好？因此，福近來很想將此三部書來抽版稅，以為永久之計了。」[100]當然，文人身份和角色的轉換，最初給他們所造成的「猶抱琵琶半遮面」的矛盾複雜心理是可以想見的。寓居租界的魯迅說他在上海「如身穿一件未曾曬乾之小衫」[101]，難以判定它是絕對的好壞。他一方面指責「『海派』是商的幫閒」，「從商得食者其情狀顯，到處難於掩飾」[102]，另一方面又不得不依賴上海的出版市場獲取生活資源，甚至為了稿費不惜與出版商對簿公堂。郭沫若一方面對上海文化的商業屬性大為不滿，詛咒它是「遊閒的屍，淫嚚的肉」，「以致我的心兒作嘔」[103]，另一方面又說「賣文是作家應有的權利，沒有什麼榮辱可言」，「由賣文為辱，轉而為賣文為榮，這是一個社會革命，是由封建意識轉變而為資本主義的革命」，「是意

---

[100] 陳明遠：《文化人的經濟生活》，文匯出版社，2005 年 2 月版，第 51 頁。

[101] 魯迅：〈書信・致鄭振鐸〉，《魯迅全集》（第 12 卷），人民文學出版社，1981 年版，第 284 頁。

[102] 魯迅：〈「京派」與「海派」〉，《申報・自由談》，1934 年 2 月 3 日。

[103] 郭沫若〈上海印象〉，《郭沫若全集》（第 1 卷），人民文學出版社，1982 年版，第 162 頁。

識上的革命」[104]，體現了他一貫「突變」的風格。沈從文對上海文學與商業結合的矛盾態度更具代表性。他一方面承認上海商業環境對自己和文學創作的意義，說「我的文章是只有在上海才寫得出也賣得出的」，「只有上海地方成天大家忙匆匆過日子，我才能夠混下去」[105]，「作品一用商品方式分佈，於是有職業作家，緣於作品自由競爭產生了選擇作用和淘汰作用，所以在短期間作品質與量兩方面都得到長足進步，且即奠定了新書業基礎」[106]，另一方面又不遺餘力地批判「在上海寄居於書店、報館、官辦雜誌」的海派文人是「名士才情」與「商業競賣」的結合[107]，是「道德上與文化上」的惡風氣。然而與魯迅、沈從文等外來入海者不同的是，葉靈鳳、林微音、張愛玲、予且等長期立足於都市現代生活的海派作家，不但認同商業經濟屬性對於人的合理價值，甚至為了經濟原因不惜主動投合讀者大眾和出版市場的口味。葉靈鳳一向認為，「書籍絕對沒有所謂道德的或不道德的。書籍只有寫得好的或寫得不好」[108]。林微音則毫不避諱地說，只要有人向他約稿，「從來不知道說『不』字」，朋友戲稱他，「只要有錢，無論烏龜賊強盜的雜誌，要他寫文章，他都會寫」[109]。張愛玲坦言道，「從小似乎我就很喜歡錢」，「因此一學會『拜金主義』這個名詞，我就堅持我是拜金主義者」，「我很高興我的衣食父母不是『帝王家』而是買雜誌的大

---

[104] 郭沫若：《革命春秋》，上海海燕書店，1949 年版，第 206 頁。

[105] 沈從文：〈致王際真〉，《沈從文全集》（第 18 卷），北岳文藝出版社，2002 年版，第 143－144 頁。

[106] 沈從文：〈「文藝政策探討」〉，《沈從文批評文集》，劉洪濤編，珠海出版社，1998 年版，第 73 頁。

[107] 沈從文：〈文學者的態度〉，《大公報・文藝》1933 年 10 月，第 8 期。

[108] 葉靈鳳：〈藝術家〉，《天竹》，現代書局，1928 年。

[109] 林微音：《散文七輯・序言》，上海時代圖書公司，1936 年，第 3 頁。

眾，不是拍大眾馬屁的話——大眾實在是最可愛的雇主」[110]。予且也坦言：「有時因為物質上的需要，我們無暇顧及我們的靈魂了。而靈魂卻又忘不了我們，他輕輕地向我們說：『就墮落一點吧！』」[111]由於讀者和經營者的市場需求，報刊也在內容、形式和風格上深刻地影響著作者們的寫作方式。20 年代商務印書館之所以讓茅盾改革鴛鴦蝴蝶派陣地《小說月報》，主要原因並不是舊式文人的思想觀念與商務印書館有所衝突，而實際上是因為「五四」新文學運動期間，舊式的《小說月報》不能滿足新式讀者的閱讀口味，商務印書館只得根據讀者市場的需求情況讓茅盾來主持《小說月報》，發表新文學作品。後來隨著新文學運動浪潮的回落，讀者娛樂消遣的閱讀需求又有所抬頭，於是商務印書館又乘勢創辦了《小說世界》，發表一些舊式的通俗作品。30 年代施蟄存編輯《現代》雜誌期間，既要考慮到資方「使門市維持熱鬧」的要求，又要「給全體的文學嗜好者一個適合的貢獻」[112]，於是根據「新鮮活潑」的市場需求不斷調整欄目形式和內容，廣泛介紹西方現代文學思潮，培育了以穆時英為代表的新感覺派和以戴望舒為代表的現代詩派。當時有不少投稿者竟然揣摩編者的意圖，模仿施蟄存的意象主義詩歌和以古事為題材的歷史小說，致使施蟄存不得不在雜誌上出面加以勸止。報刊運作方式對寫作者的影響在魯迅身上也得到鮮明的體現。魯迅說他一到上海，「即做不出小說來」，甚至連純文學的散文也很少了，只好「雜感雜感下去」[113]。這一方面當然是由於都市的繁鬧使得他靜不下心來作小說，而在筆者看來更多的原因

---

[110] 張愛玲：〈童言無忌〉，《流言》，花城出版社，1997 年版。
[111] 予且：〈女七書・札記〉，《利群集》，上海德潤書局，1946 年版。
[112] 施蟄存：〈創刊宣言〉，《現代》，1932 年 5 月。
[113] 魯迅：〈書信・致蕭軍、蕭紅〉，《魯迅全集》（第 12 卷），人民文學出版社，1981 年版，第 585 頁。

是因為雜感篇幅短小、反映迅速,更適合報刊版面的要求,更符合在商業都市中靠稿酬生活的魯迅的生活方式。

　　總之,20 年代末至 30 年代初,由於租界的存在,政治相對寬鬆,言論相對自由,海派、京派和左翼等各類文人齊聚上海灘,寫文章,辦雜誌,開書店,組織文藝社團,舉行各種集會,展開各種論爭,營造出繁榮的文學商業空間,「在現代文學史上演出生龍活虎的一幕」[114]。

[114] 吳福輝:《都市漩流中的海派小說》,湖南教育出版社,1995 年 8 月,第 35 頁。

第二章　上海文化語境下的域外
現代派文學譯介

　　中國的現代派文學是在不斷吸納「異域的熏香」中發展起來的。從晚清時期西方現代主義思想的引進到 20 世紀 40 年代「新詩現代化」主張的提出，域外現代派文學的譯介大致可以分為三個階段：晚清至五四時期為西方現代主義思潮引進的初始階段，王國維、魯迅等現代文化先驅者開始引進西方現代主義哲學思想，茅盾、郭沫若、田漢等進一步譯介了域外的現代派文學思潮，早期對西方現代主義的引進過多關注的是現代思想意識，不太注重具體的作家作品，帶有明顯的文化啟蒙色彩；20 年代後期至 30 年代為繁榮發展時期，對域外現代派文學的譯介範圍更廣、規模更大，對於現代派文學的理論認識也上升到新的階段，譯介者們在充分理解的基礎上進行了較為系統的理論總結和本土化的詩學轉換，李金髮、穆木天、戴望舒、施蟄存、劉吶鷗等在域外現代派文學的濡染下創作了本土的現代派文學；30 年代後期至 40 年代為轉型開拓期，在特殊的歷史語境中袁可嘉、陳敬容等九葉派和他們的前輩詩人馮至、卞之琳等集中譯介了艾略特、里爾克和奧登等現代派作家的詩歌作品和詩學思想，並在此基礎上形成了共同的詩藝追求，提出了中國「新詩現代化」的主張。當我們在梳理近代以來我國域外現代派文學譯介的行程時，無法回避一個外在的客觀事實，從早期的《教育

世界》、《東方雜誌》、《新青年》（《青年雜誌》）、《民
鐸》、《少年中國》、《小說月報》、《詩》月刊、《創造季
刊》、《創造週報》、《時事新報》，到中期的《新文藝》、《現
代》、《文學》、《新詩》、《世界文學》，再到後期的《詩創
造》、《中國新詩》、《文學雜誌》、《文藝復興》等一些主要譯
介現代派文學的雜誌都在上海。在雜誌之外，商務印書館、世界書
局、中華書局、泰東圖書局、群益書社、北新書局、三聯書店、現
代書局、水沫書店等這些現代派文學作品的出版機構更是在上海。
可見，正是上海開放多元、追新求異的文化環境尤其是繁榮發達的
出版文化為域外現代派文學的譯介提供了重要的前提和現實的基
礎，而現代派文學的譯介從晚清時期的初起到 30 年代的繁興再到 40
年代的轉型，也隨著上海文化環境的變遷呈現出不同的狀貌。

第一節　「別求新聲於異邦」：晚清至「五四」時期西方現代主義思潮的引進

　　「道莫患於塞，莫善於通；互市者通商以濟有無。互譯者通士
以廣學問。嘗考講求西學之法，以譯書為第一義。」[1]張之洞 1895 年
在《上海強學分會序》中的這番話道出了一代革新圖強者的內心感
慨。自晚清國門大開以來，無數愛國志士和知識份子開始大量譯介
西方先進的文化思想和科學知識以革故鼎新、救國新民。上海自開
埠以來便成為西學東漸的視窗，最初的翻譯機構主要是由西方傳教
士創辦的，如墨海書館、格致書室、廣學會等。雖然這些翻譯出版

---

[1]　轉引自陳伯海主編：《上海文化通史》，上海文藝出版社，2001 年 11 月，第
　　546 頁。

機構的主要目的是宣傳宗教思想，但同時也翻譯了一些科學書籍，
更為重要的是它們帶來了近代中國最初的翻譯出版技術和人才，刺
激了民族翻譯出版業的產生和發展。1867 年上海江南製造局設立翻
譯館，由徐壽主持翻譯工作，先後翻譯刊印圖書資料 200 餘種[2]。
1896 年張元濟在上海建立南洋公學譯書院，譯介了大量外國政治、
經濟、科學技術方面的圖書。1897 年 10 月，梁啟超在上海創辦大同
譯書局，宣稱「本書局首譯各國變法之事，及將來變法之際一切情
形之書，以備今日取法；譯學堂各種功課，以便誦讀；譯憲法書以
明立國之本；譯章程書，以資辦事之用；譯商務書，以興中國商
學，挽回利權」[3]。從最初林則徐、魏源等人成立譯書館翻譯西書
「師夷長技以制夷」，到梁啟超創辦大同書局「以興中國」，我國
近代早期對西方思想文化的譯介具有鮮明的「經世致用」的政治傾
向和工具色彩。直到 1899 年林紓翻譯出版了小仲馬的《巴黎茶花女
遺事》，近代域外文學翻譯開始盛行，並對我國近現代文學創作產
生巨大影響。林紓一生翻譯了 160 餘種外國小說，內容廣泛，影響
深遠，魯迅、郭沫若、周作人、鄭振鐸等新文學先驅都曾直言不諱
林譯作品對自己的影響。從林紓已出版的 162 種譯著來看，有 152
種在上海出版，其中大多由商務印書館刊行[4]。19 世紀末 20 世紀
初，上海已經擁有了先進的印刷技術、發達的出版機構、眾多的報
刊雜誌和大量的文化人士，為域外現代派思潮的譯介提供了重要的
前提和堅實的基礎。

---

[2]　陳玉剛主編：《中國翻譯文學史稿》，中國對外翻譯出版公司，1989 年版，
　　第 32 頁。
[3]　方華文：《20 世紀中國翻譯史》，西北大學出版社，2005 年版，第 3 頁。
[4]　陳玉剛主編：《中國翻譯文學史稿》，中國對外翻譯出版公司，1989 年版，
　　第 71－72 頁。

一、早期現代主義文化思想的引進

　　20世紀初，魯迅、陳獨秀、胡適等文化啟蒙的先驅們以叛逆的姿態「且置古事不道，別求新聲於異邦」[5]，於是「掊物質而張靈敏，任個性而排眾數」[6]的尼采、叔本華、佛洛伊德、柏格森等西方現代主義文化思想先驅備受青睞。早期這些西方現代主義先驅文化思想的譯介主要集中在上海的《教育世界》、《民鐸》、《東方雜誌》、《青年雜誌》、《創造》、《時事新報·學燈》、《少年中國》、《小說月報》、《詩》等刊物上。

　　1904年王國維先後在其主編的《教育世界》第75－85號上連續發表了〈論叔本華之哲學及教育學說〉、〈德國文化大改革家尼采〉、〈尼采之學說〉、〈書叔本華遺傳說後〉、〈德國哲學家叔本華傳〉、〈叔本華與尼采〉等系列文章，大力介紹了叔本華與尼采兩位西方現代派思想先導，成為我國早期對西方現代主義哲學思想傳播的最有影響者之一。王國維從思想文化的層面上，稱讚叔、尼二人最大的貢獻在於「破壞舊文化而創造新文化」[7]。1901年創刊於上海的《教育雜誌》，是我國最早的一種教育刊物，其宗旨之一便是「引諸家精理微言，以供研究」[8]，主編王國維的啟蒙用意不言而喻。1908年魯迅在著名的〈文化偏至論〉和〈摩羅詩力說〉中介紹了斯蒂納、基爾凱郭爾、叔本華、尼采等西方現代主義先驅的思

---

[5]　魯迅：〈摩羅詩力說〉，《魯迅全集》（第1卷），人民文學出版社，1981年版，第63頁。

[6]　魯迅：〈文化偏至論〉，《魯迅全集》（第1卷），人民文學出版社，1981年版，第49頁。

[7]　王國維：〈叔本華與尼采〉，《教育世界》，1904年，第85號。

[8]　王國維：〈創刊宣言〉，《教育世界》，1901年，創刊號。

想，稱他們為「先覺善鬥之士」[9]。五四時期，尼采的「超人」哲學更是成為譯介的重點。1922 年《民鐸》雜誌專門刊出了「尼采專號」，收錄了白雲、符鐸、朱侶雲等人的〈尼采傳〉、〈尼采之一生及思想〉、〈超人和偉人〉、〈尼采的真價值〉等文章。1923 年，郭沫若在《創造週報》上譯載了尼采的《查拉圖司屈拉抄》，引起了廣泛的影響。除尼采哲學外，「五四」時期佛洛伊德的精神分析學說也透過文化層面更為直接地對新文學尤其是現代主義文學創作產生深廣的影響。1914 年錢智修在《東方雜誌》（10 卷 11 號）發表了〈夢之研究〉，這是中國最早正面直接介紹佛洛伊德精神分析學說的文章。1920 年張東蓀在《民鐸》（2 卷 5 號）和《時事新報》上發表了〈論精神分析〉一文，較為全面地評介了佛洛伊德關於無意識和心理結構的理論。1921 年 1 月明權在《時事新報・副刊》上選譯了廚川白村的《苦悶的象徵》，著者創造性地運用佛洛伊德精神分析學說和柏格森的生命哲學對文藝起源進行了現代主義的闡釋，後來豐子愷和魯迅分別翻譯出版了該書的全本。文藝的「苦悶象徵」觀對二、三十年代作家的創作影響甚巨。朱光潛也於 1921 年在《東方雜誌》上發表了長文〈佛洛伊德的隱意識與心理分析〉，系統介紹了潛意識、性意識、夢和神話、俄底浦斯情節、兄妹戀等精神分析理論。20 年代，郭沫若、郁達夫、張資平、葉靈鳳等創造社成員更是深受佛洛伊德學說影響，一方面並對其理論多有譯介，另一方面在創作中鮮明地表現出它的影響。郭沫若在《時事新報・學燈》上先後發表〈生命底文學〉和〈論國內的評壇及我對於創作上的態度〉，闡述了富於精神分析色彩的文藝主張，認為

---

[9]　魯迅：〈文化偏至論〉，《魯迅全集》（第 1 卷），人民文學出版社，1981 年版，第 49 頁。

「生命是文學底本質」,「文學是苦悶的象徵」[10],並於 1921 年和
1923 年分別運用精神分析學說寫了〈《西廂記》藝術上的批判與其
作者的性格〉和〈批評與夢〉兩篇文學批評文章發表在《創造季
刊》上。在創作上,郁達夫的《沉淪》、郭沫若的《殘春》以及張
資平、葉靈鳳等的性愛小說都十分明顯地表現出佛洛伊德學說的影
響。1925 年高覺敷在《教育雜誌》(第 17 卷第 10、11 號)譯載了
佛洛伊德原著《心之分析的起源與發展》,後來又在商務印書館翻
譯出版了《精神分析引論》和《精神分析引論新編》,第一次把佛
洛伊德原著譯介到國內。1926 年赴德留學的原北洋政府教育總長章
士釗開始翻譯佛洛伊德《自傳》(1930 年由上海商務印書館出
版),並與佛洛伊德有過直接的書信往來。章士釗在譯序中描述了
當時佛洛伊德學說在中國的影響程度,「今莂氏之名,雖被中土,
以云本學,所知無過鱗爪」,「愚不敢謂心通其意,惟篤好之,願
與同人共治之」[11]。相對而言,五四前後關於柏格森的譯介不如尼采
和佛洛伊德豐富。1913 年,留學法國並聆聽過柏格森講課的錢智修
在《東方雜誌》上發表了〈現今兩大哲學家概略〉(10 卷 1 號)和
〈布格迅哲學說之批評〉(11 卷 4 號),系統介紹了柏格森的直覺
主義及其對文學藝術的影響。劉叔雅於 1918 年〈新青年〉第 4 卷第
4 號上發表了〈柏格森之哲學〉。可見,20 世紀初對尼采、佛洛伊
德、叔本華、柏格森等學說的譯介,從最初的零星介紹,到後來重
視原著的翻譯,再到對其理論的分析評論和運用,是逐步深入的。

---

[10] 郭沫若:〈生命底文學〉,《時事新報・學燈》,1920 年 2 月 23 日。
[11] 章士釗:《莂羅乙德自傳・序》,《莂羅乙德自傳》,商務印書館,1930 年
版,第 1 頁。

二、「五四」時期現代主義文學思潮的譯介

　　「五四」新文化運動是以提倡新文學為主要內容的，文化先驅們在引進西方現代主義哲學思潮的同時，也開始了對象徵主義、表現主義和未來主義等西方現代主義文學思潮的譯介。

　　1915 年，陳獨秀在《青年雜誌》第 1 期發表了〈現代歐洲文藝史譚〉一文，介紹了西方象徵主義文學，論及了象徵派戲劇家梅特林克和霍普特曼。1917 年胡適受美國意象主義六原則影響在《新青年》上提出了新文學的「八不」主張。20 年代，少年中國學會、文學研究會成員和創造社成員分別在上海的《少年中國》、《小說月報》、《詩》和《創造》等雜誌發表了系列關於象徵主義的譯介文章。1919 年田漢在《少年中國》上撰寫了〈新浪漫主義及其他〉，介紹了新浪漫主義（即象徵主義）的美學特徵，認為新浪漫主義是「對於現實，不徒在舉世它的外狀，而在以直覺 intultion 暗示 suggestion 象徵 symbol 的妙用，探出潛在於現實背後的 something 而表現之」[12]。1920 年謝六逸在《小說月報》上發表了〈文學上的表象主義是什麼？〉，較為深入地介紹了表象主義（即象徵主義）的美學特徵，認為「近代的新浪漫派——表象派——已是複到文藝的本流」，表象是修辭學中暗喻的變體，「以暗示為根本」[13]。1920 年周作人在《少年中國》（1 卷 8 期）發表了〈英國詩人勃來克的思想〉，從英國象徵主義詩人勃來克的思想入手，闡明了象徵主義的一些精神實質，並在一定意義上，溝通了中國古代傳統文學與西方象徵主義之間的聯繫。1920 年 3 月至 1921 年 12 月間，《少年中

---

[12] 田漢：〈新浪漫主義及其他〉，《少年中國》，第 1 卷第 1、2 期。
[13] 謝六逸：〈文學上的表像主義是什麼？〉，《小說月報》，第 11 卷第 5、6 號。

國》雜誌更是刊出兩期「詩歌研究專號」和一期「法蘭西號」，重點介紹法國象徵派的理論和作品，其中有吳弱男的〈近代法比六詩人〉（1 卷 9 期）周無（太玄）的〈法蘭西近世文學的趨勢〉（2 卷 4 期）、李璜的〈法蘭西詩之格律及其解放〉（2 卷 12 期）、李思純的〈抒情小詩的性德及作用〉（2 卷 12 期）、黃仲蘇的〈一八二〇年以來法國抒情詩之一斑〉（3 卷 3 期）、田漢的〈惡魔詩人波陀雷爾的百年祭〉（3 卷 4 期、5 期）等。田漢在文中著重分析了波特賴爾「以惡為美」的美學特徵，認為「他的詩境常為死，為頹唐，為腐肉，為敗血，為磷光」，他反叛傳統的「惡魔主義」代表了「近代主義」的精神[14]。1924 年 4 月少年中國學會的重要成員張聞天在《小說月報》的「法蘭西文學研究專號」上翻譯發表了史篤姆的長文〈波特來耳研究〉，被稱為是「五四初期介紹象徵派詩歌的一篇譯介性的力作」[15]。1923 年劉延陵在《詩》（1 卷 4 期）上發表了〈法國詩之象徵主義與自由詩〉介紹了法國象徵主義詩歌的代表詩人及其作品，王統照也曾在《詩》（2 卷 2 號）上大力地介紹過愛爾蘭象徵派詩人葉芝，並發表了〈夏芝的詩〉。

　　表現主義最初發端於 20 世紀初德國繪畫界，其後在音樂、小說、戲劇、電影等領域流行，主要以象徵、夢幻等手法揭示人物深藏在內部的靈魂，反對模仿現實，提倡主觀感受。20 年代對於表現主義的譯介最初是在繪畫領域和文學層面同時進行的，主要是由上海的文學研究會和創造社成員在各自的文學陣地上譯介的。1920 年 2 月茅盾在《小說月報》上發表〈我們現在可以提倡表象主義嗎？〉，認為「表象文學是承接寫實之後到新浪漫的一個過程，所

---

[14] 田漢：〈惡魔詩人波陀雷爾的百年祭〉，《少年中國》，第 3 卷 4 期、5 期。

[15] 孫玉石：〈中國初期象徵派詩歌研究〉，北京大學出版社，1983 年版，第 58 頁。

以不得不先提倡」[16]。1921 年《小說月報》第 12 卷第 6 號上發表了
由海鏡翻譯的日本黑田禮二的論文〈狂飆運動〉，介紹了表現派的
繪畫。認為表現派繪畫是德國在第一次世界大戰後社會現實的特殊
反映。由於物質和精神貧乏，所以只剩下性的表現，因之表現主義
有色情主義之嫌。其後海鏡又在第 12 卷第 7 號上發表了〈後期印象
派與表現派〉，分析了表現主義產生的歷史背景和藝術特徵，認為
表現主義繪畫包括了象徵主義、未來主義、表現派等各種畫作，
「所謂後期印象派應當稱為表現派，歐洲大陸大概都是用這個名
稱」，「表現派並不是德國人發現的藝術上的新主義，其實他們在
精神上、名稱上，都是法國人的後繼者、追隨者。更進一步說他們
把新印象派以後在各國興起的未來派、立體派、表現派共同的思想
連接起來，又加上戰敗國的慘狀、變態色情主義，剎那的享樂主
義、運命主義等的思想感情，在『表現主義』這名稱下發洩的」[17]。
1921 年《小說月報》第 12 卷第 8 號開闢了「德國文學研究專欄」，
發表了一組介紹德國表現主義的文章，如日本山岸光宣著、海鏡譯
的〈近代德國文學主潮〉，山岸光宣著、程裕青譯的〈德國表現主
義的戲曲〉等。1926 年胡夢華在《小說月報》第 17 卷第 10 號上發
表〈表現的鑒賞論──克羅伊兼的學說〉第一次較系統地介紹了克
羅齊的表現論文學觀，認為克羅齊的表現論在關於文學規律、分
類、悲喜劇的劃分、風格、體裁、文學道德問題等十個方面是對前
人主張的革命。1929 年趙景深在《小說月報》第 20 卷第 9 號發表
〈奧尼爾開始三部曲〉，介紹其新作《發電機》。異軍突起的創造
社對表現主義的譯介也表現出同樣的熱情。甚至有學者認為，「創

---

[16] 茅盾：〈我們現在可以提倡表像主義嗎？〉，《小說月報》，第 11 卷第 12
　　期，1920 年 2 月。
[17] 海鏡：〈後期印象派與表現派〉，《小說月報》，1921 年第 12 卷第 7 號。

造」一詞即來自德國表現主義[18]。1923 年，郭沫若在《創造週報》上著文〈自然與藝術——對於表現派的共感〉，認為「19 世紀的文藝運動是受動的藝術。自然派，寫實派，象徵派，印象派乃至新近產生的一種未來派，都是模仿的藝術。他們都沒有達到創造的的階段」，只有新興的表現派才是將來「無窮的希望」[19]。郁達夫和成仿吾也分別在〈文學上的階級鬥爭〉和〈寫實主義與庸俗主義〉中闡發了表現主義思想。郁達夫認為，「德國是表現主義的發祥之地，德國表現派的文學家，對社會的反抗的熱烈，實際上想把現時存在的社會的一點一滴都倒翻過來」[20]。 成仿吾在文中闡發了表現主義的「真實觀」，認為文藝「要捉住內部的生命，要使一部分的描寫暗示全體」[21]。此外，《東方雜誌》也刊發了一系列介紹表現主義的文章，1921 年馬鹿在《東方雜誌》上發表了〈戲劇上的表現主義運動〉，較早介紹了表現主義戲劇及其演出的一些特點，認為「戲劇上的一切的革命，最大膽最奇特的，卻要算最近的表現主義運動了」[22]。隨後宋春舫也在《東方雜誌》（第 18 卷第 16 號）上發表了〈德國之表現派戲劇〉對表現派戲劇特徵及其代表作品都有較為具體的介紹。這方面的文章還有蠢才的〈新表現主義的藝術〉（《東方雜誌》第 19 卷第 12 期），俞寄凡的〈表現主義的小史〉（《東方雜誌》第 20 卷第 3 期），以及章克標的〈德國的表現主義戲劇〉（《東方雜誌》第 22 卷第 18 期）等。1923 年汪亞塵在《時事新報·學燈》上先後撰文〈印象派到表現派〉（4 月 14 日）、〈論表

---

[18] 袁可嘉：〈西方現代主義在中國〉，《文學評論》，1992 年第 2 期。

[19] 郭沫若：〈自然與藝術——對於表現派的共感〉，《創造週報》，1923 年第 16 號。

[20] 郁達夫：〈文學上的階級鬥爭〉，《創造週報》，1923 年第 3 號。

[21] 成仿吾：〈寫實主義與庸俗主義〉，《創造週報》，1923 年第 5 號。

[22] 馬鹿：〈戲劇上的表現主義運動〉，《東方雜誌》，1921 年 18 卷 3 號。

現主義藝術以後的感想〉（4 月 18 日），對表現主義繪畫的手法和
特徵作了較詳細的介紹。20 年代中後期，魯迅先後翻譯了日本片山
孤村的《表現主義》和山岸光宣的《表現主義的諸相》兩部論著交
由上海北新書局出版，較為準確、深刻地論述了表現主義的特點和
產生根源。著者認為表現主義「乃是一世紀前的羅曼派的世界觀的
復活」，「而近代心理學所發見的潛在意識的奇詭，精神病底現
象，性及色情的變態等，尤為表現派作家所窺伺著的題材」，分析
了表現派與浪漫派淵源的同時，也指出了它與新浪漫派「避開自然
不同」，而「崇尚主觀」又與自然主義對立[23]。1928 年 10 月劉大杰
的《表現主義的文學》也由北新書局出版，這是我國第一部較為系
統的表現主義文藝論著，全書共七章，從產生背景、理論基礎、創
作特點和藝術風格等多方面論述了表現主義文學的主要特徵。

　　1909 年義大利詩人馬里內蒂發表了〈未來主義宣言〉，次年又
發表了〈未來主義文學宣言〉標誌著未來主義的誕生。5 年後，章錫
琛在上海的《東方雜誌》上發表了譯自日本《新雜誌》上的〈風靡
全世界之未來主義〉一文，這是我國對未來派的最早介紹。1921 年
宋春舫在《東方雜誌》發表了未來派戲劇譯作〈未來派戲劇四
種〉。在「篇末附言」中，宋春舫根據近代以來西方傳統戲劇規範
批評了未來派戲劇，認為未來派的學說「完全是一種『狂人』學
說，他們所刊的劇本，也是『狂人』的劇本」[24]。1922 年茅盾在《小
說月報》上發表了〈未來主義文學之現勢〉，分別介紹了義大利和
俄國未來派，認為義大利未來派很快會消失，而俄國未來派從舊社
會的毀滅和新社會的創立中獲得無窮的氣魄和革命力量，在藝術上

---

[23] 片山孤村：《表現主義》，魯迅譯，商務印書館，1926 年版。
[24] 宋春舫：〈未來派戲劇四種〉，《東方雜誌》，1921 年第 18 卷第 13 號。

相當可觀，其興盛指日可待[25]。1923 年郭沫若在《創造週報》發表〈未來派的詩約及其批評〉，在批評未來派是「沒有靈魂的照相機或留聲機」的同時，也推崇他們對「動能」的強調，是「西方近代藝術的精神」，是藝術的生命[26]。郁達夫也在〈文學上的階級鬥爭〉中批評未來派反對歷史、道德和社會習俗的傾向，認為未來派多數作品過於怪誕和晦澀，與教育群眾的旨趣相背[27]。對於未來主義的譯介在20 年代並未受到特別的關注，主要是來自歐美和日本文藝批評家的相關論著，所譯介的對象主要是義大利馬里內諦和俄國馬雅可夫斯基等未來派理論和作品，直到 30 年代在蘇聯社會主義未來派的影響下和上海都會主義的文化語境中才得到特別的重視。

三、初期域外現代主義思潮譯介的特點

無庸諱言，從最初現代主義哲學思潮的引進到 20 年代現代派文學思潮的譯介，五四時期對現代主義思潮的引進已經形成了一種熱潮。鄭伯奇曾描述五四時期域外現代派文學思潮的譯介時說：「這百多年來在西歐活動過了的文學傾向也紛至遝來地流入到中國。浪漫主義、現實主義、象徵主義、新古典主義，甚至表現派、未來派等尚未成熟的傾向，都在這五年間中國文學史上露過一下面目。」[28]，「五年間」就演繹了西歐「百多年來」的文學思潮，既說明了五四時期我國對西方現代文學思潮認識的蕪雜和初淺，也佐證了國人對西方現代文學思潮的熱情。陳思和曾經作過一個粗略的統計，「在

---

[25] 茅盾：〈未來主義文學之現勢〉，《小說月報》，1922 年第 2 期。
[26] 郭沫若：〈未來派的詩約及其批評〉，《創造週報》，1923 年 9 月 2 日。
[27] 郁達夫：〈文學上的階級鬥爭〉，《創造週報》，1923 年第 3 號。
[28] 鄭伯奇：《中國新文學大系・小說三集・導言》，上海文藝出版社，1981 年版。

1925 年以前，以當時介紹外國文學最有影響的刊物如《新青年》、
《少年中國》、《東方雜誌》、《小說月報》、《詩》、《創造季
刊》、《創造週報》等二十餘種的篇目為例，系統介紹西方寫實主
義（或稱作自然主義）文學思潮的著譯文章約有九篇，介紹現代主
義（包括新浪漫主義、象徵主義、表現主義、未來主義等具體流
派）思潮的著譯文章約有十二篇，介紹浪漫主義思潮的著譯文章不
過四五篇。現代主義居首位」。陳思和進一步指出，如果把具體作
家作品也作一個統計，「那麼秩序應該是這樣排列：寫實主義思潮
和作家的介紹篇目俱多；浪漫主義的思潮介紹篇目少，作家介紹篇
目多；而現代主義是思潮介紹篇目多，作家介紹篇目相對的少。從
這個情況大致可以看到，中國作家對於西方現代主義文學的興趣還
不在於具體作家和具體技巧，而在於現代主義反映的現代意識」[29]。
陳思和的這一分析無疑是十分符合五四時期我國域外現代派文學譯
介現實的。魯迅曾針對 20 年代現代派文學提倡者重「主義」而輕
「作品」的傾向指出，「我們能聽到某人提倡某主義」，卻「從未
見某主義的一篇作品，大吹大擂地掛起招牌來，孿生了開張和倒
閉，所以歐洲的文藝史潮，在中國毫未開演而又像已經一一演過
了」[30]。在西方現代文化思潮中，無論是尼采、佛洛伊德、叔本華、
柏格森等人的現代主義哲學，還是象徵主義、表現主義、未來主義
等現代派文學思潮，在反叛傳統，重視主觀內心，強調個性自由等
現代意識方面都十分切合五四時期新文化運動的時代氛圍和啟蒙要
求。因而，早期新文化（新文學）先驅們對西方現代主義思潮的引
進大多注重其與時代精神相切合的現代思想意識。1907 年魯迅在

---

[29] 陳思和：〈七十年外來思潮影響通論〉，《雞鳴風雨》，學林出版社，1994
　　年版，第 143 頁。
[30] 魯迅：〈《奔流》編校後記〉，《魯迅全集》（第 7 卷），人民文學出版
　　社，1981 年版，第 178 頁

〈摩羅詩力說〉中介紹域外「摩羅詩人」時明確提出,「今則舉一切詩人中,凡立意在反抗,指歸在動作,而為世所不甚愉悅者悉入之」[31]。魯迅在此關注的是他們「精神界」的同質性,而不論他們在創作方法上是現實主義、浪漫主義,還是現代主義。1925 年魯迅在翻譯廚川白村的《出了象牙之塔》時又進一步指出,對該書的譯介「也並非想揭鄰人的缺失,來聊博國人的快意」,而是覺得「著者所指摘的微溫,中道,妥協,虛假,小氣,自大,保守等世態,簡直可以疑心是說著中國。尤其是凡事都做得不上不下,沒有底力;一切都要從靈向肉,度著幽魂生活這些話」。魯迅是想借此讓「生在陳腐的古國的人們」意識到自身的腫痛,以便獲得割治腫痛的「痛快」,防止「倖存的古國,恃著固有而陳舊的文明,害得一切硬化,終於要走到滅亡的路」[32]。茅盾是五四時期最為重視現代派文學的譯介者之一。1921 年他在〈新文學研究者的責任與努力〉中明確指出,「介紹西洋文學的目的,一半是欲介紹他們的文學藝術來,一半也為的是欲介紹世界的現代思想——而且這應是更注意些的目的」,在這個意義上,「翻譯文學作品和創作一般地重要,而在尚未有成熟的『人的文學』之邦像現在的我國,翻譯尤為重要;否則,將以何者療救靈魂的貧乏,修補人性的缺陷呢?」[33]在〈介紹外國文學作品的目的——兼答郭沫若君〉中,茅盾再次強調,「翻譯家若果深惡自身所居的社會的腐敗,人心的死寂,而想借外國文

---

[31] 魯迅:〈摩羅詩力說〉,《魯迅全集》(第 1 卷),人民文學出版社,1981 年版,第 63 頁。

[32] 魯迅:《出了象牙之塔·後記》,《魯迅全集》(第 10 卷),人民文學出版社,1981 年版,第 243 頁。

[33] 茅盾:〈新文學研究者的責任與努力〉,《小說月報》,1921 年 2 月。

學作品來抗議，來刺激將死的人心，也是極應該而有益的事」[34]。
1922 年鄭振鐸也在〈雜譚〉中指出，「現在的介紹，最好是能有兩
層的作用：(一)能改變中國傳統的文學觀念；(二)能引導中國人到現
代的人生問題，與現代的思想相接觸」[35]。五四時期的新文化先驅們
由於過於注重思想意識的切合，而往往忽視了對現代派作家的具體
作品和創作方法的駐足，甚至對現代主義思潮的一些基本概念和界
限也存在著一定程度上的模糊和混亂。1905 年陳獨秀在〈現代歐洲
文藝史譚〉中介紹現代歐洲文藝時，把象徵派戲劇家梅特林克和霍
普特曼歸入「自然主義文學之流」，這種誤讀說明象徵主義並未作
為一個獨立的思潮進入他的視野。20 年代，現代主義是以「新浪漫
主義」的名稱出現的，而新浪漫主義與象徵主義、表現主義等三個
經常使用的概念又相當的模糊和混亂。茅盾在〈我們現在可以提倡
表象主義嗎？〉中把「表象主義」與「新浪漫主義」看成不同的概
念，認為「表象主義是承接寫實之後，到新浪漫的一個過程」。謝
六逸在〈文學上的表象主義是什麼？〉中所介紹的表象主義實際上
是象徵主義，他把「表象主義」與「新浪漫主義」看成同一個概
念。海鏡在〈後期印象派與表現派〉中則認為表現主義包括了象徵
主義、未來主義、表現派等。30 年代沈起予在總結新浪漫主義的歷
史特徵時，認為 20 年代以來人們提倡的「新浪漫主義的範圍實很漠
然」，「似乎凡是代表世紀末的、主觀的、頹廢的、享樂的、神秘
的精神等的東西都可以放進去」[36]。這種混用的現象一方面是由於初
期對現代派文學思潮缺乏準確、深刻的認識，另一方面說明了譯介

---

[34] 茅盾：〈介紹外國文學作品的目的——兼答郭沫若君〉，《小說月報》，
1921 年 12 月。
[35] 鄭振鐸：〈雜譚〉，《文學旬刊》，1922 年 8 月 11 日。
[36] 沈起予：〈什麼是新浪漫主義〉，《文學百題》，《生活書店》，1935
年版。

者所關注的是它們相通的現代精神意識而不太注重它們表現形式上
的差別。

第二節　藝術的「融合」與「創化」：20 年代後期至 30 年代的域外現代派文學譯介

　　20 年代後期至 30 年代抗戰前，上海已成為全國名副其實的商業
和文化中心，報刊雜誌和新聞出版十分繁榮，對域外現代派文學譯
介的範圍更廣、規模更大，也更集中、更系統。一些譯介者常常把
域外現代派的藝術經驗融入到自己的創作實踐中，出現了譯與著一
體化的趨向。這一時期，對域外現代派文學的理論認識也上升到新
的階段，譯介者們不再是對西方現代派思潮淺嘗輒止的零星介紹，
而是在充分理解的基礎上進行了系統的理論總結，並且更進一步地
把它們與傳統的詩學理論結合起來，進行了本土化的轉換。

一、域外現代派文學譯介的進一步拓展

　　如果說早期對西方現代主義的引進偏重於現代派思潮的譯介，
由於過多關注現代思想意識，而不太注重具體的作家作品，那麼這
種狀況到了 30 年代則發生了顯著的變化。1933 年魯迅在〈關於翻
譯〉中說，「注重翻譯，以作借鏡，其實也就是催進和鼓勵著創
作」[37]。當時一位署名「道」的作者在〈書評《委曲求全》〉中說：
「有人也許至今還不相信中國的新文藝的基礎是完全打在西洋文
學的介紹和翻譯上的。不相信當然只能隨他們去，不過這是事

---

[37]　魯迅：〈關於翻譯〉，《現代》1933 年 9 月，第 3 卷第 5 期。

實。」[38]30 年代初，王哲甫也在他的《中國新文學運動史》第七章「翻譯文學」中感歎道，「中國的新文學尚在幼稚時期，沒有雄宏偉大的作品可資借鏡，所以翻譯外國的作品，成了新文學運動的一種重要工作」[39]。20 年代後期新文學先驅們由「人」的自覺走向「文」的自覺，借助譯介西方現代文學提高本國文學創作已成為大家的共識。「那時覺醒起來的知識青年的心情，是大抵熱烈，然而悲涼的，即使尋到一點光明，『徑一週三』，卻分明的看見了周圍的無涯的黑暗。攝取來的異域的營養又是『世紀末』的果汁：王爾德，尼采，波特賴爾，安特萊夫們所安排的。」[40]魯迅的這番話雖然針對的是「一九二四年中發祥於上海的淺草社」，但實際上是適合「五四」退潮後的時代氛圍和大多數文學青年的心境的。正是基於以上的緣由，大量的域外現代派作家、作品被介紹進來，域外現代派文學譯介得到進一步拓展。

　　30 年代對域外現代派文學的譯介範圍更廣、規模更大。繼 20 年代的《小說月報》、《東方雜誌》、《少年中國》、《民鐸》、《創造》等雜誌之後，30 年代在上海創刊的《新文藝》、《現代》、《文學》、《新詩》、《現代文學》、《文學週報》、《譯文》、《世界文學》等雜誌無不大力譯介域外現代派作家及其作品。作為現代派大本營《現代》雜誌的編輯施蟄存在其創刊之初就表明：「這個月刊既然定名為『現代』，則在外國文學之介紹這一方面，我想也努力使它名副其實。我希望每一期的雜誌能給讀者介紹一些外國現代作家的作品。」[41]專門刊載域外譯作的《世界文學》

---

[38]　道：〈書評《委曲求全》〉，《現代》，1932 年 12 月 1 日，第 2 卷第 2 期。

[39]　王哲甫：《中國新文學運動史》，北平傑成印書局，1933 年 9 月，第 259 頁。

[40]　魯迅：《中國新文學大系·小說二集導言》，《魯迅全集》（卷六），人民文學出版社 1981 年版，第 238 頁。

[41]　施蟄存：〈編輯座談〉，《現代》，1932 年 5 月，第 1 卷第 1 期。

在其廣告詞中稱，其辦刊的目的是「專門介紹最近文藝思潮，世界各國各民族的代表作品，作家傳略，及文壇現狀等」[42]。從這些雜誌的辦刊宗旨中不難看出它們對域外現代派文學的重視程度。20 年代還只是對梅特林克、霍普特曼、史特林堡、奧尼爾、波特賴爾、魏爾侖、馬拉美、葉芝、勃洛克、以及安德列夫、梭羅古勃等少數現代派作家作品的零星介紹，而 30 年代譯介的域外現代派作家作品幾乎涉及了 19 世紀末 20 世紀初世界各國絕大多數著名現代派作家及其作品，僅施蟄存、戴望舒等人主編的《新文藝》、《現代》和《新詩》雜誌上譯介的現代派作家就有耶麥、馬拉美、道生、掘口大學、保爾・福爾、夏芝、核佛爾第、桑德堡、鄧南遮、羅厄爾、龐德、杜利特爾、弗萊契、許拜維艾爾、艾略特、沙里納思、里爾克、勃萊克、A・E（羅塞爾）、霍思曼、阿爾陀拉季雷、葉賽寧、保爾・穆杭、片岡鐵兵、谷崎潤一郎、十一谷義三郎、顯尼志勒、愛侖・坡、劉易士、奧尼爾、海明威、帕索斯、福克納等象徵派、意象派、未來派、表現派、新感覺派、意識流和超現實主義等歐、美、日各國現代派作品（詳見本文「第三章現代派雜誌與上海文化精神」）。在圖書出版方面，據筆者初步統計，1921 年－1926 年共翻譯出版域外現代派作品為 29 部，年均不到 5 部，1927 年－1936 年為 144 部，年均超過 14 部，尤其是 1929 年最多達 30 部[43]。此外，30 年代各類出版機構還紛紛推出域外文學翻譯叢書。影響較大的如商務印書館的《萬有文庫》、《世界文學名著叢書》、中華書局的《世界文學全集》、北新書局的《歐美名家小說叢刊》、現代書局的《世界短篇傑作選》、水沫書店的《新興文學叢書》、泰東圖書

[42] 「《世界文學》創刊號要目」廣告，《現代》1934 年 10 月 1 日，第 5 卷第 6 期。
[43] 以上統計資料來自賈植芳、俞元桂主編的《中國現代文學總書目・翻譯文學卷》，福建教育出版社，1993 年 12 月版。

局的《世界少年文學選集》、開明書店的《世界文學叢書》、生活
書店的《世界文庫》等等。這些域外文學叢書中不乏現代派作家作
品，如商務印書館的《萬有文庫》中就包括了《現代日本小說
集》，《世界文學名著叢書》包括了奧尼爾的劇作，北新書局的
《歐美名家小說叢刊》中有果爾蒙的《處女的心》，中華書局的
《世界文學全集》包括顯尼志勒的《薄命的戴麗莎》，生活書店的
《世界文庫》包括愛倫‧坡的小說集等等。

　　30 年代對域外現代派文學的譯介更集中、更系統。首先，有組
織、有計劃地翻譯域外文學已成為廣大譯介者的共識。顧仲彝在
《文學》雜誌的徵文中「向全國翻譯界建議」，「翻譯不比創作，
是需要一種有計劃的合作和提倡的」，「最好能組織一個全國文學
翻譯學會，集合全國翻譯同志，定下一個具體而有系統的計畫，大
家全力去進行和完成」，「對於各國文學，個別作家，作有系統的
介紹」[44]。1935 年因翻譯的興盛而被公認為「翻譯年」。茅盾以
「順」的筆名在《文學》雜誌上對「翻譯年」的翻譯提出希望：
「不僅求其多，還要求其精；不僅求其精；還要求其有系統。如果
有好的系統的介紹，必定會有極大的影響和結果的。」[45]杜若遺也在
〈文化建設〉上呼籲：「我們不厭兩次三番地說，『翻譯年』的翻
譯工作，第一是要有計劃，有系統。」[46]其次，這種「有計劃，有系
統」的自覺意識更體現在一些出版編譯機構和雜誌的「專號」上。
一些著名的出版機構如商務印書館、中華書局、世界書局、現代書
局和開明書店等紛紛設立編譯所，專事譯介。1930 年 7 月，中華教
育基金會成立了編譯委員會，由胡適擔任主任，擬定了宏大的翻譯

[44] 顧仲彝：〈我與翻譯〉，鄭振鐸、傅東華主編《我與文學》，生活書店，
　　1934 年版，第 243 頁。
[45] 順：〈對於「翻譯年」的希望〉，《文學》，1935 年 2 月，第 4 卷第 2 號。
[46] 杜若遺：〈「翻譯年」的翻譯工作〉，《文化建設》，1936 年 3 月。

計畫，「選擇在世界文化史上曾發生重大影響之科學、哲學、文學等名著，聘請能手次第翻譯出版」[47]。雖然此項計畫後來因抗戰而中斷，但 30 年代對域外文學翻譯的組織性、系統性和計劃性可見一斑。再者，30 年代許多雜誌對域外現代派文學的譯介也充分體現了其規模之大和組織之系統。一些雜誌在介紹某一位現代派作家時，常常把他的肖像、作品、生平和評論集中在一起，使讀者可以獲得對該作家作品全面的瞭解。1936 年戴望舒在《新詩》的創刊號上明確表示，「在介紹一位外國詩人的作品時候，我們同時刊登出關於這位詩人的研究論文等，並附以與所介紹詩人有關的插圖，使讀者能夠有一種比較有系統的認識」[48]。如《新詩》創刊號上對法國現代著名的超現實主義詩人許拜維艾爾的介紹。首先刊登了許拜維艾爾白描像（鮑雷思插繪），接著是戴望舒翻譯的許拜維艾爾自選詩 8 首，然後是馬賽爾‧雷蒙的〈許拜維艾爾論〉（戴望舒譯），最後是戴望舒的〈記許拜維艾爾〉，並在前面刊有「許拜維艾爾白描像」。〈許拜維艾爾論〉分析了許氏所受到的影響、他的詩歌特色及其在法國詩壇的地位。〈記許拜維艾爾〉中，戴望舒結合自己的訪問，對許拜維艾爾及其詩歌進行了全面的介紹。以「專號」的形式來介紹域外現代派作家作品也成為當時許多刊物的一大特點。影響較大的如：1929 年 7、8 月《小說月報》推出的「現代世界文學專號」，1930 年 3、5 月《大眾文藝》推出的「各國新興文學專號」，1930 年、1935 年《現代文學》分別推出的「世界文學家紀念號」、「世界詩歌選」，1934 年、1935 年《文學》分別推出的「翻譯專號」、「1935 年世界文人生卒紀念特輯」，1934 年 10 月《現代》推

---

[47] 王建開：《五四以來我國英美文學作品譯介史》，上海外語教育出版社，2003 年版，第 44 頁。
[48] 戴望舒：〈社中雜記〉，《新詩》，1936 年 10 月，創刊號。

出的「現代美國文學專號」，1935 年 1 月《小說半月刊》推出的
「翻譯專號」，1935 年 9 月《世界文學》推出的「譯詩特輯」等，
這些翻譯「專號」雖然不完全是現代派作品，但卻大多把現代派作
為譯介的重點對象。我們不妨以《小說月報》的「現代世界文學專
號」和《現代》雜誌的「現代美國文學專號」為例，來見證這些
「專號」的組織和規模。1929 年 7、8 月《小說月報》推出的「現代
世界文學專號」包括上、下兩部分。上篇首先登載的是俄國、義大
利、英國、西班牙、日本等國現代作家的肖像；然後是現代世界文
學，包括二十年來的英國詩壇、波蘭文學、義大利文學、西班牙文
學和日本文學；最後是現代文壇雜話，包括保加利亞、波蘭、加拿
大、丹麥、挪威、德國和美國等國現代文壇的狀況。下篇首先登載
了現代法國詩人與戲劇家、現代英國小說家、美國小說家、德國作
家像；然後是現代世界文學，有李青崖的〈現代法國文壇的鳥
瞰〉、趙景深的〈二十年來英國小說〉、〈二十年來美國小說〉和
余祥森的〈二十年來的德意志文學〉。眾所周知，十九世紀末至二
十世紀初，歐美各國流行的文學主潮正是現代派文學。1934 年 10 月
〈現代〉推出了以美國現代派文學為主的「現代美國文學專號」，
專號分四個單元介紹美國現代文學，首先是關於現代美國文學各方
面的概述，包括趙家璧的〈美國小說之成長〉、顧仲彝的〈現代美
國的戲劇〉、邵洵美的〈現代美國詩壇概觀〉、李長之的〈現代美
國的文藝批評〉、梁實秋的〈白璧德及其人文主義〉、趙景深的
〈文評家的琉維松〉、張夢麟的〈卡爾浮登的文藝批評論〉等關於
美國現代小說、戲劇和文藝理論方面的論述；接著是現代美國十一
個重要作家的個人介紹，其中包括劉易士、奧尼爾、安得生、邦
德、海明威、帕索斯、福克納等著名現代派作家的評介；第三組是
穆時英、施蟄存、徐霞村、葉靈鳳、袁昌英、季羨林等人翻譯的代

表性作家的小說、戲劇、詩歌和散文作品，其中主要為現代派作家作品；第四是附錄，包括〈大戰後美國文學雜誌編目〉、87 位〈現代美國作家小傳〉和 12 篇〈現代美國文藝雜話〉。為了編輯這期「現代美國文學專號」，施蟄存組織翻譯人員 30 多人苦心經營了 3 個多月，使之成為繼《小說月報》的「俄國文學研究」和「法國文學研究」之後中國現代期刊史上最大的外國文學專號，全書 400 多頁，內容涉及美國現代文學的小說、戲劇、詩歌、文藝批評、作家介紹及文壇動態等各個方面，可謂是規模龐大、體系完備、組織周全。

二、域外現代派文學的譯介與創作借鑒

20 年代後期至 30 年代，一些熱衷於域外現代派文學的譯介者本人也大多是現代派作家，體現出譯與著一體化的趨向，他們在翻譯的同時也在創作，而且常常把所譯介的域外現代派文學經驗轉化到自己的創作中。這種通過具體的創作實踐來引進域外現代派文學的藝術經驗也是這一時期域外現代派文學譯介進一步拓展的一個顯著特徵。

20 年代後期伴隨著域外象徵主義文學的譯介，我國最早的現代主義文學——象徵派詩歌也隨之產生。作為第一個把「法國象徵詩人的手法」介紹到「中國詩裏」來的李金髮[49]，對象徵派詩歌的引進主要表現在他的創作實踐中。李金髮說，「我最初是因為受了波特賴爾和魏爾侖的影響而作詩的」[50]。他把魏爾侖認作自己的「名譽老師」，稱他是「詩國的暴君」和「弄潮的孩童」，其詩歌「情愛之凹

---

[49] 朱自清：《中國新文學大系‧詩集導言》，上海良友圖書公司，1935 年版。
[50] 李金髮：〈詩問答〉，《文藝畫報》，1935 年 2 月 15 日，第 1 卷第 3 號。

處」（基調）在於「低唱人類之命運」[51]。在〈藝術之本原與其命運〉中，李金髮強調創作時「詩意的想像」，而「不宜於用冷酷的理性去解釋其現象，以一些愚蒙朦朧，不顯地盡情去描寫事物的周圍」[52]，體現了萬物互為感應、互為象徵的早期象徵主義的審美主張。在翻譯《馬拉美詩抄》時，李金髮指出，「他的詩是朦朧徜彷，字句是奇特的，聲調是嘹亮的，非有根本訓練的人，實不易瞭解而讚歎」[53]。在第一部象徵主義詩集《微雨》的「導言」中，李金髮說他常常不顧全詩的體裁，「苟能表現一切」，他要表現的是「對於生命揶揄的神秘及悲哀的美麗」。正是基於以上的認識，李金髮把波特賴爾的審醜意識、死亡主題和「惡魔傾向」，魏爾侖的頹廢感傷情調，以及馬拉美「神秘而深刻」的詩風都創造性地移植到自己的詩歌創作中，先後出版了《微雨》（1925 年，北新書局）、《為幸福而歌》（1926 年，商務印書館）和《食客與凶年》（1927 年，北新書局）等三部象徵主義詩集，開創了我國象徵詩派的先河，引起了詩壇的震驚和廣大讀者的強烈反響。在李金髮之後，穆木天、馮乃超、王獨清等象徵派詩人也在「異域的熏香」中開始了象徵主義詩歌的譯介和創作。穆木天在〈我的詩歌創作之回顧〉中回憶道：「我記得那時候，我耽讀古爾盂、莎曼、魯丹巴哈、萬·列爾貝爾克、魏爾林、莫里亞斯、梅特林、魏爾哈林、路易、波多賴爾諸家的詩作。我熱烈地愛好著那些象徵派、頹廢派的詩人。當時最不喜歡布爾喬亞的革命詩人雨果的詩歌。特別地令我喜歡的則是莎曼和魯丹巴哈了。從這種也可以看出來我那種頹廢的

---

[51] 李金髮：〈詩人魏爾侖（P·Verlaine）〉，《李金髮詩集》，四川文藝出版社，1987 年版，第 23 頁。

[52] 李金髮：〈藝術之本原與其命運〉，《美育》，1929 年 10 月。

[53] 李金髮：《馬拉美詩抄·附記》，《新文藝》，1929 年 10 月，第 1 卷第 2 號。

情緒罷。我尋找著我的表現的形式。」[54]早期穆木天譯介了唯美主義作家王爾德的童話作品和勒孔德・德・里勒、維尼、夏斯求夫、涅克拉索夫、萊蒙託夫和阿爾貝・薩曼等人的詩歌（穆木天早期的譯作較少，這些翻譯主要參見他在《怎樣學習詩歌》一書中的舉例，他作為翻譯家出現是在 30 年代對巴爾扎克小說的譯介時期）。穆木天、馮乃超和王獨清等雖並未直接發表多少象徵主義的譯作，但他們通過具體的詩作和詩論引進了域外的象徵主義詩歌。在〈譚詩〉中，穆木天提出了象徵主義「純詩」的主張，他說「我們要求的是『純粹詩歌』」，「詩的世界是潛在意識的世界」，「詩是要暗示出人的內生命的深秘，詩是要暗示的，詩最忌說明的」，「詩要兼造型與音樂之美」[55]。王獨清則在〈再譚詩〉中，明確表明「我理想中最完美的『詩』便可以用一種公式表出：（情＋力）＋（音＋色）＝詩」[56]。在創作中，穆木天稱給他暗示的「或者是拉法格」，馬拉美的調子「總是詩的律動」[57]，而他的〈雨後〉「完全是受了古爾蒙底影響」。王獨清稱讚「波特賴爾底精神」「便是真正詩人底精神」，並且認為好詩應當綜合馬拉美的情、魏爾侖的音、蘭波的色和拉法格的力[58]。他的名作〈我從 cafe 中出來〉就與魏爾侖的〈秋之歌〉在情調、音節與句法上旨趣相通。1926 年至 1928 年間，王獨清、穆木天、馮乃超分別結集出版了詩集《聖母像前》（1926 年，上海光華圖書公司）、《旅心》（1927 年，創造社出版部）和《紅紗燈》（1928 年，創造社出版部）。

---

[54] 穆木天：〈我的詩歌創作之回顧〉，《現代》，1934 年 2 月 1 日，第 4 卷第 4 期。
[55] 穆木天：〈譚詩〉，《創造月刊》，1926 年 3 月，創刊號。
[56] 王獨清：〈再譚詩〉，《創造月刊》，1926 年 3 月，創刊號。
[57] 穆木天：〈譚詩〉，《創造月刊》，1926 年 3 月，創刊號。
[58] 王獨清：〈再談詩〉，《創造月刊》，1926 年 3 月，創刊號。

　　30 年代大力譯介域外現代派作品的是後起的現代派作家戴望舒、施蟄存、劉吶鷗、卞之琳、徐遲等人，並在此基礎上形成了頗具影響的現代詩派和新感覺派。20 年代末至 30 年代，戴望舒先後譯介了道生、魏爾侖、果爾蒙、保爾·福爾、耶麥、波特賴爾、比也爾·核佛爾第、蘇佩維艾爾（原譯作許拜維艾爾）、瓦雷里、洛爾迦、勃萊克、阿波里奈爾、愛呂亞、阿爾陀拉季雷等現代派詩歌（詳見本文「第三章現代派雜誌與上海文化精神」）。施蟄存說：「望舒譯詩的過程，正是他創作詩的過程。譯道生、魏爾侖詩的時候，正是寫〈雨巷〉的時候；譯果爾蒙、耶麥的時候，正是他放棄韻律、轉向自由詩體的時候。」[59]從〈雨巷〉到〈我底記憶〉再到〈我用殘損的手掌〉，在戴望舒詩風的轉變中，我們不難看出他所受魏爾侖、果爾蒙、保爾·福爾、耶麥、蘇佩維艾爾等人的深刻影響。雖然戴望舒沒有形成自己完整的現代派詩歌理論體系，但是在他的一系列「詩論」（包括他自己的《詩論》、翻譯別人的詩論以及翻譯詩歌時的附記）中，已充分表明了他的現代派詩歌主張和他對域外現代派詩歌的理解。他提出「新的詩應該有新的情緒和表現這情緒的形式」，「詩是由真實經過想像而出來的，不單是真實，亦不單是想像」[60]，這些詩論主張已明顯不同於李金髮和穆木天他們的早期象徵主義了，而具有了後期象徵主義的傾向。戴望舒在譯介域外現代派詩歌過程中逐漸形成了自己獨特的現代派風格，引起了時人的爭相仿效。在對現代派小說的譯介中，劉吶鷗是最先把新感覺派譯介到國內的人。施蟄存曾回憶說，那時候「劉吶鷗帶來了很多日本出版的文藝新書，有日本文壇新傾向的作品，如橫光利一、川端康

---

[59]　施蟄存：《戴望舒譯詩集·序言》，《戴望舒譯詩集》，湖南人民出版社，1983 年版。

[60]　戴望舒：〈望舒詩論〉，《現代》，1932 年 11 月，第 2 卷第 1 期。

成、谷崎潤一郎等的小說」[61]。劉吶鷗對新感覺派的譯介是從法國都會作家保爾・穆杭開始的。1928 年 10 月，給日本新感覺派較大影響的法國作家保爾・穆杭來華訪問，劉吶鷗在《無軌列車》第四期上譯載了〈保爾・穆杭論〉，介紹了這位作家的生平和創作上印象主義、感覺主義的特點，稱他用「話術的新形式，新調子」，「探求的是大都會裏的歐洲的破體」[62]，此外還在同一期上翻譯了他的兩篇短篇小說。隨後，1929 年劉吶鷗在自辦的水沫書店翻譯出版了「日本現代短篇小說集」《色情文化》，其中選譯了片岡鐵兵、橫光利一、中河與一、池谷信三郎等新感覺派的作品。他在「譯者題記」中介紹了日本文壇的現狀和新感覺派文學的藝術特徵，稱「能夠把日本時代的色彩描繪我們看的只有『新感覺派』一派的作品。這兒所選片岡鐵兵、橫光利一、池谷信三郎等三人都是這一派的健將」，他們「描寫著現代日本的資本主義社會的腐爛期的不健全的生活，而在作品中露著這些對於明日的社會，將來的新途徑的暗示」，「覺得他們新銳而且生動可愛」[63]。劉吶鷗正是在對新感覺派的譯介中開始創作他的「都市風景線」系列的，而不懂日文的穆時英也正是因為受到劉吶鷗所譯介的新感覺派的影響開始放棄了最初的普羅色彩轉向了都市的新感覺風。30 年代施蟄存對域外現代派的譯介對象主要是奧地利作家顯尼志勒的精神分析小說和英美意象派詩歌，他的小說創作明顯受到顯尼志勒精神分析小說的深刻影響。施蟄存說：「二十年代末我讀了奧地利心理分析小說家顯尼志勒的許多作品，我心嚮往之，加緊了對這類小說的涉獵和勘查，不但翻

---

[61] 施蟄存：〈最後一個老朋友——馮雪峰〉，《新文學史料》，1983 年 2 月。

[62] 劉吶鷗：〈保爾・穆杭論〉，許秦蓁編《劉吶鷗全集》（文學集），台南縣文化局，2004 年版，第 441 頁。

[63] 劉吶鷗：〈色情文化・題記〉，許秦蓁編《劉吶鷗全集》（文學集），台南縣文化局，2004 年版，第 229 頁。

譯這些小說，還努力將心理分析移植到自己的作品中去。」[64]他先後翻譯了顯尼志勒的《多情的寡婦》（上海尚志書屋，1929 年 10月）、《婦心三部曲》（包括《蓓爾達‧迦蘭夫人》、《毗亞特麗思》、《愛爾賽小姐》，上海神州國光社，1931 年 11 月）、《薄命的戴麗沙》（中華書局，1937 年 4 月）等大部分小說。此外，施蟄存小說創作還明顯受到以「怪誕」著稱的愛倫‧坡的影響。在創辦《無軌列車》時期，施蟄存「正在耽讀愛侖坡的小說和詩」，於是便在第 3 期上「寫了一篇完全模仿愛侖坡的小說〈妮儂〉」[65]。1935年在〈從亞倫坡到海明威〉一文中，施蟄存介紹了亞倫坡（愛倫‧坡）及其小說，認為他「只是要表現一種情緒，一種氣氛，或一種人格」，「並不是拿一個奇詭的故事來娛樂讀者，而是以一種極藝術的，極生動的方法來記錄某一些『心理的』或『社會的』現象，使讀者雖然是間接的，但無異於直接地感受了」[66]，這些評介完全可以看作是施蟄存對自己小說特色的自陳。此外，施蟄存還一度熱衷英美意象派詩歌，他先後在《現代》雜誌上譯介了夏芝、陶里德爾、史考德、羅慧爾、桑德堡、龐德等 16 位英美意象派詩人的詩作，並同時創作了一批意象主義詩歌，在當時引起了一些讀者的仿效，而不得不出面勸止。卞之琳的詩歌創作和翻譯活動也幾乎是同步的。他說「我就在 1930 年讀起了波特萊、高蹈詩人、魏爾侖、瑪拉美以及其他象徵派詩人。我覺得他們更深沉，更親切，我就撇下了英國詩」，「對法國象徵主義詩發生興趣後我又回到英國詩，都受到象徵主義詩派影響的英國現代詩人 T.S.艾略特一批人以至奧

---

[64] 施蟄存：〈關於「現代派」一席談〉，《文匯報》，1983 年 10 月 18 日。
[65] 施蟄存：〈我的創作生活之歷程〉，《施蟄存七十年文選》，上海文藝出版社，1996 年版，第 56 頁。
[66] 施蟄存：〈從亞倫坡到海明威〉，《施蟄存七十年文選》，上海文藝出版社，1996 年版，第 354 頁。

登這一代」⁶⁷。卞之琳在對現代派詩歌發生興趣的同時，開始了對現代派文學的譯介和創作。30 年代卞之琳先後翻譯了波特賴爾、葉芝、雷亨特、魏爾侖、馬拉美、西蒙斯、桑德堡、阿左林、瓦雷里、艾略特、里爾克、奧登和普魯斯特、伍爾夫、詹姆士、喬伊斯、紀德等現代派作家的詩歌和小說。1936 年卞之琳把他的主要譯作編成《西窗集》交由上海商務印書館出版。卞之琳說，他「前期最早階段寫北京街頭灰色景物，顯然來自波特賴爾寫巴黎街頭窮人、老人以至盲人的啟發」⁶⁸，而「1934 年底對西方文學，個人興趣也早從波特賴爾、瑪拉美轉移到瓦雷里和里爾克的晚期作品。從1932 年翻譯魏爾侖和象徵主義的文章轉到 1934 年譯 T.S.艾略特論傳統的文章，也可見其中的變化」⁶⁹。顯而易見，卞之琳的創作是隨其翻譯而呈現出前後不同的風格的，前期的低沉基調明顯受到波特賴爾、魏爾侖、馬拉美等前期象徵派的影響，後期轉向了知性風格則受到瓦雷里、里爾克、艾略特等後期象徵派的影響。此外，30 年代熱衷於都會詩歌創作的徐遲也譯介了意象派詩人林德賽（即琳賽）和桑德堡的都會詩歌，尤其是前者，徐遲翻譯了他的長達 300 行的〈聖達飛之旅程〉，成為我國譯介琳賽的第一人。正是借鑒了這些都會詩歌的經驗，徐遲在 30 年代初創作出了令人耳目一新的〈都會的滿月〉、〈二十歲人〉、〈一天的彩繪〉等中國現代派的都市詩歌。

⁶⁷ 卞之琳：《雕蟲紀曆·自序》，人民文學出版社，1980 年版。
⁶⁸ 卞之琳：《雕蟲紀歷·自序》，人民文學出版社，1980 年版。
⁶⁹ 卞之琳編譯：《西窗集·引言》，上海商務印書館，1936 年版。

三、域外現代派文學的理論總結與轉化

20 年代後期至 30 年代對域外現代派文學的理論認識上升到新的階段，譯介者們不再是對西方現代派思潮淺嘗輒止的零星介紹，而是在充分理解的基礎上進行了系統的理論總結，並且更進一步地把它與傳統的詩學理論結合起來，進行了本土化的轉換。

30 年代在上海出版的一系列「文學理論」著作開始積極廣泛地介紹各種域外現代主義思潮。1930 年章克標與方光燾合著的《文學入門》[70]，專門用兩章的篇幅全面論述了「象徵主義」和「梅特林克與新浪漫的戲曲家」。他們首先梳理了象徵主義產生的淵源和發展狀況，接著集中介紹了法國的魏爾侖、德國的霍普特曼、比利時的梅特林克、奧地利的霍甫曼斯太爾、義大利的鄧納超（現譯鄧南遮）、俄國的梅來其可夫斯基等等象徵主義代表作家，然後從「本來的象徵」、「高級象徵」和「情緒象徵」等三個層面來闡述了象徵主義的表現手法，進行了象徵主義本土化闡釋的嘗試。夏炎德在其《文藝通論》[71]中也論及文藝思潮問題，其中「現代文藝上的新浪漫主義及其他」一節概述了現代主義的各種思潮。許欽文在《文學概論》[72]的總論部分用「具象性」、「暗示」、「共鳴」三節來論述文學特性，明顯借鑒了象徵主義的「通感」、「契合」和「暗示」的理論思路。1933 年孫俍工編著的《文學概論》[73]，全書共七章，其中用兩章的篇幅闡述了包括象徵主義、表現主義、未來主義、意象主義等在內的「文學底思潮的界說及其功用」和「文學派別及其轉變」。這些文學理論著作對現代主義思潮的重視，在一定程度上表

---

[70] 章克標、方光燾：《文學入門》，上海開明書局 1930 年 6 月版。
[71] 夏炎德：《文藝通論》，上海開明書局 1933 年 4 月版。
[72] 許欽文：《文學概論》，上海北新書局，1936 年 4 月版。
[73] 孫俍工：《文學概論》，上海廣益書局 1933 年 3 月版。

徵了 30 年代對現代派文學的關注已經上升到理論總結和本土化闡釋
的階段。

在綜合性的介紹之外，專門的現代主義理論著作也在這一時期
紛紛出版，標誌著對現代主義理論認識的新高度。20 年代後期魯迅
先後翻譯出版了日本片山孤村的《表現主義》和山岸光宣的《表現
主義的諸相》[74]。前者分析了表現主義與浪漫主義的淵源與區別，認
為表現主義「乃是一世紀前的羅曼派的世界觀的復活」，「但和新
浪曼派之避開自然不同，表現主義卻是對於現實的爭鬥、現實的克
服、壓服、解體、變形、改造」；後者從表現主義在不同領域的特
徵及其與自然主義的不同傾向等方面，分析了表現主義藝術的種種
現象。1928 年 10 月劉大杰的《表現主義的文學》由北新書局出版，
這是我國第一部較為系統的表現主義文藝論著，全書分「表現主義
的主潮」、「表現主義的國家社會思想」、「表現主義戲劇的來源
和特質」、「表現主義的分類」、「表現派的劇作家」、「表現派
的小說和詩歌」、「表現主義的文學的特質」等七章，從產生背
景、理論基礎、創作特點和藝術風格等多方面系統地論述了西方表
現主義文學思潮。30 年代對象徵主義詩學進行系統介紹和本土化闡
發的典型代表是曹葆華和梁宗岱。從 1933 年至 1935 年，曹葆華翻
譯了大量關於象徵主義理論方面的著作和文章，其中包括亞瑟·西
蒙斯的〈象徵主義文學運動〉、威爾遜的〈阿克塞爾的城堡〉、里
達的〈論純詩〉、瓦雷里的〈前言〉和〈詩〉、默里的〈純詩〉、
葉芝的〈詩中的象徵主義〉等[75]，後來這些譯文大多數結集成《現代
詩論》由上海商務印書館於 1937 年出版。《現代詩論》是 30 年代

---

[74] 魯迅：《壁下譯叢》，上海北新書局，1929 年 4 月版。
[75] 吳曉東：《象徵主義與中國現代文學》，安徽教育出版社，2000 年 9 月，第
    75 頁。

介紹西方象徵主義詩學理論的重要譯著，它回顧了法國純詩發展的
歷史，介紹了范爾命（魏爾命）、馬拉美、瓦萊里等人的純詩主
張，並追述到「純詩」理論的鼻祖愛倫・坡的《詩歌原理》，提出
「音樂與一種可悅的觀念結合，便是詩歌」的純詩觀念。曹譯首次
全面將西方純詩理論及其歷史發展作了譯介。30 年代梁宗岱先後在
上海商務印書館出版了《詩與真》[76]（收入了此前發表的《象徵主
義》）和《詩與真二集》[77]兩部關於象徵主義的詩學專著，對象徵主
義進行了中西對比式的理解和本土化的理論轉換。梁宗岱把象徵主
義的文藝思想概括為「契合」理論，用中國古代的「起興」來解釋
「象徵」。他認為「象徵」有兩個特性，「（一）是融洽或無間；
（二）是含蓄或無限」，這與中國傳統詩學中「興」的「情景交
融」相通。梁宗岱還通過對中國古代詩歌和西方象徵派詩歌的大量
舉例來闡述他的「純詩」理論。他認為，「所謂『純詩』，便是摒
除一切客觀的寫景、敘事，說理以至感傷的情調，而純粹憑藉拿構
成它的形體的元素——音樂和色彩——產生一種符咒似的暗示力，
以喚起我們感觀與想像底感應，而超度我們底理論到一種神遊物表
的光明極樂的境域」。從穆木天在〈譚詩〉中提出「純詩」概念，
強調詩歌的「暗示性」，王獨清在〈再談詩〉中強調詩歌的
「情」、「音」、「色」、「力」，到戴望舒在《詩論》中提出
「詩不能借重音樂」和「繪畫」，強調「新的詩應該有新的情緒和
表現這情緒的形式」，再到梁宗岱等人關於「純詩」理論的本土化
闡發，強調詩歌的內在的暗示和外部的形式，中國現代派詩學理論
在譯介中不斷深入和成熟。

---

[76] 梁宗岱：《詩與真》，商務印書館，1934 年版。
[77] 梁宗岱：《詩與真二集》，商務印書館，1936 年版。

　　20 年代後期至 30 年代隨著現代派文學理論認識的拓展，雜誌上關於域外現代派文學的理論性評介文章也更加及時、全面而深入。首先，歐美各國近現代以來至當前的現代派文學都得到全面介紹。如《小說月報》的「現代世界文學專號」（1927 年 7 月、8 月）全面介紹了二十年來英國、法國、美國、德國、波蘭、義大利、西班牙、日本等國的現代派文學。《現代》雜誌先後刊發了〈世界大戰以後的法國文學〉（一卷四期）、〈一九三三年的歐美文壇〉（四卷五期）、〈近代美國小說之趨勢〉（五卷一期）、〈近代德國小說之趨勢〉（五卷二期）、〈近代西班牙小說之趨勢〉（五卷三期）、〈近代義大利小說之趨勢〉（五卷四期）、〈近代英國小說之趨勢〉（五卷五期，前面七篇作者均為趙家璧）、〈現代美國文學專號〉（五卷六期）等。其次，這一時期更及時而深入地評介了諸多影響較大的域外現代派作家及其作品。以紀德和奧尼爾為例：30 年代對法國象徵主義作家紀德的評介形成了一個熱點，主要有沈起予的〈紀德的轉變〉（《文學》，1933 年 1 卷 3 期）、〈紀德的一生〉（《文學》，1935 年 5 卷 4 期）、魏晉的〈紀德與小說技巧〉（《東流》，1935 年 1 卷 5 期）、劉瑩的〈法國象徵派小說家紀德〉（《文藝月刊》，1936 年 9 卷 4 期）等等。紀德之所以在 30 年代成為譯介的熱點，與 30 年代初的左翼文化語境和關於「自由人」、「第三種人」的論爭不無關聯。奧尼爾早在 20 年代就受到譯介者的關注，如余上沅的〈今日之美國編劇家阿尼爾〉（余上沅：《戲劇論集》，上海北新書局 1927 年）、胡逸雲的〈介紹奧尼爾及其著作〉（1924 年 8 月 14 日《世界日報》）等，但他們的簡略介紹並未引起人們的廣泛注意。隨著奧尼爾 1929 年的訪華，30 年代關於奧尼爾的譯介受到廣泛關注。作為與奧尼爾同出師門（都是貝克的弟子）的洪深是 30 年代奧尼爾譯介的最用力者。1933 年洪深在《現

代出版家》上發表了〈歐尼爾與洪深── 一度想像的對話〉，通過想像以對話方式介紹了奧尼爾的戲劇創作及自己對它的理解和模仿。1934 年，洪深又在《文學》（2 卷 3 期）上翻譯發表了奧尼爾的名劇《鍾斯皇》和〈奧尼爾年譜〉，對奧尼爾的生平及其創作進行了全面的介紹。此外，還有很多關於奧尼爾戲劇的評論。據統計，這一時期關於奧尼爾的評介文章達 40 餘篇，翻譯的劇作達 28 種，而且奧尼爾的名劇如《天邊外》、《鍾斯皇》、《捕鯨》等也被搬上了中國舞臺[78]。

第三節　紮根於現實的現代派詩學追求：抗戰爆發後至 40 年代域外現代派文學譯介

　　抗戰爆發後至 40 年代的域外現代派文學譯介深受戰爭時期社會現實的影響，在不同的階段呈現出不同的狀貌。抗戰初期由於上海報刊出版業遭到破壞，域外現代派文學的譯介幾乎缺失。抗戰後期在重慶、桂林、昆明等後方出現了一些現代派文學的譯介。抗戰勝利後，隨著上海報刊出版業的恢復，現代派文學的譯介有所增多，主要是聚集在上海的《詩創造》和《中國新詩》周圍的九葉派及其前輩詩人馮至、戴望舒、梁宗岱、卞之琳等人，他們在集中譯介里爾克、艾略特、奧登等現代派的同時提出了「新詩現代化」的主張。

---

[78] 徐行言、程金城：《表現主義與 20 世紀中國文學》，安徽教育出版社，2000 年 12 月，第 77 頁。

一、戰爭文化語境中現代派文學譯介的弱化

1937 年抗戰爆發後，民族矛盾急遽上升，上海文化環境遭受到毀滅性破壞，自由主義的藝術追求幾無可能。首先是各個出版機構和報刊雜誌紛紛疏散或內遷。 1937 年 9 月，國內最大的兩家出版機構商務印書館和中華書局先後遷往香港，「所有日出新書及各種期刊、預定書籍等，一律暫停出版」[79]。1937 年 11 月，生活書店連同它的八種期刊一起遷往武漢。在報刊方面，甚至連影響最大的《申報》也因拒絕接受日偽當局檢查而一度停刊，遷往武漢。40 年代初徐訏在〈從上海歸來〉一文中描述了上海淪陷以後出版界的沉悶狀況，「上海的雜誌，除『偽』辦以外，只有一二種禮拜六的雜誌，還在出版，其他都已完全停刊」，淪陷以後的上海「實在太沉悶了」[80]。據《上海「孤島」時期文學報刊編目》統計，當時先後出版發行的報紙文藝副刊僅為 27 種，文藝期刊、叢刊有 72 種，雖然數量不少，但真正能定期出版的很少，往往只是出版幾期便告停刊。出版 1－3 期的達 38 種，出版 4－6 期的有 17 種，其餘 20%的刊物一般也只能維持一年左右的時間[81]。其次是大批文人紛紛離開上海。「大致到 1937 年 11 月底，一大批曾經長期居住在上海的著名作家如郭沫若、茅盾、夏衍、周揚、胡風、田漢、鄭伯奇、穆木天、任鈞、宋之的、歐陽予倩等人，都已離開上海」[82]。施蟄存、戴望舒、

---

[79] 《上海出版志》編纂委員會編：《上海出版志・總述》，上海社會科學院出版社，2000 年 12 月版。

[80] 徐訏：〈從上海歸來〉，《蛇衣集》，《徐訏全集》（卷十），臺灣中正書局，1966 年版，第 459－463 頁。

[81] 上海社會科學院文學研究所現代文學教研室編：《上海「孤島」時期文學報刊編目》，上海社會科學院出版社，1986 年 10 月版。

[82] 王文英主編：《上海現代文學史》，上海人民出版社，1999 年 6 月，第 402－403 頁。

杜衡、穆時英、劉吶鷗等 30 年代活躍於上海的現代派作家也在這時
先後離開了上海。上海淪陷後，原來留守「孤島」的作家又紛紛離
開上海，「據粗略統計，當時離滬的作家人數約占留守『孤島』的
作家總數的 1/3 以上。而仍然留在上海的作家，面對險惡的政治環
境，也被迫『蟄居』」[83]，大多數選擇了沈默，域外現代派文學譯介
大幅度地減少。1938 年茅盾指出：「翻譯和介紹外國文藝作品的工
作，從抗戰一開始時起就顯然地退了步，一直到現在還可視為是最
弱的一環。這其中如許多重要城市的相繼淪陷，外國書報雜誌的購
置不易以及從事翻譯的工作者的生活不安定等俱形成了翻譯及介紹
工作退步的原因。」[84]

　　正是在這種特殊的政治文化背景下，1937 年抗戰爆發後至 40 年
代國內關於域外現代派文學作品的翻譯出版很少，據筆者初步統
計，1938 年至 1945 年的八年抗戰期間全國共翻譯出版現代派文學作
品僅 32 部。1938 年翻譯出版的現代派作品只有里爾克的《給一個青
年詩人的十封信》（馮至譯）、紀德的《田園交響樂》（施宣華
譯）、史特林堡的《父親》（黃逢美譯）等 3 部，1939 年也只有海
明威的《退伍》（余犀譯）、奧尼爾的《天邊外》（顧仲彝譯）、
安特列夫的《七個被絞死者》（夏萊蒂譯）3 部，而 1940 年和 1942
年則分別只有陀斯托也夫斯基的《兄弟們》（耿濟之譯）和伍爾夫
的《馬門教授》各 1 部。自 1943 年至 1945 年間，由於「孤島」淪
陷，大多數出版機構或關閉或疏散，30 年代曾作為中國現代派大本
營的上海竟連一部現代派作品都未出版發行，只是在重慶、桂林、
昆明等地出版了紀德、陀斯托耶夫斯基、海明威、梅特林克、里爾

---

[83] 王文英主編：《上海現代文學史》，上海人民出版社，1999 年 6 月，第
413 頁。
[84] 「權」（茅盾）：〈加緊介紹外國文藝作品的工作〉，《抗戰文藝》，1938
年 12 月 17 日，第 3 卷第 3 期。

克等人約 20 部作品。抗戰結束後，上海出版機構略有恢復，但隨後內戰又起，域外現代派文學的翻譯出版雖較前幾年有所增多，但仍然遠遠不及 30 年代，1946 年至 1949 年上海共出版現代派作品約為 26 部[85]。與出版情況類似，這一時期雜誌上關於現代派作家作品的譯介也很少，抗戰前期幾乎斷絕，只是在抗戰後期的《時與潮文藝》、《詩文學》、《明日文藝》、《詩創作》、《文學雜誌》、《西洋文學》等刊物上略有一些關於現代主義思潮的譯介，如徐仲年的〈法國文學主要思潮〉、盛澄華的〈試論紀德〉、陳麟瑞的〈葉芝的詩〉、陳瘦竹的〈象徵派劇作家梅特林〉等。值得提到的是 1940 年 9 月 1 日在上海創刊的《西洋文學》，雖然維持不到 1 年（1941 年 6 月出至 10 期停刊），但其對西方文學尤其是現代派文學的譯介在戰亂年代尤顯珍貴。如 1941 年《西洋文學》第 7 期在喬伊斯去世不到兩個月推出了「喬伊斯特輯」，譯載了喬伊斯的 2 首詩歌（宋悌芬譯），2 篇小說（〈一件慘事〉郭蕊譯、〈友律色斯〉即《尤利西斯》中的 3 節興華譯）、1 篇專論（愛德蒙·威爾遜著張芝聯譯〈喬易士論〉）和小傳。40 年代對域外現代派文學的大力譯介者主要是在抗戰勝利後，以上海的《詩創造》和《中國新詩》為中心的「九葉」詩人以及馮至、戴望舒、梁宗岱、卞之琳和吳興華等人。

二、里爾克、艾略特、奧登等後期象徵派的譯介

　　1937 年抗戰爆發後至 40 年代，在域外現代派文學譯介方面，受到譯介者關注的主要是里爾克、艾略特、奧登等後期象徵派詩人。

---

[85] 以上統計資料來自賈植芳、俞元桂主編的《中國現代文學總書目·翻譯文學卷》，福建教育出版社，1993 年 12 月版。

94

里爾克被譽為自歌德、赫爾德林之後最偉大的德語詩人。早在 20 年代中國就有關於里爾克的譯介，如 A. Filippov 的〈新德國文學〉（希真譯，《小說月報》，1922 年 8 月，第 13 卷第 8 號）、余樹森的〈德國寫實派文學與其反對派〉（上海《學藝》雜誌，1923 年 3 月，第 4 卷第 9 號）、生田春月的〈現代德奧兩國的文學〉（無明譯，《小說月報》，1923 年 12 月，第 14 卷第 12 號）、鄭振鐸的〈十九世紀的德國文學〉（《小說月報》，1926 年 9 月，第 17 卷第 9 號）、余樹森的〈二十年來的德意志文學〉（《小說月報》，1929 年 8 月，第 20 卷第 8 號）等。20 年代關於里爾克的譯介大多是在介紹德國現代文學時把他作為其中的現代派代表概要式描述的，並未進行深入的探討。30 年代以後關於里爾克的譯介不斷增多，也不斷深入，作品方面主要有馮至翻譯的〈豹〉（《沉鐘》雜誌第 15 期，1932 年 11 月）、〈論山水〉（《沉鐘》雜誌第 18 期，1932 年 12 月）、〈里爾克詩鈔〉（《新詩》雜誌第 1 卷第 3 期，1936 年 12 月）、《給一個青年詩人的十封信》（上海商務印書館，1938 年），梁宗岱翻譯的散文〈羅丹〉（收入《華胥社文藝論集》，中華書局，1931 年）和 3 首詩歌（收入譯詩集《一切的峰頂》，上海時代圖書公司 1936 年 3 月版），卞之琳翻譯的〈旗手〉（收入《西窗集》，商務印書館，1936 年 3 月）等；文論主要有汪倜然的〈奧國詩人李爾克之美妙的自傳〉（上海《前鋒月刊》1931 年 2 月，第 1 卷第 5 期）、馮至的〈里爾克——為十周年祭日作〉（《新詩》雜誌第 1 卷第 3 期，1936 年 12 月）和《給一個青年詩人的十封信·譯者序》等。40 年代關於里爾克的譯介得到進一步深入和拓展，作品主要有馮至譯〈里爾克詩十二首〉（昆明《文聚》雜誌第 2 卷第 1 期，1942 年）、吳興華譯《黎爾克詩選》（中德學會，1944 年）、梁宗岱譯里爾克詩 4 首（收入《交錯集》，桂林華胥社，1943 年出

版)、徐遲譯〈鋼琴練習〉(《詩創造》,1947 年 7 月,第 1 輯)、陳敬容譯〈少女的祈禱及其他〉(《詩創造》,1948 年 4 月,第 10 輯)、〈里爾克詩七章〉(《中國新詩》,1948 年 7 月,第 2 集),評論主要有吳興華的〈黎爾克的詩〉(北平《中德學志》第 5 卷第 1、2 期合刊 1943 年 5 月)、馮至的講稿〈里爾克和他的詩〉(林錫黎筆記:天津《益世報‧文學週刊》,第 74 期,1948 年 1 月)、陳敬容的〈里爾克詩七章‧前記〉等。馮至代表了這一時期關於里爾克譯介的最高成就。早在 20 年代馮至就接觸了里爾克的作品,從中獲得了「意外的,奇異的收穫」,1930 至 1935 年留德期間又大量閱讀了里爾克作品從中體味出里爾克「有一種新的意志產生」[86]。他在〈里爾克和他的詩〉中深入而廣泛地介紹了里爾克的生平經歷、詩歌創作和詩歌美學。馮至把里爾克的詩歌創作分為三個時期,以〈祈禱書〉為代表的「有我時期」,表現人在追求神明的時候的內心的不安定情緒; 以〈新詩集〉為代表的「無我時期」,「全部集子都是詠物詩,以客觀的論調,描寫一事一物的本身價值」;以〈十四行詩〉和〈哀歌〉為代表的「化我時期」,「前者描寫萬物的美麗,是一種讚美;後者敘述人世的痛苦,是一種怨訴」。馮至認為,「里氏是一位天才而兼有修養的作家,他有俄國人的情緒,他有法國人的精神。他的詩,能使動的東西化為靜,使靜的東西化為動。靜的地方宣示了雕刻美,動的地方顯露了音樂美」[87]。里爾克的這些詩歌創作和詩學主張不僅深刻地影響了馮至的詩歌創作而且經由馮至的譯介對其後輩詩人九葉派產生了重要影響。

---

[86] 馮至:〈里爾克——為十周年祭日作〉,《新詩》,1936 年 12 月。

[87] 馮至:〈里爾克和他的詩〉(林錫黎筆記),《益世報‧文學週刊》,第 74 期,1948 年 1 月。

英國現代派大詩人艾略特 20 年代便開始引起譯介者的注意，至三、四十年代形成了譯介的熱潮，對我國詩壇產生重要影響。1926年葉公超留學英國時曾與艾略特過從甚密，回國後在多所大學開設《西方文學理論》和《英美當代詩人》課程，最早把艾略特介紹到中國，卞之琳、辛笛等均受其影響。30 年代關於艾略特的譯介主要分為三個方面，一是在文論中對艾略特的介紹，主要有溫源寧的〈英美四大詩人〉（1932 年 9 月《青年界》）、阿部知二的〈英美新興詩派〉（高明譯，《現代》雜誌第 2 卷第 4 期）、葉公超的〈愛略忒的詩〉（《清華學報》第 9 卷第 2 期）、威廉姆遜的〈T.S.厄了忒的詩論〉（章克標譯，《清華週刊》1935 年第 43 卷第 9期）、葉公超〈再論愛略特的詩〉（1937 年 4 月 5 日《北平晨報‧文藝》第 13 期）等；二是對艾略特文論的翻譯，主要有卞之琳譯〈傳統與個人才能〉（《學文》第 1 集）、曹葆華譯〈傳統與個人才能〉（易名為〈論詩〉）、〈批評底功能〉、〈批評中的實驗〉（以上三篇收入《現代詩論》，上海商務印書館，1937 年版）、周煦良譯〈詩的用處與批評的用處〉（《現代詩風》，1935 年 10月）、〈詩與宣傳〉、〈勃萊克論〉（《新詩》1936 年第 1 卷第 1期、第 3 期）等；三是關於艾略特詩歌的翻譯，主要有趙蘿蕤譯《荒原》（首部中譯本，1937 年 6 月，上海新詩社出版）。可見，這一時期關於艾略特的譯介主要是在文論方面，而對其作品的翻譯則遠遠不夠。40 年代關於艾略特的譯介得到進一步拓展。在評論方面主要有，趙蘿蕤的〈艾略特與荒原〉（《時事新報‧學燈》，1940 年 5 月）、王佐良的系列評論〈一個詩人的形成──「艾里奧脫：詩人及批評家」〉、〈詩的社會功用〉、〈宗教的回想〉、〈普魯弗洛克的禿頭〉（分別見 1947 年 2 月、3 月《大公報‧星期文藝》和 1947 年 6 月、7 月《大公報‧文學週刊》）、柳無忌的

〈維多利亞期文學傳統的支持者〉（《文訊》月刊，1947 年 6 月 15
日，第 7 卷第 1 期），史彭德的〈T.S.艾略忒的「四個四重奏」〉
（岑鄂之譯，《詩創造》1948 年 4 月，第 10 期），袁可嘉的〈托·
史·艾略特研究〉（《大公報·星期文藝》1948 年 5 月 23 日）、
〈Eliot（艾略特）〉（《大公報·星期文藝》，1948 年 5 月第 82
期）荃里翻譯的艾略特的論文〈路狄雅德·吉卜林〉（《文藝先
鋒》，1948 年 6 月 25 日，第 12 卷第 6 期）、沈濟譯〈愛略忒論
詩〉（《詩創造》，1948 年 6 月，第 12 期）等。作品方面主要有黎
敏子譯〈普魯佛洛克底戀歌〉（《詩創作》1942 年 11 月 25 日第 16
期），方濟譯〈波斯頓晚報〉和〈風景〉（北平《文學集刊》，
1944 年 4 月 10 日），卞之琳譯〈西面之歌〉（《大公報·星期文
藝》，1947 年 6 月 1 日），唐湜譯〈燃燒了的諾頓〉（選譯自《四
個四重奏》，《詩創造》，1948 年 4 月，第 10 輯「翻譯專號」）
等。這一時期不但艾略特的作品得到進一步譯介，而且對其詩歌創
作和詩學思想的理解有了明顯的拓展深入。艾略特關於詩歌思想知
覺化、結構戲劇化、想像的邏輯性以及現代文明隱喻等詩學思想和
詩歌創作方法都為譯介者所關注，並對當時的詩壇尤其是九葉派產
生了廣泛而深刻的影響。正如趙蘿蕤在總結〈荒原〉的意義時所
說，「這首詩的感動力是這首詩的重大意義，因此此詩之出，幾乎
震撼了全世界，以後的詩人都逃不掉艾略特的影響，尤其是〈荒
原〉一詩」，「我們要瞭解現代詩，一定要瞭解艾略特的精神所指
的路徑」，「他的影響已深入了許多新詩人的靈感中了」[88]。

　　奧登一向被認為是艾略特之後最重要的英語詩人，與里爾克和
艾略特相比，奧登在中國的譯介相對較晚，但在當時的影響卻並不
比他們小。最早關於奧登的介紹是 30 年代末在西南聯大任教的英國

---

[88] 趙蘿蕤：〈艾略特與荒原〉，《時事新報·學燈》，1940 年 5 月。

詩人兼批評家燕卜遜在課堂上關於「當代英詩」的介紹，吸引了穆旦、王佐良、周珏良、楊周翰等一批熱愛現代派詩歌的學生。1938年奧登的訪華，進一步推動了國內對他的譯介熱情。40 年代關於奧登作品的翻譯主要有：楊憲益譯〈看異邦的人〉、〈和聲歌辭〉、〈空襲〉、〈中國的兵〉（《時與潮文藝》第 2 卷第 3 期，1943 年11 月）、卞之琳譯〈當所有用以報告消息的器具〉（《經世日報・文藝週刊》第 4 期，1946 年 9 月 8 日）、〈服爾泰在斐爾奈〉（天津《現代詩》第 12 期，1947 年 4 月）、〈小說家〉（《經世日報・文藝週刊》，第 35 期，1947 年 4 月 13 日）、〈戰時在中國〉（《中國新詩》，第 2 集，1948 年 7 月）、楊周翰譯〈羅馬的傾覆〉（天津《大公報・星期文藝》，第 34 期，1947 年 6 月 1 日）、吳季譯〈藝術陳列館〉和史魚譯〈詩一首〉（均收入北京大學新詩社主編的《創世曲・奧登詩鈔》，1947 年 12 月出版）等。在評論方面主要有：吳興華〈再來一次〉（上海《西洋文學》第 6 期，1941年 2 月）、杜運燮的〈海外文訊〉（桂林《明日文藝》第 1 期（1943 年 5 月））、楊周翰的〈詩壇的頑童——奧登〉（重慶《時與潮文藝》第 4 卷第 1 期（1944 年 9 月 15 日）、袁水拍譯 Demetrios Capetanakis 的〈論當代英國詩人〉（上海《文學雜誌》第 3 卷第 6期 1948 年）、孫晉三譯 E. R. Dodds 的〈泛論當代英國詩〉（重慶《世界文學》第 1 卷第 1 期，1943 年 9 月）、李旦譯〈史本德論奧登與三十年代詩人〉（《詩創造》，1948 年 10 月）等。奧登詩歌的複雜難懂是譯介者的共識，因而 40 年代關於他的譯介主要是在文論方面，其作品只是散見於一些報刊，而沒有出版一本關於他的譯詩集。吳興華在評介奧登詩歌時指出，「他最愛用簡略的寫法，把一切不必要的冠詞，形容詞，聯結詞，甚至於代名詞完全省去；因此他的詩都是起首就闖入正題，使普通的讀者完全摸不著頭腦。再加

上他的句子大多沒有主詞，所以更顯得格外的難懂」[89]。奧登詩歌的
政治性和現代性特徵也為譯介者所關注。李旦譯〈史彭德論奧登與
「三十年代」詩人〉一文指出，以奧登為代表的「三十年代」詩
人，「他們有些相似的見解，他們蓄意要成為現代的，在他們的詩
裏就選用了許多機械、貧民窟及周遭社會環境而來的意象」，「他
們的詩注重社會性，也會為這社會的病態而抑傷」[90]。袁可嘉譯史本
德的〈釋現代詩中底現代性〉一文分析了奧登詩學思想和詩歌風格
的轉變，認為他是「以馬克思主義和精神分析來診斷西方社會的文
化疾患」，「後又因烏托邦幻景的破滅而遁入神秘主義王國」[91]。

三、40 年代現代派文學的譯介取向與「新詩現代化」追求

　　40 年代決定域外現代派譯介取向的因素主要來自兩個方面，一
是當時中國的社會現實，二是現代派詩人的藝術追求。戰亂頻仍和
民族危亡的生存現實決定了譯介者把目光投向具有共同語境和思想
傾向的後期現代派作家里爾克、艾略特和奧登等人。生活在 19 世紀
末 20 世紀初的里爾克親歷了第一次世界大戰，目睹了戰爭的慘狀，
體驗了戰爭的痛苦。他在 1920 年寫給朋友的一封信中回憶道：「戰
爭期間，我幾乎，確切地說偶然地，每年都在慕尼克，等待著，一
直在想：這日子一定會到頭的。我不能理解，不能理解，還是不能
理解！」[92]戰爭不僅給里爾克帶來了精神的痛苦，而且給他的創作

---

[89] 吳興華：〈再來一次〉，《西洋文學》，第 6 期，1941 年 2 月。

[90] 李旦選譯：〈史本德論奧登與三十年代詩人〉，《詩創造》，1948 年 10 月。

[91] 史本德：〈釋現代詩中底現代性〉，袁可嘉譯，上海《文學雜誌》，1948 年
第 3 卷第 6 期。

[92] 里爾克：〈致萊奧波德·封·施勒策爾〉，轉引自漢斯·埃貢·霍爾特胡森
著、魏育青譯：《里爾克》，三聯書店，1988 年版。

「罩上了最濃重的陰霾」，里爾克由此陷入了沈默和思索[93]。里爾克這種在戰爭期間「為工作而等待」的精神深深感動了馮至。1943年，抗日戰爭正處於最艱難的時期，蟄居昆明的馮至讀到奧登的《戰時在中國》中關於里爾克部分，倍感親切，由此聯想到到苦難的中國也需要里爾克的精神，於是寫了〈工作而等待〉一文，回顧里爾克在第一次世界大戰期間所忍受的寂寞和痛苦，經過苦苦的思索，終於創作出了著名的〈十四行詩〉和〈哀歌〉，個人的痛苦換得了藝術的昇華，馮至以此來鼓勵處於危難中的國人。與里爾克一樣，艾略特也目睹了戰爭給人類造成的災難尤其是對精神的摧毀。1914年第一次世界大戰的炮火阻止了艾略特回國接受博士學位的行程而滯留英國，這段時期艾略特工作負擔重，生活壓力大，感情上一片空虛，精神處於崩潰的邊緣，我們可以從創作於此時的〈荒原〉中讀出不僅屬於他個人而且是屬於那個紛亂時代的生活災難和精神危機，「正是這種相似的歷史語境使得九葉詩人與艾略特在對藝術與現實關係的把握上有了深層的溝通」[94]。奧登與中國的關係更為密切。1938年2月抗戰爆發不久，奧登和伊舍伍德來到了戰時的中國。他們從香港，經廣州、漢口，一直深入內地鄭州、西安、蘇州、南昌和金華等地採訪，他們甚至還到過徐州前線，北上黃河，會晤了當時國共雙方的領導人和各界名流。經過四個月的採訪，他們於6月12日由日本佔領的上海乘船離開中國。奧登不僅目睹了戰時中國的災難和痛苦，而且把它們寫成了十四行組詩〈戰地行〉和通訊〈給中國人民的資訊〉。奧登在〈戰地行〉中描述了戰時中國的災難和抗戰場面，表達了對這個多災多難民族的同情、鼓舞和敬

---

[93] 漢斯‧埃貢‧霍爾特胡森：《里爾克》，魏育青譯，三聯書店，1988年版。
[94] 董洪川：〈「九葉」詩論與T. S. 艾略特〉，《四川外語學院學報》，2004年第6期。

意。在〈給中國人民的資訊〉中，他真誠地寫道：「在這些悲劇性的艱難日子裏，我們想告訴你們，有這樣一群英國人（不是少數）瞭解你們所英勇進行的鬥爭是為了自由和公正，每個國家都在為之奮鬥。你們不只是為了中國，也是為了我們，抗日戰爭對美國人和歐洲人都具有重大的影響。我們將盡我們最大的力量——儘管是微薄的——支持中國並說服比我們更有影響力更強大的人做同樣的事情。在中國度過的日子裏，我們無法表達我們對你們面對全副武裝的敵人時的勇氣與耐性的讚美。在這場戰鬥中，勝利將在堅持最久的一方。我們祈禱，為你們也為我們自己，不論形勢多麼惡劣，都不要喪失對正義的信心，堅持鬥爭直到勝利是這個國家每個人的希望。」[95]奧登政治上的進步立場和對戰時中國的深厚同情激起了當時譯介者內心的感動和譯介的熱情。王佐良說，「我們更喜歡奧登」，「他在政治上不同於艾略特，是一個左派，曾在西班牙內戰戰場上開過救護車，還來過中國抗日戰場，寫下了若干頗為令我們心折的十四行詩」[96]。袁可嘉說，奧登的「對德國猶太人，戰時難民，及被壓迫者的深厚同情」，令人欽佩，「我們尤不能忘懷於他訪問中國戰場時所寫的數十首十四行詩」[97]。此外，值得提出的是，40年代以反戰小說聞名的海明威及其作品也得到廣泛的譯介，如其作品《戰地春夢》（林疑今譯，西湖社，1940年11月，一度再版）、《戰地鐘聲》（謝慶堯譯，林氏出版社，1941年7月，一度三版）、《第五縱隊》（馮亦代譯，重慶新生圖書文具公司，1942年

---

[95] 轉引自張松建：〈奧登在中國：文學影響與文化斡旋〉，原載臺北《當代》，2005年8月，第106頁。

[96] 王佐良：〈穆旦：由來與歸宿〉，載《一個民族已經起來》，江蘇人民出版社，1987年版。

[97] 袁可嘉：〈從分析到綜合〉，《論新詩現代化》，三聯書店，1988年版，第194頁。

8 月）、《蝴蝶與坦克》（馮亦代譯，重慶美學出版社，1943 年 10
月))、《永別了，武器》（馬彥祥譯，晨光出版公司，1949 年 3
月）等都被翻譯出版。海明威受到譯介者的青睞同樣也與中國的抗
戰現實和他兩度來華（1940 年、1941 年）密切相關。馮亦代說他之
所以要翻譯海明威作品是「因為這樣的作品，對於我們鼓動中國人
民抗戰，也是有好處的」[98]，趙家璧也認為，海明威「從大戰所受的
刺激，使他對於現代文化抱了一種厭惡的態度」[99]。由此可見，40
年代關於域外現代派的譯介是與戰爭的歷史語境分不開的。

如果說社會現實是規約 40 年代域外現代派譯介的外在因素，那
麼譯介者對現代派藝術的自覺追求則是它的內在動力。這一符合藝
術自身發展規律的內在要求主要體現在九葉詩人的群體性藝術追
求。40 年代熱衷於艾略特、里爾克和奧登等西方現代派詩歌並在此
基礎上形成了共同詩藝追求的是九葉派詩人。1947 年前後，曹辛之
（杭約赫）、唐湜、唐祈、陳敬容等九葉詩人來到上海（辛笛已於
1939 年來到上海），先後創辦了《詩創造》（1947 年 7 月至 1948 年
6 月共 12 輯，因後 4 輯九葉詩人已退出除外）和《中國新詩》（1948
年 6 月至 10 月共 5 集）雜誌，「他們與因抗戰結束復員或畢業分配
回到北平或天津的原昆明西南聯大詩人群穆旦、杜運燮、鄭敏、袁
可嘉取得了遙遠的聯繫，共同推動著一股新的詩潮的發展」[100]。唐
湜說他們是「一群自覺的現代主義者，T.S.艾略特與奧登、史班德們
該是他們的私淑者」[101]。辛笛說他在大學讀書時就「廣泛吟讀西方
詩歌」，其中主要有「現代派中的葉芝、艾略特、里爾克、霍布金

---

[98] 馮亦代：〈《第五縱隊及其他》重譯後記〉，《讀書》1982 年第 10 期。
[99] 趙家璧：〈近代美國小說之趨勢〉，《現代》，1934 年 5 月，第 5 卷第 1 期。
[100] 藍棣之：〈九葉派詩選前言〉，《九葉派詩選》，人民文學出版社，1992
年，第 3 頁。
[101] 唐湜：〈詩的新生代〉，《詩創造》，1948 年 2 月。

斯、奧登等人的作品，每每心折」，後來留學英國時，又與艾略特、史本特、劉易士、繆爾等人「時時過從」，「在寫作中受到了不小的影響」[102]，從這裏不難見出九葉詩人對域外現代派詩人的心儀程度。

在戰亂頻仍和民族危亡的生存現實面前，九葉詩人深刻地反省了五四以來新詩的發展進程，「中國新詩雖還只有短短的一二十年的歷史，無形中卻已經有了兩個傳統：就是說，兩個極端。一個盡唱的是『夢呀，玫瑰呀，眼淚呀』，一個盡吼的是『憤怒呀，熱血呀，光明呀』，結果是前者走出了人生，後者走出了藝術，把它應有的將人生和藝術綜合交錯起來的神聖任務，反倒擱置一旁」[103]。在對新詩傳統反思時，九葉詩人首先揚棄了二、三十年代以來那種只顧個人感傷而回避社會現實的傳統。他們清醒地認識到，「這是一個嚴肅的時代，它要求一切屬於這時代的嚴肅的聲音」[104]，「我們既屬於人民，就有強烈的人民意識」[105]。他們提出，詩歌「首先得要紮根在現實裏」[106]其次，他們也否定了只顧政治宣傳而忽視詩歌藝術的極端。他們認為，在重視詩歌現實精神的同時，也強調詩歌「又要不給現實綁住」[107]，「不許現實淹沒了詩，也不許詩逃離現實要詩在反映現實之餘還享有獨立的藝術生命，還成為詩，而且

[102] 辛笛：《辛笛詩稿‧自序》，1983 年版。
[103] 默弓（陳敬容）：〈真誠的聲音──略論鄭敏、穆旦、杜運燮〉，《詩創造》，第 12 輯，1948 年 6 月。
[104] 唐湜：〈嚴肅的星辰們〉，《詩創造》，第 12 輯，1948 年 6 月。
[105] 唐祈：〈編後記〉，《中國新詩》，第 2 集，1948 年 7 月。
[106] 默弓（陳敬容）：〈真誠的聲音──略論鄭敏、穆旦、杜運燮〉，《詩創造》，第 12 輯，1948 年 6 月。
[107] 默弓（陳敬容）：〈真誠的聲音──略論鄭敏、穆旦、杜運燮〉，《詩創造》，1948 年 6 月，第 12 輯。

是好詩」[108]。正是在對傳統的深刻反思和對現實的清醒認識中，「將人生和藝術綜合交錯起來」成為 40 年代現代派詩人的審美取向和藝術追求，使得他們與里爾克、艾略特和奧登等西方後期現代派詩人產生了精神和藝術上的遇合。里爾克「觀察遍世上的真實，體味盡人與物的悲歡」的現實態度和藝術精神，讓九葉詩人感佩[109]，「艾略特主張的藝術家的責任感要求詩人的個人的熱情同他宣傳的社會思想合感情之間的『和諧』統一這一美學原則引起了『中國新詩』派詩人們的共鳴，奧登以現代派的方法直接表現中國抗戰現實生活的創作和他的美學探求，激發了這個詩人群體對於新詩現代性美學探索與實踐的熱情」[110]。

　　正是在汲取里爾克、艾略特和奧登等西方後期現代派大師的詩學營養的基礎上，以袁可嘉為代表的九葉詩人建構了他們自己的「新詩現代化」理論。1946 年至 1948 年間，袁可嘉在《大公報》、《益世報》、《文學雜誌》、《詩創造》和《中國新詩》等報刊集中發表了〈新詩現代化〉、〈新詩現代化再分析〉、〈論現代詩中的感傷性〉、〈詩與主題〉、〈新詩戲劇化〉等系列詩歌評論文章，全面系統地闡述了「新詩現代化」的理論主張。袁可嘉提出，「現代詩歌是現實、象徵、玄學的新的綜合傳統」，「現實表現於對當前世界人生的緊密把握，象徵表現於暗示含蓄，玄學則表現於敏感多思、感情意志的強烈結合及機智的不時流露」[111]。他進而認為，「新詩戲劇化」是拯救新詩的途徑，它主要有三個方向，一是

---

[108] 袁可嘉：〈詩的新方向〉，《新路週刊》，1948 年，第 1 卷第 17 期。

[109] 陳敬容：〈少女的祈禱及其他·附記〉，《詩創造》，1948 年 4 月，第 10 輯。

[110] 孫玉石：《中國現代主義詩潮史論》，北京大學出版社，1999 年 3 月版，第 290－291 頁。

[111] 袁可嘉：〈新詩現代化〉，《大公報·星期文藝》，1947 年 3 月 3 日。

里爾克式的,「把搜尋自己內心所得與外界的事物的本質(或動的或靜的)打成一片,而予以詩的表現」,「把思想感覺的波動借對於客觀事物的精神的認識而得到表現」;二是奧登式的,「利用詩人的機智、聰明及運用文字的特殊才能寫詩」;三是艾略特式,「以劇詩為媒介,現代詩人的社會意識才可得到充分表現」,「另一方面劇詩又利用歷史做背景,使作者面對現實時有一個不可或缺的透視或距離使它有象徵的功用」[112]。顯而易見,袁可嘉正是以里爾克、艾略特和奧登等西方現代派的詩學理論作為參照來建構自己的「新詩現代化」體系的。

---

[112] 袁可嘉:〈新詩戲劇化〉,《詩創造》,1948 年 6 月,第 12 輯。

第三章　現代派雜誌與上海文化精神

　　任何一種流派、社團或思潮的形成都離不開培育它們成長的土壤——報刊雜誌。1930 年代是我國現代派文學繁榮發展的黃金時期，在《瓔珞》、《無軌列車》、《新文藝》、《現代》、《新詩》等雜誌周圍結集了一批以施蟄存、戴望舒、劉吶鷗、穆時英、杜衡、徐遲、路易士、艾青、卞之琳等為代表的現代派作家，他們雖未公開結社，也沒發表正式的宣言，但是相同或相似的文學主張和審美風格，面對外來壓力時同聲共氣的幫扶姿態，使得他們在外人眼裏是作為一個相對一致的現代派群體而存在的。因而在此，我們以這些現代派雜誌為對象，考察 30 年代這一與「京派」、「左翼」陣營比肩而立的「新海派」（即上海的現代派），在其產生、發展及其分化流變過程中所形成的文化精神和審美風範。

第一節　《瓔珞》、《無軌列車》、《新文藝》：初期的開放視野與先鋒精神

一、「上海文化精神」的形成與表徵

　　上海由一個「濱海斥鹵之地」發展成「江海通津」的國際大都會，在其特殊的歷史進程中形成了鮮明的文化精神品格。上海最初的崛起主要依仗於商業貿易。1685 年清朝解除海禁，第二年設立江

浙閩粵四海關,其中江海關便設立於上海。「自海關設立,凡遠近貿遷皆由吳淞口進泊黃埔」,上海由此成為「南通閩粵,北達遼左」[1]的商賈雲集之地。1843 年開埠以後,上海更因其得天獨厚的地理環境和特殊的政治因素而成為當時中國最重要的通商口岸。自此西方文化大量輸入,從器物到制度再到思想文化各個層面不斷打磨和改造著近代的上海。在「傳統與現代、本土與外洋、南來與北往、高雅與通俗各種成分的匯合」[2]中,上海逐漸形成了以商業性為主要內核、以自由開放、開拓創新為精神品貌的現代都市文化。至1930 年代,進入全盛時期的上海被稱為「東方的巴黎」和「世界第五大都市」,無論在經濟、政治、文化和人口等各個方面都彰顯出名副其實的國際性大都會形象。經濟方面,上海已與世界上 100 多個國家的 300 多個港口建立了固定的貿易往來聯繫[3],在外國對華進出口貿易和商業總額中占 80%以上,直接對外貿易總值占全國 50%以上[4]。政治方面,租界成立了以工部局為管理機構的較為完備的現代市政體系,享有「治外法權」,在一定程度上體現了自由、獨立、安全、法治等西方現代民主精神,並進而影響到華界。文化方面,上海已經成為世界文化的「博覽會」,西方各種風格的建築、服飾、飲食、娛樂等傳統文化風習和最新流行時尚都匯聚於上海。人口方面,在上海居住的外國僑民來自 5 大洲近 60 個國家,最多時超過 15 萬人,除了英美公共租界和法租界外,還陸續形成了以虹口為中心的日本人聚居區,以楊樹浦為中心的猶太人聚居區,以霞飛

---

[1] 毛祥麟:〈三略彙編〉,見《上海小刀會起義史料彙編》,上海人民出版社,1985 年版,第 808 頁。

[2] 陳伯海:《上海文化發展面面觀》,《社會科學》,2000 年第 2 期。

[3] 張仲禮:《近代上海城市研究》,上海人民出版社 1990 年版,第 148 頁。

[4] 徐雪韻等編譯:《上海近代社會經濟發展概況》,上海社會科學院出版社1985 年版,第 158 頁。

路為中心的俄國人聚居區等[5]。作為世界的第五大都市，上海正是在
與西方文化的充分交流碰撞中形成其國際性地位的。正如施蟄存所
說，「生活在這個時代中，我們已無法在封閉在孤獨與庸愚的隔角
裏，過一個古舊的生活。我們的一呼一吸，都已與世界上任何一個
隔角裏的人息息相通。我們必須要能瞭解全個世界，才能在這個世
界上佔據一個恰如其分的地位」[6]。伴隨著自由開放而來的是上海文
化的開拓創新，汽車、火車、電車等現代交通工具，油燈、汽燈、
電燈等新型照明工具，郵政、電話、電報等現代通訊方式，跳舞、
看電影、喝咖啡等現代娛樂方式，這些現代新型的生活方式都率先
在上海登陸，領風氣之先，而上海市民對這些蘊含著全新文化內涵
的生活方式雖然最初不免驚羨，但很快便爭相仿效，並最終把它們
融匯到習以為常的日常生活中，即便是繪畫、書法、戲劇、服飾等
中國傳統藝術，在上海也融入了新的時尚元素而被改造成標新立異
的「海派」。自 20 年代開始，施蟄存便和他的現代派同人戴望舒、
杜衡、劉吶鷗、穆時英等一道，在這座國際性的大都會中吮吸著西
方現代文化養料，以世界主義的文化視野和開拓創新的文化姿態創
辦了《無軌列車》、《新文藝》、《現代》、《現代詩風》和《新
詩》等現代派文學雜誌，參與了上海文化的現代性建構和世界性交
流，他們清醒地意識到「文學只有好壞，而不存在舶來問題」，
「文化也要與世界交通」[7]。這些現代派雜誌在 30 年代多元駁雜的上
海文化語境中，堅持世界主義的開放文化視野、自由獨立的價值判

---

[5]　鄒依仁：《舊上海人口變遷的研究》，上海人民出版社，1980 年版，第
　　114 頁。
[6]　施蟄存：〈《活時代》發刊詞〉，《施蟄存序跋》，東南大學出版社，2003
　　年 6 月，第 19 頁。
[7]　施蟄存：〈中國現代主義的曙光〉，《沙上的腳跡》，遼寧教育出版社，
　　1995 年 3 月，第 169 頁。

斷，開闢了一片富有創新精神和切合現代潮流的自由獨立的話語空間，充分彰顯了自由開放、開拓創新的上海文化精神。

二、對域外文學的最初關注

　　施蟄存、戴望舒、杜衡等人對域外文學的關注始自 1922 年杭州的「蘭社」時期。1922 年 9 月，施蟄存與戴望舒、杜衡、張天翼、葉秋原等人組成了「蘭社」，創辦了《蘭友》旬刊，至 1923 年 7 月共出版了 17 期，其作品主要以舊詩詞和通俗小說為主。這個在「林琴南和《禮拜六》之類的影響下」[8]組成的具有共同志趣的校園文學社團，雖然既無現代派傾向，也幾無社會影響，但他們卻是在這時最初接觸到了域外文學，開始放眼世界。1922 至 1923 年間，施蟄存在之江大學和大同大學圖書館裏做了「當時最得意的工作」[9]，選抄了《英國詩選》和《世界短篇小說選》。在《蘭友》第 7 期的〈小說家語錄〉中，施蟄存輯錄了幾位外國作家的寫作格言，值得重視的是第三則斯蒂芬的格言「小說家是立足在散文與詩之間的，好的小說應當是詩浸透了的散文」，從這裏我們不難找到施蟄存日後小說創作風格的最初影響。「蘭社」時期的戴望舒曾以「精英文」而備受稱道。1922 年 10 月，還在宗文中學讀書的戴望舒便在《婦女旬刊》和自己主編的《蘭友》上發表了翻譯小說〈貪人之夢〉（Olive Golasmieh 原著）、〈誤會〉（原著者不祥）、〈等腰三角形〉（E.A.Poe 原著）、〈珊瑚島〉（原著者不祥）和詩歌〈愛國——古樂人曲〉（Sott 原著）等。

---

[8]　張天翼：〈我的幼年生活〉，《張天翼研究資料》，中國社會科學出版社，1982 年 8 月，第 122 頁。
[9]　施蟄存：〈我的創作生活之歷程〉，《施蟄存七十年文選》，上海文藝出版社，1996 年版，第 56 頁。

　　施蟄存、戴望舒等人對域外文學尤其是現代派文學的譯介主要開始於「瓔珞」時期。1926 年 3 月 17 日至 4 月 17 日，在震旦大學讀書的施蟄存、戴望舒和杜衡自費出版了四期的《瓔珞》旬刊。雖然這份刊物維持時間短，影響也不大，但卻顯現出鮮明的現代派色彩，具有了初步的世界主義文學視野，是他們的「第一個新文學同人小刊物」[10]。四期《瓔珞》旬刊主要刊發了施蟄存的兩部略顯心理分析特徵的短篇小說〈上元燈〉和〈周夫人〉，戴望舒的四首帶有象徵詩風的詩歌〈凝淚出門〉、〈流浪人之夜歌〉、〈可知〉、〈夜鶯〉等，戴望舒翻譯的魏爾侖詩作，杜衡翻譯的海涅詩作，以及被施蟄存稱之為「重點文章」的戴望舒的〈讀仙河集〉和杜衡的〈參情夢及其他〉等。從這些譯介內容來看，主要是法、德、英等國的現代派作家作品。值得重視的是，戴望舒對李思純發表在《學衡》上的法詩譯作《仙河集》錯誤的指責和杜衡對傅東華翻譯的英國頹廢詩人歐奈思特・陶孫的詩劇《參情夢》的逐句糾謬。李思純是留法歸來的東南大學教授，傅東華則是商務印書館的編輯，而戴、杜二人當時則是二十來歲的震旦大學的學生，可謂是「初生牛犢不怕虎」。從事後李思純的「不再譯詩」和傅東華的「非常惱火」[11]來看，可見戴、杜二人對法、英文學的精熟和《瓔珞》旬刊對域外文學的關注。這段時期，戴望舒「在枕頭底下埋藏著魏爾侖和波特賴爾」，「他最後還是選中了果爾蒙、耶麥等後期象徵派」[12]。施蟄存一入震旦大學，「隨即便愛上了法國詩，從龍沙、維雄到雨

---

[10] 施蟄存：〈震旦二年〉，《北山散文集》（一），華東師範大學出版社，2001 年 10 月，第 299 頁。

[11] 施蟄存：〈震旦二年〉，《新文學史料》，1984 年第 4 期。

[12] 施蟄存：〈《戴望舒譯詩集》序〉，《北山散文集》（二），華東師範大學出版社，2001 年 10 月，第 1281 頁。

果似懂非懂地亂讀了一陣」[13]。從杭州「蘭友」時期的「鴛鴦蝴蝶派」趣味到上海「瓔珞」時期的西方現代派追求，一方面是施蟄存、戴望舒、杜衡等文學趣味和審美追求轉變的內在要求使然，然而另一方面，不能不使我們把這一轉變的原因與二、三十年代開放多元、追新求變的上海文化環境聯繫在一起。80 年代施蟄存回憶說，30 年代「我們讀書直接看外文原著，而且外文書店很多」，「四川路有兩家英文書店，淮海路有法文書店，虹口有日文書店，還有幾家賣國外雜誌的書店，每個月在書店都可以看到新書，每天都可以看到新雜誌，文化交流與世界同步」[14]，「那時候，外國有了什麼新書都能進來。蘇聯進步文藝雜誌在秘密書店裏也可以買得到。我們對外國文學的瞭解和吸收基本上是和他們文學發展同步的。」[15]可見，正是上海開放的文化環境提供給了施蟄存等人同步瞭解世界文學的前提。

三、「方向內容沒有一定的軌道」

在施蟄存、戴望舒等人編輯的刊物中，真正開始具有自覺的世界主義文化視野和先鋒精神的是《無軌列車》（半月刊，1928 年 9 月至 12 月）和《新文藝》（月刊，1929 年 9 月至 1930 年 4 月）。一般認為，30 年代施蟄存、戴望舒等現代派發端於《無軌列車》，拓展於《新文藝》，成熟於《現代》雜誌，1935 年隨著《現代》的結束而分化流變。《無軌列車》和《新文藝》在編輯理念上體現出鮮明的世界主義的開放視野和先鋒精神。《無軌列車》的雜誌命名和封面設計均出自具有「新興」和「尖端」理念的劉吶鷗。在第 3

---

[13] 施蟄存：〈我治什麼「學」〉，《書林》，1983 年第 8 期。
[14] 張英：〈訪上海作家〉，《作家》，1999 年第 9 期。
[15] 施蟄存：〈中外文學的「斷」與「續」〉，《人民日報》，1987 年 6 月 8 日。

期的編後記〈列車餐室〉中，劉吶鷗道明瞭《無軌列車》趨時求新的編輯理念：「新聞紙說伯林、北平、上海間將有航空路了。地球上的一切是從有軌變為無軌的時間中。」[16]這裏的「無軌」既指現代科技和交通的發展，也表明了「刊物的方向內容沒有一定的軌道」的開放視野和先鋒精神。在封面的設計上，《無軌列車》的奇特想像和先鋒寓意可謂獨步一時（堪比後來炎櫻為張愛玲《傳奇》所作的封面設計）：一個簡筆劃的現代人伸展著手倒立在地球的下方，表示出對傳統鮮明的叛逆性。1929 年創刊的《新文藝》也在其創刊號上宣稱了他們的創新思想：「我們辦這個月刊要使它成為內容最好」、「編制得最新穎的」、「唯一的中國現代文藝月刊」[17]。

　　《無軌列車》和《新文藝》的世界主義開放視野和先鋒精神具體地表現在它們對域外新潮文學的譯介上。這兩份雜誌「方向內容沒有一定的軌道」，不管政治取向如何，只要是屬於「新興」和「尖端」文學的都在他們關注的視野之內，頹廢的現代主義和革命的普羅主義幾乎雜陳並置在《無軌列車》和《新文藝》的每一期上。在《無軌列車》和《新文藝》上關於域外普羅文學的譯介主要來自蘇聯，如小說〈大都會〉（畫室即馮雪峰譯、Sosnovsky 著）、〈革命底女兒〉（杜衡譯，John Reed 著）、〈監〉（杜衡譯，巴別爾著），文藝評論〈「庫慈尼錯」結社及其詩〉（馮雪峰譯，黑田辰男著）、〈新藝術形式的追求〉（葛莫美譯，藏原惟人著）、〈唯物史觀的詩歌〉（戴望舒譯、伊可維支著）、〈藝術之社會的意義〉（洛生譯，弗裏契著）、〈新演劇領域上的實驗〉（雪峰譯，瑪察著）、〈無產階級運動與資產階級藝術〉（郭建英譯、蒲力汗諾夫著）等。在劉吶鷗、施蟄存等人看來，新興的蘇聯文學和

---

[16] 劉吶鷗：〈列車餐室〉，《無軌列車》，1928 年第 3 期。
[17] 施蟄存：〈編者的話〉，《新文藝》，1929 年 9 月，創刊號。

尖端的資產階級新流派都是文學的新潮，在藝術的本質上並沒有什麼兩樣，施蟄存說，「比較左派的理論和蘇聯文學，我們不是用政治的觀點看，而是把它當一種新的流派看」[18]。在上述關於域外普羅文學的譯介中，由劉吶鷗以葛莫美的筆名翻譯的〈新藝術形式的追求〉被認為「是一篇很重要的文章」[19]。在編者看來，藏原惟人所探討的普羅文學的藝術問題同樣適合於當時中國的普羅文學。文章認為，「一切的藝術形式總要待那時代的生產形式來規定」，「高度發達的近代資本主義社會所發見而留給我們的美──那是大都會和機械的美」，「機械生活的出現」把「藝術的純形式的方面根本地改變了」，因此，普洛藝術不能只停留在「意識形態的內容」層面，而應該從「心理內容和藝術形式」上對「未來派，立體派，構成派，新寫實派等的藝術」進行批判的吸收，「接受這些藝術形式的拍子，力學，正確和單純」。從這裏我們可以看出，施蟄存、劉吶鷗等人在提倡普羅文學一開始就十分注重藝術性問題，因此，當後來左翼文學一味強調革命的集團主義而打壓藝術的自由主義時，施蟄存、戴望舒、穆時英、杜衡等人紛紛放棄了普羅文學，集體轉向了此前就鍾情的現代主義。儘管當時施蟄存、劉吶鷗等人是從藝術的角度來接受普羅文學的，但是由於受到 20 年代末 30 年代初左翼文化思潮的影響，《無軌列車》還是因為「藉無產階級文學，宣傳階級鬥爭，鼓吹共產主義」的「罪狀」被國民黨查禁[20]。同樣，《新文藝》也是因為「受了暴力的睥睨」自動停刊[21]。因此，後來

---

[18] 施蟄存：《沙上的腳跡》，遼寧教育出版社，1996 年版，第 179 頁。
[19] 施蟄存：〈編者的話〉，《新文藝》，1929 年 12 月，第 1 卷第 4 號。
[20] 施蟄存：〈我們經營過三個書店〉，《新文學史料》，1985 年第 1 期。
[21] 施蟄存：〈編者的話〉，《新文藝》，1930 年 4 月，第 2 卷第 2 期。

「驚心於前事」的現代書局老闆和《現代》雜誌編者施蟄存儘量要把《現代》雜誌辦成「一個不冒政治風險的文藝刊物」[22]。

四、先鋒的藝術追求與開放的文化視野

「現代主義是先鋒派藝術」，它「最全面地表現現代意識、創造現代經驗」，「對未來的人類意識進行革命性探索」，「現代主義的本質在於它的國際性」[23]。最能體現《無軌列車》和《新文藝》世界主義開放視野和先鋒精神的是那些域外現代派文學的譯介。在《無軌列車》和《新文藝》上，對現代派文學的譯介主要有〈耶麥詩抄〉（戴望舒譯）、〈馬拉美詩抄〉（李金髮譯）、〈道生詩抄〉（戴望舒、杜衡譯）、〈掘口大學詩抄〉（白璧譯）、〈保爾·福爾詩抄〉（戴望舒譯）等現代派詩歌；〈一個經驗〉（劉吶鷗譯，片岡鐵兵著）、〈藝術的貧困〉（郭建英譯，片岡鐵兵著）、〈麥西耶的死〉（徐霞村譯，杜哈美著）、〈紫戀〉（戴望舒譯，高萊特女史著）、〈敗北〉（沈端先譯，菊池寬著）、〈殺豔〉（章克標譯，谷崎潤一郎著）等現代派小說；〈保爾·穆杭論〉（劉吶鷗著）、〈魏爾嘉論〉（徐霞村譯，Puglionisi 著）、〈近代法蘭西詩人〉（施蟄存譯、勒維生著）、〈現代希臘文學〉（吳克修譯，迦桑察季思著）、〈關於哈姆生〉（汪馥泉譯，宮原晃一郎著）等文藝評論。從這一串名單中，我們不難梳理出編譯者對域外現代派文學的旨趣，從歐洲的後期象徵主義、心理主義、都會主義到日本的新感覺派，這些都是當時世界文學中的新潮流。戴望舒、施蟄存、劉吶鷗等在翻譯域外現代派作品時常常會利用「附

---

[22] 施蟄存：〈《現代》雜憶〉，《沙上的腳跡》，遼寧教育出版社，1995 年版。
[23] 布魯特勃萊：〈現代主義的稱謂和性質〉，袁可嘉等編譯《現代主義文學研究》，中國社會科學出版社，1985 年版，第 216、219 頁。

記」的形式來介紹作者的相關背景和譯者對作品的理解，以擴展翻譯作品的影響，如戴望舒在〈耶麥詩抄〉和〈保爾・福爾詩抄〉的「附記」中分別介紹了耶麥和保爾・福爾在法國詩壇的位置、詩歌的風格，以及自己對其詩歌的理解。戴望舒認為，「耶麥為法國現存大詩人之一。他是拋棄了一切虛誇的華麗、精緻、嬌美，而以他自己的淳樸的心靈來寫他的詩」，他的詩讓人感到「一種異常的美感」，「這種美感是生存在我們日常生活上，但我們沒有適當地藝術底抓住的」[24]；「保爾・福爾氏為法國後期象徵派中的最淳樸，最光耀，最富於詩情的詩人」，「他用最抒情的詩句表現出他的迷人的詩境，遠勝過其他用著張大的和形而上的辭藻的諸詩人」[25]。

《無軌列車》和《新文藝》的世界主義開放視野和先鋒精神不僅體現在對域外現代派文學的大量譯介上，而且還表現在他們對世界新興文化時尚和文壇最新動態的及時追蹤上。二、三十年代，席捲全球的美國好萊塢電影「在上海市民的娛樂生活中占了最高的位置」[26]，把西方最新的文化時尚傳播到上海。劉吶鷗等人編輯的《無軌列車》、《新文藝》及其稍後的《現代電影》、《現代畫報》等現代派雜誌，率先介紹了這一新興的電影藝術，直接參與了這一時期上海消費文化時尚的建構。《無軌列車》從第 4 期至第 6 期，連載了劉吶鷗的一篇長文〈影戲漫想〉，探討了「電影和女性美」、「電影和詩」等問題，認為電影把女性的「肉體美，精神美，靜止美，運動美——在全世界的人們面前伸展」，這一西方女性審美觀正是當時上海普遍流行的文化新時尚。在藝術形式上，劉吶鷗認為電影「有 close up 有 fade out，fade in，有 double crank，有 high

---

[24] 戴望舒：〈耶麥詩抄・附記〉，《新文藝》1929 年 9 月，第 1 卷第 1 期。

[25] 戴望舒：〈保爾・福爾詩抄・附記〉，《新文藝》1930 年 1 月，第 1 卷第 5 期。

[26] 上海通社編：《上海研究資料續集》，上海書店，1984 年版，第 538 頁。

speed，有「flash」等表現方法，很容易使「詩的世界有了形象」[27]。眾所周知，這些電影藝術的表現方法很快便成為劉吶鷗、穆時英等人小說表現都市生活的新形式。1930 年 2 月《新文藝》一卷六號上發表了一篇署名「迷雲」的文章〈現代人底娛樂姿態〉，作者站在全新的價值立場從娛樂觀念、娛樂內容、娛樂方式及其文化背景上分析了現代都市人的娛樂姿態：過去人們一般「把自然現象的變遷」作為快樂，而現代都會人則把「瞬間的，物質的，而且無厭的（欲望）追求」作為快樂；「今代人的娛樂，逐漸帶起國際的傾向來。生的娛樂時時刻刻超過人種和國境，而變了同樣的步調」；現代人的娛樂生活是「在惡魔似的技巧中，參以數理上的打算及天使底微妙與精緻」；現代人之所以要追求瞬間的物質的肉體的娛樂，是因為「生命是短促的，我們所追求著的無非是流向快樂之途上的洶湧奔騰之潮和活現現地呼吸著的現代，今日，和瞬間」[28]。《新文藝》每期後面都刊有「國內外文壇消息」欄目，如創刊號上介紹了「一部震動全世界的小說《西方前線上平靜無事》」的主要內容及其在法、英、德等國的反響、匈牙利的「普洛派作家」和美國《日規雜誌》廢刊情況；第 4 期介紹了湯瑪斯·曼獲諾貝爾獎金情況及其作品風格「特點是複雜的結構和精細的心理分析」；第 6 期上介紹了國外大家的一些逸事，其中有「雨果和小孩」、「蕭伯納的逸話」、「盧騷的被迫害狂」、「小易卜生的詐計」和「不懂詩的托爾斯泰」等；第 2 卷第 1 期上介紹了蘇聯文壇的風波、英國無產階級文學運動、國際勞動者演劇會和蘇聯未來派詩人馬雅可夫斯基自殺等。從這些「文壇消息」來看，一是主要介紹當前國外文壇消息，幾乎沒有國內文壇動態；二是關注國際文壇重大事件；三是介

---

[27] 劉吶鷗：〈影戲漫想〉，《無軌列車》，第 1 卷第 4 期至第 6 期。

[28] 迷雲：〈現代人底娛樂姿態〉，《新文藝》，1930 年 2 月，第 1 卷第 6 號。

紹一些世界文壇巨匠的逸事，這些內容使雜誌更加活潑，吸引讀者注意。

此外，《新文藝》還具有鮮明的讀者意識和商業意識，從第 2 期開始開闢了「讀者會」欄目，選登讀者來信和編者的回信，以加強與讀者的互動。如第 2 期上有署名陳華的來信詢問「貴刊的編輯是什麼人」，編輯部答「本刊編輯系新文藝編委施蟄存，徐霞村，劉吶鷗，戴望舒共同負責」。《新文藝》還常常通過讀者的來信為自己作宣傳，如第 4 期「讀者會」主要刊登遼寧、瓊州、東海等外埠來信以表明雜誌的影響力，其中「遼寧朱曙光來信」稱，一接到書當晚便痛快地一口氣把每一篇讀完，「由此我不得不佩服編輯本刊的幾位先生能夠適合讀者的需要而產生現今國內空前絕後的新文藝雜誌」，而第 5 期更是借讀者凌鶯的來信宣傳了《新文藝》在國外的知名度，來信稱「美國某雜誌會揭了一個『中國現代最權威刊物』表：A、《現代小說》B、《新文藝》C、《樂群》D、《小說月報》E、《創造》F、《奔流》」。雖然編者在覆信中對此表示了懷疑，但依然把它揭載出來，其用意顯而易見。有時候《新文藝》還通過讀者來信表明雜誌的編輯意向，如第 4 期有何儉美來信要求《新文藝》在目前「無產階級文學高唱入雲」的時候，「順應潮流給我們的讀者介紹幾篇普羅的作品」。編輯部答覆：「關於普羅派作品我們也很重視著想竭力介紹給讀者」，在編排上，「為了想使讀者不至於感到枯澀，便把各類文字相間排印。看了一篇小說，便有一篇隨筆。硬性的文字與軟性的文字羼雜，庶幾本刊能有引讀者看到末頁的能力，這似乎是最適當的編法」。這種「軟硬羼雜」的編輯方法一方面是為了吸引讀者，另一方面也表露出《新文藝》同人日後「軟性」的審美趨向。1930 年 4 月在內憂外患的壓力下，《新文藝》在出版了封面注明「封刊號」字樣的 2 卷 2 期後自動停

刊。在卷末〈編者的話〉中「編委」向讀者解釋了其停刊的理由，「內則受了執筆人不能固定的影響，外則受了暴力的睨視的影響」，而施蟄存在晚年的〈浮生雜詠〉中則透露出更複雜的原委，「工廠生產費商量，左右徘徊失主張。可憐八卷《新文藝》，轉向無何自取殃」[29]。從這裏我們可以分析出《新文藝》停刊至少有以下四個方面的原因，一是政治原因，《新文藝》左翼傾向越來越明顯，引起了國民黨圖書審查部門的關注；二是經濟原因，投資人劉吶鷗的經濟狀況出了問題，無法再投入資金；三是藝術傾向原因，施蟄存等主張文藝上的自由主義，更傾向於現代主義。四是出版操作的原因，《新文藝》的稿件主要靠同人和朋友的約稿，即使是外稿也一律不付稿酬，「若承愛護本刊者餉以佳稿一經刊載，當酌奉水沫書店書券以答雅意」[30]，這種靠同人約稿和以書代酬的經營策略使得《新文藝》雜誌的稿源緊張且同人傾向過於明顯和單一，終於有讀者提出「不能只限於『新文藝』同人風格」的意見[31]。在 20 年代末 30 年代初報刊市場競爭日趨激烈的上海，「對於此道沒有多大經驗的本社同人」終於感到了力不從心，在一卷五期的〈編者的話〉中感歎道：「雜誌正是難辦，對於此道沒有多大經驗的本社同人，把《新文藝》編到今天，真覺得對親愛的讀者抱歉到無地自容了。有人說創刊之時，是人辦雜誌，到後來是雜誌辦人，真是不錯。」[32]對比《新文藝》創刊時的豪情壯志，「我們辦這個月刊要使它成為內容最好，最有趣味，無論什麼人都要看，定價最廉，行銷

29　施蟄存：〈浮生雜詠〉，《沙上的腳跡》，遼寧教育出版社，1996 年版。
30　〈新文藝月刊徵稿略例〉，《新文藝》，1930 年 1 月，第 1 卷第 5 期。
31　「讀者會」，《新文藝》，1930 年 1 月，第 1 卷第 5 期。
32　〈編者的話〉，《新文藝》，1930 年 1 月，第 1 卷第 5 期。

最廣的唯一的中國現代文藝月刊」[33]，此番情景不可同日而語，前後
可謂判若兩人。

第二節　《現代》：商業化的運作與現代性的追求

《現代》雜誌從 1932 年 5 月 1 日創刊，到 1935 年 5 月停刊，一
共出版了 6 卷 34 期。其中，施蟄存獨立編輯的是第 1 卷和第 2 卷，
從第 3 卷第 1 期起，開始和杜衡合編。杜衡加入後，負責小說創作
和雜文的編選工作，在一定程度上影響了《現代》在編輯理念上的
統一性，而第 6 卷第 1 期後的《現代》則由汪馥泉主編。因此我們
在此所討論的不包括汪馥泉編輯的部分。施蟄存編主編《現代》
時，充分吸收了《瓔珞》、《無軌列車》和《新文藝》時期的經驗
教訓，一是用稿只以作品的「藝術性」為標準，「不預備造成任何
一種文學上的思潮、主義或黨派」[34]，要使《現代》「成為中國現代
作家的大集合」[35]，從而顯現出海納百川的上海文化風度和現代性的
藝術追求；二是具有鮮明的「商業意識」，注重名人效應和品牌效
應，注重編者、作者和讀者之間的相互溝通，成功地進行商業化運
作，積極參與市場競爭，從而表現出鮮明的上海商業文化精神。

一、商業性的動機與運作

《現代》雜誌的創辦始於現代書局老闆洪雪帆和張靜廬的商業
動機。「一二八」事變後，「上海一切文藝刊物都因戰事而停

[33] 〈編者的話〉，《新文藝》，1929 年 9 月，第 1 卷第 1 期。
[34] 施蟄存：〈創刊宣言〉，《現代》，1932 年 5 月，創刊號。
[35] 施蟄存：〈編輯座談〉，《現代》，1932 年 8 月，第 1 卷第 4 期。

刊」，洪、張二人「急於要辦一個文藝刊物，藉以復興書局的地位
和營業」[36]，於是選中了既「不是左翼作家」，又「和國民黨也沒有
關係」，「而且有辦文藝刊物經驗」的施蟄存[37]。在 20 世紀 30 年代
文人薈萃和商業鏖戰的上海，施蟄存十分清楚洪、張二人找他辦刊
的商業動機和報刊市場日後競爭的激烈程度。他說：「我和現代書
局的關係，是傭雇關係。他們要辦一個文藝刊物，動機完全是起於
商業觀點。但望有一個能持久的刊物，每月出版，使門市維持熱
鬧，連帶地可以多銷些其他出版物。我主編的《現代》，如果不能
滿足他們的願望，他們可以把我辭退，另外請人主編。」[38]正是在這
一商業動機和市場競爭的壓力下，施蟄存確立了自己「相容並包，
新鮮活潑」的辦刊理念，採取不「左」不「右」的中間編輯路線。
在〈創刊宣言〉中，施蟄存就開宗明義地表明瞭他的編輯主張，
「凡文學的領域，即本志的領域」，「希望能得到中國全體作家的
協助，給全體的文學嗜好者一個適合的貢獻」[39]。

　　商業性的動機決定了《現代》雜誌在運作上的商業特色。首
先，施蟄存具有鮮明的「品牌」意識。他把雜誌命名為「現代」
（modern）固然與「現代書局」有一定聯繫，但更多的是因為這個
名稱本身所具有的創新性、現代性和世界性等豐富內涵。為了提高
《現代》的知名度，保證雜誌的高質量，施蟄存向當時各路名人大
家約稿。正如前文所述，20 年代末 30 年代初，上海雲集了一大批來
自四面八方的大家名流和青年才俊，這為《現代》雜誌的發展提供
了前提保障。《現代》雜誌上可謂是名家薈萃，匯集了當時中國的

---

[36] 施蟄存：〈我和現代書局〉，《北山散文集》（一），華東師範大學出版
　　社，2001 年 10 月，第 324 頁。
[37] 施蟄存：〈《現代》雜憶〉，《沙上的腳跡》，遼寧教育出版社，1995 年。
[38] 施蟄存：〈《現代》雜憶〉，《沙上的腳跡》，遼寧教育出版社，1995 年。
[39] 施蟄存：〈創刊宣言〉，《現代》，1932 年 5 月，創刊號。

絕大多數優秀作家、批評家和翻譯家，如魯迅、茅盾、郭沫若、郁
達夫、周作人、葉聖陶、歐陽予倩、洪深、老舍、巴金、沈從文、
丁玲、李金髮、穆木天、周揚、馮雪峰、高明、趙家璧以及戴望舒
和施蟄存本人。為了追求創新性和先鋒性，保證雜誌的活力，施蟄
存在《現代》上還扶植了一大批嶄露頭角的年輕作家，並使之很快
在文壇上引起關注，如劉吶鷗、穆時英、張天翼、蘇汶、黎錦明、
楊剛、黑嬰、徐遲、宋清如、金克木等。

　　其次，施蟄存在編輯過程中密切關注讀者市場，及時調整刊物
的經營策略，積極參與市場競爭。從第一卷第四期開始，《現代》
在原有的小說、詩、文、雜碎（包括外國作家訪談、介紹）、藝文
情報、畫（包括攝影或繪畫）等欄目外增加了「劇」，從第三卷第
一期開始，又增加了「文學通訊」欄目。其中「藝文情報」欄目主
要包括各類新鮮活潑的時事新聞和名人軼事。如第一卷第六期的
「藝文情報」包括：國際非戰同盟開會，日本作家出席革命作家同
盟，蘇俄極力聯絡日文藝界，高爾基著作生活四十年紀念，本年之
諾貝爾文學獎金獲得者，丁松生文物展覽會，本年之霍桑屯獎金，
二法國作家逝世等。從第二卷第一期開始，原來的「藝文情報」改
為「現代文藝畫報」，主要刊載一些與當時著名作家相關的照片，
如該期「現代文藝畫報」上載有郁達夫及其妻子、俞平伯手寫詩、
李金髮及其所造伍廷芳像、苦雨齋中之周作人、冰心女士詩稿、幽
默家老舍近影、達特安郵船上之戴望舒、沈從文之手札、茅盾之原
稿、葉靈鳳近影和穆時英照相等圖片。這些在嚴肅文學之外的新鮮
活潑的欄目極大地豐富了雜誌內容，激發了讀者的閱讀趣味。為了
配合讀者市場的需求，施蟄存把《現代》第二卷第一期和第三卷第
一期改為「特大號」，第四卷第一期又改為「狂大號」。這些精心
的策劃和安排，大大推動了雜誌的發行量，擴大了刊物的影響。當

時的文藝刊物一般能銷售兩千冊，就已經很不錯了。而《現代》第二卷第一期的發行量就突破了一萬冊。施蟄存在 1932 年 11 月 18 日的信中欣喜地告訴戴望舒：「《現代》這期創作號銷路特別好，初印八千份，現在已銷完，正在再版中。一號那天，上海門市售出四百本之多，不可不謂盛事也。」[40]

第三，施蟄存具有鮮明的現代商業服務意識。《現代》雜誌上先後開設了「編輯座談」、「社中日記」和「社中座談」欄目。施蟄存常常把自己的文學思想、用稿標準以及組稿、審稿、編排等具體的編輯過程都一一向讀者彙報，增加編輯的透明度和公信力。如第一卷第四期的〈編輯座談〉，施蟄存先是表明了自己對雜誌的看法，「雜誌的內容，除了好之外，還得以活潑，新鮮，為標準」。接著介紹自己編《現代》的打算，「我編《現代》，就頗有這樣的希望。我想在本志中，慢慢地在可能的範圍內，增加許多門類。使它成為一個活潑的文學雜誌。自從本期起，我們先增加了書評一欄。中國的出版界這樣蕪雜，文學的評價又這樣的紛亂，對於新出的文學書，給以批評，為讀者之參考或指南，我以為倒是目下第一件需要的工作。」然後，施蟄存說明了自己的審稿情況和編稿過程，「《現代雜誌》創刊以來，承讀者不棄，紛紛寄文章來。甚為感謝。但是這許多的投稿中，有十分之七八是詩，雖然不少佳作，但是《現代》每期中實在沒有很多的地位來登載它們。現在已選存在這裏預備陸續編入者，以足夠六期之用，所以我希望在最短期內，不再收到詩的投稿。有許多人寫信來問本志投稿章程。我本來以為這種規例是不必定的。你有文章寄來，我一定誠心地看。好，留存待編。不好，即

---

[40] 施蟄存：〈致戴望舒〉，孔另境編《現代作家書簡》，花城出版社，1982 年版，第 72 頁。

行奉璧。如在不好不歹之間，則暫擱幾日，等第二度的決定。事實簡單，不必贅言。但現在誠恐有許多人尚以為未足，故定一投稿簡章於此，事實上也是千篇一律的老文章而已」[41]。很明顯，施蟄存的這些「座談」是站在服務的立場向讀者彙報自己的工作，體現了一種現代商業活動中「顧客是上帝」的服務意識，以期獲得讀者的認可，增加雜誌的親合力，提高刊物的發行量。

第四，《現代》雜誌人事上的調整，也可見出其主動參與市場競爭的商業意識。《現代》從第 3 卷第 1 期開始，改由施蟄存和杜衡兩人合辦。雖然施蟄存表面上說，「本刊因為事務繁巨，我一個人實在忙不過來」，只好請老朋友杜衡「來通力合作，使以後的本刊編務能夠有銳烈的改進」[42]，但實際上是由於《現代》的老闆張靜廬聽說生活書店要請杜衡去幫忙創辦《文學月刊》，「為了商業競爭，不願意讓杜衡去另闢天地」，而「竭力主張請杜衡加入《現代》編務」的。但這樣以來，反而增加了《現代》「成為所謂『第三種人』的派性刊物」色彩，「許多作家已不熱心支持《現代》」，致使刊物編到第五卷時「日暮窮途，無法振作」[43]。這次人事上的變動雖然據施蟄存分析有些事與願違，但其動機仍然是積極的商業競爭意識。

此外，《現代》上刊登的各類廣告更直接地體現了其商業性特徵。從第一期開始《現代》雜誌每期後面都附有「本刊廣告價目」：「底面外全面 65 元，半面 40 元；封面及底面之裏頁全面 56 元，半面 30 元；目錄前後正文前全面 46 元，半面 26 元，1/4 面 15 元，正文中正文後全面 34 元，半面 20 元，1/4 面 12 元，色紙或彩印

---

[41] 施蟄存：〈編輯座談〉，《現代》，1932 年 8 月，第 1 卷第 4 期。
[42] 施蟄存：〈社中座談〉，《現代》，1933 年 5 月，第 3 卷第 1 期。
[43] 施蟄存：〈《現代》雜憶〉，《沙上的腳跡》，遼寧教育出版社，1995 年版。

價目另議。」由於創刊伊始發行量不是很大，在第一卷的前四期上基本上都是現代書局自己內部的一些關於新書出版和招收讀書會會員的廣告。從第五期開始才登有商業性廣告，如封二有用抗日名將蔡廷鍇為「虎標萬金油」所作的廣告題詞，封四有「美麗牌」香煙廣告。隨著發行量和影響力的提升，《現代》上的廣告也越來越多，如第二卷第一期的「創作增大號」上就有虎標萬金油、「同昌飛人牌」自行車、上海大華眼鏡、鴻章紡織染廠布料、林世熙醫師門診、天廚味精廠味精、一字牌香煙、老虎牌條素駱駝絨、啟文絲織廠絲織禮品、上海寧波實業銀行、天一味母（味精）和美麗牌香煙等 12 種廣告。

　　《現代》雜誌在 20 世紀 30 年代上海的市場經濟環境中所彰顯出的這些商業性特徵實際上也包含了現代文學期刊在經營方式上的現代性因數，而作為雜誌本身的現代性追求則更多的還是體現在施蟄存精心打造出的「自由獨立的話語空間」和著力培植的「現代派作家群體」上。

二、自由獨立的話語空間

　　哈貝馬斯認為，公共領域是伴隨著市場經濟形成的。它是介於國家和社會之間的一個領域，是獨立於政治權威之外的公共交往和公眾輿論空間，是由進行社會評論活動的市民通過自由、平等、公開、無拘束的討論，形成公眾輿論，聚集而成的[44]。上個世紀 30 年代，處於資本主義自由市場經濟階段的上海，除了跑馬廳、板球場、咖啡館、電影院、歌舞廳、外灘公園、百貨公司等消費性的物質空間之外，報刊雜誌也是最主要的公共領域之一，是市民文化的

---

[44] 哈貝馬斯：《公共領域的結構轉型》，學林出版社，1999 年版。

載體和營造社會輿論的公共空間，包蘊著民主、自由、平等和競爭等現代市民社會的價值觀念。作為《現代》編輯的施蟄存具有鮮明的現代編輯理念，在創刊伊始，他就明確指出，「不預備造成任何一種文學上的思潮、主義或黨派」[45]，倡導「儒墨何妨共一堂，殊途未必不同行」[46]的編輯主張，要把《現代》辦成一個「中國現代作家的大集合」和「綜合性的、百家爭鳴的萬華鏡」[47]，在施蟄存的努力下，即使是在圖書審查之風日趨緊張的 30 年代，《現代》雜誌也呈現出一派自由、獨立、平等、開放的言論空間。

從作者群體來看，《現代》雜誌上既有魯迅、茅盾、郭沫若、周揚、馮雪峰、丁玲、張天翼等左翼作家，也有巴金、老舍等進步的民主主義作家和沈從文、戴望舒、穆時英、劉吶鷗、蘇汶等自由主義作家。魯迅、茅盾、老舍、巴金等對社會現實的深刻批判和解剖，郭沫若、郁達夫等的浪漫主義色彩和李金髮、戴望舒、施蟄存、穆時英、劉吶鷗等的現代主義都會新感覺在《現代》雜誌上「共處一堂」。在駁雜的 30 年代，這些作者不但創作方法和文體風格大相徑庭，而且政治觀點和思想主張也常常迥異。最能體現《現代》雜誌言論自由獨立風格的是那場著名的關於「第三種人」的論辯。1932 年蘇汶在《現代》上發表了〈關於「文新」與胡秋原的文藝論辯〉一文，說自己是在「知識階級的自由人」和「不自由的，有黨派的人」之外，「抱著文學不放的」「第三種人」，即是不受理論家瞎指揮的「作者之群」，「不反對文學作品有政治目的，但反對因這政治目的而犧牲真實」[48]。蘇汶一方面固然有聲援「蘭社」

45 施蟄存：〈創刊宣言〉，《現代》，1932 年 5 月，創刊號。
46 施蟄存：〈《現代》雜憶〉，《沙上的腳跡》，遼寧教育出版社，1995 年版。
47 施蟄存：〈《現代》雜憶〉，《沙上的腳跡》，遼寧教育出版社，1995 年版。
48 蘇汶：〈關於「文新」與胡秋原的文藝論辯〉，《現代》，1932 年 7 月，第
    1 卷第 3 期。

舊友胡秋原的心理，但另一方面主要是為了表明自己的文學主張。
於是，魯迅、瞿秋白、周揚、馮雪峰等人分別撰文從階級社會中作
家階級屬性的不可避免出發，批判了蘇汶的「自由主義文學」立場
（具體論爭參見第五章第三節從「同路人」到「第三種人」）。在
論爭期間，施蟄存盡最大努力表明自己「絕不介入」和自由、平等
的編者立場。首先，他讓「許多重要文章，都先經對方看過」，然
後送到他這裏來。其次，「幾乎每篇文章」在印出以前，他都送給
魯迅過目，還請魯迅寫了總結性的文章〈論「第三種人」〉。最
後，對這些論辯文章，施蟄存都要「逐篇三校付印」，並把辯論雙
方的文章盡可能地刊載在同一期雜誌上，讓讀者更好地瞭解論辯雙
方的觀點[49]。

　　為了進一步拓展自由、獨立的言論空間，從第一卷第四期開
始，《現代》上增加了「書評」欄目。除了自己親自捉刀之外，施
蟄存還約請了幾位朋友「對於新出的文學書，給以批評，為讀者之
參考或指南」[50]，並要求批評文章不能署名。一切責任由他代表《現
代》雜誌社來負擔。這種以匿名的方式展開的文學批評，不考慮作
者是誰，而只針對作品本身，體現了公正、公平、客觀的批評尺
度，讓批評者真正做到知無不言、言無不盡。1932 年 1 月施蟄存的
中篇小說集《將軍底頭》出版。郁達夫便在同年 9 月的《現代》上
發表〈在熱波裡喘息〉一文，極力稱讚這些歷史小說巧妙地把「自
己的思想，移植到古代人的腦裏去」，是他「在十幾年前就想做而
未成的工作」，使他「感到了意外的喜悅」[51]。可是就在郁達夫發表
此文的前一期《現代》的「書評」中卻載有一篇未具名的猛烈批評

[49] 施蟄存：〈《現代》雜憶〉，《沙上的腳跡》，遼寧教育出版社，1995 年。
[50] 施蟄存：〈編輯座談〉，《現代》，1932 年 8 月，第 1 卷第 4 期。
[51] 郁達夫：〈在熱波裡喘息〉，《現代》，1932 年 9 月，第 1 卷第 5 期。

郁達夫作品的文章，說「郁達夫先生是一個曾以描寫色情的苦悶而
獲得很大的成功的老作家，從革命文學風行以來，已經好久沒有發表
什麼東西。……在讀完了《她是一個弱女子》之後，我要說，從大體
上講，這依然是一部色情的作品，弱女子之所以會『弱』，也就是為
了她整個地被色欲所支配的原故。……本來，我們盡可以不必向每
一個作家都要求社會的意義的；但《她是一個弱女子》這部作品
卻確實蒙了一個社會問題的皮相。明眼的讀者應得把這重皮相揭
去了再看。」[52]可見，《現代》雜誌上的書評的確是坦誠相見、
廣開言路的。

　　為了建立與讀者交流互動的平臺，施蟄存先後在《現代》上開
闢了「編者座談」、「社中日記」和「社中座談」等欄目。在這些
欄目中，施蟄存常常是以坦誠的態度向讀者介紹自己的辦刊理念、
編輯過程和心理感受。為了充分體現讀者的意願，施蟄存一方面在
這些欄目中刊登讀者的來信和自己的答覆，另一方面還適當地根據
讀者的要求改變欄目的名稱和內容。如有讀者反映「社中日記」多
為編者與作者活動的簡單彙報，過於瑣屑，「太沒有意思」，於是
施蟄存從第三卷起將原來的「社中日記」改為「社中座談」，並且
附上小標題「作者・讀者・編者」，以利於「讀者對於本刊編者或
作者有什麼意見，本刊作者或編者對於讀者有什麼徵詢或答覆，都
將選擇重要的在這一欄中發表」。比如，在《現代》編至第三卷第
四期的時候，施蟄存接連收到許多讀者來信，對《現代》上的詩提
出各種問題。於是施蟄存挑選了一封有代表性的署名吳霆銳的來
信，並附加他自己的答覆，發表在《現代》第三卷第五期的〈社中
談座〉欄內。吳霆銳在信中主要從內容到形式說了三點，「（1）
《現代》的詩都看不懂，是『謎詩』。（2）這些詩沒有詩的形式，

---

[52] 施蟄存：〈書評〉，《現代》，1932 年 8 月，第 1 卷第 4 期。

與散文沒有區別。（3）《現代》的詩是『唯物文學』，是宣傳 ide
－ology 意識形態的」，而詩應該是景物、動作、心理的描寫，是
「一幅圖畫，一曲妙歌」。針對這些問題，施蟄存的答覆是，他不
同意吳君所謂「迷詩」的說法，「詩絕不僅僅是一幅文字的圖
畫」，而是「從景物的描寫中表現出作者對於其所描寫的景物的情
緒，或說感應」[53]。施蟄存後來回憶道，「這兩封問答簡發表以後，
很快就得到了反應。一個月之間，我收到許多來信，都是熱心於探
索新詩發展道路的青年寫來的」[54]。在政治紛爭和文壇紛擾的 30 年
代，施蟄存正是保持著中立的編輯立場，提倡「儒墨何妨共一堂，
殊途未必不同行」的主張，在《現代》上廣開言路，使之成為一個
自由獨立、公平開放的言論空間。

三、「現代性」的闡說與「現代派」的結集

　　「現代性」（modernity）本義上是指成為現代（being
modern），也就是適應現時及其無可質疑的「新穎性」
（newness）。這個詞從 17 世紀起在英語中流行，18 世紀末賀瑞
斯·沃波爾首次將它用在美學語境中。1860 年波特賴爾在論康斯坦
丁·蓋伊的文章〈現代生活的畫家〉中提出了一個著名的廣義上的
（藝術）現代性的概念，即「現代性是短暫的、易逝的、偶然
的」，「是從短暫中提取出永恆」，「它是藝術的一半，藝術的另
一半是永恆和不變的」[55]。可見，現代性的概念來源於「現代」這兩
個字，即現今或現世，它們都是表示時間，代表了一種新的時間觀

---

[53] 施蟄存：〈社中談座〉，《現代》，1933 年 9 月，第 3 卷第 5 期。
[54] 施蟄存：〈《現代》雜憶〉，《沙上的腳跡》，遼寧教育出版社，1995 年版。
[55] 轉引自卡林內斯庫：《現代性的五副面孔》，商務印書館，2002 年版，第
　　 55 頁。

念。較早對中國現代性問題進行研究的美籍華裔學者李歐梵認為，
「這種新的時間觀念顯然受到西方的影響，其主軸放在現代，趨勢
是直線的。中國的現代性是從 20 世紀初開始的，是一種知識性的理
論附加於在其影響之下產生的對於民族國家的想像，然後變成都市
文化和對於現代生活的想像」[56]。長期以來，西方對現代性的理解有
兩個傳統，即作為西方社會、歷史發展階段中的現代性和作為美學
概念的現代性，這兩個現代性之間充滿了無法彌合的矛盾和分裂。
錢中文認為，「所謂現代性，就是促進社會進入現代發展階段，使
社會不斷走向科學、進步的一種理性精神、啟蒙精神，就是高度發
展的科學精神與人文精神，就是一種現代意識精神，表現為科學、
人道、理性、民主、自由、平等、權利、法制的普遍原則」[57]。這種
啟蒙的現代性是「五四」以來的主要傳統。而另一種審美的現代
性，在西方則表現為拒斥和批判啟蒙理性，對現代物質文明和科學
技術所帶來的精神失落而產生危機和焦慮，從而遁入藝術之中，表
現出對傳統的反叛性和現實的荒誕性。美國著名學者卡林內斯庫在
《現代性的五副面孔》中分析了現代性的五個方面即現代主義、先
鋒派、頹廢、媚俗藝術和後現代主義。施蟄存等人正是在以上兩種
「現代性」傳統的基礎上進一步地闡發和追求「現代性」的。

施蟄存在《現代》雜誌上對「現代」的概念曾做過兩次闡說。
一次是在創刊號的「編輯座談」中，施蟄存說：「這個月刊既然定
名為『現代』，則在外國文學之介紹這一方面，我想也努力使它名
副其實。我希望每一期的雜誌能給讀者介紹一些外國現代作家的作
品。」[58]可見，施蟄存是繼承了「五四」以來關於「現代性」的理

[56] 李歐梵：《中國現代文學與現代性十講》，復旦大學出版社，2002 年版，第
10 頁。
[57] 錢中文：〈文學理論現代性問題〉，《文學評論》1999 年 2 月。
[58] 施蟄存：〈編輯座談〉，《現代》，1932 年 5 月，創刊號。

解，把它與「世界性」（主要是西方世界）聯繫在一起。因此，現代性在《現代》雜誌上的直接呈現便是對域外現代文學的譯介，尤其是歐美（包括日本）現代派作家及其作品。據統計，《現代》雜誌共譯介了 11 個國家的 56 篇小說、76 首詩歌、15 篇散文、5 部戲劇[59]。此外《現代》上還有大量的關於國外文學的理論性和介紹性文章，如〈世界大戰後的法國文學〉、〈一九三二年的歐美文壇〉、〈英美新興詩派〉、〈最近的義大利文學〉、〈近代義大利小說之趨勢〉、〈近代西班牙小說之趨勢〉、〈蘇俄的藝術的轉變〉等等。為了及時追蹤世界文壇動態，從第一卷第四期起，《現代》開闢了「文學通訊」欄目，施蟄存約請當時在國外的朋友以「通訊」的形式及時介紹所在國的文壇動態，先擬定了英國的熊式一、德國的馮至、美國的羅皚嵐、日本的谷非、蘇聯的耿濟之、法國的戴望舒和波蘭的盧和瑞[60]。《現代》雜誌對國外現代文學的介紹最值得稱道的當然是第五卷第六期的《現代美國文學專號》。1934 年 9 月施蟄存在《現代》第五卷五期上宣佈：「現代雜誌擬自第五卷起每卷刊行介紹現代世界文學之專號一冊，以國界為別，先出美國，再就是法國、蘇聯、英國……」。在第五卷六期的《現代美國文學專號》上，編者首先在「導言」中說明了出版「現代美國文學專號」的原因和意義，美國在政治經濟和思想文化方面的領先地位產生了其領先的現代派文學，「在各民族的現代文學中，除了蘇聯之外，便只有美國是可以十足的被稱為『現代』的」，現代的美國文學是「創造的」和「自由的」，這種「新的勢力的先鋒」是「我們最好的借鏡」。接著，「專號」分四個單元介紹美國現代文學，「第一

---

[59] 王鯤博士學位論文：《上海風度──〈現代〉雜誌研究》，華東師範大學，2005 年。

[60] 施蟄存：〈致戴望舒〉，孔另境編《現代作家書簡》，花城出版社，1982 年版，第 76 頁。

是關於現代美國文學各方面的概觀的敘述」，包括趙家璧的〈美國小說之成長〉、顧仲彝的〈現代美國的戲劇〉、邵洵美的〈現代美國詩壇概觀〉、李長之的〈現代美國的文藝批評〉、梁實秋的〈白璧德及其人文主義〉、趙景深的〈文評家的琉維松〉、張夢麟的〈卡爾浮登的文藝批評論〉等關於美國現代小說、戲劇和文藝理論方面的論述；「第二組文字是現代美國十一個重要作家的個人介紹」，包括沈聖時、錢歌川、畢樹棠、趙家璧、伍蠡甫、顧仲彝、蘇汶、徐遲、葉靈鳳、凌昌言等人對傑克‧倫敦、辛克萊、德萊塞、維拉‧凱漱、劉易士、奧尼爾、安得生、邦德、海明威、帕索斯、福克納等 11 位重要作家的評介；第三組是穆時英、施蟄存、徐霞村、葉靈鳳、袁昌英、季羨林等人翻譯的代表性作家的小說、戲劇、詩歌和散文作品；第四是附錄，包括〈大戰後美國文學雜誌編目〉、87 位〈現代美國作家小傳〉和 12 篇〈現代美國文藝雜話〉；最後是「編後記」。為了編輯《現代美國文學專號》，施蟄存組織翻譯人員三十多人苦心經營了三個多月，使之成為繼《小說月報》的「俄國文學研究」和「法國文學研究」之後中國現代期刊史上最大的外國文學專號，全書 400 多頁，內容涉及美國現代文學的小說、戲劇、詩歌、文藝批評、作家介紹及文壇動態等各個方面，不但體現了《現代》雜誌的世界主義開放視野和現代主義的先鋒精神，也充分切合了海納百川的「海派風度」，30 年代的現代派文學正是在這樣廣泛汲取外國現代派文學藝術營養的基礎上發展成熟的。

施蟄存關於「現代」性的另一次闡釋是針對讀者關於《現代》詩歌的質疑而作的辯解。他說：「《現代》中的詩是詩，而且純然是現代的詩。它們是現代人在現代生活中所感受到的現代的情緒用現代的詞藻排列成的現代的詩形。所謂現代生活，這裏面包括著各

式各樣的獨特的形態：匯集著大船舶的港灣，轟響著噪音的工廠，深入地下的礦坑，奏著 jazz 樂的舞場，摩天樓的百貨店，飛機的空中戰，廣大的競馬場……甚至連自然景物也和前代的不同了。這種生活所給予我們的詩人的感情，難道會與上代詩人從他們的生活中所得到的感情相同的嗎？」[61]從這裏我們不難看出施蟄存從物質生活的現代性和藝術審美的現代性兩個層面上來理解「現代性」的思路。在他看來，表現「現代情緒」的「現代詩形」是審美的現代性，而產生這一審美現代性的土壤則是都市物質生活的現代性。基於施蟄存關於現代性的這一理解，《現代》上發表了大量反映現代都市生活的現代派詩歌和小說。穆時英、劉吶鷗、施蟄存、戴望舒、杜衡、徐遲、陳江帆、李心若、金克木、玲君等人在他們各自的小說和詩歌中描寫了大街、汽車、摩天大樓、霓虹廣告、跳舞場、跑馬廳、咖啡館、電影院等都市的「新景觀」，表現出新奇、孤獨、憂鬱等複雜的都市「新感覺」。

　　《現代》雜誌的現代性追求最終落實在現代派群體的聚集和成熟上。儘管施蟄存在《現代》創刊伊始就旗幟鮮明地說：「因為不是同人雜誌，故本志並不預備造成任何一種文學上的思潮、主義或黨派。」[62]在後來的具體編輯過程中，他也有意識地儘量避免《現代》「同人」傾向的出現。例如在《現代》前幾期中，由於施蟄存發表了一些「意象派似的詩」和「古事題材的小說」，於是許多人便揣摩編者的好惡心理，寄來了很多這方面的作品。施蟄存便在第一卷第六期的「編輯座談」中予以明確的勸止：「我編《現代》，從頭就聲明過，絕不想以《現代》變成我底作品型式的雜誌。我要

61　施蟄存：〈文藝獨白〉，《現代》，1933 年 5 月，第 3 卷第 1 期。
62　施蟄存：〈創刊宣言〉，《現代》，1932 年 5 月，創刊號。

《現代》成為中國現代作家的大集合，這是我的私願。」[63]在六十多年後施蟄存追憶《現代》雜誌時仍然堅持說：「為了實踐我的〈創刊宣言〉，我在為《現代》編選來稿的時候，對作品的風格和思想內容，儘量尊重作者，只要是我認為有相當藝術性的，無不採用。我沒有造成某一種文學流派的企圖。」[64]但是，20 年代末至 30 年代初，從《無軌列車》開始，經過《新文藝》，再到《現代》雜誌，一個眾所公認的現代派在上海發展成熟，卻是不爭的事實。對於這一點，其實施蟄存私底下是頗為得意的。譬如，他在 1933 年 5 月 29 日致戴望舒的信中說：「有一個南京的刊物說你以《現代》為大本營，提倡象徵詩派，現在所有的大雜誌，其中的詩都是你的徒黨，了不得呀！」[65]一般來說，一個文學流派的形成需要具備三個條件，一是要有一個核心的作家群體，二是這些作家的審美傾向和創作風格大致相似，三是要有一個相對穩定的發表陣地[66]。30 年代中國現代派形成的這三個條件都與施蟄存和他的《現代》雜誌息息相關。雖然施蟄存自始至終都在聲明自己保持客觀、中立的編輯立場，但是任何人都不可能做到純粹的「客觀和中立」。施蟄存和他的《現代》自始至終都表現出鮮明的「現代主義」傾向。首先，施蟄存本人的心理分析小說、意象主義詩歌和對外國現代派理論與作品的翻譯介紹都具有鮮明的現代主義色彩，並且引起了讀者的關注和投稿者的模仿。其次，雖然施蟄存說他的「私願」是想要《現代》「成為中國現代作家的大集合」，「沒有造成某一種文學流派的企圖」，但是他同時也說過，「本志所刊載的文章，只依照編者個人

---

[63] 施蟄存：〈編輯座談〉，《現代》，1932 年 10 月，第 1 卷第 6 期。

[64] 施蟄存：〈《現代》雜憶〉，《沙上的腳跡》，遼寧教育出版社，1995 年版。

[65] 施蟄存：〈致戴望舒〉，孔另境編《現代作家書簡》，花城出版社，1982 年版，第 79 頁。

[66] 童慶炳：《文學概論》，武漢大學出版社，2000 年版。

的主觀為標準」[67]。正是這種「編者個人的主觀」使得他利用自己編者的身份倡導譯介西方現代派文學，扶植和讚賞本土的現代派作家及其創作，從而導致《現代》雜誌周圍雲集了以戴望舒、杜衡、穆時英、劉吶鷗、葉靈鳳、李金髮和他本人為核心的一批現代派作家群。作為當年《現代》最主要的翻譯作者趙家璧 80 年代回憶說：「由於施蟄存個人的藝術傾向和審美觀點，《現代》不但介紹了日本新感覺派作家的作品和法國象徵派的詩歌等，也發表了不少用意識流手法寫的文藝創作。他自己對西方現代派作品也很感興趣。我當年對美國作家格特魯德、斯坦因、海明威、福克納進行研究，寫了評價文章，《現代》出版特大號《美國文學專號》時，我為它寫第一篇〈美國小說之成長〉的長文，多少受了蟄存影響和鼓勵。」[68]眾所周知，當年戴望舒和穆時英正是通過施蟄存和《現代》雜誌而分別成為 30 年代現代派的詩歌首領和小說新星的。對於當時有人質疑和批評現代派的詩，施蟄存及時以編者的身份分別在《現代》第三卷第五期的〈社中談座〉和第四卷第一期的〈文藝獨白〉中加以辯駁和引導。施蟄存對穆時英的扶植和舉薦尤為用心用力。《現代》創刊號的第一篇小說便是穆時英的〈公墓〉，在這一期的「編輯座談」中，施蟄存特別指出，「尤其是穆時英先生，自從他的處女作〈南北極〉出版了之後，對於創作有了更進一層的修養，他將自本期所刊載的〈公墓〉為始，在同一個作風下，創造他的永久的文學生命，這是值得為讀者報告的」[69]，（穆時英的處女作〈南北極〉也是經由施蟄存介紹在 1931 年 1 月的《小說月報》上發表的）。在隨後的《現代》上，施蟄存先後為穆時英編發了〈偷麵包

---

[67]　施蟄存：〈創刊宣言〉，《現代》，1932 年 5 月，創刊號。
[68]　趙家璧：〈回憶我編的第一部成套書〉，《新文學史料》，1983 年第 3 期。
[69]　施蟄存：〈編輯座談〉，《現代》，1932 年 5 月，創刊號。

的麵包師〉、〈斷了胳膊的人〉、〈上海的狐步舞〉、〈夜總會裏的五個人〉、〈街景〉、〈本埠新聞記事欄廢稿中的一段故事〉、〈父親〉、〈PIERROT〉、〈煙〉、〈玲子〉等主要作品,幾乎每期一篇。1931 年 1 月,當穆時英的小說集《南北極》修訂本在現代書局出版後的第二個月,施蟄存便在《現代》上組織了傅東華、杜衡、錢杏村、《文藝新聞雜誌》、《北斗雜誌》等對穆時英作專門「酷評」,自己更是稱讚穆時英是「一個能使一般徒然負著虛名的殼子的『老大作家』羞慚的新作家」,「一位我們可以加以最大希望的作者」[70]。顯而易見,在穆時英身上幾乎寄託了施蟄存作為一個編輯的最高熱望。(可惜的是,後來這位「新感覺派聖手」很快便擱筆小說創作加入汪偽政權為國民黨特務暗殺,這是施蟄存所始料未及的。)正是經由施蟄存及其主編的《現代》雜誌,戴望舒、穆時英、劉吶鷗、葉靈鳳、黑嬰、林庚、何其芳等現代派作家及其作品結集在一起,形成了中國現代文學史上成熟的現代派。

第三節 《新詩》:融匯與創新的進一步深化

1936 年 10 月,戴望舒繼《現代詩風》後創辦了《新詩》雜誌,把京、滬等南北現代派詩人集結在一起,繼《現代》之後又一次顯示了現代派詩人的群體陣容,進一步彰顯了相容並蓄、開拓創新的上海文化精神。

---

[70] 施蟄存:〈編輯座談〉,《現代》,1932 年 7 月,第 1 卷第 3 期。

一、「融合南北」的氣度

　　《新詩》雜誌相容並蓄的風格主要表現在它「融合南北」的氣度上。在「水沫」同人中，戴望舒與施蟄存一樣是極具開放性視野的。早在 1927 年 9 月，戴望舒就曾與劉吶鷗一起到北京，結識了胡也頻、沈從文、馮雪峰、魏金枝、馮至和姚蓬子等一批北方青年作家，為日後現代派詩人的「南北合流」奠定了基礎。1936 年戴望舒籌辦《新詩》時，約請了北方的卞之琳、孫大雨、梁宗岱、馮至等與自己一起擔任編委，他們都是享有盛譽的現代詩人或詩歌理論家，在北平編輯過《水星》等雜誌，曾與《現代》雜誌遙相呼應，共同推動了現代派詩歌創作運動。聚集在《新詩》周圍的詩人、評論家和翻譯家，如南方詩人路易士、金克木、徐遲、南星、陳江帆、玲君、侯汝華、吳奔星、李健吾與北方詩人卞之琳、何其芳、林庚、艾青、曹葆華、李廣田、林徽因、陳夢家、廢名、朱光潛、周煦良等南北融合，可謂是「聚全國詩人於一堂」，是「中國新詩史上自五四以來的一件大事，具有劃時代的意義」[71]。劉師培在談到南北文學之差異時曾指出：「大抵北方之地，土厚水深，民生其間，多尚實際；南方之地，水勢浩洋，民生其際，多尚虛無。民崇實際，故所著之文，不外記事、析理二端；民尚虛無，故所作之文，或為言志、抒情之體。」[72]這種因地域差異而產生的文學風格的差別雖然不可一概而論，但文化風習和精神氣候的確能在很大程度上影響到文學的整體風貌。雖然同屬現代派詩人，北方的卞之琳、林庚、曹葆華、林徽因、廢名等的詩作明顯地帶有古城的傳統遺蘊，寄寓著哲理的深味。如《新詩》創刊號上第一首詩卞之琳的

---

[71]　紀弦：〈戴望舒二三事〉，《香港文學》1990 年第 7 期。
[72]　劉師培：〈南北文學不同論〉，載郭紹虞、羅根澤主編《中國近代文論選》（下），人民文學出版社，1959 年版，第 571 頁。

〈尺八〉，詩人借竹管的淒涼表達了番客的鄉思，「一個孤館寄居的番客／聽了雁聲，動了鄉愁，／得了慰藉於鄰家的尺八，／次朝在長安市的繁華裏／獨訪一支淒涼的竹管」。第二期上的〈魚化石〉通過魚、水與魚化石之間的密切關聯表現出更深的哲理意味：「我要有你的懷抱的形狀。／我往往溶化於水的線條。／你真像鏡子一樣的愛我呢。／你我都遠了乃有了魚化石。」最具代表性的是林庚，他認為今人的「很多景物、情感與古人同」，因而主張「借用古詩的經驗」[73]。儘管林庚的四行詩被戴望舒批評為「所放射出來的，是一種古詩的氛圍氣」，是「拿著白話寫古詩」[74]，但從中可以看出北方詩歌中的古典韻致。相對而言，南方詩人善於「捕捉眼前的都市光色，與心中一剎那感覺和印象」[75]。如創刊號上玲君的〈villa 廣告牌下〉，描寫了行人「被豎立於路前畫面上的 model 的明朗性的姿態所魅惑」的茫然心理；南星的〈城中〉描寫了商店「時時閃耀著孩子的眼睛／向每一個路人作態，／若有意，若無意」。《新詩》雜誌上正是這樣並置著古典的情致和現代的都市風。柯可在《新詩》第一卷第四期上發表了〈論中國新詩的新途徑〉，對不同風格的新詩進行了詳細的論析。他把「新起的詩」分為三類，「一是主的（即以智為主腦），一是情的，一是感覺的」。顯而易見，前者主要指的是北方詩歌的風格，後者主要是南方詩歌的體現。然而，隨著現代派詩歌的進一步發展，《新詩》雜誌上南北兩種風格的詩歌顯然已經開始在潛移默化中呈現出相互融合的趨向。正如柯可在文章中所指出的那樣，「不過三者都要是詩

---

[73] 林庚：〈質與文——答戴望舒先生〉，《新詩》1936 年 12 月。
[74] 戴望舒：〈談林庚的詩見和「四行詩」〉，《新詩》1936 年 11 月。
[75] 沈從文：〈新詩的舊賬〉，《沈從文全集》（第 17 卷），北岳文藝出版社，2002 年版，第 98 頁。

的，而且很難有嚴格的分界」[76]。從 10 期《新詩》上發表的 410 多首詩歌來看，這種南北詩風相異又相融的趨向愈到後來愈加明顯。如路易士的〈時間之歌〉、徐遲的〈假面跳舞會〉、廢名的〈街頭〉等都是其中的代表。尤其是廢名的〈街頭〉，通過街頭馳過的汽車和靜止不動的郵筒兩個互不關聯的都市景觀感悟出「汽車寂寞，／大街寂寞，／人類寂寞」，可謂是情與智的交融。身處南北兩地的編輯和詩人在〈新詩〉雜誌上共同營造出多元融合的審美取向和風格特徵，這正是戴望舒創辦之初的願景，在創刊號的〈社中雜記〉中他表露了自己欣慰和感激的心理：「如果沒有這些對於新詩的熱忱的擁護者的通力合作，本刊是難以產生，難以長成並也難以對於中國的新詩壇有一點貢獻的。」[77]

二、翻譯與創作的並舉

　　《新詩》雜誌相容並舉的原則還體現在它們對翻譯與創作的同等重視上。積極譯介國外現代文學，及時關注世界文壇動態，一直是施蟄存、戴望舒、劉吶鷗、杜衡等現代派群體自覺追求世界主義的開放視野和先鋒精神的最重要體現。《新詩》雜誌在譯介域外現代派詩歌及其理論方面有了更為自覺的意識。在創刊號的〈社中雜記〉中，戴望舒等就表明了他們譯介域外詩歌的主張和特點，一是注重現代性和影響力，「對於外國詩人的介紹，以當代詩人或給予當代詩人大影響的前代詩人為主」；二是注重系統性和集中性，「在介紹一位外國詩人的作品時候，我們同時刊登出關於這位詩人的研究論文等，並附以與所介紹詩人有關的插圖，使讀者能夠有一種比較有系統的認識，這種介紹是以外國詩人本身為本位的，所以

---

[76] 柯可：〈論中國新詩的新途徑〉，《新詩》，1937 年 1 月。
[77] 戴望舒：〈社中雜記〉，《新詩》1936 年 10 月，創刊號。

以譯者的藝術見長的零碎的譯詩，我們擬暫時不登載」[78]。《新詩》
雜誌前後共發表了 50 多首譯詩，集中介紹了許拜維艾爾、沙里納
思、里爾克、勃萊克、A・E（羅塞爾）、普希金、霍思曼、歌德、
阿爾陀拉季雷、葉賽寧等 10 位世界著名詩人。正如前所述，《新
詩》主要集中而系統地介紹當代或對當代有重要影響的著名詩人，
如創刊號關於許拜維艾爾的介紹。許拜維艾爾是法國現代著名的超
現實主義詩人，對戴望舒後期創作產生過重要影響。1935 年回國前
夕，戴望舒專程拜訪了這位自己仰慕的大詩人。在《新詩》的創刊
號上，戴望舒翻譯發表了許拜維艾爾自選詩 8 首、〈許拜維艾爾
論〉（馬賽爾・雷蒙著）和〈記許拜維艾爾〉，並在前面刊有「許
拜維艾爾白描像」（鮑雷思插繪）。〈許拜維艾爾論〉分析了許氏
所受到的影響、他的詩歌特色及其在法國詩壇的地位，把許拜維艾
爾稱為「神秘的心靈感應的詩人」。在〈記許拜維艾爾〉中，戴望
舒結合自己的訪問，對許拜維艾爾進行了全面的介紹，認為「許拜
維艾爾是那能擺脫遲重苦痛的勞役的少數人之一，他不倡理論，不
樹派別，卻用那南美洲大草原的青色所賦與他，大西洋底珊瑚所賦
與他，喧囂的『沈默』、微語的星和馴熟的夜所賦與他的遼遠、沈
著而熟稔的音調，向生者，死者，大地，宇宙，生物，無生物吟
哦」[79]。這段富有詩意的描述，浸潤著詩人對許氏詩歌的理解和體
驗，同時也可見出此後在「災難的歲月」時期戴望舒本人詩歌的審
美取向。《新詩》雜誌對域外詩歌的譯介是與詩歌創作同樣重視
的，比如翻譯詩最初是用小號字登載，從而引起了讀者的意見，於
是編者在該期的「社中座談」中加以說明：「翻譯詩從前之所以用
小號字登載者，為了可以多發表一些作品，並未有於譯詩不加重視

[78] 戴望舒：〈社中雜記〉，《新詩》，1936 年 10 月，創刊號。
[79] 戴望舒：〈記許拜維艾爾〉，《新詩》，1936 年 10 月，創刊號。

之意，因為我們對於譯詩至少是和創作詩同樣重視的。今承本刊編委梁宗岱先生提出改用和創作詩同樣字型刊登，我們自然樂於接受了。」[80]從第 3 期開始，《新詩》上的譯詩不但改為與創作詩同樣字型，而且增加了篇幅，如第 3 期上的「里爾克逝世十年祭特輯」刊登了馮至翻譯的〈里爾克詩抄〉、介紹性文章〈里爾克〉、〈里爾克肖像〉和〈里爾克手跡〉，還有關於勃萊克及其詩歌的系統介紹，包括孫大雨、梁宗岱、戴望舒等翻譯的「勃萊克詩抄」、周良煦翻譯的〈勃萊克論〉（T.S.愛略特著）以及勃萊克的書影等；第 5 期上有「普式金（今譯普希金）百年祭特輯」包括艾昂甫、李文望、木子等人的「普式金詩抄」、式采爾巴可夫的《普式金評傳》和普式金畫像 2 幅，此外還有關於霍斯曼和歌德等的詩歌及其介紹。

三、創作、理論與編排上的開拓創新

　　《新詩》雜誌的另一個顯著特徵是開拓創新，這一特徵主要表現在以下四個方面。一是大力提倡「有獨創性的好詩」。在創刊伊始，編者就表明了《新詩》的用稿標準：「本刊並不是某一詩派的專志或某一新詩運動的代言機關；本刊所企望的，只是使這個枯萎的中國詩壇繁榮起來而已。所以，不論以怎樣的形式寫，凡是有獨創性的好詩，本刊是無不樂於刊登的。」對於踴躍投稿而因缺乏「獨創性」未能發表者，《新詩》雜誌一方面鼓勵投稿者「不要灰心，仍請寄稿，我們絕不肯漏過佳作的」，另一方面提請投稿者注意，「不要模仿任何人，顯出你們自己來」[81]。戴望舒向來提倡「新

---

[80] 戴望舒：〈社中座談〉，《新詩》，1936 年 12 月。
[81] 戴望舒：〈社中雜記〉，《新詩》，1936 年 10 月，創刊號。

的詩應該有新的情緒和表現這情緒的形式」[82]，主張新詩「和時代之完全的調和」[83]。從《新詩》上發表的 410 多首詩歌來看，無論是從內容還是從形式上，的確大都是「有獨創性的好詩」。

二是大力推出新人新作。《新詩》十分注重對新人新作的扶植。在第 4 期的「新年特大號」中，《新詩》一次性地「向讀者推薦了十二位新人」，包括上官橘、禾金、李白鳳、朱負、沈旭春、沈洛、林丁、周麟、陳雨門、陳時、劉振典、韓北屏等。在這十二位新人中，編者「尤其希望讀者注意上官橘，陳時和劉振典這三位」，因為「他們都是第一次發表詩作的嶄新的詩人」。從 10 期《新詩》雜誌來看，新人禾金在 6 期上發表了 11 首詩作、李白鳳在 7 期上發表了 9 首（包括長詩〈八個如雲的幻想〉）、劉振典在 5 期上發表了 9 首，此外還有陳時 5 首、韓北屏 4 首。《新詩》的投稿者十分踴躍，稿件擁擠，以至於有時不得不臨時抽出一些打算刊出的稿件。在這種情況下，《新詩》編輯們總是優先推出新人新作。如第 1 卷第 4 期為了推出「新人特輯」，他們不惜把戴望舒、梁宗岱、施蟄存等名家的稿子「臨時抽出」。《新詩》在第 6 期的〈社中座談〉中刊登啟示，「為清理積稿起見」，不得不請投稿者「在一個月之內暫停寄稿」。即便是在這種稿件擁擠的情況下，《新詩》仍然「儘量地擁護新詩壇的新人」，「這是本刊已由事實證明了的，並非一紙空談」[84]，如第 6 期上就發表了禾金的〈詩四章〉、李白鳳的〈涅槃集〉、張心舟的〈吹竹笛的旅人〉、劉振典的〈南北極・風雨吟〉和韓北屏的〈江南二章〉等新人新作。

---

[82] 戴望舒：〈詩論〉，《現代》，1932 年第 2 卷第 1 期。
[83] 戴望舒：〈談林庚的詩見和「四行詩」〉，《新詩》，1936 年 11 月，第 1 卷第 2 期。
[84] 戴望舒：〈社中座談〉，《新詩》，1937 年 3 月，第 1 卷第 6 期。

　　三是對「純詩」理論的進一步探索。長期以來，以戴望舒為代表的現代詩派顯得創作成績突出而理論體系不全。戴望舒向來是反對詩歌工具化而提倡詩歌藝術性的，他「希望批評者先生們不要向任何人都要求在某一方面是正確的意識，這是不可能的，也是枉然的」[85]。戴望舒關於現代詩的最重要「理論」應是 1932 年發表在《現代》第二卷第一期上的〈詩論〉，實際上這 17 條「詩論」並不成體系，也未充分展開，只是戴望舒平時寫詩或讀詩時的心得。戴望舒在「詩論」中強調了詩歌內在情緒的重要，而揚棄了此前備受稱道的詩歌的外在音樂成分。如第一條，「詩不能借重音樂，它應當去了音樂的成分」；如第五條，「詩的韻律不在字的抑揚頓挫上，而在詩的情緒的抑揚頓挫上」；第九條，「新的詩應該有新的情緒和表現這情緒的形式」[86]。戴望舒是深知詩歌理論的重要的，因而籌辦《新詩》時，戴望舒特別邀請了梁宗岱和馮至兩位在詩歌理論研究方面造詣很深的專家擔任編委。梁宗岱對象徵主義詩歌的研究和馮至對德國詩歌的研究在國內無人能比。在具體編輯《新詩》時，戴望舒等人十分重視詩歌理論的探索。在創刊號的「社中雜記」中，他們公佈「本刊的內容大約分為作詩，譯詩，釋詩，詩人詩派之研究介紹，關於詩學之一般論文，詩壇人物訪問記回憶錄，詩人書札日記，詩書志，新詩閒話，國外詩壇通訊，詩歌問題之討論，以及詩人肖像手跡與詩書插繪等欄」，從這些欄目安排上，我們不難看出《新詩》對於「純詩」理論的重視。「關於新詩的種種問題，雖然在第一卷上已提出而加以討論，可是總還不免零碎而不能引起廣大的注意」，為了進一步加大詩歌理論探討的力度，擴大影響，從第二卷開始，《新詩》「要更集中地來研究」，增設「詩

---

[85] 戴望舒：〈一點意見〉，《北斗》，1932 年 1 月。
[86] 戴望舒：〈詩論〉，《現代》，1932 年第 2 卷第 1 期。

的散步」，「輪流請卞之琳、金克木、梁宗岱、施蟄存、戴望舒以及其他諸先生以親切沖淡的筆墨，來和讀者閒談古今中外的詩人詩派的掌故、詩的欣賞和瞭解，詩的批評和詮注等等，以引起讀者對於詩的興味於不知不覺間」，此外，「還要闢『新詩座談』一欄來容納諸位作者和讀者對於詩的意見」[87]。從《新詩》上實際發表的詩歌理論文章來看，除了譯詩、釋詩和詩人詩派研究介紹中的一些關於詩歌問題的探討外，純粹的詩學論文就有〈詩與宣傳〉（周良煦譯，T. S.艾略特著）、〈論中國詩的韻〉（朱光潛）、〈論中國詩的頓〉（朱光潛）、〈時間的節奏與呼吸的節奏〉（周煦良）、〈論中國新詩的新途徑〉（柯可）、〈與朱光潛先生論節奏〉（羅念生）、〈質與文〉（林庚）、〈詩的教育〉、〈詩與真理〉、〈詩與愉快〉、〈詩與批評藝術〉（周良煦譯，加洛伊德著）、〈文學〉（戴望舒譯，梵樂希著）、〈談晦澀〉（朱光潛）、〈談田園詩〉（吳興華）、〈雜論新詩〉（柯可）等，這些詩論深入探討了詩歌的藝術本質、題材內容、外部形式、藝術風格、社會功能和批評藝術等各個方面，所論重點是「中國新詩」，但範圍也涉及古今中外，對進一步推動我國新詩發展有著十分重要的意義。

　　四是編輯排版上的創新。為了凸現新意，戴望舒等人可謂是煞費苦心。首先，《新詩》上「創作詩歌刊登的前後，均以作者姓氏筆劃之繁簡為序」，在編者看來，「這是最適當的排列法」[88]，這種不論名氣大小，而一視同仁的編排方式恐怕是《新詩》的一大創舉，充分體現了公平、公正的原則。其次，對於不同欄目，《新詩》用不同型號的字體排版以表示它們的輕重。為了表示對創作詩的重視，不但每期創作詩的篇幅占「十分之四至十分之五」，而且「統

---

[87] 戴望舒：〈社中座談〉，《新詩》，1937 年 3 月，第 1 卷第 6 期。
[88] 戴望舒：〈社中雜記〉，《新詩》，1936 年 10 月，創刊號。

用新四號字排印，以醒目，並以表示本刊對於創作詩之重視。用這種字型排印，在雜誌界上可稱是一個創例」[89]。後來為了表示對翻譯的同等重視，《新詩》從第 3 期開始上把譯詩的字型大小調整為與創作詩同樣，並且適當增加篇幅。

　　1937 年 7 月《新詩》因戰火而停刊。自 1928 年《無軌列車》始，經《新文藝》、《現代》，至 1937 年《新詩》止，前後歷經十年。這十年，是上海社會經濟、文化最繁榮的 10 年，也是施蟄存、戴望舒等現代派群體從聚集到繁盛、乃至最終流散的 10 年。此後，他們各走殊途，1937 年 9 月施蟄存赴雲南教書，很少再專事編輯和創作；1938 年 5 月，戴望舒赴香港，雖仍從事文藝但主要是宣傳抗戰；杜衡在《現代》之後，一度加入楊邨人、韓侍桁等人的「第三種人」團體，1938 年赴港後完全投靠國民黨，1949 年攜妻女赴台，基本上停止了文學創作，改寫政治、經濟等社會評論；而穆時英、劉吶鷗二人在《現代》之後，前者一度當上了國民黨的圖書檢察官，後者一度興趣轉向電影，但都於 1940 年因「附逆」先後橫屍上海街頭（關於二人的死因現在也有另外的說法，有人認為穆時英死於國民黨軍統與中統的誤殺[90]，劉吶鷗死於青紅幫手下[91]）。雖然施蟄存在《現代》之後感慨「獨行孤掌意闌珊」[92]，但其後畢竟還有戴望舒創辦的《新詩》，施蟄存、杜衡等都在它上面發表過作品。而《新詩》停刊之後，現代派群體再也無複依傍，終至風雲流散。從

---

[89] 戴望舒：〈社中雜記〉，《新詩》，1936 年 10 月，創刊號。

[90] 康裔：〈鄰笛山陽──悼念一位三十年代新感覺派作家穆時英先生〉《掌故》（香港），1972 年第 10 期。

[91] 施蟄存：〈施蟄存談《現代》雜誌及其他〉，《魯迅研究資料》（第九輯），天津人民出版社，1982 年版。

[92] 施蟄存：〈浮生雜詠〉，《沙上的腳跡》，遼寧教育出版社，1996 年版，第215 頁。

這裏我們不難看出，《無軌列車》、《新文藝》、《現代》和《新詩》等雜誌對於這一群體的重要意義。正是借助它們，施蟄存、戴望舒、杜衡、劉吶鷗、穆時英等人在 30 年代的上海，以開放的視野和先鋒的精神演繹了中國現代派文學的繁盛景象，創作出了真正的中國現代都市文學，體現出真正的上海文化精神。

第四章　上海文化與現代派群體的文化身份

　　「我們必須把個體理解為生活於他的文化中的個體；把文化理解為由個體賦與其生命的文化。」[1]弗蘭茲・博厄斯的這段話對於我們理解三、四十年代現代派群體與上海文化之間的關係具有重要的啟示意義，不過他這裏所指的「個體」如果改為「個體或群體」則更為確切。以施蟄存、戴望舒、杜衡、劉吶鷗、穆時英為代表的現代派群體，大多出身於小資產階級家庭（劉吶鷗出生於地主家庭），堅守著自由主義的文藝主張，主要以翻譯創作、經營書店、編輯雜誌為生，在文化身份上具有大致相同的現代性特徵，即都市性、先鋒性和商業性，另一方面由於上海文化多元雜糅，交融互滲，政治紛爭，時局動盪，以及個性差異，又使得他們的文化身份表現出多元、游移的複雜性特徵。需要在此說明的是，雖然張愛玲、徐訏等人在文化身份上也具有都市性、先鋒性和商業性的特徵，但他們缺乏上述諸人的群體屬性，我們留待其他章節中予以補正，而「九葉派」諸人雖具有群體性和先鋒性特徵，但與上海的淵源相對有限，在都市性與商業性等方面表現得並不突出，因此本章所論及的現代派群體主要是指以施蟄存、戴望舒、杜衡、劉吶鷗、穆時英為代表的新感覺派和現代詩派群體。

---

[1]　露絲・本尼迪克特：《文化模式》，王煒譯，三聯書店，1988 年版，第 2 頁。

第一節　都市文化語境中現代派群體的文化身份表徵

一、「文化身份」的闡釋與現代派群體的都市文化身份

　　「文化身份」（cultural identity）是我國學術界 20 世紀 90 年代從西方後殖民主義理論中引進的一個概念。英國文化學家斯圖亞特·霍爾提出了兩種定義「文化身份」的方式：一是把「文化身份」定義為一種共有的文化體認，一個集體的「真正的自我」，藏身於其他的、更加膚淺或人為地強加的「自我」之中，共用一種歷史和祖先的人們共用這種「自我」。二是認為，除了許多共同點之外，還有一些深刻和重要的差異點，它們構成了「真正的現在的我們」。根據霍爾的理解，「文化身份」既具有相對的穩定性內核，又處在不斷的變化和「被構造」之中。在一種意義上，「文化身份」反映共同的歷史經驗和共有的文化符碼，它在實際歷史變幻莫測的分化和沉浮之下具有一個穩定的、不變和連續的指涉和意義框架。在另一種意義上，「文化身份」又與一切有歷史的事物一樣，也經歷了不斷的變化。它們絕不是永恆地固定在某一本質化的過去，而是屈從於歷史、文化和權力的不斷「嬉戲」[2]。我們將根據這兩種思路，一方面解析現代派作家群體文化身份中共有的相對穩定的內核，即他們文化身份的都市性、先鋒性和商業性，另一方面探尋他們文化身份「被構造」的過程及其在這一過程中所表現出的複雜性、多元性和游移性。

　　文化中包含著紛繁多變的生活方式和豐富複雜的社會關係。人只有在社會中才能使自己成為個體而存在，人在本質上是「社會關

---

[2]　斯圖亞特·霍爾：〈文化身份與族裔散居〉，羅鋼、劉象愚主編《文化研究讀本》，中國社會科學出版社，2000 年版，第 209－211 頁。

係的總和」[3]，人雖然能改變環境，但環境同樣在不斷地塑造人。上海自開埠以來，商品經濟持續發展，市政體系逐步完善，居民人口不斷增長，到 20 世紀初已發展成為中國的經濟中心和國際化的大都會，「上海的顯赫不僅在於國際金融和貿易；在藝術和文化領域，上海也遠居其他一切亞洲城市之上」[4]。在某種意義上，當中國其他城市（包括北京）都還在「鄉土中國」的肌體上固守著古舊的文化傳統時，上海已以她無比現代的文化姿態展現出國際大都市的無窮魅力，吸納著來自世界各地和五湖四海的人們。劉吶鷗、穆時英、戴望舒、施蟄存、杜衡等人正是一群由上海文化的光與色鍛造出來的都市之子。從出身和經歷來看，劉吶鷗等人大多出身於沒落的地主或小資產階級家庭，由外地來到上海，是在「十里洋場」的歐風美雨中被「塑造」為都市人的。在戴望舒、施蟄存、杜衡、穆時英等走向都市的過程中，劉吶鷗起到了舉足輕重的作用。1905 年出生於臺灣沒落地主家庭的劉吶鷗，1920 至 1925 年求學於日本，1926 年帶著他的創業夢來到上海，並結識了他的現代派同人施蟄存、戴望舒、杜衡、穆時英、葉靈鳳、徐霞村等人。劉吶鷗把上海作為他未來事業的「將來的地」[5]，他在上海進行創作、辦書店、出雜誌、拍電影、做房地產，以多元的身份活躍於「十里洋場」，直到 1940 年9 月遇刺身亡。經濟富裕的劉吶鷗不但給施蟄存、戴望舒、穆時英等人的文學活動提供了強有力的經濟支援，還為他們的都市摩登生活樹立了榜樣，帶來了十里洋場的「都市感覺」。劉吶鷗在日記中寫

[3]　馬克思：〈政治經濟學批判綱要〉，《馬克思恩格斯全集》第 6 卷，人民出版社 1972 年版，第 265 頁。
[4]　[美]白魯恂：〈中國民族主義與現代化〉，香港《二十一世紀》，1992 年 2月，第 12 頁。
[5]　劉吶鷗：《劉吶鷗日記集》（下），許秦蓁編，台南縣文化局出版，2001 年3 月，第 446 頁。

道：「吃大菜，坐汽車，看影劇，攜女子，這是上海新人的理想的日常生活。」[6]他們正是這樣一群「上海新人」。在劉吶鷗的帶動下，他們一起談文藝、辦雜誌、跳舞、游泳、看賽馬、喝咖啡、看電影、逛妓院、打回力球等等，浸淫於都市的摩登生活。據施蟄存回憶，有段時間他們一同住在劉吶鷗江灣路的花園洋房裏，「每天上午，大家都耽在屋裏，聊天、看書、各人寫文章、譯書。午飯後，睡一覺，三點鐘，到虹口游泳池去游泳，在四川路底一家日本人開的店裏飲冰，回家吃晚餐。晚飯後，到北四川路一帶看電影，或跳舞。」[7]杜衡就是在這個時期迷戀上了回力球的，穆時英曾描述過杜衡對回力球的興趣：「杜衡近來回力球興趣絕濃，談起拉摩司來，那眉飛色舞的樣子，──嗨，不得了！」[8]而穆時英本人則更是耽溺於十里洋場的西式生活，很長一段時間，「他常常幾乎是臨近中午時分，才懶洋洋地從床上起來出門，去北四川路附近一家俄國人餐館吃西餐，他喜愛麵包、牛油和羅宋湯。下午，坐在書桌前，一面吸著一種名叫 CRAVEN『A』的煙，一面用鋼筆尖蘸著墨水，在稿子上傾瀉他的新感覺文字，直到夕陽西下」，他「總是在天黑後差不多同一時候才來『月宮舞廳』」，「一身西服，高高個子，風度翩翩的穆時英在舞池中是令人矚目的，他和他的舞伴是所有跳舞的人中跳得最好的一對」[9]。當時有些大學女生為了見他竟然不惜扮作舞女去舞場，他也最終迎娶了「月宮舞廳」的舞女仇佩佩

6   劉吶鷗：《劉吶鷗全集‧日記集》（上），許秦蓁編，台南縣文化局出版，2001年3月，第106頁。
7   施蟄存：〈我們經營過三個書店〉，《新文學史料》，1985年第1期。
8   穆時英：〈致施蟄存〉，孔另境編《現代作家書簡》，花城出版社，1982年版，第193頁。
9   鄭澤青：〈穆時英：一個洋場作家的歸宿〉，《新文學史料》，1986年第1期。

而轟動一時。在給葉靈鳳的信中，穆時英描述了他們志趣相投的情景：「這幾天，我們這裏很熱鬧，有杜衡，有老劉，有高明，有楊邨人，有老戴；白天可以袒裼裸裎坐在小書房裏寫小說，黃昏時可以到老劉花園裏去捉迷藏，到江灣路上去騎腳踏車，晚上可以坐到階前吹風，望月亮，談上下古今。」[10]「文化身份」（cultural identity）一詞在英語中也可譯為「文化認同」，它包括自我認同、集體認同和社會認同。文化身份的構建過程實際上是「一個典型的選擇過程，借助這個過程，只有某些特徵、符號和群體經歷得到注意，其他的被排斥在外」[11]，正是在對上海都市文化和西方現代派文學的共同體認中，劉吶鷗、穆時英、施蟄存、戴望舒、杜衡等人具有了最初的群體意識。他們自稱是「敏感的都市人」，他們的「作風的新鮮是適合於這個時代」的[12]。據時人回憶，穆時英他們在外表上「是個摩登 boy 型，衣服穿得很時髦，懂得享受，煙捲，糖果，香水，舉凡近代都市中的各種知識，都具備」[13]。施蟄存也曾坦言：「我們是租界裏追求新、追求時髦的青年人。你會發現，我們的生活與一般的上海市民不同，也和魯迅、葉聖陶他們不同。我們的生活明顯西化。那時，我們晚上常去 Blue Bird（日本人開的舞廳）跳舞。……穆時英的舞跳得最好。我對跳舞興趣不大，多為助興才去。和跳舞相比，我更愛日本咖啡和『沙利文』的西式牛排。」[14]正是因為他們經常出入各種娛樂場所，又在作品中熱衷於都市頹廢生活

---

[10] 穆時英：〈致葉靈鳳〉，孔另境編《現代作家書簡》，花城出版社，1982 年版，第 192 頁。

[11] Jorge Larrain：《意識形態與文化身份》，戴從容譯，上海教育出版社，2005 年版，第 222 頁。

[12] 劉吶鷗《都市風景線》「廣告詞」，《新文藝》1 卷 2 期，封面裏頁。

[13] 卜少夫：《無梯樓雜筆》，新聞天地社，1947 年 4 月。

[14] 張芙鳴：〈施蟄存：執著的「新感覺」〉，《社會科學報》，2003 年 12 月 4 日。

的表現，因此魯迅曾貶斥他們是「洋場惡少」[15]，沈從文也說「都市」成就了他們[16]，雖然看法有些偏頗，但也在一定程度上反映了外界對他們都市文化身份的認同。

二、現代派群體文化身份的先鋒性表徵

30 年代曹聚仁說：「京派篤舊，海派騖新，各有所長。」[17]以創新為特質的上海文化，無論是在物質空間、思想觀念，還是生活方式上，在近代中國都一直是領風氣之先的，而以劉吶鷗、穆時英、施蟄存、戴望舒等為代表的現代派群體最鮮明地體現了上海文化的先鋒性。霍爾認為，我們都在特定的時間和地點寫作和說話，所屬的歷史和文化也是特定的。我們所說的話總是在「語境」中，是被定位的。文化身份是需要敘述才能表達出來的，它來自一種「話語實踐」[18]。現代派群體的先鋒文化身份正是通過他們的「話語實踐」得到充分彰顯的。

如前所述，從《無軌列車》、《新文藝》到《現代》、《新詩》，劉吶鷗、施蟄存等人通過其「話語實踐」表現出銳意創新的先鋒精神。《無軌列車》體現了「刊物的方向內容沒有一定的軌道」的開放視野和先鋒精神[19]，《新文藝》宣稱他們「辦這個月刊要使它成為內容最好」、「編制得最新穎的」、「唯一的中國現代文

---

[15] 魯迅：〈撲空〉，《魯迅全集》第 6 卷，人民文學出版社，1981 年版。

[16] 沈從文：〈論穆時英〉，《抽象的抒情》，復旦大學出版社，2004 年 8 月，第 139 頁。

[17] 曹聚仁：〈海派〉，《曹聚仁雜文集》，三聯書店，1994 年版，第 476 頁。

[18] 霍爾：〈文化身份與族裔散居〉，羅鋼等編《文化研究讀本》，中國社會科學出版社，2000 年，第 209 頁。

[19] 劉吶鷗：〈列車餐室〉，《無軌列車》，1928 年第 3 期。

藝月刊」[20]，《現代》「雜誌的內容，除了好之外，還以活潑，新鮮，為標準」[21]，傳達出「現代人在現代生活中所感受到的現代的情緒」，《新詩》大力提倡「有獨創性的好詩」，「對於外國詩人的介紹，以當代詩人或給予當代詩人大影響的前代詩人為主」，推出了一批「嶄新的詩人」[22]（具體參見「第三章現代派雜誌與上海文化精神」）。施蟄存等人不但大力地譯介域外現代派文學，從象徵主義、未來主義、佛洛伊德主義、新感覺主義到超現實主義，及時追蹤世界文學的最新潮流，而且大膽吸收和借鑒域外最新的藝術經驗，創作出大批具有先鋒實驗性質的現代派文學作品，並因此讓時人「初則驚，後繼則效」。「劉燦波喜歡的是所謂『新興文學』、『尖端文學』。新興文學是指十月革命以後興起的蘇聯文學。尖端文學的意義似乎廣一點，除了蘇聯文學之外，還有新流派的資產階級文學。他高興談歷史唯物主義文藝理論，也高興談佛洛伊德的性心理文藝分析。看電影，就談德、美、蘇三國電影導演的新手法」[23]，施蟄存在這裏雖然指的是劉吶鷗，但實際上說明了他們整個現代派群體追新求異的先鋒精神。施蟄存對顯尼志勒的精神分析小說，「心嚮往之，加緊對這類小說的涉獵和勘察，不但翻譯這些小說，還努力將心理分析移植到自己的作品中去」[24]。他用精神分析方法創作的「古事題材的小說」在當時引起了許多人的好奇和仿效，以至於他不得不在《現代》第一卷第六期的「編輯座談」中予以明確的勸止。戴望舒「譯詩的過程，正是他創作詩的過程。譯道生、魏爾侖詩的時候，正是寫〈雨巷〉的時候；譯果爾蒙、耶麥的時候，正

---

[20]　施蟄存：〈編者的話〉，《新文藝》，1929 年 9 月，創刊號。

[21]　施蟄存：〈編輯座談〉，《現代》1932 年 8 月，第 1 卷第 4 期。

[22]　戴望舒：〈社中雜記〉，《新詩》1936 年 10 月，創刊號。

[23]　施蟄存：〈我們經營過三個書店〉，《新文學史料》，1985 年第 1 期。

[24]　施蟄存：〈關於「現代派」一席談〉，《文匯報》，1983 年 10 月 18 日。

是他放棄韻律、轉向自由詩體的時候」[25]，戴望舒的詩風在當時曾傾
倒了無數文學青年，甚至當時有刊物說他「以《現代》為大本營，
提倡象徵派詩，現在所有的大雜誌，其中的詩大都是」他的「黨
徒」[26]。劉吶鷗不但譯介了「能夠把日本時代的色彩描給我們看」
的日本新感覺派小說集《色情文化》，而且把這些「藝術的新形
式」運用到他的小說創作，在他具有開創性的〈都市風景線〉中，
「操作他的特殊手腕，他把這飛機、JAZZ，摩天樓，色情，長型汽
車的高速度大量生產的現代生活，下著銳利的解剖刀」，他那「話
語的新形式，新調子，陸離曲折的句法；中國文學趣味的改革，風
俗研究的更新，使人會笑又會微笑的方法，單就這一方面講，這部
集子已有壓倒一切的價值了」[27]。穆時英借鑒了日本新感覺派和
電影蒙太奇的藝術手法，「在洋場的糜爛罪惡中尋覓五光十色的
美」[28]，「所長在創新句，新腔，新境」[29]，引起了文壇的轟動和青
年讀者的追捧。葉靈鳳在致穆時英的信函中說：「近來外面模仿新感
覺派的文章很多，非驢非馬，簡直畫虎類犬，老兄和老劉都該負這個
責任。」[30]杜衡也在當時頗為自豪地說：「中國是有都市而沒有描
寫都市的文學，或者描寫了都市而沒有採取適合這種描寫的手法。
在這方面，劉吶鷗算是開了端，但是沒能好好地繼續下去，而且他

---

[25] 施蟄存：〈戴望舒譯詩集‧序言〉，《戴望舒譯詩集》，湖南人民出版社，
1983 年版。

[26] 施蟄存：〈致戴望舒〉，孔另境編《現代作家書簡》，花城出版社，1982 年
版，第 79 頁。

[27] 《新文藝》第二卷第一期，廣告語。

[28] 楊義：《中國現代小說史》，人民文學出版社，1998 年版，第 586 頁。

[29] 沈從文：〈論穆時英〉，《抽象的抒情》，復旦大學出版社，2004，第
137 頁。

[30] 葉靈鳳：〈致穆時英〉，孔令境編《現代作家書簡》，花城出版社，1982 年
版，第 159 頁。

的作品還帶著『非中國』即『非現實』的缺點。能夠避免這缺點而
繼續努力的，這是時英。」[31]在 1930 年代上海的都市文化語境中，
劉吶鷗、穆時英、施蟄存、戴望舒等正是用他們的先鋒「話語實
踐」，創造出了中國真正的現代派文學和都市文學，彰顯出他們文
化身份的都市性和先鋒性色彩。

三、現代派群體文化身份的商業性表徵

上海文化的實質在很大程度上是商業文化，商業性的流通和娛
樂性的消費滲透到都市生活的方方面面。魯迅說「『海派』是商的
幫閒」，「從商得食者其情狀顯，到處難於掩飾」[32]，沈從文也曾批
判海派「道德上與文化上」的「惡風氣」，是「名士才情」與「商
業競賣」的結合[33]。作為海派的重要一脈，商業性也是杜衡、施蟄
存、戴望舒、穆時英等現代派群體文化身份的重要表徵。杜衡在他
那篇回擊沈從文的重要文章〈文人在上海〉中坦誠地承認：「上海
社會的支持生活的困難自然不得不影響到文人，於是在上海的文
人，也像其他各種人一樣，要錢」，「這結果自然是多產，迅速的
著書，一完稿便急於送出，沒有閒暇在抽斗裏橫一遍豎一遍的修
改。這種不幸的情形誠然是有，但我不覺得這是可恥的事情」，
「機械文化的迅速傳播是不久就會把這種氣息帶到最討厭它的人們
所居留的地方去的」[34]。杜衡在這裏分析了商業性之於上海文人幾個
方面的重要影響：一是商業影響著人們生活，二是商業影響了作家
寫作，三是商業影響到文化出版。相對於傳統的農耕文明而言，現

---

[31] 杜衡：〈關於穆時英的創作〉，《現代出版界》，1933 年第 9 期。
[32] 魯迅：〈「京派」與「海派」〉，《申報·自由談》，1934 年 2 月 3 日。
[33] 沈從文：〈論「海派」〉，《大公報·文藝》，1934 年 1 月 10 日。
[34] 杜衡：〈文人在上海〉，《現代》，1933 年 12 月。

代商業文明代表的是社會進步的方向。然而，由於我國幾千年以來重農輕商的文化傳統導致了人們對傳統倫理道德的守護，對現代價值觀念的拒斥。因而在近代中西文化的碰撞中，許多文人形成了在情感上傾向傳統文化操守，在理智上又無法拒絕現代商業文明的複雜矛盾心態。如前所述，魯迅、郭沫若、沈從文等人一方面批判上海文化的商業市儈氣息，另一方面又不得不依賴上海文學市場發表作品賺取稿費。然而魯迅、郭沫若、沈從文等外來入海者對於文學與商業相結合的矛盾心理對於長期浸潤在上海文化中的施蟄存、杜衡、戴望舒、劉吶鷗、穆時英等現代派群體來說，幾乎不太存在。施蟄存對自己與現代書局之間的傭雇關係就很坦然，他說：「我和現代書局的關係，是傭雇關係。他們要辦一個文藝刊物，動機完全是起於商業觀點。但望有一個能持久的刊物，每月出版，使門市維持熱鬧，連帶地可以多銷些其他出版物。我主編的《現代》，如果不能滿足他們的願望，他們可以把我辭退，另外請人主編。」[35]對於文人走向市場，杜衡也說他「不覺得這是可恥的事情」，「上海的文人，也像其他各種人一樣，要錢」[36]。施蟄存、杜衡、戴望舒、劉吶鷗等現代派群體不僅具有自覺的商業意識，而且把這一意識落實到他們具體的文學活動中。施蟄存等人把他們最初在松江厢樓裏埋頭翻譯創作的那段時期稱為「文學工廠」時期，「這期間，雪峰和望舒經常到上海去，大約每二星期，總有一個人去上海，一般都是當天來回。去上海的目的任務是買書或『銷貨』」，「所謂『銷貨』，就是把著譯稿帶到上海去找出版家」。從他們的「生產」、「銷貨」、「進貨」過程來看，顯然，他們一開始便遵循著市場的規律來從事文學活動。劉吶鷗的加入，使得他們的文學活動進一步

---

[35] 施蟄存：〈《現代》雜憶〉，《沙上的腳跡》，遼寧教育出版社，1995 年版。
[36] 杜衡：〈文人在上海〉，《現代》，1933 年 12 月。

走向了「市場化」。這位有著豐厚家業的臺灣人成為施蟄存、戴望舒、杜衡等人經濟上的支持者，他們一起創辦書店、出版雜誌，從「第一線書店」到「水沫書店」，從《無軌列車》到《新文藝》，不斷地按照讀者市場的需求製造出新鮮的文學「口味」（具體參見「第三章上海文化精神與現代派雜誌」）。一方面，施蟄存等人是在為文學理想而努力，另一方面，他們是在商業操作中來努力實現文學理想的。「第一線書店」、「水沫書店」的關閉和《無軌列車》、《新文藝》的停刊，一方面是因為外來政治勢力的干涉，而另一方面也不乏商業上經營不當的原因。如 1931 年水沫書店經營兩年後，劉吶鷗支付資金已超過一萬元，而放在內地經售商的書款三、四萬元收不回來，劉吶鷗的經濟狀況出問題，表示無法再投入資金，要求書店今後自力更生。這樣，書店的出版物不得不放慢或減少以節約流動資金。但是書出少了營業額降低，陷入了惡性循環，書店頓時萎縮下來[37]。在雜誌的經營上同樣如此，《新文藝》創刊時，劉吶鷗等人宣稱，「我們辦這個月刊要使它成為內容最好，最有趣味，無論什麼人都要看，定價最廉，行銷最廣的唯一的中國現代文藝月刊」[38]。到一卷五期時，他們覺得「雜誌正是難辦，對於此道沒有多大經驗的本社同人，把《新文藝》編到今天，真覺得對親愛的讀者抱歉到無地自容了。有人說創刊之時，是人辦雜誌，到後來是雜誌辦人，真是不錯」[39]。《新文藝》不付稿酬、全憑同人幫助和風格過於單一的經營方式無法適應競爭激烈的出版市場，最後不得不停刊了，施蟄存曾就此感歎到，「工廠生產費商量，左右徘徊失主張。可憐八卷《新文藝》，轉向無何自取殃」[40]。到編輯《現

---

[37] 施蟄存：〈我們經營過三個書店〉，《新文學史料》，1985 年第 1 期。

[38] 〈編者的話〉，《新文藝》，1929 年 9 月，創刊號。

[39] 〈編者的話〉，《新文藝》，1930 年 1 月，第 1 卷第 3 期

[40] 施蟄存：〈浮生雜詠〉，《沙上的腳跡》，遼寧教育出版社，1996 年版。

代》時，施蟄存等人充分吸收了前期經營書店雜誌的經驗教訓，以至於《現代》成為 30 年代上海最有影響的大型雜誌之一。而對於劉吶鷗而言，投資出版業的失敗，使他很快轉向了電影業，甚至地產業。施蟄存、戴望舒等人的商業意識還鮮明地反映在他們的文學創作過程中。他們有時通過更改書名的方式來迎合讀者和出版方的口味，比如戴望舒為了出版他翻譯的夏多布里昂的小說《阿拉達》，不惜把書名改為《少女之逝》，在馮雪峰看來，「此種改書名，實不大好」，但是「如果為錢，則改書名，並改譯者名亦可」[41]。施蟄存翻譯顯尼志勒的《蓓爾達・迦蘭》，出版時也只得「應出版商庸俗的請求，改名《多情的寡婦》」（《〈愛爾賽之死〉題記》），《蓓爾達・迦蘭夫人》、《毗亞特麗思》、《愛爾賽小姐》出版時也以「婦心三部曲」名之。施蟄存還曾寫信告訴戴望舒，「洪雪帆（筆者注：現代書局老闆）至今還主張一部稿子拿到手，先問題名，故你以後如有譯稿應將題名改好，如《相思》《戀愛》等字最好也」[42]。當戴望舒在法國時，他的生活費主要靠施蟄存在上海幫他推銷書稿維持，這在施蟄存〈致戴望舒書簡〉中得到充分體現。施蟄存在信中告訴戴望舒：「目下的現代書局，只要稿子全到，錢是不生問題的」（1932 年 12 月 3 日），「現在我這裏大概每月上旬以內寄匯七百五十法郎，請你一回也每月寄出這數目的稿子，好像銀行往來那樣地結算」（1932 年 12 月 27 日）等等。在抗戰以前，施蟄存、杜衡、戴望舒、穆時英等人在上海沒有固定的職業，他們只有主動地融入商業性的文化市場，靠編雜誌和賣文為生，因而，在他們的文化身份中不可避免地注入了上海文化的商業性特徵。

---

[41] 馮雪峰：〈致戴望舒〉，孔另境編《現代作家書簡》，花城出版社，1982 年版，第 148 頁。

[42] 施蟄存：〈致戴望舒〉，孔另境編《現代作家書簡》，花城出版社，1982 年版，第 72 頁。

第二節　半殖民地文化語境中現代派群體的身份書寫

一、半殖民地都市文化語境

「在文化的碰撞過程中，權力常常發揮作用，其中一個文化有著更強大的經濟和軍事基礎時尤其如此。無論侵略、殖民還是其他派生的交往形式，只要不同文化的碰撞中存在著衝突和不對稱，文化身份的問題就會出現。」[43]基於這種理解，賽義德在《東方主義》的開卷中引用了馬克思的一句名言「他們無法表述自己；他們必須被別人表述」（馬克思《路易・波拿巴的霧月十八日》），隨後他運用了福科的話語／權力理論闡述了他的「東方主義」。賽義德認為，西方的文化霸權伴隨著西方政治、經濟向東方擴張，「將東方東方化」（orientalizing the oriental）。西方話語中的東方不是一種真實的歷史存在，而是西方人的一種文化構想。在西方的文化視野和文學想像中，東方代表了異國情調，是落後、野蠻、怪異、非理性的，西方是自由、民主、人道、理性的。西方通過殖民擴張把西方話語和關於東方的想像施加給東方，而弱勢的東方也產生了與之相對的抵抗話語。

我們在談論上海文化時無法回避租界的存在和華洋分治的事實。「租界是 19 世紀中期至 20 世紀中期帝國主義列強在中國等國的通商口岸開闢、經營的居留、貿易區域。其特點是外人侵奪了當地的行政管理權及其他一些國家的主權，並主要由外國領事或僑民組織的工部局之類的市政機構來行使這些權利，從而使這些地區成

---

[43] Jorge Larrain：《意識形態與文化身份》，戴從容譯，上海教育出版社，2005年版，第 194 頁。

為不受本國政府行政管理的國中之國。」[44]顯然，租界是帝國主義殖民侵略的結果。鴉片戰爭後，英、法、美等國先後在上海建立租界，外國僑民獲准在租界租地建房，實行華洋分居，「各就地方民情地勢，議定界址，不許逾越，以期永久彼此相安」[45]。由於西方殖民者並未在中國建立起完整而全面的殖民統治，因而上海租界的「東方想像」又表現出明顯不同於其他殖民地的特殊性。根據「自治」、「法治」、「安全」和「自由」等原則建立起來的以工部局為管理機構的租界市政體系在一定程度上體現了西方現代民主文化精神，這使得上海文化中的「殖民體驗」呈現出不完整、多元化的特點。賽義德說，「每一個歐洲人，不管他會對東方發表什麼看法，最終幾乎是一個種族主義者，一個帝國主義者，一個徹頭徹尾的民族中心主義者」[46]。不可否認，在上海尤其是租界，殖民種族主義體驗滲透於人們日常生活的各個方面，諸如乘汽車、上公園、進飯店等等，隨時都會遭遇到種族歧視。然而，上海便利的物質生活條件和由於不同權力機構所導致的相對自由的社會活動空間，在一定程度上淡化了人們的殖民體驗。而另一方面，「五四」以來的以西方為理想參照的文化啟蒙，在一定程度上消解了人們對西方文化的顧慮和拒斥心理，從而使人們對西方文化產生認同或主動擁抱，對西方現代生活方式「初則驚，繼則異，再繼則羨，後繼則效」[47]。正是在上海半殖民的都市文化語境中，劉吶鷗、穆時英、施蟄存、戴望舒、杜衡等人表現出文化身份的複雜性、多元性和游移性。

---

[44] 費成康：《中國租界史》，上海社會科學出版社，1991 年，第 384 頁。
[45] 王鐵崖編：《中外舊約章彙編》第一冊，北京三聯書店，1957 年，第 35 頁。
[46] 愛德華・W・賽義德：《東方學》，王宇根譯，北京三聯書店，1999 年 5 月，第 260 頁。
[47] 唐振常：〈市民意識與上海社會〉，香港《二十一世紀》，1992 年 6 月，第 12 頁。

二、西方文化想像中的女性形象

李歐梵認為，「在中國作家營造他們自己的現代想像的過程
中，他們對於西方異域風的熱烈擁抱倒把西方文化本身置換成了
『他者』」[48]。劉吶鷗、穆時英、施蟄存、戴望舒等現代派作家正是
在對機械文明和都市文化的熱烈擁抱中，展開其文學想像的。劉吶
鷗等人的「興味」當然不止限於西方式的「娛樂」，他們更從「高
度發達的近代資本主義社會」中發現了「大都會和機械的美」[49]，那
是「thrill 和 carnal intoxication，就是戰慄和肉的沉醉」[50]。雖然在劉
吶鷗、穆時英等現代派的文本中，我們不能直接看到西方話語通過
霸權形式施加給他們的影響，在他們的文本中也沒有直接呈現出殖
民地的話語式反抗，但是殖民性色彩仍然從他們的小說創作中表露
出來。在〈禮儀與衛生〉中，劉吶鷗借主人公啟明的視角描述了外
灘一帶濃郁的殖民色彩景觀：「還不到 Rush Hour 的近黃浦灘的街上
好像是被買東西的洋夫人們所占去的。她們的高鞋跟，踏著柔軟的
陽光，使那木磚的鋪道上響出一種輕快的聲音。一個 Blonde 滿胸抱
著鬱金香從花店出來了。疾走來停止在街道旁的汽車吐出一個披著
青草氣味的輕大衣的婦人和她的小女兒來。印度的大漢把短棒一
舉，於是啟明便跟著一堆車馬走過了軌道，在轉彎外踏進了一家大
藥房。鼻腔裏馬上是一頓芳香的大菜。」在這篇小說中，那位名叫
普呂業的法國男人把他的欲望對象、啟明的妻子可瓊當作了他「東
方醉」的一部分，在他看來可瓊「黛黑的瞳子裏像是隱藏著東洋的

---

[48] 李歐梵：《上海摩登》，北京大學出版社，2001 年 12 月，第 323 頁。
[49] 藏原惟人：〈新藝術形式的探求〉，劉吶鷗譯，《新文藝》，1929 年 12
月號。
[50] 劉吶鷗：〈致戴望舒〉，《現代作家書簡》，花城出版社，1982 年版，第
185 頁。

秘密」，「耳朵是像深海裏搜出來的貝殼一般的可愛」，「這樣秀
麗，像幽谷的百合一樣的婦女是看十年都不厭的」。〈熱情之骨〉
裏的比也爾放棄了法國「灰霧裏的都市，到這西歐人理想中的黃金
國，浪漫的巢穴的東洋來了」，在他的想像中玲玉是那麼「動
人」、「可愛」，「纖細的娥眉」、「不忍一握的小足」，有著
「雨果詩中那些近東女子們所沒有的神秘性」。

　　由於種種複雜的因素，賽義德「東方主義」的構想引發了許多
非議和批評，於是他在《種族與階級》一書中對「東方主義」進行
了重新思考和描述。他指出，「我們現在可以將東方主義視為一種
如同都市社會中男性主宰或父權制一樣的實踐：東方被習以為常地
描繪為女性化，它的財富是豐潤的，它的主要象徵是性感女郎、妻
妾和霸道的但又是令人奇怪的有著吸引力的統治者」，「這種材料
中的不少顯然與由西方主流文化支撐的性別、種族和政治的不對稱
結構相關聯」[51]。摩登女郎作為都市欲望的符號，在劉吶鷗、穆時
英、葉靈鳳等現代派的文本中具有重要的指涉意義。劉吶鷗、穆時
英、葉靈鳳等人筆下的摩登女郎並非來自西方對東方的想像，而是
東方對西方的認同。她們作為西方的文化符碼，展示出東方對西方
的文化想像。首先，他們筆下的摩登女郎在身體特徵上表現出濃郁
的異域風。她們或是具有「蛇的身子，貓的腦袋」、「一張會說謊
的嘴，一雙會騙人的眼」（穆時英：〈被當作消遣品的男子〉）；
或是具有「理智的前額」、「隨風飄動的短髮」、「瘦小而隆直的
希臘式的鼻子」（劉吶鷗：〈遊戲〉）；或是具有「嘉寶型的
眉」，「紅膩的嘴唇」和「天鵝絨那麼溫柔的黑眼珠子」（穆時
英：〈駱駝・尼采主義者與女人〉）；或是具有「豐腴的胴體和褐

---

[51] 賽義德：《種族與階級》，轉引自王寧《全球化時代的後殖民論批評》，
《文藝研究》，2003 年第 5 期。

色的肌膚」（穆時英：〈紅色的女獵神〉）；或是具有典型的
「sportive 的近代型女性」，「迎著風，雕出了一九三三型的健美姿
態：V 型水箱，半球型的兩隻車燈，愛莎多娜‧鄧肯式的向後飛揚
的短髮」（葉靈鳳：〈流行性感冒〉）。其次，這些摩登女郎在行
為舉止上表現出鮮明的西方化。劉吶鷗〈禮儀與衛生〉中的可瓊用
自己的妹妹白然與丈夫姚啟明換取與法國商人的私奔，〈風景〉中
那位本打算去縣城陪丈夫度週末的女主人公在火車上與一個素不相
識的青年偶遇後竟然中途相邀下車，在美妙的鄉間風景中放縱野
合。穆時英〈黑牡丹〉中的黑牡丹坦言自己「是在奢侈裏生活著
的，脫離了爵士樂，狐步舞，混合酒，秋季的流行色，八汽缸的跑
車，埃及煙」，「便成了沒有靈魂的人」。〈被當作消遣品的男
子〉中的蓉子向來把男子當作「消遣品」，無聊時當作「辛辣的刺
激物」，高興時當作「朱古力糖似的含著」，厭煩時就成了被她
「排洩出來的朱古力糖渣」。第三，這些摩登女郎在思想觀念上完
全西方化。穆時英〈駱駝‧尼采主義者與女人〉中的摩登女郎竟然
熟知「三百七十三種煙的牌子，二十八種咖啡的名目，五千種混合
酒的成分配列方式」。劉吶鷗筆下摩登女郎的物質主義甚至讓來東
方尋找詩意的西方人吃驚，〈熱情之骨〉中的玲玉與比也爾在月光
下的床褥上做愛時，突然提出「給我伍百元好麼」，她在給比也爾
的信中坦言道：「在這一切抽象的東西，如正義，道德的價值都可
以用金錢買的經濟時代，你叫我不要拿貞操向自己所心許的人換點
緊要的錢用嗎？……你每開口就像詩人一樣地做詩，但是你所要求
的那種詩，在這個時代是什麼地方都找不到的。詩的內容已經變換
了。」〈兩個時間的不感症者〉中的女主人公說「love-making 是應
該在汽車上風裏幹的」，她「還未曾跟一個 gentleman 一塊兒過過三
個鐘頭以上呢」。施蟄存〈花夢〉中的女主人公，「可以每天有個

情人」，只要你「把錢包裝得滿些」，「她是絕不因為不喜歡你而失約的」，「愛情 70」便是她直接開出的帳單。現代派作家筆下的這些女性形象完全消解了傳統東方女性含蓄內斂、溫柔賢靜的特點，呈現出性感妖嬈、張揚放縱的西方女性特徵。她們是「Jazz，機械，速度，都市文化，美國味，時代美的產物集合體」（穆時英〈被當作消遣品的男子〉）。這些西方化的女性特徵主要來自於當時風靡上海的好萊塢電影、畫報、廣告和月份牌等傳播媒介上的流行時尚。劉吶鷗 1934 年所寫的〈現代表情美造型〉一文反映了上海市民這一西方化審美趨勢的變動：近來都市摩登女性的新型「可以拿電影明星嘉寶、克勞馥或談瑛作代表。她們的行動及感情的內動方式是大膽、直接、無羈束，但是在未發的當兒卻自動地把它抑著。克勞馥的張大眼睛，緊閉著嘴唇，向男子凝視的一個表情型恰好是說明著這般心理。內心是熱情在奔流著，然而這奔騰卻找不著出路，被絞殺而停滯於眼睛和嘴唇間」[52]。傳統的倫理道德和價值觀念在現代都市的流行時尚中分崩離析，瞬間直露的感官刺激和物質享受替代了傳統的羞澀纏綿。在劉吶鷗、穆時英等人的小說中，作為西方文化符碼的都市摩登女郎在與男性的「遊戲」中總是佔領著主動，顯示著優越，控制著「遊戲」的節奏與去向，似乎是進一步拓展了「五四」以來個性解放的主題，顛覆了女性被支配受壓抑的傳統敘事。然而事實上，這些張揚著肉感穿梭於各個曖昧空間對男性產生致命誘惑的「尤物」，在具有東方文化氣質的男性主人公的審視下，始終無法掙脫被欲望化、色情化和工具化的命運。從這個意義上，我們說半殖民地都市文化語境中的劉吶鷗、穆時英等現代派作家在「營造他們自己的現代想像的過程中，他們對於西方異域

---

[52] 劉吶鷗：〈現代表情美造型〉，載《婦人畫報》，1934 年 5 月 16 日。

風的熱烈擁抱倒把西方文化本身置換成了『他者』」[53]，他們的文化身份並未出現問題，他們是站在東方的立場看西方，在這一點上他們似乎比賽義德的「東方主義」有著更為微妙複雜的不同之處。

三、新舊文化衝突中的男性形象

　　馬克思和恩格斯在 19 世紀中葉就科學地預言：「生產的不斷革新、各種社會條件都處在不斷的動盪之中，持續的不確定和焦慮，這些使資產階級時代不同於過去的所有時代。一切固定的、容易僵化的關係，連同它們一系列古老陳舊的偏見和觀點都被清掃出去；一切新形成的社會關係在它們僵化以前也變得過時。一切堅固的東西都在空氣中融化，一切神聖的東西都世俗化了。」[54]二、三十年代的上海，生產技術迅速更新，生活節奏不斷加快，五光十色的都市景觀構建起一個個異質性的生活空間，西方現代生活方式和思想觀念成為人們仿效的對象，正如迷雲所描述的那樣，「半世紀前連影子都未曾出現過的新時代的產物——銀幕，汽車，飛機，單純而雅緻的圓形與直線所構成的機械，把文藝復興時代底古夢完全打破了的分離派的建築物，asphat 的道路，加之以徹底的人工所建造的街道，甚至晝夜無別的延長！我們的興味癲狂似的向那個目標賓士著」[55]。然而另一方面傳統的生活方式和思想觀念依然在生活中隨處可見。劉吶鷗、穆時英、杜衡等現代派作家的文化身份正是在這種東西文化的衝突中開始出現了多元化和複雜性的特點。

[53] 李歐梵：《上海摩登》，北京大學出版社，2001 年 12 月，第 327 頁。
[54] 馬克思、恩格斯：《共產黨宣言》，《馬克思恩格斯選集》（第 1 卷），人民出版社，1995 年版，第 271 頁。
[55] 迷雲：〈現代人底娛樂姿態〉，《新文藝》，1930 年 2 月。

　　丹尼爾‧貝爾認為，「現代主義對於十九世紀兩種社會變化的反應：感覺層次上社會環境的變化和自我意識的變化。在日常的感官印象世界裏，由於通訊革命和運輸革命帶來了運動、速度、光和聲音的新變化，這些變化又導致人們在空間感和時間感方面的錯亂」[56]。如果說劉吶鷗、穆時英、葉靈鳳等人筆下的摩登女郎是西方文化的符碼，指涉了劉吶鷗、穆時英等人對西方世界的想像，而他們筆下的男主人公卻大多仍背負著東方傳統文化的倫理道德徘徊在現代都市生活中。雖然他們通常也穿行於大街、舞場、影院、咖啡館等現代都市生活空間，然而在這些閃爍的燈光、變幻的色彩和動搖的旋律中他們卻表露出紛繁的焦慮和深重的孤獨。劉吶鷗〈遊戲〉中的男主人公步青從繁華的大街走過時竟然感覺到「這個都市的一切都死掉了」，汽車、電車、人群、商店等等「那街上的喧囂的雜音」讓他想到了「綠林的微風」和「駝隊的鈴聲」。這個帶有傳統文化精神特徵的男主人公在都會「錯雜的光景」中，永遠跟不上女主人公移光的愛情節奏，從繁鬧的大街到「魔宮」一樣的舞廳、「薄暮」的公園和「五層樓」的臥室，步青始終在擔心「這鰻魚式的女子」就要從他的懷裏溜出去。〈兩個時間的不感症者〉中的 H 在瘋狂的賽馬場邂逅了一位摩登女郎，於是「從賽馬場到吃茶店，從吃茶店到熱鬧的馬路上」，最後到「微昏的舞場」，贏了錢的 H「把她當做一根手杖」炫耀地穿行於不同的消費空間。然而，具有反諷意味的是，摩登女郎不但讓另一個男士 T 加入了他們的欲望遊戲，最後還把「兩個時間的不感症者」拋棄在舞場中「呆得出神」。類似的男性尷尬也同樣經常出現在穆時英筆下，〈紅色的女獵神〉中的男主人公「我」在緊張的賽狗場連贏兩場，引起了「紅色女獵神」的注意，她坐到了「我」身邊。於是兩人便開始了一場

---

[56] 丹尼爾‧貝爾：《資本主義文化矛盾》，三聯書店，1989 年版，第 165 頁。

似乎出人意外又在情理之中的挑逗性對話：「如果我說『讓我們到
酒排裏去，讓我們從紅色的葡萄酒的香味裏，對紅色的女獵神訴說
我的心臟的願望吧！』那你將怎樣呢？」「那我將問你：『也明白
為什麼我會坐在你的旁邊嗎？』那也是巧合嗎？」都市男女的性愛
遊戲在彼此的挑逗試探和趨沿俯就中一拍即合。隨後「我把這位紅
色的小姐手杖似的掛在手臂上」，在「閃著街燈的路上」炫耀式地
行走，在舞場「跳著熱烈的西班牙探戈」，在酒吧「嘗試各種名貴
的酒的醇味」。最後當兩人在午夜「淫逸的兩點鐘」準備做愛時，
故事突然發生了陡轉，「紅色的女獵神」脅迫「我」加入了一場驚
險的非法交易而被捕。〈被當作消遣品的男子〉中的「我」被女主
人公蓉子當作了「消遣品」，無聊時當作「辛辣的刺激物」，高興
時當作「朱古力糖似的含著」，厭煩時就成了被她「排洩出來的朱
古力糖渣」。穆時英小說中的男性不但在快節奏的都市生活中遭遇
被戲弄的尷尬，而且「在心的深底裏都蘊藏著一種寂寞感」[57]。「夜
總會裏五個人」在燈紅酒綠、紙醉金迷中突然感到好像「深夜在森
林裏，沒一點火，沒一個人，想找些東西來依靠，那麼的又害怕又
寂寞的心情侵襲著他們」（穆時英〈夜總會裏的五個人〉）。
〈夜〉中的水手飄泊了無數口岸，接觸過無數女人，然而他只能
「獨自在夜的都市里踱著」，「哀愁也沒有歡喜也沒有」，只是一
個「情緒的真空」。一方面，穆時英、劉吶鷗等筆下的男主人公流
連洋場，他們身上缺失了家庭、妻子、父母、兒女、親人、朋友等
這些包含著責任、義務、道德和感情符號的能指，另一方面他們又
在無家可歸的精神飄泊和情感遊戲中走向虛空。施蟄存擅長用精神
分析的手法，通過人物壓抑的性慾、變態的心理和詭異的氛圍表現

---

[57] 穆時英：〈《公墓》自序〉，《穆時英小說全集》，時代文藝出版社，1998
年版，第 718 頁。

現代人在都市快節奏生活中的焦慮心理和分裂人格。他筆下的男性常常陷入現代愛欲與傳統道德的矛盾衝突，如〈梅雨之夕〉中的「我」在與姑娘結伴而行的過程中自始至終都閃現出「妻子」的身影，〈在巴黎大戲院〉中的「我」與情人約會時一方面產生了變態的心理，另一方面眼前時時出現鄉下妻子的形象。從紙醉金迷的都市回歸純樸自然的鄉土，尋找靈魂棲居的家園，是施蟄存小說人物常見的一種行為方式。〈閔行秋日紀事〉中的「我」由於長期宿居在城市「局促的寓樓裏」，「頗感到些蕭瑟的幽味」，於是應「隱居」鄉野的朋友之約「決定作一次短時旅行」。〈魔道〉中的「我」應朋友陳君的邀請到郊外鄉間去消磨週末，鄉野的清新、靜謐和舒泰是「我」在上海所從未領略過的。但「我」卻始終被「妖婦」蠱惑產生各種錯亂的感覺和焦慮的心理。〈旅舍〉中在上海經商多年的丁先生由於長期的忙碌而患上了「神經衰弱症」，在朋友的規勸下「暫時拋棄了都會生活，作一次孤寂的內地旅行」，「因為鄉野的風物和清潔的空氣，再加上孤寂和平靜，便是治療神經衰弱的唯一的治療劑」。〈夜叉〉中的卞士明被鄉間「繁茂的竹林」、「深沉的古潭」、「彌漫的煙雲」和「月下的清溪白石」所吸引，在辦完祖母的喪事後，「特地寫信到上海繼續告十天假」，決定在鄉下再修養一段時間。30年代的現代派詩人大多是都市的外來者，「初到都市」的詩人在複雜多變的都市中常常產生無法融入的焦慮，於是伴隨著這一身份焦慮產生了難以排遣的寂寞感和失落感。戴望舒在詩中稱自己是一個都市裡「寂寞的夜行人」（〈單戀者〉）和「顛連漂泊的孤身」（〈流浪人的夜歌〉）；艾青感覺到「都市的，夜的光之海，／常給我乙太重的積壓」（〈搏動〉）；路易士憂鬱的「不是那些摩天的大廈」、「沒有太陽的人行道」和「寶石做的交通燈」，而是「塵沙一般」渺茫的感覺（〈在都市

里〉）；宗植在「都市底大廈下」和「街燈之行列」中，感到「比漠野的沙風更無實感」的「青蒼的幽鬱」和「生疏的寂寞」（〈初到都市〉），流居公寓的陳江帆在繁鬧的都市中流露出古老的悲秋思鄉之曲，「我流居在小小的公寓中，／在它上面是沒有秋天的，／沒有我家的秋天」，「思秋病是我馥鬱的混合酒」（〈公寓〉）。

　　雖然作品並不都是作者的「自敘傳」，但作者的思想情感和文化身份是可以通過敘述表達出來的，作品中人物的思想意識和性格心理都在一定程度上投射出作者的思想情感和價值取向。正如張愛玲所說，「上海人是傳統的中國人加上近代高壓生活的磨練。新舊文化種種畸形產物的交流，結果也許是不甚健康的」[58]。無論是劉吶鷗筆下的「時間不感症者」、施蟄存筆下的精神分裂者，還是穆時英、戴望舒等筆下的都市寂寞者，他們都無不標識作者文化身份的複雜性及其在東西文化衝突中的不適和焦慮。

第三節　政治文化語境中現代派群體的身份焦慮

　　科伯納・麥爾塞認為，「在相對孤立、繁榮和穩定的環境裏，通常不會產生文化身份的問題。身份要成為問題，需要有個動盪和危機的時期，既有的方式受到威脅」，「那時一向認為固定不變、連貫穩定的東西被懷疑和不確定的經歷取代」[59]。如果說劉吶鷗、穆時英、施蟄存、戴望舒、杜衡等人在擁抱都市異域風的同時，其作

---

[58]　張愛玲：〈到底是上海人〉，《流言》，花城出版社，1997年版，第3頁。
[59]　科伯納・麥爾塞：《進入亂麻地：後現代政治中的認同與差異》，轉引自Jorge Larrain 著、戴從容譯《意識形態與文化身份》，上海教育出版社，2005年版，第195頁。

品中也流露出了對快節奏都市生活的不適感，那麼這種身份的焦慮
遠遠不及政治變動給他們帶來的衝擊。

一、30 年代上海的政治文化語境

　　30 年代國民黨和共產黨的政治較量在上海演變成劇烈的文化衝
突。1927 年 4 月 18 日，國民黨在南京建立獨裁政權，與其毗鄰的上
海的政治地位急遽上升。三個月後，上海便因其「縮轂南北」、
「遮罩首都」的特殊地位而被設立為「特別市」。蔣介石在上海特
別市成立大會上的「訓詞」中強調，「上海特別市乃東亞第一特別
市，無論中國軍事、經濟、交通等問題無不以上海特別市為根據。
若上海特別市不能整理，則中國軍事、經濟、交通等則不能有頭
緒」，「上海之進步退步，關係全國盛衰，本黨成敗」[60]。「四‧一
二」反革命政變後，國民黨在全國採取了一系列白色恐怖政策，打
擊共產黨和進步力量，並結合其政治上的反動政策推行了一套與之
相適應的文化策略和措施，施行「黨化教育」，把「一個黨」（國
民黨）、一個主義（三民主義）的政策貫穿到教育的各個方面，查
禁各種進步書刊和文化團體，建立嚴格的審查制度，「凡宣傳共產
主義及階級鬥爭者」[61]、「意圖破壞中國國民黨或破壞三民主義
者」、「意圖破壞公共秩序者」皆在查禁之列[62]。1933 年 10 月國民
黨行政院還下達了「查禁普羅文藝密令」，要求各省市黨部，以
「更嚴密」的手段查禁進步書刊，「勿使漏網」[63]。30 年代上海作

---

[60] 蔣介石：《蔣介石言論集》第四集，中華書局，1964 年版，第 186 頁。
[61] 張靜廬編：《中國現代出版史料》（乙編），中華書局，1955 年版，第 523 頁。
[62] 1930 年 12 月，國民黨政府頒佈《出版法》第 19 條，出處同上。
[63] 張靜廬編：《中國現代出版史料》（乙編），中華書局 1955 年版，第 171 頁。

為文化出版中心和左翼文化活動中心，更是受到嚴格控制。1934 年
2 月底，國民黨上海市黨部宣佈，奉國民黨中央宣傳部令，查禁「反
動書籍」一百四十九種，舉凡魯迅等人著作，一律禁止印刷、出版
和銷售。禁書的名單中涉及作家 28 人，其中主要是左翼作家[64]。上
海大批左翼文藝界人士遭到迫害，著名的如 1931 年「左聯五烈士」
事件，1933 年丁玲被捕事件等。據有關資料顯示，「僅一九三三年
上半年，不到半年內，上海被捕的共產黨員約六百左右」，其中多
半為左翼文藝界人士[65]。在查禁進步書刊，打擊進步文化力量的同
時，國民黨政府還大力扶植官方文藝，傳輸反動文化思想。1929 年
9 月，國民黨中央宣傳部召開全國宣傳會議，提出「三民主義文藝」
的口號，上海《民國日報》的文藝週刊與〈覺悟〉副刊等公開宣稱
打倒「革命文學」和「無產階級文學」，「建設三民主義的新文
學」。1930 年 6 月 1 日，潘公展、朱應鵬、王平陵、黃震遐、范爭
波、傅彥長、葉秋原等一批國民黨上海市黨部的政客、官僚和御用
文人在上海組織成立了「六一社」，先後發行了《前鋒週報》、
《前鋒月刊》、《現代文學評論》、《文藝月刊》等 10 多個刊物，
鼓吹「民族主義文藝運動」，提出要剷除「多型的文藝意識」，而
統一於「民族主義」的「中心意識」。實際上，「民族主義文藝運
動」是針對當時盛囂塵上的左翼文藝運動的，這在他們的內部報告
中表露無遺，「近來本黨同志，以及一些有識之士，都感覺到共產
黨邪說盛行，將來對於人心向背，社會治安，國家前途，影響不淺，
於是大家努力提倡三民主義的文藝及社會科學的運動，以謀真理基礎
的建設，抵制異端邪說之流行」[66]。儘管「民族主義文藝運動」背後

[64] 《三十年代反動派壓迫新文學的史料輯錄》續二，《新文學史料》，1989 年第 1 期。
[65] 夏衍：《懶尋舊夢》，三聯書店，1985 年版，第 245 頁。
[66] 《出版史料》，1990 年第 3 期，第 93 頁。

有國民黨反動政府政治、經濟上的大力扶持，在短短的時間內發行了 10 多個刊物，並且自鳴得意地認為他們「把這烏煙瘴氣，幾被赤色籠罩了的中國文壇，彌漫著青白的曙光，使一般迷蒙歧途的青年，得走一條正確的出路，在三民主義旗幟之下向前努力」[67]，但是他們「卻始終未形成中心的理論，也未出現比較像樣的創作；所謂『民族主義文學』也只有黃震遐詩劇《黃人之血》、小說《國門之路》這類政治宣傳品」[68]。正如魯迅所說，「蓋官樣文章，究不能令人自動購讀也」[69]，廣大讀者對所謂的「民族主義文學」幾乎是漠不關心的，僅一年多的時間，「民族主義文藝運動」便偃旗息鼓了。為了挽救在文化思想領域的頹勢，1934 年國民黨政府又發起了一場以封建倫理道德為核心的所謂「新生活運動」，蔣介石在《新生活運動要義》中提倡尊孔讀經，推行「四維」、「八德」，這股復古逆流也很快以失敗而告終。因此，「儘管掌握著政權的國民黨在政治、經濟、軍事上佔有絕對優勢，但在思想文藝領域卻未能形成具有影響力與號召力的獨立力量」[70]。

根據阿爾蒙德的政治文化理論，代表不同利益的集團或政黨會推行各自的政治文化。當作為權力主體的國民黨在上海大力推行其一黨專制的政治文化的同時，權力客體也相應地倡導「反權力政治文化」與權力主體之間進行抗爭[71]。因而，儘管國民黨獨裁政府在上

---

[67] 《出版史料》，1990 年第 3 期，第 97 頁。

[68] 錢理群等：《現代文學三十年》，北京大學出版社，1998 年 7 月版，第 192 頁。

[69] 魯迅：〈書信・310123 致李小峰〉，《魯迅全集》（第 12 卷），人民文學出版社 1981 年，第 34 頁。

[70] 錢理群等：《現代文學三十年》，北京大學出版社，1998 年 7 月版，第 192 頁。

[71] 參見朱曉進：《政治文化與中國二十世紀三十年代文學》，人民出版社，2006 年 11 月，第 52－53 頁。

海實行「白色恐怖」，摧殘進步文化，但是由於租界相對自由的政治環境和文化氛圍，一大批革命青年和進步人士帶著大革命失敗後的焦慮心理和政治期待來到上海。他們把上海作為革命失敗後重建政治理想的文化陣地，在上海成立文化社團，創辦進步報刊，宣傳其思想主張，擴大其政治影響。30 年代的「左聯」不但從事左翼文藝運動，而且組織實施過遊行示威、飛行集會、散發傳單等革命活動，無論是從其組織性質還是行動綱領來看都與一個政治組織無異。茅盾曾說：「『左聯』說它是文學團體，不如說更像個政黨。」[72]周揚也曾感慨道：「我們感到當時的左聯成了第二黨。為什麼叫第二黨呢？就是說它實際上跟黨是一樣的。它本來是個作家團體，可以更廣泛一些，更公開一些，更多談文學。但是後來專門談政治，甚至遊行示威。這樣搞起來，人家就怕了。」[73]與此同時，中共中央也由漢口遷回上海，建立秘密組織，開展地下革命活動，領導進步文化運動。30 年代在上海，除了國民黨的專制文化和共產黨領導的左翼文化之外，還有一支重要的文化力量，那便是自由主義知識份子。這批當年在上海產生重要影響的自由主義知識份子主要由三部分人員組成，一是在 1926 年至 927 年前後由京入滬的胡適、丁文江、徐志摩、陳源、劉英士、沈從文、葉公超、梁實秋、余上沅等「新月派」，他們在上海成立新月書店，出版《新月》雜誌，提倡以「健康」和「尊嚴」為原則的自由主義文學；二是以林語堂、陶亢德、徐訏等為代表的「論語派」，他們依託《論語》、《人間世》和《宇宙風》等刊物，提倡「幽默」、「閒適」的「性靈文學」；三是由「自由人」胡秋原、「第三種人」蘇汶及其「現

---

[72] 茅盾：《我走過的路》（中），人民文學出版社，1984 年版，第 309 頁。
[73] 趙浩生：〈周揚笑談歷史功過〉，《名人與冤案——中國文壇檔案實錄二》，群眾出版社，1998 年版。

代」派同人施蟄存、戴望舒、穆時英等組成的海派作家。他們先後
在《現代》、《文藝風景》、《文飯小品》、《現代電影》等刊
物，提倡文藝自由，反對政治干涉。值得注意的是，雖然上述自由
主義知識份子主張疏離政治、提倡文藝自由，但如果從政治文化的
角度來看，他們的思想主張仍不失為一種政治文化立場。此外，在
上海還活躍著從共產黨分裂出來的「托派」，從國民黨分裂出來的
「左派」，以及鄧演達領導的「第三黨」等政治力量，他們都曾從
各自的政治立場提出了不同的文化主張。需要特別指出的是，30 年
代日本帝國主義對上海發動的兩次軍事入侵「一‧二八」和「八‧
一三」事變在很大程度上改變了上海的政治局面，民族革命戰爭使
得國內政治鬥爭進一步錯綜複雜起來，「反帝抗日」成為當時最
流行的政治話語。總之，30 年代整個上海社會都變得空前的政治
化起來。

二、現代派群體的文化焦慮與身份危機

　　置身於 1930 年代上海政治鬥爭的漩渦，施蟄存、戴望舒、杜
衡、穆時英等人對自身的文化身份開始產生了焦慮，這主要表現在
他們政治路向和文學選擇上的「左右失據」。20 年代中後期，施蟄
存等人受到時代風潮的影響，一度積極地投身於革命活動，施蟄
存、戴望舒、杜衡先後加入共青團和國民黨，時常參加地下黨組織
的「飛行集會」和散發傳單等革命活動。「四‧一二」反革命政變
後，三人一同成為國民黨通緝的對象，於是先後到施蟄存松江老家
避難，從事文學創作和翻譯，施蟄存把這段時間稱為他們的「文學
工廠」時期[74]。1928 年馮雪峰的到來，為他們的「文學工廠」注入了

---

[74] 施蟄存：〈最後一個老朋友——馮雪峰〉，《新文學史料》，1983 年第 2 期。

普羅文學的「血液」，後來在劉吶鷗的經濟支持下，他們又一同經營書店、創辦雜誌、從事創作，積極地參與普羅文學運動。1930年，戴望舒與杜衡還出席了「左聯」成立大會，成為「左聯」的第一批會員。隨著政治鬥爭的加劇，左翼更加強調文學的政治功能和行動的集體原則。時任文委書記的潘漢年在「左聯」成立大會上強調，「現在中國革命危機的加深，無產階級鬥爭的尖銳化，推動了一般文化運動者思想的左傾化，對於正確的馬克思主義理論，已經是進一步的認識與運用，小資產階級個人主義的意味逐漸被批判而克服，所以文學運動也跟著走到第二個新的階段」[75]。著名的左翼批評家舒月認為，普羅文藝應「以前衛的姿態，參加現實的當前問題的鬥爭，定要和政治取著平衡的發展，突進到問題的最前線最中心的方面去，在集團的命運上教育或者慰藉」[76]。馮乃超也一再強調，「我們的藝術不能不呈現給『勝利不然就死』的血腥的鬥爭」[77]。從社會革命到普羅文學，施蟄存等人的文化身份開始出現了游移性。他們一方面想在政治上傾向左翼，另一方面「在文藝活動方面，也還想保留一些自由主義」[78]。施蟄存等人的這一把政治與文藝分開的想法和努力在 30 年代的政治文化語境中是十分困難的，誠如魯迅所說，「生在有階級的社會裏而要做超階級的作家，生在戰鬥的時代而要離開戰鬥而獨立，生在現在而要做給與將來的作品，這樣的人實在也是一個心造的幻影，在現實世界上是沒有的。要做這樣的

---

[75] 潘漢年：〈左翼作家聯盟的意義及其任務〉，《拓荒者》，1930 年第 1 卷第 3 期。

[76] 舒月：〈社會渣滓堆的流氓無產者與穆時英的創作〉，《現代出版界》，1932 年第 2 期。

[77] 馮乃超：〈中國左翼作家聯盟的成立〉，《拓荒者》，1930 年第 1 卷第 3 期。

[78] 施蟄存：〈最後一個老朋友——馮雪峰〉，《新文學史料》，1983 年第 2 期。

人，恰如用自己的手拔著頭髮，要離開地球一樣」[79]。施蟄存、杜衡、穆時英等人陷入了「理智與情感的衝突中」，很快遭到來自左翼的集團式批判。穆時英被批評為「落伍」、「騎牆」，「紅蘿蔔剝了皮」，是「更加危險」的敵人[80]。蘇汶被指責為「目的就是要使文學脫離無產階級而自由，換句話說，就是要在意識形態上解除無產階級的武裝」[81]。戴望舒和施蟄存也被劃入「『第三種人』杜衡輩」，遭到魯迅等人的批判，認為他們是「在這混雜的一群中」，「乘機將革命中傷，軟化，曲解」[82]，「如果他們的本領仍舊沒有長進，那麼，真是從頭頂到腳跟，全盤毫無出息」[83]（詳見第五章第三節「從『同路人』到『第三種人』：現代派的路向選擇與文學主張」）。施蟄存等人在努力擺脫政治干涉文藝自由的同時，陷入了內心的焦慮，出現了身份的危機。杜衡說，「我，一個小資產階級，一個破落舊家底子弟，一個書生，思想之混雜，多元，連自己都難分難解，就是有道理也真無從說起了」，自己「只能學到像無產階級那樣地去思索，不能學到像無產階級那樣地去感覺」[84]。施蟄存說，「我明白過來，作為一個小資產階級知識份子，他的政治思想可以傾向或接受馬克思主義，但這種思想還不夠作為他創作無產階級文藝的基礎」[85]。穆時英說他感覺到「突然地被扔到鐵軌上」，

---

[79] 魯迅：〈論「第三種人」〉，《現代》，1932 年 11 月，第 2 卷第 1 期。

[80] 瞿秋白：《瞿秋白文集》（第 1 卷），人民文學出版社，1985 年，第 407 頁。

[81] 周起應：〈到底誰不要真理，不要文藝？〉，《現代》，1932 年 10 月，第 1 卷第 6 期。

[82] 魯迅：〈又論「第三種人」〉，《南腔北調集》，人民文學出版社，1980 年版，第 125 頁。

[83] 魯迅：〈致黃源〉（1935 年 8 月 15 日），《魯迅全集》第 13 卷，人民文學出版社，1981 年版，第 188 頁。

[84] 杜衡：〈在理智與情感衝突中的十年間〉，樓適夷編《創作的經驗》，天馬書店，1933 年 6 月，第 78 頁。

[85] 施蟄存：〈我們經營過三個書店〉，《新文學史料》，1985 年第 1 期。

「二十三年來的精神上儲蓄猛地崩墜了下來，失去了一切概念，一切信仰；一切標準，規律，價值全模糊了起來；於是，像在彌留的人的眼前似地，一想到『再過一秒鐘，我會跌到在鐵軌上，讓列車的鋼輪把自己碾成三段』時，人間的歡樂，悲哀，煩惱，幻想，希望……全萬花筒似地聚散起來，播搖起來」[86]。顯而易見，施蟄存、杜衡、穆時英等人對自己「小資產階級知識份子」的文化身份是十分自覺的，一旦政治形勢要求他們改變這一身份，批判和克服自身的「小資產階級個人主義的意味」時，他們對文化身份的危機感是十分強烈的。在經過外界和內心雙重的劇烈衝突之後，他們仍然堅持了自己的文化身份，堅持了文藝自由主義的主張，與左翼漸行漸遠。施蟄存坦言道：「並不是我不同情於普羅文學運動，而實在是我自覺到自己沒有向這方面發展的可能。甚至，有一個時候我曾想，我的生活，我的筆，恐怕連寫實的小說都不容易做出來，倘若全中國的文藝讀者只要求著一種文藝，那是我惟有擱筆不寫，否則，我只能寫我的。」[87]杜衡說，「受到如何的非難，責問，攻擊，這一切都在我意料之中」，然而，「我有我底自信，我更漸漸有了我自己底正義觀」，「在我身上是有著一個傻子和一個通達世故的人底二重人格」，「我也並沒有厚著臉皮硬要做任何方面底『同路人』；我底路，是只有我，以及跟我一『類』的人在那裏走」[88]。戴望舒說：「我希望批評者先生們不要向任何人都要求在某一方面是

---

[86] 穆時英：〈《公墓》自序〉，《穆時英小說全集》，時代文藝出版社，1998年版，第 719 頁。

[87] 施蟄存：〈我的創作生活之歷程〉，《施蟄存七十年文選》，上海文藝出版社，1996 年版，第 56 頁。

[88] 杜衡：〈致立貞〉，孔另境編《現代作家書簡》，花城出版社，1982 年，第 31－33 頁。

正確的意識，這是不可能的，也是徒然的。」[89]穆時英也說，「我不
願意自己的作品受誤解，受曲解，受政治策略的排斥」[90]，他還借筆
下的人物反問道：「他們要求我順從他們，甚至於強迫我，他們給
了我一個圈子，叫我站在圈子裏邊，永遠不准跑出來，一跑出來就
罵我是社會的叛徒，拒絕我的生存，我為什麼要站在他們的圈子裏
邊呢？」（〈PIERROT〉）。

三、現代派群體的疏散與殊途

雖然杜衡、施蟄存、穆時英等人無法認同左翼的集團主義和干
涉主義，但是現代派群體內部也並未因此而進一步凝聚，相反卻開
始出現裂痕，逐漸疏遠起來。1933 年 5 月杜衡開始加入《現代》編
務，施蟄存感覺《現代》「日趨嚴重整肅」，有違自己的一貫宗
旨，到 1934 年第 5 卷以後，他「逐漸放棄編務，讓杜衡獨自主
持」，而自己另闢「小路」創辦了《文藝風景》[91]。1935年施蟄存、
杜衡辭去《現代》編務，不久後《現代》停刊，現代派群體開始分
化。施蟄存繼續走他的「輕倩」文藝路線，創辦《文飯小品》（出
版六期後廢刊），此後又編書、教書、創作。需要提出的是，1933
年 9 月施蟄存與魯迅因「《莊子》、《文選》之爭」交惡，而被魯
迅斥為「洋場惡少」。杜衡退出現代書局後與楊邨人、韓侍桁等一
起組建星火社，出版《星火》雜誌，直到 1936 年終刊，由單純文學
上的「第三種人」轉向了充滿政治意味的「第三種人」。戴望舒
1935 年留法回國，先後創辦《現代詩風》（1935 年 10 月，僅出 1

---

[89] 戴望舒：〈一點意見〉，《北斗》，1932 年 1 月。

[90] 穆時英：〈《公墓》自序〉，《穆時英小說全集》，時代文藝出版社，1998
年版，第 718 頁。

[91] 施蟄存：〈《現代》雜憶〉，《沙上的腳跡》，遼寧教育出版社，1995 年版。

期）和《新詩》（1936 年 10 月至 1937 年 7 月）雜誌，繼續提倡現代派詩歌。穆時英 1934 年一度加入了國民黨中央宣傳委員會圖書雜誌審查委員會，引發左翼文壇大力抨擊，其間還與葉靈鳳合編《文藝畫報》（1934 年 10 月至 1935 年 4 月）。1935 年穆時英結識了時任上海市教育局長和晨報社社長的潘公展，擔任了《晨報》副刊「晨曦」主編，並在《晨報》上連載〈電影批評底基礎問題〉、〈電影的散步〉等長文，參與劉吶鷗等人與左翼的電影論爭。劉吶鷗在 1932 年東華書店未及開張就毀於「一‧二八」戰火後，興趣開始轉向電影事業，出資成立「藝聯影業公司」，編劇本，拍電影，出版《現代電影》雜誌（1933 年 3 月至 1934 年 6 月），撰寫電影評論與左翼展開「軟」、「硬」電影之爭，1936 年赴南京擔任「中央電影攝影場」電影編導委員會主任及編劇組組長。此外，劉吶鷗在此期間還涉足過房地產業，有學者還據此判定劉吶鷗的身份應是「文化台商」[92]。施蟄存曾在〈浮生雜詠〉中描述了現代派群體分化後他一人「獨行孤掌意闌珊」的情景：「其時水沫社同人亦已散夥，劉吶鷗熱衷於電影事業，杜衡與韓侍桁楊邨人為伍，另辦刊物。穆時英行為不檢，就任圖書雜誌審查委員。戴望舒自辦《新詩》月刊。我先後編《文藝風景》及《文飯小品》，皆不能久。獨行無侶，孤掌難鳴，文藝生活，從此消沉。」[93]

　　1937 年抗戰爆發，戰亂給整個民族帶來了巨大的災難，山河淪陷，家破人亡，政局動盪，文化危機。施蟄存、戴望舒、杜衡、穆時英、劉吶鷗等現代派群體的文化身份也在戰亂中更趨分化。施蟄存 1937 年離開上海赴雲南大學任教，並一度當選為中華全國文藝界

---

[92] 參見許秦蓁〈再探劉吶鷗的多元身份〉，臺灣《清雲學報》，2007 年第 1 期。
[93] 施蟄存：〈浮生雜詠〉，《沙上的腳跡》，遼寧教育出版社，1995 年版，第 215 頁。

抗敵協會昆明分會理事。戴望舒 1938 年離滬赴港，在思想傾向和文化姿態上逐步傾向「左翼」。紀弦曾回憶說，到了香港後，「我和望舒兩個人之間的友誼，卻逐漸地疏淡了下來。其原因，主要是由於他對左派過分敷衍，頗使我不滿意；而我和杜衡誓死保衛文藝自由，也未能得到他的諒解」[94]。戴望舒在香港先後主編《星島日報》副刊、《頂點》詩刊等，宣傳抗戰，並擔任中華全國文藝界抗敵協會香港分會領導工作（首屆幹事，第二、三屆理事），1942 年一度被日軍逮捕入獄，在獄中創作〈獄中題壁〉、〈我用殘損的手掌〉等名篇，表現出崇高的民族氣節和犧牲精神，雖然事後遭到「附敵」的誤解，但仍然堅持自己的進步追求，直至解放後在北京擔任國際新聞局法文科主任從事編譯工作，1950 年 2 月因病去世。1938年杜衡來到香港，開始依附國民黨，主編《國民日報》副刊，雖然也由戴望舒介紹加入中華全國文藝界抗敵協會，但後來由於他參與汪偽政府組織的「中華全國和平救國文藝作家協會」而被戴望舒開除出「文協」，二人從此斷交。1942 年杜衡到重慶任國民黨《中央日報》社主筆，1949 年攜家人隨《中央日報》赴臺灣，自此基本告別文學創作，而改為從事政治、經濟和時事評論，直至 1964 年 11月在台因病去世。1936 年穆時英追隨太太仇佩佩來到香港，抗戰爆發後留居香港，生活十分窘迫。當時到過穆時英家的黑嬰說，「連床也沒有，四壁蕭然」[95]，直到戴望舒主編《星島》副刊〈星座〉之後，穆時英才得到一個編輯之職，生活略有改觀。在港期間，穆時英的興趣一度轉向電影，除發表了長達 18000 多字的電影理論長文〈MONTAGE〉外，還擔任過民華影片公司的導演。與此同時，穆時英還結識了汪偽組織的胡蘭成（後任偽政府宣傳次長）和林柏生

---

[94] 紀弦：〈戴望舒二三事〉，《香港文學》，第 67 期，1990 年 7 月。
[95] 李今：〈穆時英年譜簡編〉，《中國現代文學研究叢刊》，2005 年第 6 期。

（後任偽政府宣傳部長），為他日後「附逆」奠定了基礎。1939 年
10 月，穆時英返滬，不久便出任汪偽政府宣傳部新聞處處長，還隨
林柏生使節團訪日，並會見了久仰的橫光利一、片岡鐵兵等日本新
感覺派代表作家。1940 年 3 月，穆時英擔任《國民新聞》社社長，
宣傳汪精衛的「和平運動」，6 月 28 日被暗殺。興趣轉向電影的劉
吶鷗於 1936 年赴南京「中央電影攝影場」擔任電影編導委員會主任
及編劇組組長。1937 年 8 月劉吶鷗辭去南京任職回到上海，1938 年
1 月當選為「中華全國電影界抗敵協會」第一屆理事，與日本「東
寶」映畫株式會社合作，創辦「光明影業公司」。1939 年 6 月加入
「偽中華電影股份有限公司」並擔任製片部次長，1940 年，穆時英
死後接任「國民新聞社」社長，1940 年 9 月遇刺身亡。綜上所述，
政治紛爭和戰爭動亂使施蟄存、戴望舒、杜衡、穆時英、劉吶鷗等
現代派群體由同聲共氣到各走殊途，甚至反目相向。

　　湯因比在《歷史研究》中指出：對於個體而言，文化是一種先
在的存在，它在根本上塑造了個體，並決定了他們怎樣來構想自身
世界，怎樣看待別人，怎樣介入相互之間的責任網路，以及怎樣在
日常生活世界裏作出選擇，文化具有安身立命的功能[96]。上海文化的
多元化和開放性，塑造了劉吶鷗、施蟄存、杜衡、戴望舒、穆時英
等現代派多元複雜的文化身份，「並決定了他們怎樣來構想自身世
界，怎樣看待別人，怎樣介入相互之間的責任網路，以及怎樣在日
常生活世界裏作出選擇」。文化身份的認同除社會認同外還包括集
體和個體之間的相互認同。就個體而言，認同問題闡釋的是相信自
己是什麼樣的人或信任什麼樣的人，以及希望自己成為什麼樣的
人；就共同體而言，指個體對不同社會組織和不同文化傳統的歸屬

---

[96] 湯因比：《歷史研究》，劉北成、郭小凌譯，上海人民出版社，2000 年版。

感[97]。當初有著「文士三劍客」美譽的施蟄存、戴望舒、杜衡因共同的文學愛好「同締芝蘭文字盟」，結成「蘭社」。「文學工廠」時期，馮雪峰的加盟，帶來了普羅文學。「無軌列車」時期，劉吶鷗的加盟，帶來了新感覺派文學。「新文藝」時期，穆時英的加盟，進一步壯大了這個群體的聲勢。而「現代」時期，一批新人更是集結在他們的周圍，這個現代派群體達到了它的最繁榮時期。在這個共同體內，他們在生活方式、思想傾向和文學想像上有著漸趨一致的認同，形成了共同的文化身份，在遭遇外來責難和生活壓力時，他們相互支持，同聲共氣。然而，文化身份與其他一切事物一樣，「它們絕不是永恆地固定在某一本質化的過去，而是屈從於歷史、文化和權力的不斷『嬉戲』」[98]。當「動盪和危機」到來，既有的方式受到威脅，原有的文化身份開始出現危機，「那時一向認為固定不變、連貫穩定的東西被懷疑和不確定的經歷取代」。當施蟄存、杜衡、戴望舒等現代派群體的「文藝自由」受到干涉和威脅時，他們疏遠了普羅主義，與馮雪峰漸行漸遠；當杜衡、穆時英、劉吶鷗等在政治的漩渦中墮落、附逆時，施蟄存、戴望舒與他們不但疏遠了感情，甚至連朋友之情也沒有了。穆時英、劉吶鷗最終死於何人之手，至今仍是個未解之謎，有說是共產黨，有說是國民黨，有說是黑社會，更有說穆時英當年是打入汪偽內部的中統特工而被軍統誤殺。這些眾說紛紜的猜測，雖不無牽強附會之處，但從側面也反映出他們在動盪和危機中政治立場的遊移性和文化身份的含混性。

---

[97] 陶家俊：〈身份認同導論〉，《外國文學》，2004 年第 2 期
[98] 斯圖亞特‧霍爾：〈文化身份與族裔散居〉，載羅崗、劉象愚主編《文化研究讀本》，中國社會科學出版社 2000 年版，第 208 頁。

第五章　左翼文化與現代派作家的 文學選擇

　　上海是左翼文化產生的現實土壤和文化根基，左翼文化也應該是上海文化的題中應有之義。30 年代在上海興起的左翼文化運動給原本以商業性為內核的上海文化注入了鮮明的政治性內涵和昂揚向上的活力，普羅文學一度成為創作的熱點、閱讀的期待和出版的賣點，「無產階級革命文學運動推進了馬克思主義文藝理論的傳播與初步運用，並在相當程度上決定著此後二三十年間文壇的面貌」[1]，這一政治文化語境無疑也深刻地影響著現代派作家的文學選擇。

第一節　上海文化語境與左翼文化思潮

　　20 年代末至 30 年代，上海因其得天獨厚的地理位置、持續發展的商品經濟、繁榮發達的文化市場、相對寬鬆的社會環境，日益成為以國共為主的各派政治力量的角力場。他們實施各自的政治策略，扶植不同的文藝團體，宣傳各自的文化主張，在上海形成了特殊的政治文化氛圍和不同的政治文化力量，如共產黨領導的「左翼

---

[1]　錢理群等：《現代文學三十年》，北京大學出版社，1998 年 7 月版，第 191 頁。

文化」、國民黨扶植的「民族主義文化」、自由主義知識份子提倡
的「自由主義文化」等。在這三大文化力量中，左翼文化因其先進
的文化理念和激進的文化姿態切合時代的脈搏，符合大眾的心理，
取得了文化主潮的中心位置。

一、左翼文化產生的歷史語境

　　30 年代上海成為中國左翼文化運動的中心，並非空穴來風，這
與當時國際國內的政治形勢息息相關。從國際政治形勢來看，1917
年「十月革命」後，蘇聯共產黨建立了第一個紅色政權，為各國無
產階級革命帶來了曙光。20 年代末至 30 年代，隨著蘇聯兩個「五年
計劃」的順利完成，新生的社會主義國家在政治、經濟、文化方面
取得了舉世矚目的成就。而與此同時，西方資本主義世界卻經歷著
前所未有的經濟危機和社會動盪。這種鮮明的對比刺激了國際左翼
運動的高漲，一場無產階級革命運動浪潮席捲了歐洲、美國和日本
等西方國家，因而被稱為「紅色的 30 年代」。在思想文化領域，以
馬克思主義為理論基石的蘇聯無產階級文化（主要是文學）成為世
界各國進步知識份子熱情擁抱的對象，這一情形對於近代以來苦苦
探尋民族出路的中國知識份子來說，尤為顯著。從國內形式來看，
此一時期的中國可謂是危機四伏、亂相叢生。大革命以國共合作失
敗而告終，國民黨獨裁政府和反動軍閥大肆屠殺共產黨人和進步人
士，全國上下籠罩在一片白色恐怖之中，社會各界鬱積的政治焦慮
亟需得到排解。另一方面，國內民族資本在壓抑中得到一定發展，
無產階級隊伍不斷壯大，階級矛盾日顯突出；而與此同時更為重要
的是，日本帝國主義對中國虎視眈眈，「九·一八」事變後，民族
矛盾急遽上升，社會更加動盪不安，政治意識普遍加強。這一切為

中國左翼文化運動的到來提供了必要的政治文化基礎和社會心理
準備。

　　左翼文化運動在 30 年代的上海文化語境中佔據文化主潮的中心
位置，更與上海得天獨厚的政治、經濟、文化環境密不可分。上海
由於租界的存在，形成了華洋分治的政治格局。租界根據「自
治」、「法治」、「安全」和「自由」等西方民主精神成立了以工
部局為管理機構的市政管理體系。作為「化外之地」的租界，享有
「治外法權」，不受中國政府管轄，在政治、思想、文化方面相對
自由，為左翼人士的文化活動提供了一定的安全保障。當年魯迅、
瞿秋白、茅盾、夏衍、周揚、馮雪峰等左翼領導和大批的左翼青年
都居住在租界，而「左聯」成立前的幾次籌備會都選擇在租界北四
川路的「公啡」咖啡店舉行。上海自開埠以來，經濟得到持續發
展，到 30 年代已達到黃金時期。隨著商業貿易的發展，產業經濟也
迅速發展起來。據一份 1902 年至 1911 年的《海關報告》稱：「近幾
年上海的特徵有了相當大的變化。以前它幾乎只是一個貿易場所，現
在它成為一個大的製造中心。」[2]30 年代，上海已成為全國的工業中
心。1933 年，上海的工業資本總額占全國 40%，產值占全國 50%，
工人占全國 43%[3]。經濟的繁榮為左翼文化的發展提供了物質基礎，
產業工人隊伍的壯大為左翼文化運動的開展提供了群眾基礎。上海
是「富人的天堂」，而對於廣大工人階級和底層市民來說，仍然在
貧困的「上海屋簷下」掙扎。1929 年至 1934 年上海市社會局對隨機
抽樣的上海各區各行業的 305 戶工人家庭進行了長達 5 年的跟蹤調
查，根據資料顯示：88%的工人家庭年均收入 400 元，平均每戶 4.6

---

[2]　徐雪韻等編：《上海近代社會經濟發展概況》（1882-1931），上海社會科學
　　院出版社 1985 年版，第 158 頁。
[3]　黃漢民：〈1933 年和 1947 年上海工業產值的估計〉，《上海經濟研究》，
　　1989 年第 1 期，第 63 頁。

人，人均日收入 0.238 元，其家庭成員的消費結構如下：食品占 53.2％，衣服 7.5％，房租 8.3％，燃料 6.4％，其他雜項 24.6％[4]。可見，工人家庭的微薄收入絕大多數都用於生活必需品的開支，這些統計還沒剔除當時常見的失業因素和意外情況。事實上，20 年代末至 30 年代，由於世界經濟危機的影響和戰爭的破壞，上海的民族工業遭受了沉重的打擊。據統計，1932 年的「一‧二八」事變中，上海全市工廠受到巨大損失者有 963 家，損失金額 6000 餘萬元；1937 年的「八‧一三」事變中，上海 5525 家工廠中有 2375 家被毀，損失在 8 億元以上[5]。資本家為了彌補經濟損失，經常強迫工人延長工作時間，增加勞動強度，降低工人工資，把危機轉嫁到工人身上，進一步加深了無產階級的悲慘命運，加劇了勞資雙方的矛盾衝突。這一切都為左翼文化運動提供了可資借鏡的現實基礎。

如果說上海特殊的政治環境為左翼文化運動提供了一定程度的安全保障，繁榮的城市經濟和尖銳的階級矛盾為左翼文化運動提供了現實的物質基礎和群眾基礎，那麼自由開放、開拓創新的文化環境則直接為左翼文化運動提供了文化思想資源。按照西方自由、民主精神建立起來的租界市政管理體制給予了市民在言論、出版、集會、結社等方面的一定自由，使得上海很快成為東西文化交匯的前沿和中心。早在 19 世紀後期，上海就已成為中國西學傳播的最重要基地，國內僅有的三個官方翻譯機構，上海就占了 2 個，即江南製造局翻譯館和廣學會（另一個是北京的京師同文館）。據統計，僅 1843 年到 1898 年間「中國共出版各種西書 561 種，其中上海出版的達 434 種，占 77.4％。從質量上看，無論是自然科學，應用科學，還

---

[4] 上海市政府社會局：《上海市工人生活程度》，上海中華書局，1934 年。

[5] 忻平：《1937 年：深重的災難與歷史的轉折》，上海人民出版社，1999 年版，第 513 頁。

是社會科學，凡影響很大的，帶有開創意義的，幾乎都是在上海出版的」[6]。而近代以來對新文學產生重大影響的林紓翻譯小說，在已發表的 162 種中就有 152 種在上海出版，而且大多由商務印書館刊行。上海這種領風氣之先的態勢至 20 世紀 30 年代更為突出，施蟄存說：「那時候，外國有了什麼新書都能進來。蘇聯進步文藝雜誌在秘密書店裏也可以買得到。我們對外國文學的瞭解和吸收基本上是和他們文學發展同步的。」[7]30 年代盛行的普羅文學正是被當作新興文學來接受的（詳見「第三章現代派期刊與上海文化精神」）。翻譯介紹的背後是新聞出版的長足發展。自開埠以來，「上海因為得著機械的幫助，環境的優越，人才的集中，俄而成為全國新聞紙的中心地了」[8]。至 20 世紀 30 年代，報刊、書籍的出版更是盛況空前。1934 年，茅盾在〈所謂「雜誌年」〉中說：「目前全中國約有各種性質的定期刊 300 餘種，內中倒有百分之八十出版在上海。」[9]據統計，近代上海有日報 129 種[10]，晚報 23 種，小報 190 種，期刊 648 種[11]。圖書出版方面，1927－1936 年全國出版新書 42718 種，占總數的 65.2%，而僅上海商務印書館一家就獨佔 48%[12]。上海自由開放、開拓創新的文化精神氣候還鮮明的體現在大量的社團活動尤

---

[6] 張仲禮主編：《近代上海城市研究》，上海人民出版社出版，1990 年，第 923 頁。

[7] 施蟄存：〈中外文學的「斷」與「續」〉，《人民日報》，1987 年 6 月 8 日。

[8] 胡道靜：〈上海的日報〉，楊光輝等編《中國近代報刊發展概況》，新華出版社，1986 年 9 月，第 279 頁。

[9] 蘭（茅盾）：〈所謂「雜誌年」〉，《文學》，1934 年 8 月 1 日。

[10] 胡道靜：〈上海的日報〉，楊光輝等編《中國近代報刊發展概況》，新華出版社，1986 年 9 月，第 281 頁。

[11] 曹正文：《舊上海報刊史話》，第 176－220 頁，華東師範大學出版社，1991 年版，第 176－220 頁。

[12] 王雲五：〈十年來的中國出版事業（1927－1936）〉，轉引自陳伯海主編《上海文化通史》，第 588 頁。

其是進步文化社團的革命活動上。早在晚清時期，康有為、梁啟超等維新人士就在上海成立強學會，創辦《強學報》、《時務報》，宣傳維新變法，倡導新學。1915 年陳獨秀在上海群益書社創辦《青年雜誌》（後改名為《新青年》），拉開了「五四「新文化運動的序幕。後雖移至北京，但 1920 年陳獨秀又把它遷回上海，並在此基礎上創建了中國第一個共產主義小組，《新青年》一度成為黨刊，1921 年中共第一次全國黨代會在上海召開，此後很長一段時期，上海便成為中共中央的所在地。可見，上海不僅是商業的中心，也是革命的搖籃。如前所述，上海在 20 年代末至 30 年代已成為全國名副其實的文化中心，這一切都為左翼文化的發展提供了不可或缺的前提條件。

二、作為文化主潮的左翼文化運動

30 年代上海的左翼文化運動是從 1928 年初無產階級革命文學的倡導開始的。1927 年大革命失敗後，郭沫若、郁達夫、成仿吾等創造社前期成員和馮乃超、李初梨、彭康、朱鏡我等後期成員分別從廣州和日本來到上海。他們除了繼續出版《創造月刊》外，又創辦了更為激進的《文化批判》。1928 年 2 月，錢杏邨、蔣光慈、孟超、洪靈菲、沈端先等在上海成立太陽社，出版《太陽月刊》。幾乎在同一時期，魯迅、瞿秋白、茅盾、馮雪峰、潘漢年、周揚等左翼文藝界領導和柔石、丁玲、胡也頻、葉紫等進步文學青年也先後來到上海。1928 年，激進的創造社和太陽社成員深受當時蘇聯「拉普」（即「俄國無產階級作家聯合會」）和日本「納普」（即「全日本無產者藝術聯盟」）等左傾機械論以及中共黨內「左」傾路線

的影響，在上海共同倡導「革命文學」，提出了無產階級「普羅文學」的口號，並對魯迅、葉聖陶、茅盾、郁達夫等「五四」作家展開了清算和批判。魯迅、茅盾等人也與創造社和太陽社諸人展開了關於「革命文學」的論爭。後來在中共中央的領導和協調下，以上這些左翼作家停止論爭、放棄前嫌，並於 1930 年在上海籌備成立了「左翼作家聯盟」，先後出版《萌芽》、《拓荒者》、《北斗》、《世界文化》、《十字街頭》、《前哨》、《文學》、《文藝新聞》、《文學月報》等多種刊物。他們宣傳馬克思主義文藝思想，推動文藝大眾化運動，提倡普羅文學，展開了轟轟烈烈的左翼文化運動，並使之成為 30 年代上海乃至全國影響最大的文化思想主潮。

　　左翼文化運動在思想上以馬克思主義文藝理論為核心。1930 年 2 月 16 日召開的「左聯」最後一次籌備會把「確立馬克思主義的藝術理論及批評理論」作為今後「左聯」主要工作方針之一，因而翻譯介紹馬克思主義理論著作，宣傳馬克思主義思想，成為左翼文化運動的一項重要內容。20 年代以來中國對馬克思主義的引進主要來自蘇聯（有時是借助日本再取道蘇聯），「在左翼文藝運動正式開始的時候，大約有 100 種俄羅斯作品被譯成中文」[13]，重要的譯著主要有魯迅翻譯的《文藝政策》（瓦浪斯基等著）、《藝術論》（普力汗諾夫著），瞿秋白編譯的《「現實」──馬克思主義文藝論文集》，馮雪峰翻譯的《藝術與社會生活》（蒲力汗諾夫著）、《文學及藝術底意義──本勒芮綏夫司基底文學觀》（蒲力汗諾夫著）、《藝術社會學底任務及問題》（弗理契著），以及林伯修翻譯的《史的一元論》（普力漢諾夫著）、毛騰翻譯的《革命與藝術

---

[13] 尼姆‧威爾斯：〈活的中國‧附錄一：現代中國文學運動〉，《新文學史料》，1978 年第 1 輯。

之曲線的聯繫》（盧那察爾斯基著），沈端先翻譯的《伊里幾的藝術觀》（列裘耐夫著）等。魯迅、瞿秋白、馮雪峰等左翼領導人對俄國初期馬克思主義文藝理論家普列漢諾夫、盧那察爾斯基、沃洛夫斯基、伊可維支等人著作尤其是瞿秋白對馬克思經典著作的譯介，大大促進了馬克思主義文藝思想的宣傳。與此同時，左聯時期還大量翻譯出版了蘇聯及其它國家無產階級文學作品，其中翻譯最多、影響最大的是高爾基、法捷耶夫、綏拉菲摩微支、蕭洛霍夫等的早期無產階級文學作品。「據統計，自 1919 年至 1949 年，全國翻譯出版外國文學書籍約 1700 種，而左聯時期翻譯出版的就約 700 種，占 40％。」[14]這些無產階級文學作品的翻譯介紹大大促進了當時普羅文學的發展。

　　為了進一步擴大左翼文化運動的影響，把無產階級革命文學理論運用到創作實踐中去，1931 年 11 月左聯執委會決議明確規定「文學的大眾化」是建設無產階級革命文學的「第一個重大的問題」[15]，並成立了大眾工作委員會，積極推動「文藝大眾化運動」。30 年代左聯先後進行了三次大規模的關於「文藝大眾化」的討論，提倡文藝思想內容和語言形式的「大眾化」。瞿秋白從題材、內容、語言、形式等各方面提出了文藝大眾化問題。他認為，「寫一切題材，都要從無產階級觀點去反映現實的人生」[16]，「普洛大眾文藝最實際的問題」，一是開展「俗話文學革命運動」，二是開展「街頭文學運動」，三是開展「工農通訊運動」，四是開展「自我批評運

---

[14] 錢理群等：《現代文學三十年》，北京大學出版社，1998 年 7 月版，第 197 頁。
[15] 〈中國無產階級革命文學的新任務〉，《文學導報》，1931 年 11 月 15 日。
[16] 瞿秋白：〈論文學的大眾化〉，《文學月報》，1932 年創刊號。

動」[17]。魯迅指出，「現今的急務」是「應該多有為大眾設想的作家，竭力來作淺顯易解的作品，使大家能懂，愛看，以擠掉一些陳腐的勞什子」[18]。周揚則認為，「文藝大眾化」在形式上「要採取國際普羅文學的新的大眾形式」，在內容上要描寫大眾的鬥爭生活，作家應該成為「實際鬥爭的積極參加者」[19]。茅盾指出，「我們的大眾化問題，簡單地說，應該是兩句話：一是文藝大眾化起來，二是用各地大眾的方言，大眾的文藝形式（俗文學的形式）來寫作品」。對於文藝之所以要「大眾化」，茅盾認為，「新文學作品的寫法是從外國文藝名著學習來的，在藝術上自然是進步的形式，但因其是進步的，所以文化水準比較低落的大眾就不很能理解」[20]。很明顯，以上左翼關於「文藝大眾化」的思想主張實際上是結合 30 年代政治和文化的情勢對「五四」以來新文學的歐化傾向所進行的一次反思和矯正，正如馮雪峰所說，「『藝術大眾化』這口號的根本任務，是配合著整個政治和文化的情勢，在解決著現在很迫切的兩個問題，一方面是迫不及待的革命的大眾政治宣傳，一方面又是藝術向更高階段的發展」[21]。這樣以來，左聯要求「文藝家們必須和工農大眾相結合，汲取工農大眾的思想情感，改造自己小資產階級知識份子的精神面貌，使自己的作品從語言到內容真正大眾化，真實地反映工農大眾的生活和鬥爭，哀樂和希望，成為工農大眾自己的

---

[17] 史鐵兒（瞿秋白）：〈普洛大眾文藝的現實問題〉，《文學》，1932 年 4 月 25 日，第 1 卷第 1 期。

[18] 魯迅：〈文藝的大眾化〉，《大眾文藝》，1930 年 3 月，第 2 卷第 3 期。

[19] 周揚：〈關於文學大眾化〉，《北斗》，第 2 卷第 3、4 期。

[20] 茅盾：〈文藝大眾化問題〉，廣州《救亡日報》，1938 年 3 月 9、10 日。

[21] 馮雪峰：〈關於「藝術大眾化」——答大風社〉，《文學理論史料選》，四川教育出版社，1988 年，第 130 頁。

發言人，自己的階級兄弟」[22]。左翼文藝大眾化思想不僅在當時引起了廣泛的反響，也對此後的文學發展產生了深遠的影響。

以普羅文學為中心的左翼文化運動在文學觀念上明顯地表露出政治化、工具化傾向。早在「左聯」成立之前，創造社和太陽社成員在倡導「革命文學」時就明確提出「革命文學」的任務就是「反映階級的實踐和意欲」，只要將革命的意圖加以形象化，就可以「當作組織的革命的工具去使用」[23]。初期的「革命文學」正如魯迅、茅盾等人所批評的那樣，把文藝等同於政治宣傳，「因為忽略藝術本質而不可避免地走上了標語口號化的路」[24]，在具體創作中出現了標語口號式的宣傳文體和「革命＋戀愛」的公式化傾向，如蔣光慈、陽翰笙等人的創作。1930 年 8 月，左聯執委會通過了〈無產階級文學運動新的形式及我們的任務〉的決議，繼續反映了「左」傾思想的激進姿態。決議認為，「現在我們所處的時代是革命與戰爭的時代。革命的元素積蓄又積蓄的使全世界成為一個熱度很高的火藥庫」，「左聯這個文學的組織在領導中國無產階級文學運動上，不容許它是單純的作家同業組合，而應該是領導文學鬥爭的廣大群眾的組織」，「我們號召左聯全體盟員到工廠到農村到戰線到社會的地下層中去」[25]。很明顯，這個左翼文學的決議如同一個革命的行動綱領。事實上，「左聯」除了文藝活動之外還組織從事了遊行示威、飛行集會、散發傳單等革命活動，表現出組織的嚴密性和集團

---

[22] 吳奚如：〈左聯大眾化工作委員會的活動〉，《左聯回憶錄》，中國社會科學出版社，1982 年版，第 942 頁。
[23] 李初梨：〈怎樣地建設革命文學〉，《文化批判》，1928 年第 2 號。
[24] 茅盾：〈從牯嶺到東京〉，《茅盾全集》第 19 卷，人民文學出版社 1991 年版，第 179 頁。
[25] 馬之春等編：《三十年代左翼文藝資料選編》，四川人民出版社，1980 年版。

化。當年「左聯」大多數成員都加入了共產黨，在組織上直屬中共中央宣傳部下屬的文委指導和管轄，其 12 位發起人和 7 名常委中除魯迅、鄭伯奇外，其餘都是中共黨員。對於「左聯」的一些激進傾向，魯迅、茅盾、田漢、蔣光慈等人是不太贊成的。魯迅早在「左聯」成立時的〈對於左翼作家聯盟的意見〉中就提醒謹防過「左」傾向。茅盾、田漢對於一些激進活動經常採取消極或回避態度。茅盾說：「我不參加的原因是我不贊成這樣的做法。」[26]田漢因消極態度曾多次受到組織的嚴厲批評，甚至被公開警告。蔣光慈對於黨組織要求他拋棄自己的見解，無條件服從組織的決議，感到非常痛苦，最終選擇了退黨。他對妻子吳似鴻說：「既然說我寫作不算革命工作，我退黨。」[27]1930 年 10 月 20 日，中共中央機關報《紅旗日報》公佈了〈沒落的小資產階級蔣光赤被開除黨籍〉。這些都無不充分體現出左翼文化運動的政治化傾向。

　　儘管左翼文化運動存在著政治化、集團化、工具化和公式化等「左傾幼稚病」，但是它昂揚向上的精神風貌仍然是切合時代脈搏、符合大眾閱讀期待的。研究資料表明，30 年代左翼文學在讀者市場風靡一時，當年許多讀者表達了對普羅文學的熱愛和欣喜，如有署名何儉美的讀者在給《新文藝》編者的信中說：「在目前這個時代，不是無產階級文學正高唱入雲的時候麼？我以為貴刊也應該順應潮流給我們的讀者介紹幾篇普羅的作品。」[28]一位 30 年代的讀者回憶說：「一些出自革命作家手筆的作品，在青年學生中簡直風靡一時。」[29]魯迅、茅盾、蔣光慈等左翼作家的作品在當時十分熱銷。魯迅的《二心集》「出版後，得到讀者歡迎，旋即告罄。同

---

[26] 茅盾：《我走過的道路》（中），人民文學出版社，1984 年版，第 52 頁。

[27] 吳似鴻：《我與蔣光慈》，廣西教育出版社，1992 年版，第 78 頁。

[28] 《新文藝》，1929 年 12 月，第 1 卷第 4 期。

[29] 王西彥：〈船兒搖出大江〉，《新文學史料》，1980 年第 1 期。

年 11 月再版，又銷售一空，翌年 1 月又出第 3 版，8 月又出第 4 版」[30]。茅盾的《子夜》「出版後 3 個月內，重版 4 次：初版三千部，此後重版各五千部；此在當時，實為少見」[31]。蔣光慈的《衝出雲圍的月亮》「在出版的當年，就重版 6 次」[32]。誠如郁達夫當年所說，即使有些左翼文學「雖系幼稚得很的作品，但一種新的革命氣氛，卻很有力的逼上讀者的心來」[33]。讀者對左翼文學的喜愛導致了它一度成為 30 年代出版市場的熱點。魯迅在 30 年代初給李秉中的信中說：「近頗流行無產文學，出版物不立此為旗幟，世間便以為落伍。」[34]徐懋庸曾回憶說，30 年代「在青年知識份子中間大部分傾向馬克思主義」，「只要帶點『赤色』的書刊，卻大受歡迎」，因此，「上海的出版機構」不管其政治立場如何，都或多或少受到這種閱讀傾向驅導，紛紛出版進步書刊[35]。由於讀者和出版市場的導向，許多作家包括一些小資產階級作家也都開始傾向普羅文學的創作。這時候，「普羅文學運動的巨潮震撼了中國文壇，大多數作家，大概都是為了不甘落伍的緣故，都『轉變了』」[36]，施蟄存、杜衡、戴望舒、穆時英、徐訏等都是在此前後轉向「左翼」的。左翼文藝界對 30 年代文學創作的干預和影響，還通過一系列論爭和文藝批判來實現，諸如與「民族主義文學」、新月派、論語派、「自由

---

[30] 周國偉：〈略述魯迅與書局（店）關係〉，《出版史料》，1987 年第 7 期。

[31] 茅盾：《我走過的路》（中），人民文學出版社，1984 年版，第 122 頁。

[32] 郁達夫：〈光慈的晚年〉，《現代》，1933 年 5 月，第 3 卷第 1 期。

[33] 轉引自朱曉進〈政治文化心理與三十年代文學〉，《文學評論》，2000 年第 1 期。

[34] 魯迅：〈書信·300503 致李秉中〉，《魯迅書信集》（上），人民文學出版社，1976 年版，第 255 頁。

[35] 徐懋庸：《徐懋庸回憶錄》，人民文學出版社 1982 年版，第 64 頁。

[36] 施蟄存：〈我的創作生活之歷程〉，《施蟄存七十年文選》，上海文藝出版社，1996 年版，第 56 頁。

人」與「第三種人」以及「京派」等的論爭。在這一系列論爭和文藝批判中，他們宣傳了左翼無產階級的革命文學主張，批判了一切非「左」包括小資產階級的文藝思想，如三民主義文學論、人性論、幽默論、自由論等等。正是在以上對馬克思主義文藝思想的大力宣傳，對文藝大眾化運動的大力推動，對「民族主義」和自由主義文藝思想的大力批判中，左翼文化取得了 30 年代思想主潮的中心位置。

三、左翼文化對 30 年代文學創作的影響

「儘管掌握著政權的國民黨在政治、經濟、軍事上佔有絕對優勢，但在思想文藝領域卻未能形成具有影響力與號召力的獨立力量，在 30 年代決定著文學的基本面貌的是無產階級文學運動及其文學和民主主義、自由主義作家的文學運動及其文學。」[37]隨著社會空前的政治化，民主主義、自由主義作家也在很大程度上受到左翼文化思潮的影響。因而，30 年代大多數作家在創作的主題傾向、題材選擇、表現方法、結構安排和話語風格等方面都深受左翼文化的影響。

如果說 20 年代文學創作的主題和題材主要是注重個性解放的婚姻、愛情、家庭等「身邊生活」，那麼 30 年代則明顯轉向了注重社會解放的階層、階級、民族等「社會生活」。「左聯」執委會在 1931 年 11 月的決議〈中國無產階級革命文學的新任務〉中要求作家必須拋棄「身邊瑣事」、「戀愛和革命的衝突」等題材，抓取反帝國主義題材、反對軍閥混戰的題材、工人對資

---

[37] 錢理群、溫儒敏、吳福輝：《現代文學三十年》，北京大學出版社，1998 年 7 月版，第 192 頁。

本家的鬥爭、描寫農村經濟的動搖和變化等現實生活題材[38]。從具體創作實踐來看，反帝抗日、勞資矛盾、農村和城市底層人們生活等現實題材和主題的作品已的確成為 30 年代文學創作的熱點。茅盾從 20 年代反映小資產階級知識份子的《幻滅》、《動搖》、《追求》，轉換到 30 年代創作《子夜》和「農村三部曲」（《春蠶》、《秋收》、《殘冬》）等「大規模地描寫中國社會現象」[39]。丁玲從 20 年代反映夢珂、莎菲等小資產階級知識女性個性解放轉向 30 年代創作《水》、《母親》等「取用了重要的巨大的現實題材」[40]，尤其是《水》及時地反映了 1931 年波及全國十六省的特大水災所帶來的災難和農民的覺醒。一貫疏遠政治的老舍也坦言自己 30 年代創作《黑白李》、《大明湖》和《月牙兒》、《駱駝祥子〉等作品時「受了革命文學理論的影響」，「積極的描寫受壓迫的人」，甚至還「描寫了共產黨」[41]。不止是左翼作家和民主主義作家如此，連向來信奉文藝自由的施蟄存、杜衡、戴望舒、穆時英、徐訏等作家也在這一時期受到左翼文化的影響，開始關注起社會現實，描寫底層民眾生活和無產階級鬥爭，如施蟄存的〈追〉、杜衡的〈機器沈默的時候〉、戴望舒的〈我們的小母親〉、穆時英的〈咱們的世界〉和徐訏的〈旗幟〉等。

在創作方法上，左聯所強調的「富於革命意味的新的現實主義」受到特別重視，「唯物辯證創作方法」得到普遍推廣，「二元

[38] 馮雪峰：〈中國無產階級革命文學的新任務〉，《雪峰文集》第 2 卷，人民文學出版社，1983 年版。
[39] 茅盾：〈子夜·後記〉，《茅盾全集》第 3 卷，人民文學出版社，1984 年版，第 553 頁。
[40] 馮雪峰：〈關於新的小說的誕生〉，《馮雪峰選集》（論文篇），人民文學出版社，2003 年 6 月版。
[41] 老舍：〈《老舍自選集》自序〉，《老舍自選集》，開明書店，1951 年版。

對立」的階級分析方法成為作品的主要結構方式。1931 年丁玲小說
〈水〉以不同以往的新形式震動了當時的文壇。作者放棄了此前善
長的對「個人的心理的分析」，而顯示了「對於階級鬥爭的正確的
堅定理解」，描寫了農民的「集體行動」和「反抗群像」[42]。而此一
時期以茅盾為首，包括沙汀、吳組緗、葉紫等青年作家所創作的社
會剖析小說，運用馬克思主義的階級分析方法反映當時中國的社
會現實，「對整個 20 世紀中國現實主義小說起到舉足輕重的作
用」[43]。尤其是茅盾的《子夜》，以民族資本家吳蓀甫在工廠、農村
和債券市場的拼搏和最終失敗為線索，集中展示了二、三十年代中
國城市與鄉村的對立、無產階級與資產階級的衝突、民族資本家與
買辦資本家的矛盾等錯綜複雜的社會現實，二元對立的階級分析方
法和資本家群像的集中展示是這部長篇小說獲取成功的重要因素。
穆時英的〈中國一九三一〉、杜衡的〈再亮些〉以及徐訏的〈月
亮〉等在取材、構思和表現手法等方面都明顯地受到茅盾《子夜》
的影響（詳見後文分析）。在語言風格上，富於革命意味和大眾口
味的話語風格成為 30 年代作家、評論家效仿和讚賞的對象。20 年代
曾經提倡「詩是要暗示的，詩最忌說明」的穆木天在 30 年代宣稱：
「我們要用俗言俚語，／把這種矛盾寫成民謠小調鼓詞兒歌，／我
們要使我們的詩歌成為大眾歌調，／我們自己也成為大眾的一
個。」[44]穆時英早期發表的〈南北極〉因「文字技巧方面，作者是已
經有了很好的基礎，不僅從舊的小說中探求了新的比較大眾化的簡
潔、明快、有力的形式，也熟悉了無產者大眾的獨特為一般知識份

---

[42] 馮雪峰：〈關於新的小說的誕生〉，《馮雪峰選集》（論文篇），人民文學
　　出版社，2003 年 6 月版。

[43] 錢理群、溫儒敏、吳福輝：《現代文學三十年》，北京大學出版社，1998 年 7
　　月版，第 294－295 頁。

[44] 穆木天：〈發刊詞〉，《新詩歌》，1933 年 2 月。

子所不熟悉的習語」[45]，一度「幾乎被推為無產階級文學的優秀作品」，甚至被譽之為「普羅文學之白眉」，「一時傳誦，彷彿左翼作品中出了個尖子」[46]。文學內容的變化必然引起文學形式的變化。在表現形式上，由於題材的開拓和主題的深化，「能夠容納較為廣闊的社會歷史內容的小說，特別是中長篇小說成為最有成就的文學樣式」[47]。30 年代，以茅盾的《子夜》、老舍的《駱駝祥子》、巴金的《家》為代表的長篇小說成為文壇重要的收穫。總之，30 年代左翼文化對文學創作的影響是顯而易見的，置身其中的現代派作家也不例外。

第二節　從「象牙塔」到「十字街頭」：象徵派詩歌創作的轉變

「我們要求的是『純粹詩歌』」，「詩的世界是潛在意識的世界」，「詩是要暗示出人的內生命的深秘，詩是要暗示的，詩最忌說明的」，「詩要兼造型與音樂之美」（穆木天〈譚詩〉）。

詩歌應是「烽火式的，吶喊式的，怒吼式的，咆哮式的」（穆木天〈我們的詩歌工作〉），「我們要用俗言俚語，把這種矛盾寫成民謠小調鼓詞兒歌，我們要使我們的詩歌成為大眾歌調，我們自己也成為大眾的一個」（穆木天《新詩歌》發刊詞），「拋棄，拋

---

[45] 《現代》，第 2 卷第 5 期，首頁廣告語。
[46] 施蟄存：〈我們經營過三個書店〉，《新文學史料》，1985 年第 1 期。
[47] 錢理群等：《現代文學三十年》，北京大學出版社，1998 年 7 月版，第 209－211 頁。

棄，那形式主義的空虛，喚起來吧，強大的民族氣息」（穆木天
〈我們的詩〉）。

　　在前後不到五年的時間，20 年代震動詩壇的象徵派詩人穆木
天、馮乃超、王獨清等在詩歌的觀念和創作上來了個徹底的轉變，
其變化之大莫不令人驚訝。然而，當我們回溯 30 年代詩人們所置身
的上海政治文化氛圍，爬梳詩人思想轉變的軌跡時，這一切便都可
在「文變染乎習情」的文化判斷中得到合理的解釋。

一、「異國的熏香」與「純詩」的主張

　　1926 年 3 月，《創造月刊》的創刊號上同時發表了三位象徵派
詩人的理論主張和詩歌作品：穆木天的〈譚詩──給沫若的一封
信〉、〈穆木天詩選〉、馮乃超的處女作組詩〈幻想的窗〉和王獨
清的組詩〈吊羅馬〉、〈再譚詩──寄給木天、伯奇〉，隨後他們
又分別結集出版了詩集《旅心》、《紅紗燈》和《聖母像前》。這
在當時引起了詩壇的震動，並對此後中國新詩的發展產生重要影
響。在〈譚詩〉中，穆木天提出了象徵主義「純詩」的主張：「我
們要求的是『純粹詩歌』」，「詩的世界是潛在意識的世界」，
「詩是要暗示出人的內生命的深秘，詩是要暗示的，詩最忌說明
的」，「詩要兼造型與音樂之美」[48]。王獨清則在〈再譚詩〉中，明
確表明「我理想中最完美的『詩』便可以用一種公式表出：（情＋
力）＋（音＋色）＝詩」[49]。這個時期的三位象徵派詩人都沉浸在
「異國的熏香」之中，王獨清在《聖母像前》吟唱「我從 Cafe 中出

---

[48] 穆木天：〈譚詩──給沫若的一封信〉，《創造月刊》，1926 年 3 月，創
　　刊號。
[49] 王獨清：〈再譚詩──寄給木天、伯奇〉，《創造月刊》，1926 年 3 月，創
　　刊號。

來，身上添了中酒的疲乏」，「我漂泊在巴黎街上，／踐著夕陽淺
淡的黃光」，其詩風「豪勝於幽，顯勝於晦」[50]，歌唱出他對於「過
去的沒落生活的貴族的世界的憑弔」和「對於現在的都市生活之頹
廢的享樂的陶醉與悲哀」[51]；穆木天在《旅心》中吟唱「我的心永遠
飄著不住的滄桑我心裏永遠流著不住的交響／我心裏永遠殘存著層
層的介殼我永遠在無言中寂蕩飄狂」，他的詩「託情於幽微遠渺之
中」[52]，流露出「為小資產階級化了的沒落地主的我，一邊追求印象
唯美的陶醉，而他方，則在心中起來起來對於祖國的過去有了深切
的懷戀」[53]；馮乃超在《紅紗燈》中吟唱「森嚴的黑暗的深奧的殿堂
中央／紅紗的古燈微明地玲瓏地點在午夜之心」，「我底心弦微顫
／在明月霜冷的夜心／即沒有沁人的馨香／也氛氳著淚濕的哀傷我
底心弦微顫／作蒼黃沉寂的徘徊」，詩人「歌詠的是頹廢、陰影、
夢幻、仙鄉」[54]。三位象徵派詩人雖然詩風略顯不同，正如穆木天所
說，「乃超的詩是宗教的陶靜，獨清的詩是精力的急振，我的詩是
聲色的纖動」[55]，但是都深吸著「異國的熏香，談些個腐水朽城的情
調」，實踐著象徵主義「純詩」的藝術主張。

　　作為創造社發起人之一的穆木天，1919 年留學日本時便開始了
他由浪漫主義到象徵主義的詩歌旅程。他在〈我的文藝生活〉中回
憶道：「到日本後，即被捉入浪漫主義的空氣了。但自己究竟不
甘，並且也不能，在浪漫主義裏討生活。我於是盲目地，不顧社會
地，步著法國文學的潮流往前走，結果，到了象徵圈裏了。Anatole

---

[50] 朱自清：《中國新文學大系・詩集・導言》，上海良友圖書公司 1935 年版。
[51] 穆木天：〈王獨清及其詩歌〉，《現代》，1934 年 5 月，第 5 卷第 1 期。
[52] 朱自清：《中國新文學大系・詩集・導言》，上海良友圖書公司 1935 年版。
[53] 穆木天：〈我的詩歌創作之回顧〉，《現代》，1934 年 2 月，第 4 卷第 4 期。
[54] 朱自清：《中國新文學大系・詩集・導言》，上海良友圖書公司 1935 年版。
[55] 穆木天：〈平凡〉，《幻洲》，1926 年 6 月，第 1 期。

France（阿納托爾‧法朗士）的嗜讀，象徵派的愛好，這是我在日本的兩個時代。就是在象徵派詩歌的氣氛包圍中，我作了我那本《旅心》。」[56]穆木天大約是在 1924 年暑期開始著迷於象徵主義的，他說：「我記得那時候，我耽讀古爾孟、莎曼、魯丹巴哈、萬‧列爾貝爾克、魏爾林、莫里亞斯、梅特林、魏爾哈林、路易、波多賴爾諸家的詩作。我熱烈地愛好著那些象徵派、頹廢派的詩人。當時最不喜歡布爾喬亞的革命詩人雨果的詩歌。特別地令我喜歡的則是莎曼和魯丹巴哈了。從這種也可以看出來我那種頹廢的情緒罷。我尋找著我的表現的形式。」[57]1901 年出生於橫濱華僑家庭的馮乃超一直在日本讀書成長，1924 年在京都帝國大學讀書時開始對法國象徵派產生了濃厚的興趣。1925 年馮乃超轉入東京帝國大學，與熱愛象徵派的穆木天相見恨晚。這一年的大半時間二人都在一起探討詩藝，著名的〈譚詩——給沫若的一封信〉就是二人此時在象徵主義詩學方面的共同結晶。在〈譚詩〉中，穆木天描述了他與馮乃超談詩的情景，「我同乃超談到詩論的上邊，談到國內的詩壇的上邊，談些個我們主張的民族色彩，談些個我深吸的異國的熏香，談些個腐水朽城的情調，我們的意見，大概略同」[58]。1920 年出身於破落官僚家庭的王獨清赴法留學，巴黎街頭「悠揚的音樂」、「飄香的 cafe」和「中酒的疲乏」使他感到了「浪人底哀愁」，耽溺於象徵派的頹廢之中。他說：「耽美派的藝術在我的眼前慢慢的閃出了它發亮的光輝：我咀嚼著包特賴爾以下的作家，用了貪饕的情勢我去消化他們。漸漸地一步一步地，我倒在 Stimungskunst（德文：情緒的藝

---

[56]　穆木天：〈我的文藝生活〉，《大眾文藝》，1926 年 6 月，第 2 卷第 5、6 期合刊。

[57]　穆木天：〈我的詩歌創作之回顧〉，《現代》，1934 年 2 月，第 4 卷第 4 期。

[58]　穆木天：〈譚詩——給沫若的一封信〉，《創造月刊》，1926 年 3 月，創刊號。

術）底腳下，醉心在那些病態的美感之中，走進了所謂 Klangmalerei
rbacing（德文：音、詩、畫交融的）以及其他等等的迷魂陣裏面
了。我全身發熱地做著創作的工夫，為了自我的滿足，我搜索著一
種特別動人的句法和一個恰好的字眼過我底日子。有時，因為一個
字想不出來的緣故，竟至一天我都忘了吃飯。」[59]可見，創造社的三
位象徵派詩人都出身於沒落的地主或商人家庭，都在異國過著「流
浪人的生活」，都深吸著「異國的薰香」，而成為 20 年代著名的象
徵派詩人，恰如穆木天所說，「象徵派的詩人們不是典型的退化的
貴族的流浪者，就是過著貴族的流浪人的生活」[60]。

二、革命的「十字街頭」與「詩歌的大眾化」

　　20 年代後期，三位象徵派詩人先後回到苦難中的祖國，在嚴
峻的現實面前他們很快從藝術的「象牙塔」走到了革命的「十字
街頭」，投身於左翼文化運動。1926 年 5 月，穆木天學成回國，
先後在廣州、北京、天津、吉林等地任教，「親睹了東北的慘狀」
和「日本帝國的鐵蹄是一天比一天逼緊地向我們頭上踐踏」[61]。1931
年 1 月，穆木天抵達上海積極參與了左聯活動，成為左聯創作委
員會詩歌組的負責人。1932 年「一・二八」事變爆發後，穆木天
在上海街頭全身心地投入抗日宣傳工作，並在此期間加入了中國
共產黨。9 月經左聯批准，穆木天與楊騷、蒲風、任鈞等人發起
成立中國詩歌會，並於次年 2 月在詩歌會機關刊物《新詩歌》上
以詩歌的形式發表了「發刊詞」：「我們不憑弔歷史的殘骸，／

---

[59] 王獨清：《我在歐洲的生活》，遼寧教育出版社，1998 年版，第 76 頁。
[60] 穆木天：〈什麼是象徵主義〉，載鄭振鐸、傅東華編《文學百題》，生活書
　　店出版，1935 年版。
[61] 穆術天：〈我的詩歌創作之回顧〉，《現代》，1934 年 2 月，第 4 卷第 4 期。

因為那已成為過去。／我們要捉住現實，／歌唱新世紀的意識。
／『一‧二八』的血未幹，熱河的炮火已經熄火。／黃浦江上停
著帝國主義軍艦，／吳淞口外花期太陽旗日在飄翻。／千金寨的
數萬礦工被活埋，／但是抗日義勇軍不願壓迫。／工人農人是越
發地受剝削，／但是他們反帝熱情也越發高漲。／壓迫，剝削，
帝國主義的屠殺／反帝，抗日，那一切民眾的高漲的情緒，／我
們要歌唱這矛盾和他的意義，／從這種矛盾中去創造偉大的世
紀。／我們要用俗言俚語，／把這種矛盾寫成民謠小調鼓詞兒
歌，／我們要使我們的詩歌成為大眾歌調，／我們自己也成為大
眾的一個」。穆木天在此鮮明地提出了詩歌要與現實結合，宣傳
抗日，用「俗言俚語」寫成「大眾歌調」，以「詩歌大眾化」的
口號完全置換了象徵主義的「純詩」主張。

　　1927 年 10 月，馮乃超應成仿吾之邀中途退學，與朱鏡我一道回
國參加創造社工作，編輯《創造月刊》和《文化批判》，成為後期
創造社的中堅分子。早在來滬之前，1926 年 5 月馮乃超就擔任了創
造社出版部東京分部負責人，受到日本普羅文藝運動影響，他開始
反省自己的思想和文藝觀，學習馬克思主義文藝理論著作。在〈革
命文學論爭‧魯迅‧左翼作家聯盟〉一文中，他談到了這一思想轉
變過程：「朱鏡我不喜歡我寫的詩，批評了我當時的藝術至上主義
傾向，經過了多次的爭論，我被說服了；聽他的勸告，開始閱讀了
一些馬克思主義、列寧主義的書籍，也清算了自己生活上的空
虛。」[62]1927 年 10 月，馮乃超毅然中途退學到上海參加創造社工
作，在郭沫若的影響下思想日趨激進，在《文化批判》上發起了對
魯迅、茅盾、葉聖陶等「五四」作家的批判。1928 年 9 月回國不到

---

[62] 馮乃超：〈革命文學論爭‧魯迅‧左翼作家聯盟〉，《馮乃超文集》，中山
大學出版社，1986 年版。

一年的馮乃超經潘漢年介紹加入中國共產黨，並參加了中共中央宣傳部文藝委員會工作。1929 年，馮乃超與馮雪峰、錢杏邨三人在文委的指示下籌建中國左翼作家聯盟。1930 年 3 月，左聯在上海成立，馮乃超任左聯第一任黨團書記兼宣傳部長，後又參與中共中央機關報《紅旗》的組建工作。1932 年 2 月，馮乃超受組織派遣離開上海前往武漢從事革命工作。在上海的四年多時間，馮乃超完成了從「為藝術」的象徵派詩人到「為大眾」的革命活動家的身份和立場的轉變，他是把上海作為了他政治活動的「戰場」而不是淺吟低唱的「詩床」。

1926 年 2 月，在法國經歷了「生之不安愛之痛苦」的王獨清回到了上海，不久便與郭沫若同往革命的中心廣州，在由國民黨右派控制的中山大學任教。7 月至 10 月間，因郭沫若隨軍北伐，王獨清還一度代理郭沫若的中山大學文科學長之職。1926 年 9 月創造社在廣州召開創造社總部第一屆大會，王獨清被選為創造社總部檢查委員和出版部常務理事專負編輯之責。1927 年 5 月，大革命失敗後，王獨清帶著郭沫若的夫人安娜從廣州逃到上海。這是他自 1916 年從西安逃到上海、1920 年從日本回到上海、1926 年從法國回到上海之後第四度來到上海。與前三次不同的是，1927 年的上海一方面國民黨實施白色恐怖，另一方面廣大進步青年革命情緒高漲。王獨清曾把創造社成員分為「已成作家」、「未成作家」和「小夥計」三類。此時，自認為創造社元老的王獨清，在郭沫若、郁達夫、成仿吾三巨頭不在上海創造社之際（郭、成先後去日本，郁宣佈脫離創造社），已有主持創造社之意，開始取代郁達夫負責編輯《創造月刊》、《洪水》，接著與張資平、鄭伯奇三人共同執掌創造社的出版事務，後來又與當時負責和創造社聯繫的中共中央代表鄭超麟來往密切（由於鄭後成為托派主將這也為王獨清後來轉向托派埋下了

伏筆），於是此時身居上海在創造社中大有「捨我其誰」之感的王
獨清已完全不同於此前充滿「生之不安愛之痛苦」的飄泊之感了，
他全身心地投入了創造社的革命活動。早在 1920 年從日本回到上海
時，就「幾乎把整個的時間都用去參加實際運動」的王獨清，此時
「時間又被實際的活動佔領了大半」[63]。在編輯《創造月刊》使創造
社完成「革命文學」突變的同時，1928 年 2 月王獨清出任上海藝術
大學委員和教務長，並先後介紹馮乃超、鄭伯奇、沈起予到該校任
教，吸引了許多來自全國各地的進步青年，使之成為當時著名的
「赤化」學校。1928 年 5 月王獨清在〈致《畸形》同人書〉中表明
瞭他的無產階級立場，他說要「努力於無產階級文學」，「極力克
服自我，極力去獲得無產階級的意識」，「裸裸地站在無產階級底
戰隊裏面」。即便是 1930 年後獨自轉向托派的王獨清遭到「過去共
事的朋友和變節的後輩」聯合著傾陷和討伐時，他仍然堅持「只要
我不死，我一定總還是走在鬥爭的路上」[64]。

　　總之，在 1927 年前後，三位象徵派詩人先後從異域回到故國，
會聚於上海。在 30 年代上海的政治文化背景下，幾乎以同樣的姿態
轉向了「革命文學」，投身於左翼文化運動，從 20 年代的「象牙
塔」走到了 30 年代的「十字街頭」。

三、左翼文化語境中象徵派的上海想像

　　30 年代躋身於風雲激蕩的左翼文化潮流之中的穆木天、馮乃超
和王獨清徹底改變了早期的象徵詩風和頹廢情調，「反帝抗日」成

---

[63] 王獨清：〈我文學生活的回顧〉，《王獨清自選集》，樂華圖書公司，1933
　　年影印版，第 3—4 頁。
[64] 王獨清：〈我文學生活的回顧〉，《王獨清自選集》，樂華圖書公司，1933
　　年影印版，第 5 頁。

為他們的詩歌主題，現實主義的寫實方法和浪漫主義的革命激情逐漸取代了此前的象徵與暗示。穆木天在〈輝煌的大樓〉中描寫了他來上海時的最初印象。詩人用一個飽經憂患的「旅人」的眼光站在「十字街頭」，打量著這座繁華與罪惡同在的都市。上海在詩人的眼中是一座「煌煌的火城」，殖民者的軍艦和禮炮在黃浦江邊虎視眈眈，然而人們仍然在「輝煌的大樓」中「藏嬌耽樂」、「舞蹈聲歌」追逐著「瞬間的陶醉，剎那的歡樂」。這裏有自我陶醉的「博士們」，有「窩中安臥」的「大人先生」，有「爐畔呻吟」的詩人，而「也正在這時，那腫退的乞丐赤身露體坐在路邊」，「不知哪裡又凍死了無數的人民」，「不知哪裡又有多少人無衣裹身」。在這裏，詩人已經開始放棄了「純詩」階段的個人感傷，表達了民族憂患的心理，寫實性的描寫成為了詩歌的主體。但另一方面，在某種程度上，〈輝煌的大樓〉仍依稀可見詩人從象徵主義「純詩」向大眾化詩歌過渡時期的一些特點。作者在這裏化用了杜牧「商女不知亡國恨，隔江猶唱後庭花」的意境（穆木天在〈譚詩〉中正是把這首詩作為「象徵的印象的彩色的名詩」的代表），運用了象徵手法，創造了「火城」、「大樓」、「十字街頭」等意象，形式整飭，色彩強烈，傳達出了內心的憤懣和隱憂。1934 年 7 月，穆木天遭國民黨當局逮捕，被營救出獄後仍遭特務監視，一度閉門譯書。1937 年 8 月，穆木天攜家人離開上海，前往武漢從事抗日救亡工作，此後輾轉於昆明、桂林，1947 年初再度來到上海。此時的上海由於國民黨接收人員的「劫收」和物價的飛漲而一片混亂。李宗仁在他的《回憶錄》中描述了當時接收時的亂相，他們「直如餓虎撲羊，貪贓枉法的程度簡直駭人聽聞。他們金錢到手，便窮奢極欲，大肆揮霍」[65]。當時上海的米價僅 1947 年 1 月至 12 月間就漲了 20

---

[65] 李宗仁：《李宗仁回憶錄》，廣西人民出版社 1980 年版，第 856 頁。

倍[66]。歷經了 10 年戰亂和流離之苦的穆木天在〈我好像到了一個鬼
世界〉中，再度描述了他對上海的印象和感想。詩人把戰後國民黨
接收的上海比作「鬼的世界」，描述了「七十二種鬼」（實際寫到
了 16 種）的嘴臉。他們「青臉紅髮，／豬嘴獠牙」，把「我」「重
重地包圍住了，／個個都向我示威，／個個都向我張牙舞爪」。在
這個「鬼的世界」，「我」也「一下子像鬼一樣了」，背著滿袋的
錢，既吃不飽飯也找不著睡覺之所，「付飯錢的票子堆起來，／比
一盤炒飯還要高。／我覺得好像把一把票子硬塞進肚子裏。／結果
還是餓」，「好多房子看起來都空著，／可是門鎖著，進不去。／
混來混去／找不到住處」。詩人最後用「我」無可奈何的惶惑表達
了對這個物價飛漲、魑魅橫行的城市的反諷：「我是在勝利的國度
裏麼？／還是我在逃著勝利難？／為什麼大錢口袋背都背不動，／
一下子又會癟癟的。／難道我真是在幽靈的國度裏麼？／我真不知
道／我的周圍是夢還是現實」？穆木天說這首詩是他「初到上海後
一個短時期的精神狀態，是個窮鬼的心裏的幻想吧？記下來也許好
玩」[67]。從這段在穆木天詩歌中罕見的「作者自注」中我們不難解讀
出這首詩歌的獨特性。在這首後期詩歌中詩人又流露出了「純詩」
的痕跡，「託情於幽微遠渺之中」[68]，構建了一個「幻想」的「鬼的
世界」，「暗示出人的內生命的深秘」。詩中形態各異的「鬼」張
牙舞爪，背著錢袋的「我」食宿無門，表現出社會現實的荒誕和詩
人內心的幽憤。當然這時期穆木天詩歌的主旋律仍然是時代的呼聲
和戰鬥的吶喊。即便是 1947 年至 1949 年夏在上海生活十分艱難的
時候，穆木天仍然在〈這個日子〉、〈同鄉〉、〈你的紀念碑〉等

---

[66] 熊月之主編：《上海通史》第 7 卷，上海人民出版社，1999 年 9 月版，第
　　454 頁。
[67] 穆木天：《穆木天詩選》，人民文學出版社，1987 年，第 300 頁。
[68] 朱自清：《中國新文學大系·詩集·導言》，上海良友圖書公司 1935 年版。

詩作中表達了自己的「無限興奮」和「瘋狂的歡喜」：「這個日子／曾經給過我／無限的興奮。／我心裏／曾經有過／無限的憧憬。／我曾經／為這個日子／有過瘋狂的歡喜」（〈這個日子〉）。1949 年夏，穆木天以無比激動的心情迎來了上海的解放，兩個月後再一次離開上海到東北支援家鄉教育，自此完全告別了上海，直至1971 年 10 月在北京病逝。

1928 年，馮乃超在《文化批判》上陸續發表了〈上海〉、〈與街頭上人〉、〈外白渡橋〉、〈憂愁的中國〉等詩作，標誌著其詩風從低沉的象徵主義到怒吼的革命文學的轉變。在〈上海〉中，馮乃超直接把上海描繪成「一個戰場」：「上海簡直一個戰場！／第二世界大戰的戰場」，「肉搏血濺的戰場」，「人種前衛的戰場」，「階級爭鬥的戰場」。在「揚子江頭滾滾的著浪上，／列強的旗幟飄揚，／精銳的炮艦，一若斷殺臨頭地緊張」；在「租界的境界線上」，「無處不有獄牢的圍牆，／無處不有鐵絲網的緊張」，「虎狼般的列強，生擒著奴隸制度下的柔羊」。在這個「戰場」，詩人既看到了殖民者的囂張，也看到了人民的反抗和明天的希望，「明天的飆風將到了，／今天的靜寂可怕的淒涼。／看吧！紅毛泥的馬路上，／只有夜寒颯颯地反響，／聽！解放的沉鐘在響」。全詩激蕩著一股強烈的革命主義豪情，民族主義的情緒、階級鬥爭的意識、革命性的話語和二元對立的結構模式完全取代了《紅紗燈》時期含蓄朦朧的「異國熏香」和「腐水朽城」的頹廢情調。〈與街上的人〉則更是從政治宣傳的角度對上海「街上的人們」進行革命啟蒙。詩人首先揭示了「街上人」的悲慘處境，「地獄的現世界」，「牛馬一般勞役」；然後號召人們起來反抗，推翻強權政治，爭取明日的幸福，「街上的人們喲，／暗夜雖黑，有燦爛的明星，／暴壓雖急，有同志的呼聲」。坐落在蘇州河上的外白

渡橋建於 1907 年，是近代上海的第一座鋼質橋樑，也是承載舊上海風情的地標性建築。馮乃超在〈外白渡橋〉中描繪了白渡橋的「鋼鐵骨骼」，讚頌了橋下工人們的反抗精神，「鐵筋鐵骨的架在黃浦江頭的外白渡橋，／頹廢地橫在濛漠蒼黃的夕陽的反照」，「汽笛的悲鳴迷茫的暮影中給他們哄笑」，然而「鋼鐵的骨骼構成現代的體軀，／鋼鐵的精神提供我們的武器」，給了無產階級「鋼鐵般的現代精神的啟誘」，「橋下的有力的呼聲喲，／沉潛的原動力喲，／太平洋的中心正在醞釀著世界的同胞最後的戰鬥」。詩人把革命的政治文化融入現代都市的機械文明，書寫出普羅文學的審美特質。在 30 年代上海的政治文化語境中，馮乃超激進的革命姿態和政治熱情表現在他的詩歌創作落實在他的社會活動中。

　　1926 年 2 月，在法國經歷了「生之不安愛之痛苦」的王獨清回到了上海，用一首〈我歸來了，我底故國〉表達了心底的對「十年不見的故國」的「久別重逢的感情」。詩人一開始便情不自禁地高呼：「我歸來了，我底故國！我歸來了，我底故國！」然而當詩人「夢一般的在這上海街頭信步前行」時，卻發現「一切都是依舊」，「到處還是這樣被陳廢，頹敗佔據，／還是這泥濘的道路，污穢的街衢，／還是這些低矮的房屋，蒸濕的漏巷，／還是無數的貧民這樣橫臥在路旁」，「可是租界上卻添了不少的高大洋樓」，「娛樂場中，音樂是悠揚，悠揚，悠揚」，「咖啡館中，酒香，煙香，婦女底粉香」，「到處都是富人們出入的酒店旅館」、「不准華人涉足」的公園和「好像在無人的境地一樣邁步前進」的外國士兵。詩人以歸來遊子的視角，站在民族大眾的立場，採用對比映襯的手法，描述了上海華界的落後，租界的繁華，表達了對窮人的悲憫，對富者的憤懣，對故國的失望，和對殖民者的不滿。這首最初反映上海印象的詩作在顯現詩人詩風由象徵主義的幽昏轉向普羅主

義的明朗時仍然有著前期「純詩」的某些痕跡。詩人在用「力」表達心底深「情」的同時，注重了語言「音」和「色」的運用。詩中大量運用「還是……／還是……」、「租界上……／租界上…」等排比句式，詩中用流動的音節，句末採取不齊的韻腳，表現了詩人內心情感的波動起伏。此外，在詩形上，作者採取了「純詩式」的「限制字數」，在語言色彩上強調對白色的運用，也顯示了作者對詩歌形式和技巧的重視。20 年代末 30 年代初，上海的政治文化氛圍和自身社會身份的轉變促使王獨清思想認識和審美方式發生了重大轉變。與前面的〈我歸來了，我底故國〉相比，這個時候的〈上海底憂鬱〉已經完全放棄了「純詩」階段的象徵、暗示、感傷和形式上的追求。該詩的第一部分用對比的方式表現出上海租界與華界、富人與窮人兩極分化的「驚人奇跡」：「這一邊不斷的汽車底喇叭在鳴鳴震鳴，／滿了電火的洋樓高大得你仰視時頭會發昏……／這一邊卻是一排很矮的瓦房，／裏面點著些黑暗的無光的油燈」，「這一邊是巴黎、倫敦，／這一邊是埃及、耶路撒冷！／這上海，這上海就是靠這奇跡，在維持著它底生存！」接著，第二、三部分，一連用了八個相同的排比向無產階級兄弟發出了戰鬥的吶喊，「兄弟們，拖呀，拖呀！／這奴隸的長繩終勒不死我們底憤火，／鋼鐵般的體骨卻只有愈磨愈堅」，「這今日底血汗為換的是勝利的的明日，／明日便是那般坐汽車的人跪拜我們的一天」。在「歸來」時詩人是「夢一般的在這上海街頭信步前行」，代表的是「對於現實政治幾乎完全灰心的智識階級」，時時流露出「流浪者底悲哀同時又有吊古的情懷」[69]，而在「憂鬱底上海」中，反動派的「逮捕令」和「暗探的跟蹤不停」，讓「獨行在這暗夜的街頭」的詩人「心中悲憤不寧」，「再也不能忍受這失了自由的生存」，處處顯

---

[69] 王獨清：《王獨清譯詩集・前置》，現代書局 1929 年版。

示出無產階級的階級意識和革命情懷。1930 年 2 月，創造社同人悉數加入「左聯」而王獨清獨自轉向托派，與陳獨秀成為莫逆之交。1932 年當托派主要成員被國民黨逮捕時，王獨清東躲西藏，所有著作皆被查禁。與此同時，在他看來「過去共事的朋友和變節的後輩」也聯合著對他進行「傾陷」和「討伐」。此後王獨清雖曾用化名偶爾向《申報·自由談》投稿和為世界書局翻譯《法文字典》，但大多數時間生活窘迫、沈默文壇，直至 1935 年 12 月病逝於醫院。這位早期的象徵派代表、中期的創造社闖將、後期的托派分子，正是在 30 年代上海政治文化的影響下，數度轉變自己的思想主張和詩歌的審美方式。

四、象徵派對左翼文化的不同回應

作為中國象徵派的最初實踐者李金髮與上海也有過兩段「情緣」。1919 年夏，新婚不久後的李金髮來到上海求學，但幾次入學考試均告失敗，於是很快便捲入出國勤工儉學的熱潮，於 11 月與林風眠等人赴法國留學。旅法期間一面學習雕塑美術，一面「受波特萊與魏爾侖的影響而做詩」[70]。李金髮在法國雖然經歷了生之不安，但卻在學業和愛情上都有所成就。1925 年 6 月躊躇滿志的李金髮應上海美專校長劉海粟之約，帶著他的德國妻子屐妲回到了上海，然而與六年前一樣，這位在雕塑與詩歌領域已獲得不蜚聲譽的象徵主義詩人並沒有得到上海的親睞。他的教授之聘竟然因為招不到一個學生而無法兌現，再加上妻子生病、兒子出生，於是這位失業的藝術家為生計開始四處奔波，在文學、雕塑、出版、翻譯等多方面忙碌。1960 年代李金髮回憶這段上海生活時仍然充滿了苦楚：「那時

---

[70] 李金髮：〈詩問答〉，《文藝畫報》，一卷三號，1935 年 2 月 15 日。

上海是孫傳芳、盧永祥、齊燮元的世界，我們南方人在此人海茫茫
舉目無親，欲找一糊口職位都不容易，若是與革命黨有往來，給他
們知道了，還可以坐牢或腦袋搬家。」1927 年前後的上海，黨派紛
爭，社團林立，大多數作家都依附於所屬的組織和社團以聯合力量
面對日趨複雜而緊張的都市環境。在文藝創作上，此時的李金髮已
無法適應愈演愈烈的社會矛盾和文化衝突。他說：「那時文學研究
會與左翼作家魯迅等水火不相容，常常互相譏諷尋仇。我在文藝工
作上，不屬於任何派，只是孤軍奮鬥，匹馬單刀，沒有替我搖旗吶
喊的朋友。」[71]儘管如此，李金髮仍然堅持自己一向藝術至上的主
張，「在二三年內，陸續在北新，光華，世界等書局，出版有《肉
的囹圄》，《核米頓夫人傳》，《托爾斯泰夫人日記》，《嶺東情
歌》，《為幸福而歌》，《德國文學 ABC》，《古希臘戀歌》，抗
戰時出版一本《異國情調》，都是無關巨旨的作品」[72]。當自己無法
繼續「為藝術」、「為生命」而歌時，李金髮乾脆放棄了詩歌創
作。他說：「因為自己對於詩的體裁及新詩的使命，起了懷疑，一
方面眼高手低，不想投稿到不尊重新詩的刊物中去做補白。」[73]李金
髮終於對上海產生了「居大不易」的想法，1927 年初離開上海到武
漢謀職，先後在武漢任中山大學文學院教授，在南京任大學院秘
書，在杭州任藝專雕刻教授，並在此期間在上海創辦了《美育雜
誌》，開辦了名為「羅馬工程處」的雕刻公司。由於妻子屐妲思鄉
心切帶著兒子從上海乘船回德國，1931 年冬李金髮在妻離子散的愁
悶中辭去了杭州的教職，關閉了上海的「羅馬工程處」隻身赴廣
州，自此再也未回上海，只是在施蟄存主編的《現代》雜誌上先後

---

[71] 李金髮：《李金髮回憶錄》，陳厚誠編，東方出版中心，1998 年，第 68 頁。
[72] 李金髮：《李金髮回憶錄》，陳厚誠編，東方出版中心，1998 年，第 68 頁。
[73] 李金髮：《李金髮回憶錄》，陳厚誠編，東方出版中心，1998 年，第 68 頁。

發表了 10 首仍保留有象徵主義詩風的作品，在詩壇上失去了往日的影響，而滙入了 30 年代以戴望舒為核心的「現代詩派」。

　　1930 年代前後的上海處在一個複雜多變、動盪不安的時期，驕奢淫逸的洋場風情，如火如荼的左翼運動，風聲鶴唳的白色恐怖，國破城陷的民族危機，任何人置身於如此駁雜的都市文化環境中，都會不同程度地受到多方面的影響，作出各自不同的選擇。20 年代的象徵派詩人穆木天、馮乃超、王獨清和李金髮等，在文化背景、生活經歷、審美情趣等方面大致相同或相似。他們都曾是「沒落貴族的代表」，都曾留學國外吸收過「異域的熏香」，一度熱衷於象徵主義詩歌，並且都在 20 年代末回到國內，匯聚上海。然而在 20、30 年代上海的政治文化環境中，作出了不同的選擇，前三者積極投身於普羅文學運動，從象徵主義的「象牙塔」走向了普羅運動的「十字街頭」，用詩歌構建了一個鮮明的政治文化語境中的上海意象：穆木天筆下的上海是「煌煌的火城」，馮乃超詩中的上海「簡直一個戰場」，王獨清眼中的上海「到處還是這樣被陳廢，頹敗佔據」。而李金髮仍然堅守自己的藝術信念，寧願少寫或不寫，也「絕對不能跟人家一樣，以詩來寫革命思想，來煽動罷工流血」，堅持認為「我的詩是個人靈感的紀錄表，是個人陶醉後引吭的高歌」，「從沒有預備怕人家難懂，只求發洩胸中的詩意」，也「不能希望人人能瞭解」[74]。文化環境的變化常常會導致思想認識的變化，而思想認識的變化又往往會導致審美視角、表現形式和藝術風格的轉變。1927 年大革命的失敗導致了進步青年的政治焦慮，1931 年「九‧一八」事變的爆發帶給了國人亡國的威脅，1932 年上海的「一‧二八」事變更是讓身處其中的人們感到了「難堪的侮辱」和

---

[74] 李金髮：〈是個人靈感的紀錄表〉，《文藝大路》，1935 年 11 月，第 2 卷第 1 期。

「亡國的恐怖」，「它擾亂了一切政治、經濟、文化生活，直接或間接地使任何領域上的生活都受到牽連，受到影響」[75]。正是在這些政治的焦慮、難堪的侮辱和亡國的威脅中，穆木天、馮乃超和王獨清等人選擇了詩歌為社會、時代和大眾服務的新方向。穆木天在〈我與文學〉一文中清楚地表白了現實對他的這一影響：「目睹著東北農村之破產，又經驗『九‧一八』的亡國的痛恨，我感到了詩人的社會的任務。除了真地反對帝國主義侵略之外，還有別的更大的詩人的使命麼？」[76]在他們看來，「真正的偉大的詩人，必須是全民族的代言人，必須是全民族的感情代達者」[77]，「偉大的藝術家，他們所以偉大的緣故，並不在發明何種流派，而在他們代表同時代的一種社會的偉大的人格」[78]。這種代民族立言、鑄時代人格的思想動機使得他們走向了「十字街頭」，用大眾的視角，採取對比的方式，從外部觀察都市的繁華與罪惡，傳達出階級、民族和大眾的情感。

第三節　從「同路人」到「第三種人」：現代派的路向選擇與文學主張

　　20年代末至30年代是以施蟄存、戴望舒、杜衡、穆時英、劉吶鷗等為代表的上海現代派文學的形成、發展和繁榮時期，同時也是

[75] 胡風：〈民族革命戰爭與文藝〉，《胡風評論集》（上卷），人民文學出版社，1984年，第320頁。

[76] 穆木天：〈我與文學〉，陳惇編《穆木天文學評論選集》，北京師範大學出版社，2000年版。

[77] 穆木天：〈目前新詩運動的展開問題〉，《穆木天詩文集》，時代文藝出版社，1985年版。

[78] 馮乃超：〈藝術與社會生活〉，《文化批判》，1928年1月15日，第1號。

左翼文化思潮在上海如火如荼展開的時期。因而，在這一語境中生成和發展著的現代派作家的文學活動也必然與左翼文化思潮有著密切的互動關聯。

一、政治與文學上的同路人

20 年代，施蟄存、戴望舒、杜衡等人受到時代風潮的影響，一度思想激進，傾向革命，成為左翼政治和文學上的「同路人」。1923 年，施蟄存在杭州因參加非宗教大同盟而被教會性質的之江大學開除後，便與「蘭社」好友戴望舒、杜衡一起到上海求學，施、戴二人進上海大學，杜衡入南洋中學。創辦於 1922 年的上海大學實際上是由共產黨人主持著，有著濃厚的革命色彩。上海大學的實際校務由總務長鄧中夏和教務長瞿秋白負責，各系領導和教師大多為中共黨員，影響最大的中文系和社會學系主任分別是陳望道和瞿秋白，教師主要有張太雷、惲代英、任弼時、蕭楚女、沈雁冰、田漢、蔣光慈等人。在這樣一所「赤色」學校裏，施蟄存和戴望舒受到了最新的文化思潮和革命思想的薰陶。施蟄存曾回憶說，「田漢講雨果的讓·華爾讓，講梅里美的嘉爾曼，講歌德的迷娘。沈雁冰講希臘戲劇和神話，方光燾講廚川白村和小泉八雲，瞿秋白講十月革命，惲代英講封建主義、帝國主義和民主主義，學生都很有興味」，「我在這所大學的非常簡陋的教室裏，聽過當時新湧現的文學家和社會學家的講課。時間僅僅一年，這一群老師的言論、思想、風采，給我以至今也忘不掉的印象」，「它的精神卻是全國最新的大學」[79]。1925 年「五卅」運動爆發，上海大學師生走在了革命

---

[79] 施蟄存：〈《劉大白選集》序〉，《北山散文集》（二），華東師範大學出版社，2001 年 10 月，第 1372 頁。

的最前沿。施、戴、杜三人在革命風潮的激蕩下，也積極地參與了進步學生運動。施蟄存日後在詩中描述了當時意氣風發的情形：「青雲子弟氣吞牛，欲鼓風雷動九州。滄海騰波龍起蟄，成仁取義各千秋。」[80]「五卅」運動後，上海大學被查封，戴望舒、施蟄存（施曾於 1924 年秋轉入大同大學）先後轉入震旦大學法文特別班學習，為日後去法國留學作準備，此時，他們結識了同在法文班學習的劉吶鷗。劉吶鷗不僅給他們帶來了日本新感覺派小說，同時也帶來了日本的普羅文學。1925 年秋冬之際，施、戴、杜三人一起加入共青團，隨後又跨黨加入了國民黨，經常參加地下黨組織的飛行集會、散發傳單等革命活動。1927 年 3 月，由於有人告密，戴望舒和杜衡被捕入獄（而施蟄存由於已回松江躲過一劫），後幸得同學陳志皋父親保釋出獄。

「四・一二」反革命事變後，白色恐怖籠罩上海，施蟄存等人在國民黨反動派的血雨腥風面前，開始了新的人生選擇。他們在短暫的分別之後又聚首到松江施蟄存家的小廂樓裏，在「政治避難」的同時開始了「文學工廠」時期。他們「閉門不出，甚至很少下樓，每天除了讀書閒談之外，大部分時間用於翻譯外國文學」[81]。幾個月後感到「孤寂厭煩」的戴望舒約劉吶鷗一起到北京去玩，結識了姚蓬子、馮至、魏金枝、沈從文、馮雪峰、胡也頻等人，這為後來施蟄存、戴望舒、劉吶鷗等人文學上的「普羅化」和《新詩》社的「南北合流」建立了最初的聯繫。1928 年馮雪峰的加入，為施蟄存等人的「文學工廠」注入了普羅文學的「血液」。馮雪峰對戴望舒、杜衡翻譯英國頹廢詩人陶孫的詩集不贊成，他帶來了日本、蘇

---

[80] 施蟄存：〈浮生雜詠・三十五〉，《沙上的腳跡》，遼寧教育出版社，1995年 3 月，第 202 頁。

[81] 施蟄存：〈最後一個老朋友──馮雪峰〉，《新文學史料》，1983 年第 2 期。

聯的現代詩和普羅文藝理論，而此前馮雪峰已在北京出版過系統介
紹蘇聯文學的書。施蟄存說，「他的工作，對我們起了相當的影響，
使我們開始注意蘇聯文學」[82]，以至後來他們翻譯出版了兩集《俄羅
斯短篇傑作選》和《科學的藝術論叢書》（曾命名為「馬克思主義
文藝論叢」）。施蟄存等人還經由馮雪峰結識了許欽文、王魯彥、
魏金枝、胡也頻、姚蓬子等南下的左翼文學青年，並且與魯迅取得
了聯繫。施蟄存說，這時馮雪峰還動員他們恢復黨的關係，但他們
自從「四‧一二」事變以後，知道革命不是浪漫主義的行動。他們
三個人都是獨子，多少還有些封建主義的家庭顧慮。再說，在文藝
活動方面，也還想保留一些自由主義，不願受到被動的政治約束[83]。
從這裏可以看出，施蟄存等日後與左翼相疏離的內在原因。但這個
時期的施蟄存、戴望舒等人在最初的普羅文學運動中仍然保持著很
高的熱情，馮雪峰也把他們看作是「政治上的同路人，私交上的好
朋友」[84]。1930 年，「左聯」成立時，馮雪峰介紹戴望舒、杜衡成為
「左聯」第一批成員（當時施蟄存在松江沒有參加「左聯」成立大
會）便是一個明證。

　　20 年代末 30 年代初，普羅文學運動最初從創造社、太陽社成員
提倡「革命文學」開始，接著經過與魯迅、茅盾等人的論爭壯大聲
色，最後到「左聯」成立後而達到高潮。這一左翼文化思潮當年在
上海之所以能突破國民黨白色恐怖的警戒，超越「民族主義文學」
和「自由主義文學」的羈絆而成為主流話語，固然有所謂「紅色的
30 年」這一國際背景，但其內在原因正如有學者分析，是大革命失
敗後進步青年的政治焦慮和國民黨政府打壓進步力量所產生的大眾

---

[82]　施蟄存：〈最後一個老朋友——馮雪峰〉，《新文學史料》，1983 年第 2 期。
[83]　施蟄存：〈最後一個老朋友——馮雪峰〉，《新文學史料》，1983 年第 2 期。
[84]　施蟄存：〈最後一個老朋友——馮雪峰〉，《新文學史料》，1983 年第 2 期。

逆反心理所導致的政治文化心理使然[85]。魯迅曾就此指出，「革命文學之所以興盛起來，自然是由於社會的背景，一般群眾、青年有了這樣的要求」，「當廣東開始北伐的時候，一般積極的青年都跑到實際工作去了，那時還沒有什麼顯著的革命文學活動，到了政治環境突然改變，革命遭了挫折，階級的分化非常明顯，國民黨以『清黨』之名，大戮共產黨及革命群眾，而死剩的青年們再入於被壓迫的境遇，於是革命文學在上海這才有了強烈的活動」[86]。此外，上海租界相對寬鬆的政治文化環境也是其不可或缺的前提。與上次一樣，在洶湧的普羅文學浪潮的鼓蕩下，施蟄存、戴望舒、杜衡等人又一次積極地參與了普羅文學運動，所不同的是，上次是政治上的「同路人」，這次是文學上的「同路人」。施蟄存、戴望舒等人的普羅文學活動主要表現在出版、翻譯和創作上。1928 年 3 月，他們準備創辦《文學工廠》，並編印出了清樣交給光華書局出版，但光華書局的老闆沈松泉看了清樣之後覺得內容激進而不肯出版。在未曾印行的《文學工廠》的創刊號上，包括蘇汶（杜衡）翻譯的〈無產階級藝術的批評〉、畫室（馮雪峰）的〈革命與智識階級〉、安華（施蟄存）模擬蘇聯式的革命小說〈追〉、江近思（戴望舒）紀念革命友人的詩歌〈斷指〉、畫室翻譯的〈莫斯科的五月祭〉等 5 篇作品，從這些內容來看完全是普羅式的。1928 年 9 月，由劉吶鷗出資，他們創辦了「第一線書店」，出版了《無軌列車》。雖然「無軌」的意思是「刊物的方向內容沒有一定的軌道」[87]，但從實際內容來看，除了現代派文學外，主要是普羅文學，如畫室翻譯的描寫俄國革命的小說〈大都會〉、杜衡的反映工人罷工鬥爭的小說

---

[85] 朱曉進：〈政治文化心理與三十年代文學〉，《文學評論》，2000 年第 1 期。

[86] 魯迅：〈上海文藝之一瞥〉，《魯迅全集》第 4 卷，人民文學出版社，1981 年，第 234 頁。

[87] 施蟄存：〈最後一個好朋友——馮雪峰〉，《新文學史料》，1983 年第 2 期。

〈機器沈默的時候〉、杜衡翻譯的反映十月革命的小說〈革命底女兒〉、戴望舒的〈斷指〉、馮雪峰的〈革命與智識階級〉等。1928年 12 月第一線書店因「宣傳赤化嫌疑」被勒令停業，《無軌列車》也因「藉無產階級文學，宣傳階級鬥爭，鼓吹共產主義」[88]而被查禁。

1929 年 9 月，施蟄存、劉吶鷗等又創辦了水沫書店和《新文藝》月刊，走的仍是普羅主義與現代主義的路線。水沫書店先後出版的普羅文學書籍主要有馮雪峰的譯詩《流冰》、施蟄存的小說《追》、柔石的《三姐妹》、胡也頻的《往何處去》、沈端先的譯著《在施療室》、杜衡的譯著《革命底女兒》、沈端先的譯著《亂婚裁判》、周揚的譯著《偉大的戀愛》等。除上述譯、著外，尤其值得重視的是《科學的藝術論叢書》的出版。在馮雪峰的帶動下，水沫社同人認為「系統地介紹蘇聯文藝理論是一件迫切需要的工作，我們要發展無產階級革命文學，必須先從理論上打好基礎」[89]，於是準備出版一套《新興文學論叢書》，甚至還通過馮雪峰邀請魯迅來擔任主編。魯迅同意了施蟄存、戴望舒等人的約請，並答應承擔幾部譯著，但不出面主編，並建議把叢書名改為《科學的藝術論叢書》。這套叢書原本計畫 12 種，後來只印行了 5 部，再加上此前劉吶鷗、戴望舒的 2 部，一共出版了 7 部，即《藝術之社會基礎》（馮雪峰譯，盧那卡爾斯基著）、《新藝術論》（蘇汶譯，波格但諾夫著）、《藝術與社會生活》（馮雪峰譯，蒲力汗諾夫著）、《文藝與批評》（魯迅譯，盧那卡爾斯基著）、《文學評論》（馮雪峰譯，梅林格著）、《藝術社會學》（劉吶鷗譯，弗里采著）、《唯物史觀文學論》（戴望舒譯，伊可維茲著）。從 1929 年 5 月至

---

[88] 施蟄存：〈我們經營過三個書店〉，《新文學史料》，1985 年第 1 期。
[89] 施蟄存：〈最後一個好朋友——馮雪峰〉，《新文學史料》，1983 年第 2 期。

1930 年 6 月，水沫書店率先「系統地介紹蘇聯文藝理論」，不但切合了 30 年代初左翼文化思潮的脈搏，而且獲得了很好的市場效益，並引起了其他書店的爭相仿效，「這種風氣，竟也打動了一向專出碑版書畫的神州國光社，肯出一種收羅新俄文藝作品的叢書了」[90]，這是水沫書店最為興盛的時期。《新文藝》創刊後的最初幾期雖然偶爾也有茅盾、馮雪峰、沈端先、彭家煌、許欽文等左翼作家的作品，但主要以現代派文學為主。於是有署名何儉美的讀者來信說，「在目前這個時代，不是無產階級文學正高唱入雲的時候麼？我以為貴刊也應該順應潮流給我們的讀者介紹幾篇普羅的作品」（1 卷 4 期），署名 RT 的讀者則更是在來信中要求「系統底介紹新興文藝底理論」、「先進各國底普羅文藝運動」、「新興文學的創作和翻譯」等（1 卷 5 期）。為了回應讀者的要求，編者答復道：「關於普羅派作品我們也很重視著想竭力介紹給讀者」（1 卷 4 期），「本刊第一卷因為種種關係，只能做到包羅各種性質的文藝的『十樣錦』式的雜誌，所以對於普羅文學方面沒有特大的成績，但現在正計畫從第二卷起把本刊改革一下，性質側重新興文學」（1 卷 5 期）。實際上，《新文藝》從第 1 卷第 4 期就開始應讀者要求，刊登了葛莫美翻譯的藏原惟人著的長文〈新藝術形式的探求〉，探討了「關於普羅文藝當前的問題」。在本期的「編輯的話」中，編輯還著重推薦了這篇文章，指出「〈新藝術形式的探求〉是一篇很重要的文章。原作者藏原惟人為日本無產階級文藝理論介紹的專家，本篇不但議論正確精密，而文字也清晰有序」。第一卷第六期《新文藝》的普羅色彩明顯加重，如小說有穆時英的〈咱們的世界〉、許欽文的〈同情淚〉、安華的〈阿秀〉和戴望舒翻譯的伊可維支著的理論

---

[90] 魯迅：〈《鐵流》編校後記〉，《魯迅全集》（第 7 卷），人民文學出版社，1981 年版，第 365 頁。

長文〈唯物史觀的詩歌〉等。在本期「編輯的話」中，編輯又重點推薦了穆時英描寫無產者的著名小說〈咱們的世界〉和戴望舒翻譯的〈唯物史觀的詩歌〉，稱前者是「一個能使一般徒然負著虛名的殼子的『老大作家』羞愧的新作家」，後者是「以唯物史觀的立場來觀察詩歌的可以注意的文字，希望讀者加以注意」[91]。到了第二卷第一期，《新文藝》完全轉向了普羅文學，僅從其篇目便可見一斑，包括一組「新興文藝底理論」：〈藝術之社會的意義〉（弗理契著，洛生譯）、〈新演劇領域上的實驗〉（瑪察著，雪峰譯）、〈無產階級運動與資產階級藝術〉（蒲力汗諾夫著，郭建英譯）、〈唯物史觀與戲劇〉（伊可維支著，戴望舒譯）；一組反映無產者的小說：〈黑旋風〉（穆時英）、〈花〉（施蟄存）、〈監〉（巴別爾著，杜衡譯）；詩歌則有讚美無產階級機械生產和革命的〈我們的小母親〉、〈流水〉（戴望舒）；書評有蘇汶評論蔣光慈的〈衝出雲圍的月亮〉；隨筆有〈國際歌的作者及其歷史〉（孫春霆）；文壇消息有「蘇聯文壇的風波」、「英國無產階級文學運動」、「國際勞動者研究會」等。《新文藝》的轉向主要是在時代精神氣候的影響下，讀者、編者和作者三方共同作用的結果。施蟄存說，「這時候，普羅文學運動的巨潮震撼了中國文壇，大多數的作家，大概都是為了不甘落伍的緣故，都『轉變』了。《新文藝》月刊也轉變了」[92]，「於是從第二卷第一期起，《新文藝》面目一變，以左翼刊物的姿態出現」。1930 年 4 月以後，「形式突然變壞了，《論叢》被禁止發行」，再加上經濟問題（書款收不回，劉吶鷗又無法再投入資金），先是《新文藝》主動停刊，然後是水沫書

---

[91] 〈編輯的話〉，《新文藝》，第 1 卷第 6 期。
[92] 施蟄存：〈我的創作生活之歷程〉，《施蟄存七十年文選》，上海文藝出版社，1996 年版，第 56 頁。

店停業。1931 年初，水沫書店改組為東華書店，打算改變出版方向，多出一些大眾常用書以緩解政治和經濟的雙重壓力，但隨後「一•二八」事變爆發，東華書店來不及出書，便「流產了」[93]，施蟄存、杜衡、戴望舒、劉吶鷗、穆時英等人的左翼文學「同路人」時期也隨之結束了。

二、「第三種人」的文學主張與左翼的文化批判

　　1931 年水沫社的解體標誌著施蟄存、戴望舒、杜衡等人作為左翼「同路人」時期的結束。1932 年 5 月，施蟄存主編的《現代》雜誌創刊，預示著「現代派」群體的形成。《現代》雜誌出資人的商業動機和「一•二八」事變前後政治文化氛圍決定了《現代》雜誌此後的走向。現代書局的老闆洪雪帆、張靜廬以前曾出版過幾種左翼文藝刊物，如《拓荒者》、《大眾文藝》等，都被國民黨禁止了。後來在國民黨的壓力下，出版宣傳民族主義文學的《前鋒月刊》又遭到左翼人士的猛烈抨擊。洪、張二人「驚心於前事，想辦一個不冒政治風險的文藝刊物」，於是請來了與左翼和國民黨都保持一定距離而且有辦刊經驗的施蟄存。正是在這一背景下，施蟄存在創刊伊始就明確宣佈：「本志是文學雜誌，凡文學的領域，即本志的領域。本志是普通的文學雜誌，由上海現代書局請人負責編輯，故不是狹義的同人雜誌。因為不是同人雜誌，故本志不預備造成任何一種文學上的思潮、主義或黨派。因為不是同人雜誌，故本志希望得到中國全體作家的協助，給全體的文學嗜好者一個適合的貢獻。因為不是同人雜誌，故本志所刊載的文章，只依照編者個人的主觀為標準。至於這個標準當然是屬於文學作品的本身價值方面

---

[93] 施蟄存：〈我們經營過三個書店〉，《新文學史料》，1985 年第 1 期。

的。」[94]這份宣言表明了今後刊物的性質、編者的態度和選稿的標準。以往許多學者常常只注意到這份宣言所強調的「文學性」表層主張，而忽視了它背後所暗含的複雜意味。實際上，施蟄存在這裏集中強調了《現代》雜誌的「非同人性」，而這一「非同人性」正是為了遮蔽和消解此前他們所經營的幾個刊物的「左翼」色彩，而並非針對「現代派傾向」的，這一點從《現代》雜誌此後的具體內容上可以得到確切的證實。如前所述，從《無軌列車》到《新文藝》，從「第一線書店」到「水沫書店」，施蟄存等人走的是「現代主義」與「普羅主義」雜糅並置的路線，到後來更偏重「普羅主義」。而在《現代》雜誌上，施蟄存等再也未提倡「新興文學」、「馬克思主義」、「科學的藝術論」、「無產階級」或「普羅主義」等主張了，雖然仍時有魯迅、茅盾、郭沫若、葉聖陶、歐陽予倩、洪深、老舍、巴金、丁玲、周揚、馮雪峰、張天翼、穆木天、黎錦明等左翼作家或進步作家作品出現，但那只是從「文學」和「市場」的角度，為《現代》提升知名度，使「門市維持熱鬧」。雖然施蟄存說「本志不預備造成任何一種文學上的思潮、主義或黨派」，但是眾所周知，《現代》雜誌在施蟄存本人的心理分析主義小說和意象派詩歌的帶動下，在他對新感覺派作家和現代派詩人的扶植下，在他組織的對域外現代派文學理論及創作的大規模譯介下，《現代》雜誌把此前的「現代派文學」推向了更繁榮的階段，終至形成了現代文學史上第一個成熟的現代派文學群體。施蟄存、杜衡、戴望舒、穆時英、劉吶鷗等現代派群體與左翼文學陣營的正面衝突是從 1932 年 7 月杜衡與左翼陣營關於「第三種人」的論爭開始的，在 1933 年 4 月劉吶鷗、穆時英、黃嘉謨等與左翼陣營關於「軟」、「硬」電影的論爭中也得到反映。

---

[94] 施蟄存：〈創刊宣言〉，《現代》，1932 年 5 月，創刊號。

　　1932 年 7 月，杜衡以蘇汶的筆名在《現代》第一卷第三期上發表了〈關於「文新」與胡秋原的文藝論辯〉一文，正式亮出了「第三種人」的身份，隨後一場持續一年之久的關於「第三種人」的論爭在《現代》雜誌上展開。蘇汶從文藝自由的角度出發，在分析了當前文壇的不自由後，提出「在『知識階級的自由人』和『不自由的、有黨派的階級』爭著文壇的霸權的時候，最吃苦的卻是這兩種人之外的第三種人。這第三種人便是所謂作者之群」。[95]蘇汶的「第三種人」主張隨後遭到左翼陣營的一致批判。易嘉（瞿秋白）在〈文藝的自由和文學家的不自由〉中指出，「每一個文學家，不論他們有意的，無意的，不論他是在動筆，或者是沈默著，他始終是某一階級的意識形態的代表。在這天羅地網的階級社會裏，你逃不到什麼地方去，也就做不成什麼『第三種人』」[96]。魯迅在〈論「第三種人」〉中也表達了與瞿秋白類似的觀點，「生在有階級的社會裏而要做超階級的作家，生在戰鬥的時代而要離開戰鬥而獨立，生在現在而要做給與將來的作品，這樣的人實在也是一個心造的幻影，在現實世界上是沒有的。要做這樣的人，恰如用自己的手拔著頭髮，要離開地球一樣」[97]。周起應（周揚）在〈到底是誰不要真理，不要文藝？〉中則指出，「蘇汶先生的目的就是要使文學脫離無產階級而自由，換句話說，就是要在意識形態上解除無產階級的武裝」[98]。

---

[95] 蘇汶（杜衡）：〈關於「文新」與胡秋原的文藝論辯〉，《現代》，1932 年 7 月，第 1 卷第 3 期。

[96] 易嘉（瞿秋白）：〈文藝的自由和文學家的不自由〉，《現代》，1932 年 10 月，第 1 卷第 6 期。

[97] 魯迅：〈論「第三種人」〉，《現代》，1932 年 11 月，第 2 卷第 1 期。

[98] 周起應（周揚）：〈到底是誰不要真理，不要文藝〉，《現代》，第 1 卷第 6 期。

此外，還有舒月的〈從「第三種人」說到左聯〉也批判了胡秋原和蘇汶的「文藝自由論」。針對瞿秋白、魯迅、周揚、舒月等人的批判，蘇汶在〈「第三種人」的出路——論作家的不自由，並答覆易嘉先生〉、〈答舒月先生〉、〈論文學上的干涉主義〉等文章中一一作了辯駁。蘇汶反對把文學的階級性和革命性擴大化。他堅持認為，文學雖然有「武器的作用」，「可是這作用是有限的」，「不是一切文學都是有階級性的」，「在資本主義社會裏，並非一切不是無產階級文學即是擁護資產階級的文學，反之，它們大都倒同樣地是反資產階級的文學」，「只要作家是表現了社會的真實，沒有粉飾的真實，那便即使毫無煽動的意義也都絕不會是對於新興階級的發展有害的」，「『第三種人』的唯一出路並不是為著美而出賣自己，而是，與其欺騙，與其做冒牌貨，倒不如努力去創造一些屬於將來的東西」[99]。蘇汶堅持反對政治干涉文學，但他並非反對一切干涉，而是反對那種「會損壞了文學的真實性」的干涉。他認為，文學的永久任務是「指出社會的矛盾，以期間接或直接幫助其改善」，而不應該成為「某種政治勢力的留聲機」，從而失去「做時代的監督的那種效能」[100]。在這場論爭中，左翼陣營與「第三種人」從各自不同的立場表明了自己的文學主張，同時也暴露出各自的不足。「第三種人」堅持自由主義的文學立場，主張文學的真實性、藝術性，但忽視了文學的社會性和社會的現實性；左翼陣營堅持普羅主義的文學立場，注重文學的社會性、階級性，卻忽視了文學的藝術個性和藝術的真實性，在強調同一性的同時表現出排他性。左翼

---

[99] 蘇汶：〈「第三種人」的出路——論作家的不自由，並答覆易嘉先生〉，《現代》，第1卷第6期。

[100] 蘇汶：〈論文學上的干涉主義〉，《現代》，第2卷第1期。

這一「關門主義」的傾向引起了中共中央的注意。1932 年 11
月，時任中共中央宣傳部部長的張聞天以「歌特」的筆名在中共
中央機關報《鬥爭》上發表了〈文藝戰線上的「關門主義」〉。
他吸收了「自由人」和「第三種人」的合理成份，分析了左翼內
部存在的問題。張聞天指出，「左傾空談」是當前的「主要危
險」，「左的『關門主義』」是左翼文藝運動發展的「最大障礙
物」，其表現在一是否認「第三種人」和「第三種文學」的存
在，認為「文學只能是資產階級的或是無產階級，一切不是無產
階級的文學，一定是資產階級的文學，其中不能有中間，即所謂
第三種文學」。張聞天不但肯定了「革命的小資產階級的文學」
和「其他階級的文學」的存在，而且認為「革命的小資產階級的
文學」是「中國目前革命文學最佔優勢的一種」，他們「不是我
們的敵人，而是我們的同盟者」。第二種表現是在理論上機械地
認為文藝只是某一階級「煽動的工具」和「政治的留聲機」。他
認為，文藝作品固然有「煽動」與「政治留聲機」的作用，「在
有階級的社會中間，文藝作品都有階級性，但絕不是每一文藝作
品，都是這一階級利益的宣傳鼓動品」，對於「自由人」和「第
三種人」不應排斥，應該給他們以「自由」，從而實現「廣泛的
革命統一戰線」[101]。張聞天從黨的政治策略出發，尊重文藝的自
身規律，高屋建瓴地分析了左翼文壇當前存在的問題，提供了解決
的方法和原則，這對於當時左翼文壇認清形勢糾正問題無疑起到了
重要作用。在他的影響下，丹仁（馮雪峰）在《現代》第二卷第三
期上發表了總結性的文章〈關於「第三種文學」的傾向與理論〉，
一方面承認了左翼內部存在「指友為敵」和「宗派性」的錯誤，要

---

[101] 歌特（張聞天）：〈文藝戰線上的「關門主義」〉，《鬥爭》，1932 年
11 月。

改變「對於蘇汶先生等」的態度，「不把蘇汶先生等認為是我們的敵人，而是看作應當與之同盟戰鬥的自己的幫手，我們應當建立起友人的關係來」；另一方面也為「第三種文學」指出「真正的出路」：「我們認為蘇汶先生的『第三種文學』的出路，是這一種革命的，多少有些革命的意義的，多少能夠反映現在社會的真實的現實的文學。他們不需要和普羅革命文學對立起來，而應當和普羅革命文學聯合起來的。」[102]馮雪峰一方面作為左聯的黨團書記、中共中央宣傳部文化工作委員會主任代表左翼對「第三種人」採取了團結的策略，另一方面又作為蘇汶的老朋友進行了規勸。蘇汶同時也在《現代》上發表了總結性文章〈一九三二年的文藝論辯之清算〉，他從三個方面總結了這次論爭的成果：「第一，文藝創作自由的原則是一般地被承認了」，「第二，左翼方面的狹窄的排斥異己的觀念是被糾正了」，「第三，武器文學的理論是被修正到更正確的方向了」[103]。在蘇汶看來，論爭的最後勝利似乎是在自己一方，這也導致了他後來不但沒有按照老朋友馮雪峰所指的「出路」發展，做左翼的「同路人」，而是與楊邨人、韓侍桁等結盟，徹底走向了左翼的反對面，乃至最後投靠了國民黨，遭到左翼陣營更強烈的批判。

在蘇汶同左翼陣營開展論爭的過程中，他的「現代派」同人施蟄存、戴望舒、劉吶鷗、穆時英等人都沒有袖手旁觀，而是以不同的方式給予了聲援。雖然施蟄存事後說，「對於『第三種人』問題的論辯，我一開頭就決心不介入」，「在整個論辯過程中，我始終

[102] 丹仁（馮雪峰）：〈關於「第三種文學」的傾向與理論〉，《現代》，1933年1月，第2卷第3期。
[103] 蘇汶：〈一九三二年的文藝論辯之清算〉，《現代》，1933年1月，第2卷3期。

保持編者的立場，並不自己認為也屬於『第三種人』」[104]。但事實上他的一些言論和態度處處表露出他對「第三種人」文學主張的認同。在《現代》第二卷第一期的〈社中日記〉中，施蟄存表明了對本期蘇汶的〈論文學上的干涉主義〉的認同，「凡進步的作家，不必與政治有直接的關係」，「我們的進步的批評家都忽視了這事實，所以蘇汶先生遂覺得非一吐此久鯁之骨不快了。這篇文章也很有精到的意見，和爽朗的態度」[105]，而對同期上魯迅的〈論「第三種人」〉則未作評論，並且在編排上把它置於蘇汶之後。在《現代》第二卷第三期的〈社中日記〉裏，施蟄存說：「蘇汶先生送來〈一九三二年的文藝論辯之清算〉一文，讀後甚為快意。以一個編者的立場來說，我覺得這個文藝自由論戰已到了可以相當的做個結束的時候。蘇汶先生此文恰好使我能借此作一結束的宣告。」[106]如前所述，蘇汶在這篇文章中正是以勝利者的口吻進行總結的。對於同期上左翼的兩篇總結性文章〈並非浪費的論爭〉（洛揚，即瞿秋白）和〈關於「第三種文學」的傾向與理論〉（丹仁，即馮雪峰）卻未作表態。在《現代》第二卷第五期的〈社中日記〉中，施蟄存針對谷非（胡風）批評「蘇汶先生等焦急地想在藝術領域裏建造一個『中立』地帶」表示「我對於文藝的見解是完全與蘇汶先生沒有什麼原則上的歧異的」[107]。1934 年施蟄存在《現代》第 5 卷第 6 期的《現代美國文學專號》的「導言」中指出，美國文學的一個重要特徵是「它是自由的」，「在現代的美國文壇上，我們看到各種傾向的理論、各種傾向的作品都同時並存著」，「任何一種都沒有用

[104] 施蟄存：〈《現代》雜憶〉，《沙上的腳跡》，遼寧教育出版社，1995年版。
[105] 施蟄存：〈社中日記〉，《現代》，1932 年 11 月，第 2 卷第 1 期。
[106] 施蟄存：〈社中日記〉，《現代》，1933 年 1 月，第 2 卷第 3 期。
[107] 施蟄存：〈社中日記〉，《現代》，1933 年 3 月，第 2 卷第 5 期。

政治的或社會的勢力來壓制敵對或不同的傾向」，「我們所要學
的，卻正是那種不學人的、創造的、自由的精神」[108]，這可以說是
對「第三種人」文藝自由論的又一次呼應。戴望舒對「第三種人」
的聲援始自 1933 年 6 月的「法國通信」〈關於文藝界的反法西斯諦
運動〉（《現代》第 3 卷第 2 期）。身在異域的戴望舒在這篇通訊
中，借法國文壇的「第三種人」紀德與法國革命作家之間相互「攜
手」的關係，嘲諷了國內左翼作家把「『第三種人』當作惟一的敵
手」。他說：「正如我們的軍閥一樣，我們的文藝工作者也是勇於
內戰的。在法國的革命作家和紀德攜手的時候，我們的左翼作家想
必還在把所謂『第三種人』當作惟一的敵手吧！」[109]1933 年 7 月 1
日魯迅因戴望舒從國外對「第三種人」的聲援而在《文學》（《現
代》的主要競爭者）的創刊號上發表了〈又論「第三種人」〉，反
駁了戴望舒的觀點，認為中國與法國文壇情況不一樣，「第三種
人」也與紀德不同，文藝上「不偏不倚」的「第三種人」實際上是
沒有的，「在這混雜的一群中，有的能和革命前進，共鳴；有的也
能乘機將革命中傷，軟化，曲解。左翼理論家是有著加以分析的任
務的。如果這就等於『軍閥』的內戰，那麼，左翼理論家就必須更
加繼續這內戰，而將營壘分清，拔去了從背後射來的毒箭」[110]。穆
時英、劉吶鷗雖然沒有正面對「第三種人」進行聲援，但他們幾乎與
此同時在與左翼電影界關於「軟」、「硬」電影的論爭中表示了與
「第三種人」同樣的「文藝自由論」主張。1933 年至 1935 年間，劉吶
鷗、穆時英、黃嘉謨等發表了系列文章批評左翼電影「內容偏重主

---

[108] 施蟄存：〈現代美國文學專號・導言〉，《現代》，1934 年 10 月，第 5 卷第
　　6 期。
[109] 戴望舒：〈關於文藝界的反法西斯諦運動〉，《現代》，1933 年 6 月，第 3
　　卷第 2 期。
[110] 魯迅：〈又論「第三種人」〉，《文學》，1933 年 7 月，創刊號。

義」，「多半帶有點小兒病」[111]；反對把電影「利用為宣傳的工具」，指責左翼電影「硬要在銀幕上鬧意識，使軟片充滿著乾燥而生硬的說教的使命」[112]；批評左翼影評人「要求演員和導演不但是膠片上的馬克思主義者，而且是實生活上的馬克思主義者」[113]。與此同時，劉吶鷗、黃嘉謨、穆時英等人也被左翼電影界批判為「純藝術論」、「純粹電影題材論」、「美的照觀態度論」、「霜淇淋論」和「軟性電影論」[114]。

　　雖然施蟄存等人並不承認自己屬於「第三種人」，但是他們相似的文學主張和幫扶的同人姿態，致使左翼和外界都把他們視作「第三種人」的同類。1939 年 11 月《文藝新聞》上刊登的〈「第三種人」的近況〉便把施蟄存、戴望舒、穆時英、杜衡、葉靈鳳一同歸為「第三種人」。魯迅也在多種場合把施蟄存等視作是「所謂『第三種人』杜衡輩」[115]。作為「第三種人」第二階段的代表韓侍桁也說，「客觀上講，或許在『第三種人』的名稱下，是應當含有施蟄存、葉靈鳳、戴望舒、穆時英、甚至高明等人」[116]。施蟄存本人也說：「《現代》從三卷一期起，由我和杜衡（蘇汶）合編，給文藝界的印象，確實好像《現代》已成為『第三種人』的同人雜誌或機關刊物。」[117]施蟄存等人事後之所以對「第三種人」身份忌諱，主要原因恐怕是「事態的發展對『第三種人』在文壇上的存在

---

[111] 劉吶鷗：〈中國電影描寫的深度問題〉，《現代電影》，1933 年第 3 期。

[112] 黃嘉謨：〈硬性電影和軟性電影〉，《現代電影》，1933 年第 6 期。

[113] 穆時英：〈當今電影批評檢討〉，1935 年 8 月《電影畫報》。

[114] 詳見李今：《海派小說與現代都市文化》，安徽教育出版社，2000 年 12 月，第 181－189 頁。

[115] 魯迅：〈題未定草（九）〉，《魯迅全集》第 6 卷，人民文學出版社，1981 年版，第 428 頁

[116] 韓侍桁：〈「第三種人」的成長及其消解〉，《文藝月刊》，1940 年 4 月。

[117] 施蟄存：〈《現代》雜憶〉，《沙上的腳跡》，遼寧教育出版社，1995 年版。

日形不利，環圍的冷嘲與熱諷，使『第三種人』變成一個恥辱的名
稱，這些被人硬載上『第三種人』帽子的作家們，更是設法避免這
個並不十分榮譽的頭銜」[118]。而這一「事態」，就是 1933 年 2 月以
後從左翼陣營「叛逃」的楊邨人、韓侍桁主動靠近「第三種人」，
並於 1935 年與蘇汶一起創辦了《星火》月刊，公然反對左翼文學，
這已經是「第三種人」的第二個階段了。施蟄存等人對「杜衡的這
一傾向極不滿意，因而連朋友的交情也從此冷淡了」[119]。由於「第
三種人」第二階段的主張施蟄存等「現代派」同人並不贊成也未涉
及，而且又突破了文學範疇，涉及政治層面的意識形態問題，故不
在本文的討論範疇之內，所以我們探討的只是《現代》時期的「第
三種人」問題。

　　綜上所述，關於「第三種人」的論爭主要圍繞著「文學與政
治」的關係而展開，爭論的焦點是「文學的自由」、「文學的真實
性」、「文學的階級性」和「文學的功能」等問題。蘇汶、施蟄
存、戴望舒等堅持自由主義的文學立場，信守文學的真實性、藝術
性和個性主義，其間受到時代精神氣候的影響曾感染了普羅色彩，
一旦覺察與自己的文學理想相背離便很快又回到文學自身的軌道上
來；而左翼批評界堅持普羅主義的文學立場，主張文學的社會性、
階級性、革命性和集團主義，一旦發現與自己的文學思想相衝突的
觀點便展開了集體的批判。這場論爭實際上是在特定歷史時期兩種
文學觀的爭辯。經過這場爭辯，施蟄存、杜衡、戴望舒等人堅持自
由主義文學的立場更為鮮明，此前曾有過的普羅色彩進一步褪卻，
現代派的群體形象也更為清晰。由於雙方站在不同的立場和角度，
對待這些問題的看法和理解也必然不同。根據施蟄存的理解，「所

---

[118] 韓侍桁：〈「第三種人」的成長及其消解〉，《文藝月刊》，1940 年 4 月。
[119] 施蟄存：〈《現代》雜憶〉，《沙上的腳跡》，遼寧教育出版社，1995 年版。

謂『知識階級的自由人』，是指胡秋原所代表的資產階級自由主義
者及其文藝理論。所謂『不自由的、有黨派的階級』，是指無產階
級及其文藝理論。在這兩種人的理論指揮棒之下，作家，第三種
人，被搞得昏頭轉向，莫知適從。作家要向文藝理論家的指揮棒下
爭取創作自由，這就是蘇汶寫作此文的動機。不是很明白嗎？『第
三種人』應該解釋為不受理論家瞎指揮的創作家。」[120]但在左翼陣
營看來，「由於國民黨反動派對左翼文化的壓迫一天一天嚴重，他
們就公開打出小資產階級的旗幟，聲稱他們既不是資產階級的作
家，也不是無產階級的作家，而是小資產階級的作家，算是『第三
種人』。他們在國民黨壓迫左翼作家，限制自由創作的情況下，不
向國民黨去爭取創作自由，而向左翼方面去爭取創作自由」[121]。如
果以今天置身事外的立場來看，蘇汶等爭取文藝自由並不為過，也
符合文學的自身規律和要求，但對任何事物的判斷都不能脫離彼時
彼地的文化語境。正如有學者所分析，30年代處於一個特殊的政治
文化語境中，國民黨為了建立和鞏固一黨獨裁政權，在文化領域施
行「黨化教育」，查禁進步書刊，打擊進步文化團體，迫害文化界
進步人士，「凡左聯作家所作書籍，概予以焚毀」[122]。在這種情勢
下，左翼陣營一方面在與國民黨及其所扶持的「民族主義文學」鬥
爭，另一方面又在與「新月派」梁實秋和「自由人」胡秋原等人進
行著關於文學的階級性、人性和自由等問題的論爭。本是左翼「同
路人」的蘇汶卻在此時向「腹背受敵」的左翼文壇提出「爭取創作
自由」的「第三種人」主張，引起左翼的激烈反應也情有可原（誠

---

[120] 施蟄存：〈《現代》雜憶〉，《沙上的腳跡》，遼寧教育出版社，1995年版。
[121] 任白戈：〈我在左聯工作的時候〉，《左聯回憶錄》（上），中國社會科學
出版社，1982年版。（注：任白戈曾任左聯宣傳部長和行政書記。）
[122] 朱曉進：《政治文化與中國二十世紀三十年代文學》，人民出版社，2006年
11月，第19頁。

然，二者之間的矛盾主要還是文藝觀念上的分歧）。而對於蘇汶來
說，一方面多少帶有聲援「蘭社」舊友的心理，另一方面也是他長
期以來對左翼粗暴、武斷干涉文藝自由的集團主義感到壓抑和不滿
的表現。

三、「理智與情感底衝突中」的困惑

　　施蟄存、戴望舒、杜衡等人與「左翼」普羅文學漸行漸遠，其
原因一方面正如施蟄存所說，「在文藝活動方面，也還想保留一些
自由主義，不願受到被動的政治約束」[123]，另一方面其根本原因則
是他們在價值觀念和生活方式上更傾向於現代都市文明和現代派文
學，而 30 年代的上海都市文明和現代派文學是築基於資本主義工商
文化基礎之上的，這與左翼的無產階級世界觀和馬克思主義的理論
基礎是相背離的。然而，任何事物的變化都不是非此即彼涇渭分明
的。「某種集合性的『真正自我』，隱藏在許多其他更表層的或人
為的『自我』之內」[124]，霍爾關於「本質主義」的認識也同樣適合
於解釋蘇汶等「第三種人」在文學主張和思想認識上的複雜性。事
實上，蘇汶、施蟄存、戴望舒、穆時英等人與左翼文學的關係由靠
近到疏離無論是在「第三種人」論爭之前、之中還是之後，都時常
呈現出一方面深受左翼的影響另一方面又想努力擺脫的焦慮。

　　早在 1928 年杜衡傾向「普羅文學」的同時就感到困惑甚至痛
苦。他一方面「不甘心於只寫供青年男女消消遣的作品，而不得不
把文學底社會意義來鄭重地考量」，到 1928 年夏季下決心「除有積
極的意義的東西之外一概不寫」，並創作了「以工人鬥爭為題材」

---

[123] 施蟄存：〈最後一個老朋友——馮雪峰〉，《新文學史料》，1983 年第 2 期。
[124] Jorge Larrain：《意識形態與文化身份》，戴從容譯，上海教育出版社，2005
　　年，第 215 頁。

的〈黑寡婦街〉和「以罷工為題材」的〈機器沈默的時候〉。另一
方面，他又「要求自己作品裏要有真實的人生」，「文學作品假使
還是以使人讀了感動為目的，那麼就只有從作者心裏說出來的話才
屬可能」，可是自己「所見本屬有限」，一些材料「都像林琴南翻
譯西文一樣，用耳朵代眼睛；耳朵不足，繼之以想像；想像不到，
則以文字底魔術來掩飾」，這種「理智的寫法」使他的作品「極端
地機械化」。他意識到自己「只能學到像無產階級那樣地去思索，
不能學到像無產階級那樣地去感覺」，於是他又下決心「僅寫兩
篇，就此完結」，此後「隻字不寫」[125]。像杜衡那樣對左翼的不適
感在施蟄存、戴望舒、穆時英等人身上也同樣反映出來。1929 年前後
施蟄存受到普羅文學的影響，寫了〈阿秀〉、〈花〉兩個短篇，但是
在這兩個短篇之後，他沒有寫過一篇所謂普羅小說。他說，「這並不
是我不同情於普羅文學運動，而實在是我自覺到自己沒有這方面發
展的可能」[126]，「我明白過來，作為一個小資產階級知識份子，他
的政治思想可以傾向或接受馬克思主義，但這種思想還不夠作為他
創作無產階級文藝的基礎」[127]。30 年代初，施蟄存試圖努力「開闢
一條創作的新蹊徑」，用精神分析方法創作了《將軍底頭》和《梅
雨之夕》兩部小說集，但卻遭到左翼理論家的批判。樓適夷說他讀了
〈在巴黎大戲院〉與〈魔道〉之後感覺到「這便是金融資本主義底下
吃利息生活者的文學」，「他們只是張著有閒的眼，從這崩壞中發現

---

[125] 杜衡：〈在理智與情感底衝突中的十年間〉，樓適夷編《創作的經驗》，天
馬書店，1933 年 6 月，第 81 頁。
[126] 施蟄存：〈我的創作生活之歷程〉，《施蟄存七十年文選》，上海文藝出版
社，1996 年版，第 56 頁。
[127] 施蟄存：〈我們經營過三個書店〉，《新文學史料》，1985 年第 1 期。

新奇的美，用這種新奇的美，他們填補自己的空虛」[128]。錢杏邨也說施蟄存的創作「一方面是顯示了中國創作的一種新的方向，新感覺主義；一方面卻是證明了曾經向新的方向開拓的作者的『沒落』」[129]。左翼的批評使施蟄存「很困苦地感覺到在題材，形式，描寫方法各方面，都沒有發展的餘地了」[130]，他只好主動放棄了自己的創作探索。同樣戴望舒在發表了〈斷指〉和〈我們的小母親〉之後，也再未創作過類似的普羅式詩歌，他甚至還在編輯詩集《望舒草》時，特意把前期有普羅傾向的〈斷指〉和〈我們的小母親〉抽掉。1932 年當左翼刊物《北斗》向戴望舒徵詢當前「創作不振的原因及其出路」時，戴望舒認為，「生活缺乏，因而他們的作品往往成為一種不真切，好像紙糊出來的東西」，「我希望批評者先生們不要向任何人都要求在某一方面是正確的意識，這是不可能的，也是徒然的」[131]。戴望舒先後譯介了一些國外無產階級文學，在這些介紹中他都有自己獨到的理解。如在介紹「英國無產階級文學運動」時，他指出「新興無產階級的作家只能從底層勞動者中崛起」，暗示了小資產階級不可能成為無產階級作家[132]。在〈詩人瑪耶闊夫斯基之死〉中，他指出「革命，一種集團的行動，毫不容假借地要排除了集團每一分子的內心所蘊藏著的個人主義的因素」，暗示了革命對文學中最重要的因素「個性和情感」的扼殺[133]。在譯作〈唯物史觀的詩歌〉中，他借伊可維支之口介紹了未來主義對機

---

[128] 適夷：〈施蟄存的新感覺主義——讀了「在巴黎大戲院」與「魔道」之後〉，《文藝新聞》，1931 年第 33 期。

[129] 錢杏邨：〈一九三一年中國文壇的回顧〉、《北斗》，第 2 卷第 1 期。

[130] 施蟄存：〈「梅雨之夕」後記〉，《十年創作集》，華東師大出版社，1996 年版，第 794 頁。

[131] 戴望舒：〈一點意見〉，《北斗》，1932 年 1 月。

[132] 戴望舒：〈英國無產階級文學運動〉，《新文藝》，第 2 卷第 1 期。

[133] 戴望舒：〈詩人瑪耶闊夫斯基之死〉，《小說月報》，1930 年 12 月。

械的力學的都市的表現，此書在納入《科學的藝術論叢書》時還因其含有資產階級思想而遭到質疑。

在論爭期間，爭辯雙方實際上並非水火不容而是互有來往的。施蟄存說，他讓「許多重要文章，都先經對方看過」，然後送到他這裏來，「幾乎每篇文章」在印出以前，他都送給魯迅過目，後來還請魯迅寫了〈論「第三種人」〉，而且盡可能把辯論雙方的文章刊載在同一期雜誌上，讓讀者更好地瞭解論辯雙方的觀點[134]。戴望舒和蘇汶還都是「左聯」的盟員，在聲援蘇汶的同時，戴望舒與法國左翼人士來往密切，並因此而被開除回國。在論戰之後，1933 年5 月杜衡、施蟄存還應樓適夷之約分別撰寫了〈在理智與感情底衝突中底十年間〉和〈我的創作生活之歷程〉，收入其主編的《創作的經驗》（該書實際主編為魯迅）一書，稿酬都捐給了「左聯」作經費。這前後，杜衡還與魯迅多次通信，請他為《現代》寫稿，並得到魯迅的同意。可見，施蟄存、戴望舒、蘇汶等人當時並非是在政治意識上要與「左翼」決絕，而是在文學觀念上與他們「不相為謀」，正如施蟄存所說，「我們自己覺得我們是左派，但是左翼作家不承認我們。我們幾個人，是把政治和文學分開的」，「我們標舉的是，政治上左翼，文藝上自由主義」[135]。「政治上左翼，文藝上自由主義」也許在理論上能夠成立，但在實際創作中是很難調和的，因為思想意識常常會潛移默化地制約著作家對生活觀察角度和文學創作方法的選擇，這一點鮮明地表現在穆時英和杜衡的小說創作中。

雖然穆時英、杜衡等人沒有按照左翼批評家們的要求和希望，「以前衛的姿態，參加現實的當前問題的鬥爭，定要和政治取著平

---

[134] 施蟄存：〈《現代》雜憶〉，《沙上的腳跡》，遼寧教育出版社，1995 年。
[135] 施蟄存：《沙上的腳跡》，遼寧教育出版社，1995 年，第 181 頁。

衡的發展，突進到問題的最前線最中心的方面去，在集團的命運上
教育或者慰藉」[136]，但是他們仍然在左翼文化的影響下按照自己對
生活對藝術的理解創作了一批既反映社會現實又不同於左翼文學的
小說。30 年代初，穆時英連續發表了〈咱們的世界〉、〈黑旋
風〉、〈南北極〉、〈生活在海上的人們〉等一系列反映城市底層
人物生活面貌和精神狀態的「粗暴風」小說，引起了文壇的注意，
「幾乎被推為無產階級文學的優秀作品」，甚至被譽之為「普羅文
學之白眉」，「一時傳誦，彷彿左翼作品中出了個尖子」[137]。事實
上〈南北極〉中的人物大多充滿了民間的江湖義氣，雖然具有強烈
的反抗精神，但卻沒有絲毫自覺的階級意識，與左翼文壇所期待的
無產階級形象相去甚遠。這一點很快便被阿英、樓適夷、舒月、瞿
秋白等左翼批評家們發覺，於是他們展開了對穆時英小說的「集團
式批判」。他們認為，穆時英筆下的人物具有「非常濃重的流氓無
產階級的意識」[138]，他的作品是「紅蘿蔔」，「外面的皮是紅的，
正是為著肉的白而紅的。這就是說：表面做你的朋友，實際是你的
敵人，這種敵人自然更加危險」[139]。針對上述批評和指責，穆時英
進行了抗辯，他說：「我是比較爽直坦白的人，我沒有一句不可對
大眾說的話，我不願像現在許多人那麼地把自己的真面目用保護色
裝飾起來，過著虛偽的日子，喊著虛偽的口號，……我以為這是卑
鄙齷齪的事，我不願做。說我落伍，說我騎牆，說我紅蘿蔔剝了

---

[136] 舒月：〈社會渣滓堆的流氓無產者與穆時英的創作〉，《現代出版界》，
　　1932 年第 2 期。
[137] 施蟄存：〈我們經營過三個書店〉，《新文學史料》，1985 年第 1 期。
[138] 舒月：〈社會渣滓堆的流氓無產者與穆時英的創作〉，《北斗》，第 1 卷
　　第 1 期。
[139] 瞿秋白：《瞿秋白文集》（第 1 卷），人民文學出版社，1985 年版，第
　　407 頁。

皮，說我什麼可以，至少我可以站在世界的頂上，大聲地喊：『我
是忠實於自己，也忠實於人家的人』！……我不願意自己的作品受
誤解，受曲解，受政治策略的排斥，所以一點短解釋也許是必需
的。」[140]在小說〈PIERROT〉中，穆時英還借筆下的人物表現了對
左翼集團主義的不滿：「他們要求我順從他們，甚至於強迫我，他
們給了我一個圈子，叫我站在圈子裏邊，永遠不准跑出來，一跑出
來就罵我是社會的叛徒，拒絕我的生存，我為什麼要站在他們的圈
子裏邊呢？」儘管穆時英拒絕「站在他們的圈子裏邊」，但是他對
左翼文壇的「影響焦慮」始終無法棄絕。即便是《公墓》（小說
集）中那些極盡都市洋場風景被左翼批評家指責「全是與生活，與
活生生的社會隔絕的東西」，仍然表露出受左翼文學影響的痕跡。
在這些小說中，作者是帶著對有產者罪惡的詛咒和對「被生活壓扁
了的人」的悲憫來寫的。那些「被生活壓扁了的人」雖然缺乏左翼
作家筆下人物那樣的反抗精神，但是他們都嘗著「生活的苦味」，
「在心的深底裏都蘊藏著一種寂寞感」，而這些「差不多全是我親
眼目睹的事」[141]。左翼文學的影響在穆時英的長篇佚作〈中國一九
三一〉中表現得更為突出。在這部長篇未被發現之前，〈上海的狐
步舞〉因其對都市頹蕩生活的表現歷來被視作穆時英「新感覺風」
的代表，但事實上它只是「作長篇《中國一九三一》時的一個斷
片，只是一種技巧上的試驗和鍛煉」[142]。這部曾「預告了三年」連
載於《大陸雜誌》（1932 年 11 月至 1933 年 1 月）的長篇，「寫一

---

[140] 穆時英：〈《公墓》自序〉，《穆時英小說全集》，時代文藝出版社，1998
年版，第 718 頁。
[141] 穆時英：〈《公墓》自序〉，《穆時英小說全集》，時代文藝出版社，1998
年版，第 718 頁。
[142] 穆時英：〈《公墓》自序〉，《穆時英小說全集》，時代文藝出版社，1998
年版，第 718 頁。

九三一年大水災和九一八的前夕中國農村的破產，城市裏民族資本主義和國際資本主義的鬥爭」。雖然作者在這部小說裏「保持了他特有的輕快的筆調，故事的結構，也有了新的發見」[143]，具有明顯的「新感覺派」風格，但正如有學者分析，他試圖全景式反映 1930 年代中國城市和農村廣闊社會現實圖景的寫作思路和思想內容，明顯受到茅盾《子夜》和丁玲〈水〉的影響，而這部小說之所以遲遲未正式出版（即使連載也未完畢），也正是因為茅盾《子夜》的發表使得它失去了價值和光輝[144]。直至被暗殺的前兩年（1938 年），穆時英仍然沒有擺脫左翼思想影響的困惑與焦慮，他說：「在我的身體裏邊的犬儒主義和共產主義，藍色狂想曲和國際歌，牢騷和憤慨，卑鄙的私欲，和崇高的濟世渡人的理想，色情和正義感」，「終年困擾著我，蛀蝕著我」，「我的像火燒了的雜貨鋪似的思想和感情，正和這宇宙一樣複雜而變動不居」[145]。

　　在施蟄存、穆時英等的現代派群體中，杜衡的小說創作成績一方面因為常常被其理論鋒芒所遮蔽，使得當時的人們忽視了它的存在，而另一方面由於政治意識形態的原因，使得杜衡的小說創作到現在仍然不大為人所知。其實杜衡早期的小說創作無論是在思想內容還是在藝術形式上都很有特色，他既不同於劉吶鷗、穆時英、施蟄存等人的都市「新感覺風」，又與當時的左翼現實主義小說殊異，從而表現出徘徊於二者之間的獨特個性。1928 年杜衡在〈機器沈默的時候〉和〈黑寡婦街〉發表之後下決心「僅寫兩篇，就此完結」，此後「隻字不寫」，然而沈默了五年之後，他「對於文學的熱心，便冷鍋裏爆出熱栗子來似地回來了」[146]，在《現代》等雜誌上發

---

[143] 《良友》畫報第 113 期封底廣告，1936 年 1 月 15 日。
[144] 參見曠新年：〈穆時英的佚作〉，《杭州師範學院學報》，2003 年第 4 期。
[145] 穆時英：〈無題〉，香港《大公報》，1938 年 10 月 16 日，第 425 期。
[146] 杜衡：《懷鄉集・自序》，現代書局，1933 年 5 月。

表了系列小說。在 1928 年至 1937 年的 10 年間，杜衡主要出版了小
說集《石榴花》（第一線書店，1928 年 9 月）、《懷鄉集》（現代
書局，1933 年 5 月）、《旅舍輯》（上海良友圖書公司，1935 年 11
月），長篇小說《叛徒》（又名《再亮些》曾連載於《現代》1934
年 5－11 月號，後由未名書屋 1935 年 12 月出版）、《漩渦裏外》
（上海良友圖書公司，1937 年 2 月）等。杜衡把他小說創作的 10 年
稱作是「在理智與情感底衝突中的十年」。他說「在許多應當聽從
理智的時候」，「時常害怕傷於感情底虛偽以及事實底架空」，而
「往往注力於藝術的完成」[147]。在杜衡的小說中，無論是工廠的書
記員還是洋場的交際花，無論是學校教師還是地下革命者，無論是
工人還是農民，他都按照「真實的原則」，注重人物複雜的內心世
界，描寫真實的社會狀貌。〈在門檻邊〉講述了紗廠書記員陳二南
在幫助革命者顧均逃走而自己被捕的故事。杜衡對這種左翼小說中
常見的革命敘事進行了迥然不同的處理，小說中的陳二南根本算不
上英雄，他既無自覺的階級意識更無崇高的革命精神，而是在經歷
了劇烈的內心鬥爭後，根據一個正直的人的本性——良心作出了最
後選擇，幫助顧均逃走而導致自己被捕。杜衡小說中不乏像〈在門
檻邊〉這樣的「革命題材」小說。〈人與女人〉中的哥哥「為要使
自己和自己底同伴在十年二十年之後過好一點的日子」而走上革命
鬥爭的道路，妹妹珍寶為了「不做工也有飯吃」而選擇了洋場交際
花的人生。哥哥後來因革命被捕，而妹妹不但自己衣食無憂，還經
常接濟哥哥一家，更令人感到震驚和無奈的是嫂嫂最後也不得不走
上靠出賣色相度日的道路。然而，作者並沒有把這一不同的人生選
擇作簡單化的褒貶處理。珍寶自始至終都把哥哥的話「當作不變的

---

[147] 杜衡：〈在理智與情感底衝突中的十年間〉，樓適夷編《創作的經驗》，天
馬書店，1933 年 6 月，第 78 頁。

真理似地承認下來」，「人應得像哥哥所說地那樣」，「可是女人是有她們自己底道理的」，她只不過是從一個普通的「女人」或者「人」的本性出發，在艱難的社會現實環境中要求過上安穩的日子。杜衡堅持「表現社會真實」的文學觀，「必然地呈現舊社會的矛盾狀態」，這在長篇小說《漩渦裏外》和《叛徒》中，表現得更為充分。前者描寫了德生中學師生的鬥爭風潮，以尤丹初、黎漢為代表的反動勢力、以徐子修、樊振民為代表的進步力量和以張靜齋、呂次青為代表的中間派在驅逐校長的鬥爭漩渦中表現出複雜的矛盾衝突，作者儘量遮蔽自己的主觀傾向，而力圖呈現出真實的社會狀貌。後者通過一個多重性格的地下黨領導人「老張」在革命鬥爭中複雜的內心世界和多面生活，真實再現了革命的複雜性。老張時而狂熱、時而消沉，時而為革命出生入死，時而為情欲失去理智。最後為了嫉妒、報復的本能，老張殺死了特務頭子湯定武，毀滅了愛人劉靜蕙而被巡捕槍殺。在「萬事動亂」的 30 年代（〈葉賽寧之死〉），作為一個「要求自己作品裏要有真實的人生」的作家，杜衡像大多數左翼作家一樣，關注著社會民生，表現風雲激蕩的生活。然而在題材的處理上，他又完全不同於左翼作家那樣帶著清醒的階級意識和自覺的反抗精神。在這些作品中，他描寫的大都是些「時代落伍者」，雖然他也想按照左翼文學的思路去「指示出他們底必然的沒落，可是終於還免不了流露著一些偏愛與寬容」[148]。在這些小說中，杜衡完全消解了左翼革命小說的鬥爭模式，而是本著「真實」的信念，描寫了那個時代的社會人生。杜衡對革命對現實的這一處理方式，尤其是《叛徒》（《再亮些》），又引發了左翼批評界的「非難，責問，攻擊」，甚至有署名張瓴（實名立貞）的人寫了〈奉獻與杜衡一類的人〉的信寄給他，以小說的形式隱射

---

[148] 杜衡：《懷鄉集‧自序》，現代書局，1933 年 5 月。

他，說他「是侮辱了革命，是毒恨地企圖在前驅者底血跡上抹上一層非議」，「是間接服務於敵人」。針對這些非難，杜衡在〈致立貞〉的回信中進行了申辯和駁斥，他說「『再亮些』是表現著我和跟我一『類』的人對中國革命諸姿態的認識。我並不企圖抹殺，但也不打算『諱疾』」，「發表以後會受到如何的非難，責問，攻擊，這一切都在我意料之中」，然而，「我有我底自信，我更漸漸有了我自己底正義觀」，「在我身上是有著一個傻子和一個通達世故的人底二重人格」，「我也並沒有厚著臉皮硬要做任何方面底『同路人』；我底路，是只有我，以及跟我一『類』的人在那裏走」[149]。杜衡的這一回復不但闡明了他對革命題材的主張，也是對「第三種人」文學觀的又一次呼應。

通過以上的分析不難看出，杜衡、施蟄存、戴望舒、穆時英等人從左翼文壇的「同路人」到自由主義的「第三種人」，既表現了時代精神氣候的影響，也是現代派作家文學路向的自覺選擇。

第四節　從「馬克思主義」到「自由主義」：左翼文化與
　　　　徐訏的文學選擇

徐訏早年曾經有過濃厚的馬克思主義情結，他把這段時期稱之為「我的馬克思主義時代」，後來由於種種原因，他又「走出了馬克思主義」，「回到個人主義與自由主義」，但無論如何，以馬克思主義為理論基石的左翼文化思潮對徐訏的文學選擇產生了十分重要的影響。

---

[149] 杜衡：〈致立貞〉，孔另境編《現代作家書簡》，花城出版社，1982 年，第 31－33 頁。

一、徐訏的「馬克思主義時代」

　　1927 至 1932 年徐訏在北京大學哲學系求學時期，正值馬克思主義在中國蔚然成風之時。有人在談及 1927 年以後馬克思主義對中國思想界的巨大影響時說，「學者都公認這是一切任何學問的基礎，不論研究社會學、經濟學、考古學或從事文藝理論者，都在這哲學基礎中看見了新的曙光，許許多多舊的文學者及研究家都一天一天地『轉變』起來」，「任何頑固的舊學者，只要不是甘心沒落，都不能不拭目一觀馬克思主義的典籍，任何敢於獨創的敏銳的思想家也不得不向《資本論》求助」[150]。據統計，「1928 年至 1929 年間，在左翼文藝運動正式開始的時候，大約有 100 種俄羅斯作品被譯成中文」，在北京圖書館「11 種借閱得最多的一般書籍中，有 6 部是關於共產主義理論的」[151]。受到時代風潮的影響，徐訏對馬克思主義產生了濃厚的興趣，甚至差點成為左聯北平分盟的成員。這段時期，徐訏系統地閱讀了大量馬克思主義著作，他說：「大學時代，左傾思想很風行，我讀了大量有關資本論、經濟學方面的書，又看了馬克斯、列寧、恩格斯，還有日本河上肇等人的著作，無形中思想便傾向社會主義。」[152]徐訏後來描述自己當時對馬克斯主義著作如饑似渴的程度時說，「每出版一本書，無論文字多麼生硬，總是要借來買來，從頭把它讀到完」，並自稱是「馬克斯主義的信徒」[153]。1933 年徐訏離開北平來到上海，先後擔任林語堂主編的

---

[150] 艾思奇：〈廿年來之中國哲學思潮〉，《中國現代哲學史資料彙編》第 2 卷第 1 冊，遼寧大學出版社，1981 年版，第 7 頁。
[151] 尼姆‧維爾斯：〈活的中國‧附錄一：現代中國文學運動〉，《新文學史料》，1978 年第 1 期。
[152] 陳乃欣等：《徐訏二三事》，臺北爾雅出版社，1980 年版。
[153] 徐訏：《回到個人主義與自由主義‧道德要求與道德標準》，香港文風印刷公司，1957 年版。

《論語》半月刊助理編輯和《人間世》半月刊的編輯。由於林語堂提倡「幽默」、「閒適」的小品文，這與「風沙撲面，狼虎成群」的時代不相適宜[154]，因而《論語》與《人間世》遭到魯迅等左翼文藝界的批評。作為《人間世》的編輯，徐訏雖然受到林語堂的影響，但他並不完全認同林語堂的閒適風格，他說，「我個人始終有一種自由主義的成見，作為一個編輯，希望不同意見的文章同在《人間世》出現」[155]。由於徐訏的努力，在《人間世》上發表文章的既有周作人、朱光潛、廢名等京派作家，也有施蟄存、葉靈鳳、邵洵美、章衣萍、梁得所等海派作家，還有徐懋庸、唐弢、阿英、楊騷等左翼作家。徐訏還多次向魯迅約稿，「請他為《人間世》寫點稿子」，說「若他不贊成《人間世》閒適的態度，就更應該在《人間世》寫點匕首長矛的文章」[156]。雖然魯迅堅持自己的原則，最終也未給《人間世》寫稿，但有感於徐訏的誠意，他不但推薦了徐詩荃的〈泥沙雜拾〉給《人間世》發表，還特地給徐訏題寫了「金家香弄千輪鳴，揚雄秋室無俗聲」的橫幅以示鼓勵，由此可見徐訏對左翼關注和尊重的態度。徐訏對左翼文化尤其是馬克思主義的關注和認同在他主編的《天地人》雜誌上更是得到鮮明的體現。

1936 年 3 月，徐訏與孫成在上海福州路創辦了《天地人》半月刊。徐訏曾幽默地說：「刊物好像是一桌菜，作家是採辦菜的人，而編者不過一個廚子，我幫助語堂先生遍《人間世》，也就等於幫

---

[154] 魯迅：〈小品文的危機〉，《魯迅全集》（第 4 卷），人民文學出版社，1981 年版，第 575 頁。

[155] 徐訏：〈魯迅先生的墨寶與良言〉，《場邊文學》，香港上海印書館 1968 年版，第 225 頁。

[156] 徐訏：〈魯迅先生的墨寶與良言〉，《場邊文學》，香港上海印書館 1968 年版，第 225 頁。

廚子做菜而已。」[157]由「幫廚」一躍為「廚子」的徐訏擺脫了《人間世》不關心「政治時勢」只注重「幽默閒適」的格調。在《天地人》的創刊號上，徐訏通過朱光潛的「給《天地人》編輯徐先生」的〈一封公開信〉和自己本人的〈公開信的覆信〉表明了雜誌今後的風格和編輯者的態度。朱光潛在公開信中嚴厲批評了《人間世》等雜誌「大吹大擂地捧晚明小品文」，「是鬧製造假古董的把戲」，在民族危難之際，雜誌的編輯應該「負起重大的社會責任」，絕不能使文學「和我們的時代環境間」產生「離奇的隔閡」。同時，朱光潛對徐訏寄予了殷切的希望，「徐先生，你允許我們使《天地人》『比較少年』，你知道我多麼熱烈地希望你能實踐這個允許啊」[158]。 徐訏在〈公開信的覆信〉中，雖對《人間世》的緣起和傾向作了某種程度的辯解，但基本贊同朱光潛的意見，他說，「朱先生的對於小品文太風行的批評是正確的」，《人間世》的確存在脫離現實人生，「以致只能使一二僻愛之者覺得有味了」，他稱讚朱光潛的這封信是「一篇最能使人起默契的樂趣而又有高度嚴肅的實益的文章」，「它奠定了這個『比較少年』的刊物的趨向」。徐訏在讚賞朱光潛意見的同時，還表明了《天地人》今後的活潑多樣、務真求實的內容和風格。他說今後《天地人》雜誌「其中有嚴肅的論題，有鄭重的介紹，有親切的談話，有地方的寫真，也有零碎的小文，也有一點詩一點小說，這些固然不能說我們已與青年怎麼打成一片，但我們終是多方面在與青年們攜手了」[159]。從內容上來看，創辦於民族危難時期的《天地人》雜誌切合著時代的脈搏，積極宣傳抗日救亡的主題，表現了與左翼漸趨一致的

---

[157] 徐訏：〈公開信的覆信〉，《天地人》，1936 年 3 月，第 1 卷第 1 期。
[158] 朱光潛：〈一封公開信〉，《天地人》，1936 年 3 月，第 1 卷第 1 期。
[159] 徐訏：〈公開信的覆信〉，《天地人》，1936 年 3 月，第 1 卷第 1 期。

傾向。如第 2、3 期上，連載了陳雲從的關於十九路軍的系列紀實報
導，作者以深沉的筆調記述了十九路軍在上海「一‧二八」抗戰中
的英勇壯烈場面。第 3 期上，曲沅的〈談國難教育〉探討了抗戰時
期中華民族的教育問題。元文的〈漢奸論〉抨擊了抗戰時期經濟、
政治、文化領域中的各類漢奸，成的〈「莫談國事」〉批評了國民
黨當局的不抵抗政策，號召全體國民團結一致共禦外侮。第 7 期
上，廠民的抗戰詩歌〈萬里長城〉以激越的情感呼籲人民大眾，
「為著大眾的利益，大眾的生存，／我們要在堅毅的意志下，犧牲
更多量的白骨與赤血，凝建起一列新的輝煌的長城」；曲沅的〈從
社會本能說到救亡圖存〉討論了戰亂時期的社會心理問題。此外，
徐訏他們還積極介紹蘇聯的社會思想文化狀況，如〈蘇聯兒童文
學〉、〈蘇聯的青工生活〉、〈從中國現代畫展說到蘇聯版畫〉
等。需要指出的是，與當時宣傳「普羅文化」的左翼文藝工作者不
同的是，哲學專業出身的徐訏是以學術的態度來看待和接受馬克思
主義的，他在系統地考察了西方中世紀以來的各種哲學思潮之後，
高度評價了馬克思主義理論對人類的偉大貢獻。他說，「這學說偉
大性是與達爾文相等的，達爾文是發現生物進化的原則，馬克斯則
發現人類社會進化的原則」[160]，「生物進化到人類，是一種突變，
所以在研究變後的人類社會演變史，在方法上就缺少了武器，這新
的方法的填補，就是馬克斯所創用的唯物論辯證法」[161]。徐訏不僅
意識到馬克思主義對社會發展的偉大意義，而且還認識到它對文藝
創作的重要影響，他說，「馬克斯恩格思的思想，其影響所及是龐
大的，各色的社會主義學說都受其影響，反響在文藝上，承繼著反

---

[160] 徐訏：〈巴夫洛夫之交替反應律在近代思想上的意義〉，《天地人》雜誌，
第 1 卷第 3 期。
[161] 徐訏：〈行為主義論〉，《天地人》雜誌，第 1 卷第 5 期。

抗與革命以及不滿現狀的本質，滲透了階級的爭鬥意識」[162]。正如徐訏在創刊號的編者後記中所言，「天地人這刊名沒有什麼特殊意義的，刊物終由於內容來決定，所以也不求其含義了」[163]。《天地人》以一種積極務實的態度關注社會人生，注重刊登紀實性的社會見聞，大力宣傳抗戰，積極介紹蘇聯社會現實和文化思潮，宣揚馬克思主義，充分體現了編者徐訏與 30 年代文化思想主潮左翼文化相當一致的思想傾向。

二、左翼文化對徐訏文學創作的影響

「在 1928 年、1929 年以後，普羅文學就執了中國文壇的牛耳。」[164]「左聯」執委會在 1931 年 11 月的決議〈中國無產階級革命文學的新任務〉中對作家創作題材問題明確作出規定，要求作家必須拋棄「身邊瑣事」、「戀愛和革命的衝突」等題材，抓取反帝國主義題材、反對軍閥混戰的題材、工人對資本家的鬥爭、描寫農村經濟的動搖和變化等現實生活題材[165]。這時候，「普羅文學運動的巨潮震撼了中國文壇，大多數作家，大概都是為了不甘落伍的緣故，都『轉變了』」[166]。在這種情勢下，徐訏早期的文學創作，在題材的選擇上明顯地表現出與左翼文學一致的傾向。這一左翼傾向首先表現在反對帝國主義侵略、讚揚民族抗日精神的題材上。徐訏

---

[162] 徐訏：〈論馮友蘭的思想轉變〉，《場邊文學》，香港上海印書館，1971 年版，第 196 頁。

[163] 徐訏：〈編者後記〉，《天地人》雜誌，1936 年 3 月，第 1 卷第 1 期。

[164] 郁達夫：〈光慈的晚年〉，《現代》，1933 年 5 月。

[165] 馮雪峰：〈中國無產階級革命文學的新任務〉，《雪峰文集》第 2 卷，人民文學出版社，1983 年版。

[166] 施蟄存：〈我的創作生活之歷程〉，《施蟄存七十年文選》，上海文藝出版社，1996 年版，第 56 頁。

說，「抗戰軍興，舞筆上陣，在抗敵與反奸上覺得也是國民的義務」[167]。1930 年「九·一八」事變爆發後，徐訏就及時創作了獨幕劇《旗幟》（1930 年 9 月 30 日），借王正光一家為了保護「國旗」而壯烈犧牲的英雄事蹟，真實地再現了「九·一八」事變後廣大民眾抗日救國的歷史畫面。五幕劇《月亮》也真實反映了太平洋戰爭前夕，帝國主義軍事和經濟入侵下民族經濟破產、階級矛盾激化和民不聊生的社會現實。五幕劇《兄弟》直接描寫了地下工作者抗日鬥爭的題材，劇本通過地下革命者李晃潛入上海從事地下革命活動，最後犧牲的英勇故事，讚揚了革命者不屈的鬥爭意志，反映了當時社會普遍的抗日鬥爭情緒。短詩〈獻旗〉、〈奠歌〉、〈戰後〉和長篇敘事史詩〈一頁〉等都直接以抗戰為題材，歌頌了廣大人民群眾的抗戰精神，揭示了戰爭給人們帶來的災難。〈獻旗〉描寫了抗戰中戰士浴血奮戰守衛國旗的情景，歌贊了國旗所代表的光明和自由的精神：「心炸裂，血流盡，肉橫飛」，「於是那國旗多一份新的意義，／那紅的代表著戰士似長虹的血，／那青藍的代表那血所養的自由，／那白的是那自由裏生長的光明」。〈奠歌〉中詩人通過「紅鐵般的悲憤捧著我心，／對戰士們英雄的魂靈祭奠」，深情地讚美了英雄戰士「慷慨地流血，／救人類無邊的浩劫」的犧牲精神。〈戰後〉描寫了戰後淒慘的場面，「這裏早已尋不出一隻鳥，／只有狼在枯骨叢裏叫嘯」，「焦黑色的樹上像有女孩上吊，／猩紅色池邊像有人在跳，／殘垣裏爐灶久冷，／紡車與搖籃早沒有人在搖」。長篇敘事史詩〈一頁〉真實地描繪了五百民眾自發抗日最後壯烈犧牲的悲壯場面，「我們五百條生命，／在攻的時候要充五萬枝槍，／在守的時候要做五萬重圍牆」。其次，揭示

---

[167] 徐訏：〈風蕭蕭·後記〉，《風蕭蕭》，臺灣正中書局，1966 年版，第 597 頁。

社會矛盾、表現階級衝突也是徐訏早期文學創作在題材上傾向左翼的一個重要體現。1931 年發表的戲劇《糾紛》直接表現了劇烈的社會矛盾和階級衝突，國民黨公安局陳局長在鎮壓工人暴動時被打傷，然而即便是在治傷求醫時他仍然不忘殘酷鎮壓工人鬥爭，命令手下用機槍掃射群眾，同時還為自己的家人妥當安排善後生活，充分揭露了統治階級的兇殘和醜惡，反映了無產階級的覺醒和反抗。《月亮》中資本家李勳位只顧自己的經濟利益，不顧工人的生命安全，雇傭員警槍殺罷工工人，強迫工人生產，表現了工人階級與資本家之間劇烈的階級矛盾。再次，關注社會現實人生、同情小人物悲苦，也是徐訏早期十分關注的文學題材。戲劇《水中的人們》以1931 年的大水災為題材，描繪了災難中底層人們的艱苦掙扎和上層權貴的貪婪兇殘。小說〈小刺兒們〉通過小刺兒人性的淪落與異化，揭露了新舊軍閥的黑暗統治和民不聊生的社會現實。〈郭慶記〉通過一個洗衣局的興衰和郭慶婆一家生活的變故，表現了城市經濟重壓下底層人們的艱辛和苦難。守寡的郭慶婆辛勤地操持著洗衣局，一家人的生活勉強得以維持。後來郭慶婆由於勞累過度而病死，洗衣局由張管婆接管，郭慶婆的三個孩子得不到照顧，生活無著，於是走上了偷竊的歧路。〈手槍〉中家光失業後，為了養家糊口，迫於經濟壓力走上了搶劫的道路。〈滔滔〉通過進城當奶媽的農村婦女小順嫂對城市生活的朦朧幻想和鄉村身份意識的覺醒，在一定程度上反映了 30 年代農村經濟破產、城鄉差異和階級對立的社會現實。在早期的詩歌創作中，徐訏描寫了一群底層勞動者的生活艱辛和悲慘命運，如錢塘江畔的挑夫「鞋子夠多麼破，／衣裳夠多麼襤褸」，「身上壓著百斤的重擔，／要過那九寸寬的跳板，／夏天裏他要拭著汗歇！／冬天裏他要呵著手顫」（〈錢塘江畔的挑夫〉）；老漁夫在「兒子被軍隊拉去，妻子也在病榻裏瞑目」後，

只得「以他一頭白髮，／以及一嗓子的低咳，來支持這付衰老的骨骼，／以一張網來養活他早寡的兒婦，／以及他五個幼齡的孫屬」（〈老漁夫〉）；拉縴夫「深沉的呼吸著」，「二眼死盯著地平線，／跨著等速的速度」（〈拉縴夫〉）。

　　如果說題材只是文學選擇的表層問題，那麼左翼文化對徐訏文學創作的影響更深層次地表現在處理題材的角度和創作方法的選擇上。雖然徐訏一貫批評文學的功利主義、提倡文學的娛樂精神，但是在談到三十年代的文學時，他說：「這以後抗戰軍興，文學為抗戰服務，順理成章，當然無可厚非。」[168]在徐訏前期創作中，與後期對愛和人性的哲學探討不同的是，作者對現實題材的處理，其出發點是切近政治、服務現實的，作者的情感取向也明顯地表現為同情無產階級和底層勞動人民，批判反動的統治階級和帝國主義，具有鮮明的左翼文學色彩。如《糾紛》中對陳局長兇殘自私的鞭撻，對工人們英勇反抗的讚揚；《月亮》中對日本侵略者鯨吞民族資本的激憤，對民族資本家振興民族經濟的肯定和對其鎮壓無辜工人的批判；〈小刺兒們〉對新舊軍閥黑暗統治的批判，對底層小人物的同情。〈一頁〉中對愛國群眾英勇抗日的歌贊，對侵略者野蠻行徑的憤恨。在作品的結構和情節的安排上，這個時期的現實題材的作品也明顯地顯示出左翼文學的一貫方式。徐訏早年深受馬克思辯證唯物主義的影響，擅長運用階級分析的眼光，多用二元對立的方式來結構作品，如《糾紛》中的官民衝突，《月亮》中的勞資矛盾，〈一頁〉中的敵我情緒，以及〈兄弟〉中的兩種不同觀念和心理的鬥爭等等，這些對立的結構方式，使作品充滿了張力，推動著情節的發展，這與當時流行的左翼文學並無二致。在徐訏的早期作品

---

[168] 徐訏：〈五四以來文藝運動中的道學頭巾氣〉，《場邊文學》，香港上海印書館，1968 年版。

中，我們不難找出它們與當時左翼文本諸多不同程度的聯繫。如
〈水中的人們〉其取材的角度和表現的方式都明顯受到丁玲小說
《水》的影響，而五幕劇《月亮》與茅盾的《子夜》和曹禺的《雷
雨》在情節安排、人物塑造和表現方式上則存在驚人的相似。《月
亮》中的李勳位與《子夜》中的吳蓀甫一樣都是民族資本家，都陷
入了經濟危機，都孤注一擲地想通過債券市場挽救即將倒閉的工
廠，最終都敗在帝國主義的資本侵略中。另一方面，李勳位又與
《雷雨》中的周樸園一樣陷入了家庭危機，都是因為發昧心財起
家，工廠裏的工人都在鬧罷工，自己的兒子同樣反對自己，他們的
兒子同樣愛上了家裏的丫鬟，家庭危機最終在經濟破產、前情暴露
和兒子死去中達到頂點，劇情也到此結束。在創作方法上，徐訏的
早期創作不同於後期的浪漫奇幻而明顯地呈現出左翼文壇所提倡的
現實主義傾向。徐訏認為，「文學起源於民間，生根於生活。文學
家創作的源泉是生活，一個作家有生活才能寫作」[169]。因而這個時
期的作品，無論是小人物生活的艱辛還是上層權貴的醜惡，無論是
工人與資本家之間的階級衝突還是愛國軍民與侵略者之間的民族矛
盾，大多運用寫實的手法反映社會現實生活的狀貌。雖然徐訏後來
由於「對寫實主義的不滿足」轉向了浪漫主義和現代主義[170]，但是
他仍然非常重視現實主義的「寫實功夫」，他說，「對一個作家而
言，寫實的功夫，實在是基本的功夫，這正如一個畫家都要素描的
功夫一樣」[171]，「偉大的小說必須兼具浪漫主義的氣魄和寫實主義
的手法」[172]。從作品來看，實際上現實主義的創作方法貫穿了徐訏

---

[169] 徐訏：〈《三邊文學》序〉，《三邊文學》，香港上海印書館，1968 年版。
[170] 徐訏：〈從寫實主義談起〉，《場邊文學》，香港上海印書館，1968 年版。
[171] 徐訏：〈《斜陽古道》序〉，《徐訏全集》卷十四，臺灣正中書局，1967
　　年版
[172] 徐訏：《一九四〇級》，《徐訏全集》卷十四，臺灣正中書局，1967 年版。

創作的始終。在 40 年代的「浪漫高潮期」[173]，徐訏同時也發表了「現實主義的代表作」中篇小說〈一家〉。小說描寫了抗戰期間林氏一家從杭州到上海的逃難生活。作者把林家三代人顛沛流離的逃難生活、卑微庸俗的人物心理和分崩離析的家庭悲劇納入到戰亂年代的典型環境中，刻畫了虛偽自私的二少奶奶、遺老作派的林老先生、落後保守的林老太太、忍辱守拙的大少奶奶、左右失據的林先生等等性格鮮明的人物形象。寫實性的細節描寫在小說中得到充分運用，如林老太太臨死前對大少奶奶的交代，大少奶奶私底裏扣下老太太的葬費；結尾時，二少奶奶把十二張一元的錢夾在鈔票裏冒充十元的面額交給大少奶奶，大少奶奶忍辱守拙假裝不知，這些細節描寫可謂把家庭內部的自私醜惡揭示得淋漓盡致。50 年代創作的長篇小說《江湖行》雖然充滿了浪漫的想像，但是戰亂時期的都市場景和江湖人生仍然是由大量的寫實性細節組成，主人公周也壯與葛依情、紫裳、小鳳凰和阿清等人的愛情，以及與舵伯、野鳳凰、穆鬍子、老江湖等人的友誼都是在作者的真實描敘中呈現的。60 年代徐訏在香港的文學創作有著向前期現實主義複歸的趨向，創作了一批諷刺、批判社會現實的作品，如〈失戀〉、〈舞女〉、〈客自他鄉來〉、〈雞蛋與雞〉和短篇集《小人物的上進》等。由此可見，左翼文化對徐訏前期的思想認識和文學活動產生過重要影響，這一影響甚至一直潛隱到他的後期創作和思想意識中。

三、從「馬克思主義」到「自由主義」

雖然徐訏早期在思想和創作上受到馬克思主義和左翼文化的影響，但他並沒有沿著左翼路線發展下去，而是很快發生了轉向，在

---

[173] 吳義勤：《漂泊的都市之魂》，蘇州大學出版社，1993 年版，第 185 頁。

思想上放棄了馬克思主義，轉而信奉自由主義，在創作上超越了現
實主義，轉向了浪漫主義和現代主義。對於這一轉向，徐訏後來在
〈我的馬克思主義時代〉中解釋道：「我在巴黎看到一本蘇聯史大
林審判托洛斯基派的綜合報告。這本東西，很激烈的動搖了我對於
『正統』共產國際的信仰，跟著我對於共產主義也起了懷疑。因為
如果共產主義是好的，怎麼會產生這許多奇怪的偉大的革命人物──
──如托洛斯基、布哈林、拉狄克……等等，忽而變成了叛黨叛國叛
主義的罪犯呢？那時候有許多同情託洛斯基的人出來寫書寫文章，
我自然也讀了許多。後來也讀到紀德的《從蘇聯歸來》等書。我的
思想起了很大的變化。……我由否定共產主義，接著我也否定了馬
克思主義。我先是揚棄了他的唯物論接著是他的唯物史觀。那時
候，我開始喜歡柏格森的哲學。我的馬克思主義時代就是這樣結
束，而且一去不復返了。」[174]

　　雖然徐訏在這裏詳細地記述了其放棄馬克思主義的原因和過
程，但顯然思想的轉變並非一蹴而就的，而是有一個長期漸變的過
程和多方面的原因。如前所述，徐訏在接受和運用馬克思主義的時
候，不同於當時大多數左翼作家把它作為一種新的政治、思想的武
器，而是從學術專業的角度去接受和看待馬克思主義的。在北京大
學讀書時期，先學哲學、後攻心理學的徐訏，在接受馬克思主義唯
物辯證法的同時，也接觸了康德的唯心主義思想、佛洛伊德的精神
分析學說和柏格森的生命哲學，只不過在「左傾思想很風行」的時
代，他「讀了大量有關資本論、經濟學方面的書」，「無形中思想
便傾向社會主義」[175]，於是把馬克思主義作為思想文化的主潮來接

---

[174] 徐訏：〈我的馬克思主義時代〉，《現代中國文學過眼錄》，臺灣時報文化
　　出版有限公司，1991 年版。
[175] 陳乃欣等：《徐訏二三事》，臺北爾雅出版社，1980 年版。

受。事實上，徐訏在高度評價馬克思的同時，也對康德和佛洛伊德極為贊許，他說：「達爾文第一個從生物學上認識了人，馬克思第一個從社會中認識了人，巴甫洛夫是第一個從生理學上認識了人，佛洛伊德則是從心理學上認識了人」[176]，「佛洛伊德學說之偉大就在他奠定了對於人性的分析於研究的基礎」，「他從瞭解人而瞭解自己，作重新估價，影響於文學藝術的也就是人性的追究與發掘」[177]。對於康德，徐訏後來評價道：「康德所喚起的那個時代的偉大，是只有希臘從蘇格拉底到亞里斯多德的時代可以比擬，這可以說是哲學史上的定論。康德承受了所有的前代的思想，以完全新發展的立場，無垠的視野做了純理性的批判工作，開創了不但以後哲學上的研究途徑，而且也提供了哲學上所有的問題，這些問題一直到二十世紀的今日為無數哲學家終身的對象。」[178]至於柏格森直覺主義和時間「綿延」學說的影響，則更直接地體現在徐訏40年代的小說創作中，徐訏說他一放棄馬克思主義就開始喜歡柏格森的哲學。康德、佛洛伊德和柏格森既是西方哲學史上的巨人，也是現代派文學的思想先導，他們對徐訏的影響由30年代的潛移默化到40年代的顯而易見，也在一定程度上說明了徐訏思想和創作轉變的漸進過程和深層原因。

「文變染乎習情」，思想觀念和文學風格的轉變在很大程度上與外部環境密切關聯。徐訏由「馬克思主義」轉向「自由主義」還與他當時所置身的上海和巴黎的文化環境息息相關。30年代的上

---

[176] 徐訏：〈從智慧研究之成果談天才的形成〉，《場邊文學》，香港上海印書館，1968年版，第168頁。

[177] 徐訏：〈佛洛德學說的背景及其影響〉，《回到個人主義與自由主義》，香港文風印刷公司，1957年版。

[178] 徐訏：〈論馮友蘭的思想轉變〉，《場邊文學》，香港上海印書館，1968年版，第194頁。

海，除了轟轟烈烈的左翼文化運動之外，還有一大批自由主義知識份子站在各自的立場所倡導的自由主義文化思潮，兩種文化思潮的論爭幾乎貫穿了整個 30 年代。其中著名的如胡適、梁實秋、陳西瀅等新月派文人提倡的「人性論」，以「永恆的人性的文學」否定「無產階級的階級的文學」；林語堂、陶亢德等論語派文人提倡的「以自我為中心，以閒適為格調」的「性靈文學」；以及「自由人」胡秋原和「第三種人」蘇汶等提倡的「文藝自由論」，反對文學上的「干涉主義」。針對以上各種自由主義文化思潮，左翼文藝界都一一展開了批判和論戰。由此可見，30 年代的上海，由於租界「治外法權」的存在，文化思想相對自由。大學畢業後，徐訏來到上海林語堂主編的《論語》和《人間世》雜誌擔任編輯，雖然此前接受了馬克思主義的影響，但是耳聞目染中很快受到林語堂「幽默」、「閒適」的文學趣味的影響，一度成為「論語派」的中堅。他說，「我個人始終有一種自由主義的成見」[179]。在編輯《論語》和《人間世》時，徐訏遵循林語堂自由主義的編輯理念，廣泛聯繫各路作者，積極推動小品文運動，使得《人間世》成為薈萃京派、海派和左翼等不同作家的散文園地。除了林語堂之外，徐訏還受到周作人、朱光潛等京派文人自由主義美學思想的影響。徐訏對周作人閒適沖淡的文風和提倡「自己的園地」的文學主張極為推崇，他說，「我對於知堂老人發表過及出版過的作品，可以說都讀過的」，「他的文章都是有他獨到的趣味」，「每篇都顯作者之真知灼見，似乎是沒有第二個人能談會談與配談了」[180]，「藝術的創作只是作家自己的表現，每人該有『自己的園地』。這也許正是周作

---

[179] 徐訏：〈魯迅先生的墨寶與良言〉，《場邊文學》，香港上海印書館 1968 年版，第 225 頁。
[180] 徐訏：〈知堂老人的回憶錄〉，《街邊文學》，香港上海印書館，1968 年版，第 280 頁。

人把他的散文集稱為《自己的園地》的意義」[181]。徐訏對朱光潛提倡的「美的距離」說和文藝心理學也十分讚賞，並把它們運用到具體的創作實踐中，他在給朱光潛的信中說自己「愛先生的《給青年的十二封信》和《談美》等書」，並稱朱光潛的回信是「一篇最能使人起默契的樂趣而又有高度嚴肅的實益的文章」，它奠定了《天地人》「這個『比較少年』的刊物的趨向」[182]。如果說上海開放多元的文化環境促生了徐訏最初的自由主義思想情懷，那麼 1936 年至 1938 年的法國巴黎之行，則標誌著徐訏思想和創作的根本轉變。在巴黎大學期間，徐訏系統地研究了費希特、謝林等西方唯心主義哲學，尤其熱衷於柏格森的生命哲學。如上所述，正是這個時候徐訏否定了共產主義和馬克思主義，開始信奉自由主義，「這思想是以洛克的人性論為代表，他與亞當斯密斯的經濟學理論配合成自由主義的骨幹」[183]。在法國自由民主的政治、經濟和文化思潮的薰陶下，在異域都會的浪漫生活風情的刺激下，徐訏創作了《阿拉伯海的女神》、《鬼戀》等充滿了浪漫奇幻色彩的小說，標誌著他創作風格的轉變，「他幾乎是第一個擺脫了描寫中國舊家庭、舊社會的窠臼，走向了一個嶄新的世界，用生動緊湊的故事，表現幻想，使讀者一下子像看見了滿天彩虹」[184]。自此，愛與人性的哲學探討成為了徐訏創作的主題，浪漫主義的想像和現代主義的情緒代替了之前的現實主義的方法和原則。

---

[181] 徐訏：〈啟蒙時期的所謂寫實主義與浪漫主義〉，《現代中國文學過眼錄》，臺灣時報文化出版企業有限公司，1991 年版，第 35 頁。

[182] 徐訏：〈公開信的覆信〉，《天地人》1936 年 3 月，第 1 卷第 1 期。

[183] 徐訏：《個人的覺醒與民主自由》，臺北傳記文學出版社，1979 年，第 62 頁。

[184] 陳乃欣等：《徐訏二三事》，臺北爾雅出版社，1980 年版。

　　有學者指出，「徐訏從根本上說是個徹底的自由主義者，這不僅表現為他自由的心態結構，也表現在他對文學發生、文學功能、文學消費等諸多理論範疇的認識上」[185]。徐訏從「馬克思主義」回到「自由主義」，這主要是因為他對文學的認識與左翼文藝思想大相徑庭。在文學的本質和功能上，左翼提倡「革命文學」，強調文學為政治服務，強調「集團」的力量。然而正如魯迅所言，「一切文藝固是宣傳，而一切宣傳卻並非文藝」[186]。徐訏也承認「文藝是宣傳」，但他反對文學的工具性和功利性，他說，「文藝則因為本質上不滿現實，它與政治的要求永遠無法一致的」，「五四」以來的文藝運動「其所謂民主與科學也限於在『功利』上著眼」，「反舊禮教反封建，實際上是一種道德運動」[187]，他認為，「文學是一種以文字為媒介表現作者對於人生的感受的一種藝術」[188]，「文學的本質是表達，所以是離不開作者個人的」，「表達可以是一種表情，也可以是一聲歎息，一聲呻吟，進一步也就是歌謠與詩歌」，「藝術的自由則是情感表達的自由」[189]。在文學的真實性問題上，左聯積極推行富於革命意味的「新的現實主義」，而「忽略了藝術的特殊性，把藝術對於政治、對於意識形態的複雜而曲折的關係看成直線的、單純的」[190]，而徐訏則強調內心情感真實的重要性，他

---

[185] 吳義勤：《漂泊的都市之魂》，蘇州大學出版社，1993 年版，第 197 頁。

[186] 魯迅：〈文藝與革命〉，《魯迅全集》，第 4 卷，人民文學出版社，1981 年版，第 84 頁。

[187] 徐訏：〈五四以來文藝運動中的道學頭巾氣〉，《場邊文學》，香港上海印書館，1968 年版。

[188] 徐訏：〈從文藝的表達與傳達談起〉，《徐訏二三事》，臺北爾雅出版社，1980 年版。

[189] 徐訏：《回到個人主義與自由主義》，香港文風印刷公司，1957 年版。

[190] 周起應：〈關於「社會主義現實主義與革命浪漫主義」〉，《現代》，1933 年第 4 卷第 1 期。

曾反復告誡文學青年，「我們唯一要求你們的是誠實，誠實，第三
個誠實。第一個誠實是忠於你們所感，第二個誠實是忠於你們的表
達，第三個誠實則是忠於你們的傳達了」[191]。與左翼一樣，徐訏也
提倡「文學的大眾化」。左翼從「工具性」的角度，提出文學為無
產階級大眾服務，而徐訏則是從「娛樂性」的角度提出「文學大眾
化」問題。他說：「文藝的本質是大眾化的」，「這原是一個成功
的作品自然而然的要求」，但他不贊同「提倡大眾文學，就是提倡
為大眾所可欣賞的文學」，「作家本來是大眾的一員」，應該具有
「大眾意識」，文學的大眾化就是「給大眾以健康的娛樂」，「偉
大的作品之所以大眾化，就因為他有娛人的力量，就是說有濃厚的
娛樂價值」[192]。從文學實踐來看，當年左翼文學的大眾化運動並沒
有深入開展下去，創作中也未能取得實際的效果，而徐訏曾以「雅
俗共賞」的小說文本風靡一時，並名列暢銷書的榜首，取得了事實
上大眾化的效果，從這一點來看，徐訏關於「文學大眾化」的認識
應該具有獨特的理論價值。

　　綜上所述，徐訏早期受到左翼文化思潮的影響，接受了馬克思
主義思想，在文學創作和雜誌編輯活動中體現出明顯的左翼色彩。
其後，在上海自由多元的文化環境和西方現代主義哲學思潮的薰陶
下，徐訏又放棄了馬克思主義，接受了自由主義思想。不同的思想
觀念決定了不同的文學選擇，徐訏在思想上由馬克思主義轉向自由
主義，在創作上也隨之由現實主義轉向了浪漫主義和現代主義，但
思想和創作的轉變並非一蹴而就和涇渭分明的，而是呈現出潛隱漸
變和複雜多樣的形態，「就思想傾向來說，他的理想主義、現實主

---

[191] 徐訏：〈從文藝的表達與傳達談起〉，《徐訏二三事》，臺北爾雅出版社，
1980 年版。
[192] 徐訏：《談藝術與娛樂》，《徐訏全集》卷十，臺灣正中書局，1967 年版。

義、悲觀主義也不存在一個非常明顯的更替轉換過程」，「他的作品中關注現實和超越現實兩種題材層面是從創作初期到創作後期始終糾纏在一起的」[193]。

---

[193] 吳義勤：《漂泊的都市之魂》，蘇州大學出版社，1993年版，第234頁。

第六章　上海文化語境與現代派作家的 都市想像

　　王德威說，小說「往往是我們想像、敘述『中國』的開端」[1]。文學創作過程實際上是一個想像的過程。在某種意義上，城市也是一種文本，對其文學敞現的過程其實也是對城市的想像過程。二十世紀三、四十年代的上海充滿了多重面影，一面是經濟全盛時期的洋場風情，一面是如火如荼的左翼文化運動，一面是國民黨風雨如磐的白色恐怖，一面是伴隨著戰火硝煙而產生的民族危機和社會亂相。一切的文學想像都築基於社會的生活現實，因而這一時期的上海在現代派的文學想像中呈現出複雜多樣的都市形象。

第一節　都市的「風景線」與「狐步舞」：新感覺派的都市想像

　　「一個城市不僅僅是一塊地方，而且是一種心理狀態，一種獨特生活方式的象徵。」[2]30 年代的上海，大街、舞廳、影院、百貨公司、公園、咖啡館和賽馬場等都市公共空間繁華一時，逛街、跳

---

[1]　王德威：《想像中國的方法》，三聯書店，2003 年版，第 1 頁。
[2]　丹尼爾‧貝爾：《資本主義文化矛盾》，趙一凡等譯，三聯書店，1989 年版，第 155 頁。

舞、看電影、喝咖啡等娛樂生活十分盛行。這些公共空間、娛樂生活及其所表徵的都市文化顯著地影響了人們的價值觀念和生活方式，由此也深刻地影響了置身其中的現代派作家的文學想像。以劉吶鷗、穆時英、施蟄存、杜衡、葉靈鳳、徐霞村等為代表的新感覺派作家通過閃爍的燈光、變幻的色彩和快速的節奏描繪出霓虹閃爍的大街、燈紅酒綠的夜總會、瘋狂躁動的跑馬場等「都市的風景線」和「上海的狐步舞」，「在洋場的糜爛罪惡中尋覓五光十色的美」[3]。

一、大街、交通與都市新感覺

丹尼爾・貝爾說，「要認識一個城市，人們必須在它的街道上行走」[4]。20 世紀初的上海，以南京路、九江路、漢口路、福州路、廣東路和霞飛路（今淮海路）為代表的各條街道，高樓林立，人來車往，呈現出交融東西文化、雜陳九州風情的都會景觀。大街既是都市人們最普遍的休閒去處，也是現代派作家筆下最常見的都市風景。穆時英和杜衡筆下的大街夜景充滿了都市的誘惑，「跳躍的霓虹燈」用強烈的色調把都市「化裝」成「紅的街、綠的街、藍的街、紫的街」，「上了白漆的街樹的腿，電杆木的腿，一切靜物的腿」和「擦滿了粉的姑娘們的大腿」連成了一片（穆時英〈夜總會裏的五個人〉）；「馬路上閃光的鋼軌，是照樣地忙亂，擁擠，喧嚷。一些鋪子關了，而另一些更熱鬧的鋪子是開了，在那兒，氾濫著光底流，以及人底流。人們各種年齡的，各種膚色的，都忘了時刻，好像要把全世界底生產總是都在霎那間消費了去似地，被酒精

---

[3] 楊義：《中國現代小說史》，人民文學出版社，1998 年版，第 586 頁。

[4] 丹尼爾・貝爾：《資本主義文化矛盾》，趙一凡等譯，三聯書店，1989 年版，第 156 頁。

所刺激，被淫猥的音樂所催迫，唯恐不及地找尋著而且發現著夜開門的鋪子，擠到那兒去購買不宜乎在白天購買的東西，譬如說，無需勞動的勞動，沒有愛情的愛情」（杜衡〈再亮些〉）。劉吶鷗〈遊戲〉中的男主人公步青「從一條熱鬧的馬路走過的時候」，看到的是「塞滿街路上的汽車，軌道上的電車」，「廣告的招牌，玻璃，亂七八糟的店頭裝飾」，和從他身邊「摩著肩，走過前面去的人們」。施蟄存在〈春陽〉中以第三人稱的視角透視出繁華大街對一個鄉間寡婦的誘惑，「昆山的嬋阿姨一個兒走到了春陽和煦的上海的南京路上。來來往往的女人男人，都穿得那麼樣輕，那麼樣美麗，有那麼樣小玲玲的，這使得她感覺到自己底絨線圍巾和駝絨旗袍的累墜」，「眼前一切都呈現著明亮和活躍的氣象。每一輛汽車都刷過一道嶄新的噴漆的光，每一扇玻璃窗上閃耀著各方面投射來的晶瑩的光，遠處摩天大廈底圓瓴形或方形的屋頂上輝煌著金碧的光」，她忽然「覺得身上又恢復了一種好像是久已消失了的精力，讓她混合在許多呈著喜悅的容顏的年輕人底狂流中，一樣輕快地走」。在施蟄存、葉靈鳳、穆時英、劉吶鷗和杜衡等的現代派小說中，川流不息的大街不再只是人物活動的場所，而是成為了獨立的審美對象，甚至直接參與到小說的敘事中來。施蟄存的〈梅雨之夕〉開始並無明確的敘事指向。下班後的「我」並不急著回家，而是在大街上漫無目地行走，注視著雨中的行人，直到邂逅一位美麗女子主動地成為「護花使者」而無端地生發出多情的遐想與煩惱。〈春陽〉中的嬋阿姨是被繁華的大街和年輕的男女誘惑了壓抑的欲望，才又一次去銀行偷窺那個年輕的男職員的。葉靈鳳的〈流行性感冒〉全篇由男女主人公在街頭的邂逅、約會和行走組成。「我」在南京路一家洋書店門口，邂逅了「像慧星一樣出現」、又像「鰻一樣消失在人群中」的蓁子。如同波特賴爾抒情詩中的巴黎閒逛

者，現代派作家筆下的人物也常常是上海街頭漫無目的閒逛者，大街上的任何一個偶然事件都可能會引起他們的「驚顫」體驗，導致敘事的最終去向。

「在新的空間概念上，有一種固有的距離的消蝕。不僅新型的現代運輸手段壓縮了自然距離，而且各種新藝術技巧縮小了觀察者與視覺經驗之間的心理和審美距離。」[5]流動的大街不僅是都會的風景線，更是城市交通的主動脈。汽車、電車和火車等現代交通工具幾乎與大街同時進入了現代派作家的視野。都市的「人們是坐在速度的上面的」（劉吶鷗〈風景〉），「甲蟲似的汽車塞滿著街道」（劉吶鷗〈禮儀和衛生〉）。穆時英〈上海的狐步舞〉裏的小德和劉顏蓉珠，這對法律上的母親和兒子「開著一九三二的新別克，卻一個心兒想一九八零年的戀愛方式」。「一九三二的別客車」和「一九八零年的戀愛方式」喻示了都市生活方式的時尚和情感的違背倫常。施蟄存小說〈霧〉中的主人公素珍小姐在去上海的火車上，與「青年紳士」陸士奎長時間的注視後產生了好感。她先是「偷瞧一眼」，然後「再冒險著看他一眼」，發現了他與自己理想丈夫的標準「完全吻合」，於是「本能地臉熱了」。劉吶鷗〈風景〉中一對偶遇的男女主人在火車上相互對視和玩味中產生了性的衝動，那位本打算去縣城陪丈夫度週末的摩登女士竟然主動邀請陌生的男主人公中途下車，二人在「直線的邀請」和「直線的從命」中一拍即合，在美妙的鄉間風景中放縱野合。快節奏的現代交通工具不但直接改變了人們的出行方式，拓寬了涉足範圍，提供了豐富多樣的時空選擇，而且培育了短暫便捷和浪漫刺激的情感體驗，深刻地影響了人們的生活方式和審美趣味。葉靈鳳把都市摩登女郎修

5　丹尼爾‧貝爾：《資本主義文化矛盾》，趙一凡等譯，三聯書店，1989 年版，第 155 頁。

辭成最時髦的流線型汽車，她「像一輛一九三三型的新車，在五月橙色的空氣裏，瀝青的街道上，鰻一樣的在人叢中滑動著」，「迎著風，雕出了一九三三型的健美姿態：V 型水箱，半球型的兩隻車燈，愛莎多娜‧鄧肯式的向後飛揚的短髮」（〈流行性感冒〉）。劉吶鷗〈遊戲〉中的移光對情人直言不諱地表達了現代都市愛情的短暫和虛假，「你這個小孩子，怎麼會在這兒想起他來了？我對你老實說，我或者明天起開始愛著他，但是此刻，除了你，我是沒有愛誰的」。在現代都市男女身上，「如果這高速度的戀愛失掉了她的速度，就是失掉了她的刺激性」（〈被當作消遣品的男子〉）。都市的摩登女郎甚至認為「loving-making 是應該在汽車上風裏幹的」，她「還未曾跟一個 gentleman 一塊兒過過三個鐘頭以上呢」（〈兩個時間的不感症者〉）。交錯縱橫的都市大街和快速便捷的交通工具把人們的都會生活和情感心理變成了直線型和快節奏。傳統的倫理道德和價值觀念在現代都市的流行時尚中分崩離析，瞬間直露的感官刺激替代了傳統的羞澀纏綿。正是在這個意義上，西美爾說，「大都市的人際關係鮮明地表現在眼看的活動絕對的超過耳聽，導致這一點的主要原因是公共交通工具。在公共汽車、火車、有軌電車還沒出現的十九世紀，生活沒有出現過這樣的場景：人與人之間不進行交談而又必須幾分鐘，甚至幾小時彼此相望」[6]。西美爾洞察了現代交通工具對都市人們生活空間和交際方式的深刻影響，動態的畫面超越了靜態的聲音，行色匆匆的短暫一瞥或者默默無語的長時間注視，既增加了彼此之間的好奇，也造成了都市情感的空洞。

---

[6] 格奧爾格‧西美爾：《相對主義哲學散論》，轉引自本雅明《發達資本主義時代的抒情詩人》，江蘇人民出版社，王才勇譯，2005 年版。

二、舞廳、影院與現代派敘事

　　如果說大街是都市的外衣，那麼充斥著都市的夜總會、跳舞場、影戲院等消費空間則是都市的肌理。走過大街，進入夜總會、跳舞場、電影院是新感覺派向都市內部開掘的常見方式。現代性的歌舞廳和大眾化的交際舞傳入上海以後，使得上海市民的娛樂生活和交際方式為之一新，開始是在租界洋場和上流華人社會流行，後來逐漸成為華界大眾社會的流行時尚。正如當時的報紙所描述：「今年上海人的跳舞熱，已達沸點，跳舞場之設立，亦如雨後之春筍，滋茁不已。少年淑女競相學習，頗有不能跳舞，即不能承認為上海人之勢。」[7]當年穆時英、戴望舒、劉吶鷗等人都十分熱衷跳舞。穆時英曾是他居住的虹口公寓附近的「月宮舞廳」的常客。而據施蟄存回憶，有一段時間他和穆時英、戴望舒、劉吶鷗等人每天晚飯後就「到北四川路一帶看電影，或跳舞。一般總是先看七點鐘一場的電影，看過電影，再進舞場，玩到半夜才回家」[8]。現代舞廳不僅產生了一批以此為業的商人和舞女，而且還成就了無數都市男女的「風花雪月」。1933 年 22 歲的「新感覺派聖手」穆時英正是在「月宮」舞廳愛上了舞女仇佩佩，並且後來與她結婚的。當然更為重要的是舞廳文化對新感覺派文學想像的影響。舞廳裏的聲光化電和紙醉金迷刺激了新感覺派的表現衝動，使他們獲得了都市的新感覺。穆時英筆下的「夜總會」呈現出一派瘋狂、雜亂的圖景：「飄動的裙子」、「精緻的鞋跟」、「蓬鬆的頭髮」和「凌亂的椅子」聯成一片，「酒味、「煙味」和「香水味」混為一體，「華爾滋的旋律」飄飄地繞著舞客們的腿，「法律上的母親偎在兒子的懷裏」

7　〈不擅跳舞是落後〉，《小日報》，1928 年 5 月 3 日。
8　施蟄存：〈我們經營過三個書店〉，《新文學史料》，1985 年第 1 期。

卿卿我我，「五個從生活裏跌下來的人」在最後的瘋狂中走向絕
望。劉吶鷗筆下的「探戈宮」如同「魔宮一樣」攝人心魄：「一切
在一種旋律的動搖中——男女的肢體，五彩的燈光，和光亮的酒
杯，紅綠的液體以及纖細的指頭，石榴色的嘴唇，發焰的眼光……
使人覺得，好像入了魔宮一樣，心神都在一種魔力的勢力下。」新
感覺派作家擅長在視覺、味覺和聽覺等多種感官交融的新感覺中表
現都市的瘋狂和頹廢。穆時英在〈夜總會裏的五個人〉裏描寫了五
種不同職業的舞客和他們同樣失落的心態，金子大王胡均益破產，
大學生鄭萍失戀，市政府秘書繆宗旦失業，學者季潔心智迷亂，舞
女黃黛茜年老色衰。30 年代的上海舞廳雖然曾經發生過聞名全國的
大學生禁舞事件，但仍然止不住紅男綠女們夜夜歌舞昇平。正如當
時著名電影明星周璇在歌曲〈夜上海〉中唱道：「夜上海，夜上
海，你是個不夜城；華燈起，樂聲響，歌舞昇平。酒不醉人人自
醉，胡天胡地蹉跎了青春。」[9]通過舞廳這扇視窗，新感覺派作家們
得以觀察到 30 年代上海市民生活的另一面。他們對這「造在地獄上
面的天堂」充滿了既詛咒和又迷戀的複雜矛盾心理。

　　同跳舞一樣，上電影院看電影也是舊上海重要的流行時尚之
一。丹尼爾·貝爾認為，「電影有多方面的功能——它是窺探世界
的視窗，又是一組白日夢、幻想、打算、逃避現實和無所不能的示
範——具有強大的感情力量。電影作為世界的視窗，首先起到了改
造文化的作用」，「最初的變革主要在舉止、衣著、趣尚和飲食方
面，但或遲或早它將在更為根本的方面產生影響，即思維方式和行
為方式方面」[10]。30 年代上海電影院的裝潢設計、電影人物的生活

---

[9]　〈夜上海〉，范煙橋填詞，陳歌辛譜曲，周璇演唱。
[10]　丹尼爾·貝爾：《資本主義文化矛盾》，趙一凡等譯，三聯書店，1989 年
　　版，第 116 頁。

方式和電影藝術的表現形式對都市的文化生活和現代派作家的藝術創作都產生了重大影響。上海二、三十年代的電影院豪華的巴羅克風格不僅使得現代派作家常常把它描繪成具有魔幻魅力的現代宮殿，而且還直接影響了他們誇飾的文風。30 年代的上海影院主要放映外國影片，尤其是美國好萊塢電影。因而西方的現代文明和生活時尚幾乎同步在上海的電影院中濡染著都市大眾。電影裏主人公的命運遭遇和生活中電影明星的言行舉止常常成為人們談論和效仿的對象。電影明星蝴蝶喜歡西式打扮，阮玲玉喜歡素色或碎花旗袍，於是她們的影迷也都爭相仿效。當年，劉吶鷗、穆時英、施蟄存和葉靈鳳等新感覺派作家幾乎都是熱衷於電影的影迷，穆時英「對那時期當紅的女明星們熟悉得已達到如數家珍的程度」[11]。劉吶鷗「平常看電影的時候，每一個影片他必須看兩次，第一次是注意著全片的故事及演員的表情，第二次卻注意於每一個鏡頭的攝影藝術」[12]。劉吶鷗、穆時英、葉靈鳳等人當年不僅把對電影的熱衷上升到理論層面同左翼影評家展來了著名的「軟硬之爭」，更重要的是他們把畫面、鏡頭和蒙太奇等電影元素創造性地引入小說創作，形成了一種最適宜於表現現代都市光怪陸離生活的現代都市小說文體。穆時英的〈上海的狐步舞〉與其說是長篇小說的一個部分，不如說是電影的「一個斷片」。作者開篇用從遠景到近景的電影畫面和鏡頭語言描寫了滬西的月亮、原野、村莊、林肯路的街景和行人，然後用蒙太奇的手法對歌舞廳和大飯店裏的燈紅酒綠和紙醉金迷的鏡頭進行剪輯和組接：大世界舞廳裏「女子的笑臉」、「精緻的鞋跟」、「男子襯衫的白領和蓬鬆的頭髮」，「華爾滋的旋律繞著他們的

---

[11] 李今：《海派小說與現代都市文化》，安徽教育出版社，2000 年版，第150 頁。
[12] 施蟄存：〈編輯室偶記〉，《文藝風景》，第 1 卷第 1 期。

腿」；華東飯店的二樓、三樓和四樓呈現著同樣的景觀，「白漆房間，古銅色的鴉片香味，麻雀排，四郎探母，長三罵消白小娼婦，古龍香水和淫欲味，白衣侍者，娼妓捐客，綁票匪，陰謀和詭計，白俄浪人……」，電影的鏡像思維和舞曲的旋律節奏把都市的頹廢景觀和作者的主觀感覺演繹得淋漓盡致。葉靈鳳的〈流行性感冒〉開頭時用一組鏡頭描寫了都市摩登女郎的形象：「流線式車身／V形水箱／浮力座子／水壓滅震器／五檔變速機」，結尾處則完全用電影腳本的形式來表現「銀幕一樣的我幻想著那就要開始的電影的場面」。劉吶鷗認為「電影是藝術的感覺和科學的理智的融合所產生的『運動的藝術』」，「電影的根源是在於『動』，而因『動』中的速度，方向，力量等的變化更生出了節奏（rhythm），『動』是生命力的表現」[13]。他的〈兩個時間的不感症者〉中的男女主人公從緊張的賽馬場到熱鬧的吃茶店，再到繁忙的大街，最後到微昏的舞場，由豔遇到分手，前後三個小時，場景在不斷變換，「故事」還沒來得及展開，讀者幾乎跟「呆得出神」的男主人公一樣還未明白過來，小說便在女主人公「我還未曾跟一個 gentleman 一塊兒過過三個鐘頭以上」的嘲弄中結束了。新感覺派作家正是運用這種「運動的藝術」去把捉都市的速率和節奏，完全顛覆了傳統情節化小說的線性敘事，而呈現出片斷化和跳躍性的現代敘事風格。

三、女體修辭、商品消費與欲望象徵

勞瑞斯特認為，「城市是一種文本，它通過將女性表現為文本來講述關於男性欲望的故事」[14]。如果說物質空間展示了都市繁華的

---

[13] 劉吶鷗：〈電影節奏簡論〉，《現代電影》，1933 年第 6 期。

[14] 張英進：〈都市的線條：三十年代中國現代派筆下的上海〉，《中國現代文學研究叢刊》，1997 年第 3 期。

商業景觀，消費生活體現了都市頹廢的文化樣態，那麼摩登女郎則是都市欲望的象徵符號。在新感覺派小說中，女性身體常常被作為男性感受都市和消費人生的欲望化和色情化的形象而呈現。穆時英的〈白金的女體塑像〉在男性的視角下細微地展示了女性的身體：「窄肩膀，豐滿的胸脯，脆弱的腰肢，纖細的手腕和腳踝，高度在五尺七寸左右，裸著的手臂有著貧血症患者的膚色，荔枝似的眼珠子詭秘地放射著淡淡的光輝，冷靜地，沒有感覺似的」，「她的皮膚反映著金屬的光，一朵萎謝了的花似地在太陽底下呈著殘豔的，肺病質的姿態。慢慢兒的呼吸勻細起來，白樺似的身子安逸地擱在床上，胸前攀著兩顆爛熟的葡萄，在呼吸的微風裏顫著」。在這個女性軀體的盛宴面前，中年獨身的節欲者謝醫生感覺到「沉澱了 38 年的膩思忽然浮蕩起來」，「氣悶得厲害，差一點喘不過氣來。他聽見自己的心臟要跳到喉嚨外面來似地震盪著，一股原始的熱從下面煎上來」。穆時英完全顛覆了「非禮勿視，非禮勿聽」的理學傳統，在女性軀體的呈現中，男性被壓抑的本能被不斷誘惑，人物複雜的深層心理得到逐步敞現。同樣是男性視角的女性身體書寫，〈CRAVEN「A」〉中的女體描寫更具文化隱喻的色彩。第一人稱「我」在舞場的一角窺視著一位抽著 CRAVEN「A」香煙的女性。令人稱奇的是，小說中作者竟然以國家地圖來隱喻女性身體。作者沿著地圖從北到南的不同方位，從上到下地描述著女性的軀體部位，「放在前面的是一張優秀的國家地圖：北方的邊界上是一片黑松林地帶，那界石是一條白絹帶」，「往南是一片平原，白大理石的平原」，「下來便是一條蔥秀的高嶺，嶺的東西是兩條狹長的纖細的草原地帶」，「那高嶺的這一頭是一座火山，火山口微微地張著，噴著 CRAVEN『A』的鬱味」，「這火山是地層裏蘊藏著的熱情的標誌」，「過了那火山便是海岬了」，「走過那條海岬，已經

是內地了。那兒是一片豐腴的平原」，「兩座孿生的小山倔強的在平原上對峙著，紫色的峰在隱隱地，要冒出到雲外來似的」，「南方有著比北方更醉人的春風，更豐腴的土地，更明媚的湖泊，更神秘的山谷，更可愛的風景」，「在桌子下面的是兩條海堤」，「在那兩條海堤的中間的照地勢推測起來，應該是一個三角形的沖積平原，近海的地方一定是個重要的港口，一個大商埠」，「大都市的夜景是可愛的——想一想那堤上的晚霞，碼頭上的波聲，大汽船入港時的雄姿，船頭上的浪花，夾岸的高建築物吧」。這段富有文化隱喻色彩和色情意味的描寫明顯地帶有性幻想的特徵。作者用「黑松林」隱喻頭髮，用「火山」隱喻嘴，用「小山」隱喻乳房，用「海堤」隱喻雙腿，用「汽船入港」隱喻男女交合。此外值得重視的還有那段關於「大都市夜景」的描繪，分明喻隱著 30 年代作為殖民入侵地和冒險家樂園的上海城市形象。由此，地圖、女體和城市在文本中達成了同構性的共謀，都指向了潛文本的欲望。與穆時英一樣，劉吶鷗、施蟄存、葉靈鳳等人筆下的女性身體書寫也帶有明顯的色情化傾向。劉吶鷗筆下的摩登女郎有「一對很容易受驚嚇的明眸」，「瘦小而隆直的希臘式的鼻子」，「豐膩的嘴唇」，「高聳起來的的胸脯」，「柔滑的鰻魚式的下節」（〈遊戲〉）。葉靈鳳也在小說中展示了富於青春氣息的女性身體，「鏡中顯出了一個晶瑩的少女的肉體。這是一朵初開的白玫瑰，於粉白中流露著一層盈盈欲滴的嫩紅。那胸前微微隆起的兩座象牙的半球，雖是還沒有十分圓滿，然而已孕蓄著未來的無限的美麗的預兆」（〈浴〉）。施蟄存則常常表現在都市尤物的誘惑下，男性在欲望的壓抑中扭曲的心理和分裂的人格。〈在巴黎大戲院〉中的紳士吮吸著情人混合著香水、汗味、鼻涕和痰的手帕，「好像有了抱著她的裸體的感覺」。〈魔道〉中的「我」被所謂的「妖婦」蠱惑，對朋友的妻子

陳夫人產生了性幻想，看著她「纖細的胴體」、「袒露的手臂」、「纖小的朱唇」，覺得與她「在撫摸」，「在接吻」。

新感覺派筆下的女體修辭明顯地具有都市文化符碼的表義功能，鮮明地體現出商品文化的物質性和消費性。她們或者是「Jazz，機械，速度，都市文化，美國味，時代美的產物集合體」（〈被當作消遣品的男子〉），或者「是在奢侈裏生活著的，脫離了爵士樂，狐步舞，混合酒，秋季的流行色，八汽缸的跑車，埃及煙」，「便成了沒有靈魂的人」（〈黑牡丹〉），有時候都市的摩登女郎竟然懂得「三百七十三種煙的牌子，二十八種咖啡的名目，五千種混合酒的成分配列方式」（〈駱駝‧尼采主義者與女人〉）。摩登女郎們常常在都市的性愛遊戲中主動地用自己的身體來換取生活所需的物質商品，都會的一切都在商品消費原則的支配下進入了「流通」。劉吶鷗〈兩個不感症者〉中的女主人公與剛結識的 H，從賽馬場到吃茶店，從吃茶店到繁華的大街，從繁華的大街再到微昏的舞場，在消費了 3 個小時之後，把男主人公怔怔地拋棄在舞場去趕赴下一個約會。〈熱情之骨〉中的玲玉與比也爾在月光下的床褥上做愛時，突然提出「給我伍百元好麼」。施蟄存〈花夢〉中的「她」，「可以每天有個情人」，只要你「把錢包裝得滿些」，「她是絕不因為不喜歡你而失約的」，「愛情 70」便是她直接開出的帳單。〈聖誕豔遇〉中的三個女人分別用色相和身體騙取了男主人公的紅寶石戒指和三百塊錢之後，抽身離去。穆時英〈被當作消遣品的男子〉裏的蓉子向來把男子當作「消遣品」，無聊時當作「辛辣的刺激物」，高興時當作「朱古力糖似的含著」，厭煩時就成了被她「排洩出來的朱古力糖渣」。在現代都市中，生活的壓抑、都市的浮華和時光的易逝，使得摩登女郎們意識到「此刻」和「瞬間」的重要意義。她們缺乏宏大的理想，放棄了專一的情感，

也沒有執著的追求，消費主義的感觀刺激常常成為她們確證生命存在的唯一方式。在都市的浮華悲歡中她們無一例外地感到，「生命是短促的，我們所追求著的無非是流向快樂之途上的洶湧奔騰之潮和活現現地呼吸著的現代，今日，和瞬間」[15]。

　　馬克思在《哲學的貧困》中描述資本主義時代的商品化屬性時指出，「人們一向認為不能出讓的一切東西，這時都成了交換和買賣的物件，都能出讓了。這個時期，甚至像德行、愛情、信仰、知識和良心等最後也成了買賣的物件，而在以前，這些東西是只傳授不交換，只贈送不出賣，只取得不收買的。這是一個普遍賄賂、普遍買賣的時期，或者用政治經濟學的術語來說，是一切精神的或物質的東西都變成交換價值並到市場上去尋找最符合它的真正價值的評價的時期」[16]。20 世紀 30 年代的上海，商業性的流通和物質性的消費滲透到都市生活的方方面面，深刻地改變了人們的思想觀念，影響著人們的生活方式。商業性和消費性的都市文化不僅體現了近代上海都市社會物質的現代性，也為現代派作家提供了藝術審美的現代性。現代都市物質空間在塑造都市現代形象，改變都市文化生活方面無疑具有十分重要的意義。它們以其現代性的建築外觀和豐富的文化內涵打造了全新的現代都市形象，改變了人們的生活方式和思維方式，從而深刻地影響著新感覺派作家們的文學創作和讀者的審美接受。20 年代魯迅曾不無感慨地說：「我們有館閣詩人，山林詩人，花月詩人……；沒有都會詩人。」[17]而 30 年代杜衡則頗為欣慰地說：「中國是有都市而沒有描寫都市的文學，或者描寫了都

---

[15] 迷雲：〈現代人底娛樂姿態〉，《.新文藝》，1930 年第 2 期。

[16] 馬克思：《哲學的貧困》，《馬克思恩格斯選集》第 1 卷，人民出版社，第 139 頁。

[17] 魯迅：〈集外集拾遺・（十二個）後記〉，《魯迅全集》，人民文學出版社，1981 年。

市而沒有採取適合這種描寫的手法。在這方面，劉吶鷗算是開了端，但是沒能好好地繼續下去，而且他的作品還帶著『非中國』即『非現實』的缺點。能夠避免這缺點而繼續努力的，這是時英。」[18]從魯迅的感慨和杜衡的欣慰中，我們不難發覺都市文化之於新感覺派文學想像的重要意義。

第二節　都市的「現代生活」與「現代情緒」：現代詩派的都市審美

「《現代》中的詩是詩，而且純然是現代的詩。它們是現代人在現代生活中所感受到的現代情緒用現代的詞藻排列成的現代的詩形」，「所謂現代生活，這裏面包括著各式各樣的獨特的形態：匯集著大船舶的港灣，轟響著噪音的工廠，深入地下的礦坑，奏著Jazz 樂的舞場，摩天樓的百貨店，飛機的空中戰，廣大的競馬場……甚至連自然景物也和前代不同了。這種生活所給予我們的詩人的感情，難道會與上代詩人從他們的生活中所得到的感情相同嗎？」（施蟄存〈又關於本刊的詩〉，《現代》，四卷一期）

30 年代，《新文藝》、《現代》和《新詩》等雜誌凝聚了以戴望舒、施蟄存、徐遲、卞之琳、艾青、路易士、林庚、金克木、玲君、陳江帆等為代表的一批現代派詩人，他們以敏感的觸角捕捉都市的新感覺，以全新的形式描寫都市的新景觀，在開放多元的商業文化中傳達出複雜的都市新感受，是名副其實的「都會詩人」。

---

[18] 杜衡：〈關於穆時英的創作〉，《現代出版界》，1933 年第 9 期。

一、「新的機械文明」與現代都市美學

　　1930 年代進入全盛時期的上海已成為全國經濟中心和世界第五大都市，在外國對華進出口貿易和商業總額中占 80%以上，直接對外貿易總值占全國 50%以上，工業資本總額占全國 40%，工業產值已達 11 億元，超過全國一半以上[19]。上海工商經濟的發展帶來了都市文化的繁榮和人們生活方式的改變，從而也深刻地影響了文學審美方式的轉變。在中國古代傳統詩學中，自然山水和鄉土風物是詩人表現的主要對象，淡泊寧靜和悠閒自得是詩人抒發的主要情懷。然而在 30 年代的上海，「近代資本主義社會所發現而留給我們的美──那是大都會和機械的美」[20]，「新的機械文明，新的都市，新的享樂，新的受苦，都明擺在我們眼前，而這些新東西的共同特點便在強烈的刺激我們的感覺」[21]，「這種生活所給予我們的詩人的感情」已經完全不同於「上代詩人」了[22]。

　　茅盾在 30 年代說：「現代人是時時處處和機械發生關係的。都市里的人們生活在機械的『速』和『力』的漩渦中，一旦機械突然停止，都市人的生活便簡直沒有法子繼續。交通停頓了，馬達不動了，電燈不亮了，三百萬人口的大都市上海便將成為死的黑暗的都市了。……機械這東西本身是力強的，創造的，美的。我們不應該抹煞機械本身的偉大。」[23]1932 年劉吶鷗在給戴望舒的信中說：「因航空思想的普及，也產生許多關於飛行的詩，我很想你能對於這新

---

[19] 徐雪韻等編譯：《上海近代社會經濟發展概況》，上海社會科學院出版社，1985 年版，第 158 頁。
[20] 藏原惟人：〈新藝術形式的探求〉，葛莫美譯，《新文藝》，1929 年 12 月號。
[21] 柯可：〈論中國新詩的新途徑〉，《新詩》第 1 卷第 4 期，1937 年 1 月。
[22] 施蟄存：〈又關於本刊的詩〉，《現代》，1933 年 11 月，第 4 卷第 1 期。
[23] 茅盾：〈機械的頌贊〉，《申報月刊》，1933 年 4 月，第 2 卷第 4 期。

的領域注意，新的空間及新的角度都能給我們以新的幻想意識情感。」[24]茅盾的讚美和劉吶鷗的提醒反映了 30 年代由機械文明產生的新的都市美學已經進入了現代作家的審美視野。新的都市景觀和新的感官刺激促使了現代派詩人審美方式的轉變。都市不再僅僅是道德的淪喪地和罪惡的製造場，而是伴隨著機械工業文明一起作為美的對象進入了詩人的審美視野。在戴望舒眼中，「新的機械文明」不再是「一個靜默的鐵的神秘」，而是「有一顆充著慈愛的血的心」，是「我們的有力的鐵的小母親」，她「用有力的，熱愛的的臂，緊抱著我們，撫愛著我們」[25]。在艾青詩中，都市的「那邊」，「在千萬的燈光之間，／紅的綠的警燈，／一閃閃的亮著」，「那邊燈光的一面，／鐵的聲音，／沸騰的人市的聲音，／不斷地扇出」（莪伽即艾青《那邊》，一卷五期）。洛依筆下汽車「引擎的震動，含著笑意的嘴，和二道深藏在濃長的睫毛中／閃耀著熱情的光」（洛依〈夏午的大道〉，《現代》，二卷五期）。現代派的詩人們以少有的激情發出了對都市機械文明的讚頌，即便是工廠林立的煙囱和桃色的煙霧這些現代我們看來的工業污染，在他們筆下也成為審美的詩行，「在夕暮的殘霞裏，／從煙囱林中升上來的／大朵的桃色的雲，／美麗哪，煙煤做的，／透明的，桃色的雲」（施蟄存〈桃色的雲〉，《現代》，二卷一期）。在都市中，現代機械的力度、摩天大樓的高度和交通工具的速度，已經滲透到詩人的審美意識中，改變了詩人的審美視角和修辭方式。在高聳入雲的摩天大樓面前，現代派詩人大多採取仰視或俯視的觀察視角，通過豐富的意象傳達出現代的美感。徐遲的〈都會的滿月〉（《現

---

[24] 劉吶鷗：〈致戴望舒〉，孔令境編《現代作家書簡》，花城出版社，1982 年版，第 186 頁。

[25] 戴望舒：〈我們的小母親〉，《新文藝》，1930 年 3 月。

代》，五卷一期）以非凡的想像把摩天樓上的鍾面比作「都會的滿
月」，它「貼在摩天樓的塔上」，「短針一樣的人，／長針一樣的
影子，／偶或望一望都會的滿月的表面。／知道了都會的滿月的浮
載的哲理，／知道了時刻之分，／明月與燈與鐘的兼有了」。月亮是
一個常見的傳統意象，但把它與摩天樓上的「立體平面的機件」結
合在一起，則具有了鮮明的現代美感。在〈初到都市〉（《現
代》，五卷五期）中，宗植用「漠野的沙風」、「生活之流動的煙
霧」和「夢的泡沫之氣息」等意象具象化地呈現出詩人仰視「二十
一層」摩天大樓時所產生的內心惶惑和淆亂的空間觀念：「比漠野
的沙風更無實感的，／都市底大廈下的煙霧」，「低壓著生活」，
「免不了夢的泡沫之氣息」，「溶化在第二十一層房頂上的／秋夜
之天空，／在透露著青蒼的幽鬱」，「街燈之行列，／沉落在淆亂
空間觀念的／縱的與橫的綜錯裏了」。在前人的〈雲〉裏，「夢樣
的思想樣的夏日的雲。／是一座 Aluminium 的構成派建築哪。／是
一列巨型的銀牙。／是雪壓著的長松哪。／是西伯利亞的羊群」，
詩人把傳統的意象「浮雲」比作「Aluminium 的構成派建築」和「一
列巨型的銀牙」，用現代機械的美置換了傳統的詩歌想像。玲君的
〈Villa 廣告牌下〉和南星的〈城中〉分別描寫了街頭廣告和商店百
貨對路人的誘惑。廣告牌中的「吸煙女郎」，有著「藍色的眼」、
「白色的臉」和「紅色的嘴唇」，「站在路中央」的「我」，「被
豎立於路前畫面上 Model 的明朗性的姿態所魅惑著」。商店裏的商
品和櫥窗像「孩子的眼睛」一樣誘惑著「每個路人」，「商店之行
列永遠是年青的，／時時閃耀著孩子的眼睛／向每個路人作姿，／
若有意，若無意」。 在「簡單清楚有力與合於實用」[26]的現代都市
美學的影響下，感受著「現代生活」的「現代詩人」，產生了與

---

[26] 徐訏：〈新舊與美感〉，《天地人》，第 1 卷第 2 期。

「上代詩人」不同的「現代情緒」，用「現代的詞藻排列成現代的詩形」。

二、都市的多元形態與生活化審美

　　城市經濟的發展促進了人口的流動。開埠以後，上海以它的開放性和包容性吸納了世界各地和五湖四海的移民，1930 年代上海人口突破了 300 萬[27]。上海城市人口的結構逐漸由原來相對封閉和狹窄的地域結構演變成為以移民為主的開放和動態發展的人口結構。都市人口的密集、現代交通的便利和公共空間的開放等特點導致了都市現代生活的異質性和多元化，而商品文化的本質也決定了都市生活方式的開放性和流動性。置身於 1930 年代上海工商文化環境中的現代派詩人，常常通過都市各色人物的日常生活和心理狀態表現出都市生活的異質性、開放性、流動性和多元性。年青人是都市文化時尚的體現者，現代派詩人及時捕捉了都市各類新人的生存狀態和精神風貌。徐遲在〈二十歲人〉中禮贊了散發著青春氣息的都市新人類：「我來了，二十歲，／年青，年輕，明亮又健康。／從植著杉的路上，我來了哪，／挾著網球拍子，哼著歌：／G 調小步舞；F 調羅曼司。／我來了，穿著雪白的襯衣，／印第安弦的網影子，在胸上」。都市新人「年輕，明亮又健康」，「挾著網球拍子，哼著歌」，充滿了清春的朝氣和活力。史衛斯的〈十一月的街〉描寫了大街上無所事事的「三個年青人」，「誰也沒有想到，該到哪兒去」，「對面方向來的女人，飛一個微笑」，「點一點頭，又各顧各的走了」。洛依的〈在公共汽車中〉（《現代》，一卷四期）則

27　鄒依仁：《舊上海人口變遷的研究》，上海人民出版社，1980 年版，第114 頁。

描寫了流動擁擠的車廂裏一對年輕戀人在「昏黃的燈光，／與震響的機聲」中「親密接觸」的場景：「幸而有燈光的昏黃，／蔭蔽了初戀的臉紅；／幸而有機聲的震響，／掩護了初戀的囁呐；／但這車廂／為什麼如此顫動呢？／在不經意中，我的肩驟投入了他的懷裏，／雖然有昏黃的燈光，／與震響的機聲，／也蔭蔽這火燒得雙頰，／與翕張的唇吻了」。「初戀的羞澀」與「機聲的震響」相互映襯，傳統的愛情主題在現代都市的審美觀照中獲得了現代的美感。都市中不同職業的人們也常常表現出迥然相異的生活狀貌和精神狀態。蘇俗在〈街頭的女兒〉（《現代》，四卷四期）中描寫了梅雨季節街頭妓女的生活狀貌，「嘴角上叼著一根香煙，／提著空的皮夾子，／在水門汀的路上，／孤零地漫步，孤零地。／疲倦了的眸子，／勉強流出一點風騷；／一對飛眼，跟著／一個兩個煙圈。／提著空的皮夾子，／等著買笑的男子。／路旁的小販對她嘲弄：／『只要有一天我買到頭獎，只要有一天……』／這樣的調笑她習慣了，／只自己冷落地想起：／『怎麼這生意還會冷落？』／人們在街頭浪似地翻著，／買笑的男子哪裡去了？／年紅燈一片一片的，／她的同伴一群一群的。／她夾著空的皮夾子，／煩憂地走在回家的路上」，妓女舉止的「風騷」、生活的無奈和路旁小販潛伏的色欲心理共同燭照出都市生活的陰暗角落。金傘的〈出獄〉（《現代》，五卷二期）描寫了一個出獄囚犯走在大街上的所見所聞、所思所感：「挾著三年前的舊行囊，／熟識的看守押我出了獄門，／眼前的街，往北還是往南呢？／像返陽的幽魂，側身在牆下／行走，走了一條街又一條街，／又穿過許多小巷。／六月的淫雨天，／沒有一文錢的衣袋下，／懷著一個乞兒的心；／昔日的驕傲於今變成踢踏了。／在黃昏的街邊，／我細讀著斑殘的廣告，／今夜的睡眠在哪裡安頓呢？／回想起同坑的幾個朋友，／夜裏是隔被

互易著體熱的，／此刻環坐低談少了一人了！／出了同一的獄門，／有的卻走向隔世。／願他們在地下安息吧！」囚犯們在獄中的團結互助和在街頭不知所措的被拋棄感反映了都市社會的冷漠。王承會的〈挑水夫〉（《現代》五卷四期）描寫了一個都市挑水夫的日常生活：「陽光描出些花紋，／在鐵軌的水滴的延線上，／一個挑水的路徑／美麗的躺在哪裡。／他從清晨走到黃昏，／怎麼這路像沒有止境。／不呵！／他的父親不走過去了麼？／張家底壽麵在等著水下鍋，／李婆在喊他也像沒有聽見，／眼前有兩個小孩又在嚷，／『老楊，你快挑水到天主堂。』／歡喜從他肩上壓出來了，／在一個呆呆的早晨，／他那雙瓦礫刺破的腳，／不是在追隨他父親的背影麼？」詩人從日常生活中發現了都市的美感，在輕快的筆調中表現出普通人的生活沉重。在現代派的詩歌中，無論是都市中的新人類、大街上的漫遊者、公共汽車上的戀人，還是街頭的妓女、路旁的小販、出獄的囚犯和穿街走巷的挑水工等，詩人們通過都市的人生百態展示出一個日常生活中的都市形象。這一日常生活的審美化既反映了現代派詩人審美視角的轉換，也體現出詩歌散文化的新探索。80 年代艾青在談及新詩散文化時曾說：「這個主張並不是我的發明。戴望舒寫〈我的記憶〉時就這樣做了。」[28]在〈我的記憶〉中，戴望舒把抽象的「記憶」具化為一切日常的生命形態，「它存在在燃著的煙捲上」，「繪著百合花的筆桿上」，「破舊的粉盒上」，「頹垣的木莓上」，「喝了一半的酒瓶上」，「撕碎的往日的詩稿上」，「壓乾的花片上」，「淒暗的燈上」，「平靜的水上」，「一切有靈魂沒有靈魂的東西上」。「在親切的日常生活調子裏舒卷自如，敏銳，精確，而又不失它的風姿，有節制的瀟灑

---

[28] 艾青：〈與青年詩人談詩〉，《詩刊》，1980 年 10 月。

和有功力的淳樸」[29]，卞之琳對戴望舒詩歌的這個評價可以看作是
30 年代現代派詩人的共同追求。正是在戴望舒的影響下，現代派詩
人開始擺脫了此前對音樂性的追求而注重「詩的內在情緒」，在都
市的日常生活中表現詩歌的美，開拓了新詩散文化的新路徑。

　　30 年代的上海是國際性的大都會。1931 年上海的外籍僑民超
過 6 萬人，此後幾年大多保持在六、七萬人之間，二戰期間大批
的日本人和避難的猶太人湧入上海，1942 年上海外僑最高峰時超過
了 15 萬[30]，除了此前的英美公共租界和法租界外，還陸續形成了以
虹口為中心的日本人聚居區，以楊樹浦為中心的猶太人聚居區，以
霞飛路為中心的俄國人聚居區等。「在都市裡，隨著車輛之群，各
色人種的風揚起了。」[31]不同膚色的人們在這座東方的大都市中所呈
現出的不同文化景觀，也進入了現代派詩人的審美視野。陳江帆的
筆下常常描繪出大街上的異域風情，「在海風吹的南方的街，／戴
著白帽子飄過去」，「海上的船載來遼遠味。／我為著海上的船
哪，飄在街的角落裏，／海鷗的歌沉向心的尖端」（〈南方的
街〉，《現代》，四卷二期），「穿過了橋，／像南歐的獨木舟載
著你，／輕輕地，你踏出／細月亮的街。／月亮是細到只照見水門
汀，／和你馬來女的舞姿的步武。／用秘密的視線觸覺著，／我願
一切是影畫哪！／因為你善步舞的，／從我想出一個遠土的小港，
／從細月亮的街回過來，／你能小住我棕櫚的板房中嗎？」
（〈街〉，《現代》，六卷一期）在這裏，海上船載來的「遼遠
味」、「南歐的獨木舟」、「馬來女的舞姿」和「棕櫚的板房」等

---

[29] 卞之琳：〈《戴望舒詩集》序〉，《戴望舒詩集》，四川人民出版社，1981
年，第 5 頁。

[30] 熊月之：《上海的外國人·序言》，上海古籍出版社，2003 年 12 月，第
1 頁。

[31] 路易士：〈在都市裡〉，《新詩》，1936 年 11 月。

意象無不展示出大街上的異域風情。戴望舒的〈百合子〉、〈八重子〉和〈夢都子〉分別描寫了三個在上海謀生的日本妓女的表面歡娛和內心憂鬱。百合子在「百尺的高樓和沉迷的香夜」中，「度著寂寂的悠長的生涯」，「茫然地望著遠處」，「因為她的家是在燦爛的櫻花叢裏」。八重子有著「春花的臉，和初戀的心」，「發的香味是簪著遼遠的戀情」，「縈系著渺茫的相思」。夢都子把口紅、指爪「印在老紳士的頰上，／刻在醉少年的肩上」，她會「撒嬌」，「會放肆」，可她卻有著「慣矢的心」，「忤逆的心願」。三個身處異國都市中的女性在歡娛的背後都深藏著懷鄉的憂鬱。玲君在〈白俄少女的 Guitar〉中借一把「掛在牆上的舊六弦琴」表達了對其主人「白俄少女」飄落異邦的感慨：「掛在牆上的舊六弦琴，／沒人動已這多年了；／主人飄落在異邦，留下它／廝守著沾塵的穴室。／……廢墟下游人口哨遠了，／一樣曲調，／你唱出昔日的閨愁呵，／你歌出舊帝國的傾覆？／……在同一個地方，在不遠的領域，／幽暗的調子響著了，／西班牙少女的 Tango 呵，蘇維埃少女的國際歌呵，／你呢，你只歌出你的苦寂。／……你的主人在國界外，長年／梭巡著，幾次被拒絕了進境，／楓葉把皺紋的帷幔染錯了色，／恐懼者是枯顏的花的殯葬嗎？／（孤獨地，孤獨地，／失了主人的六弦琴呵！）／告訴我，你被鎖住／修道院多少年了？／四周牆上都被暮氣熏得黑黃，／落寞的也沒有得到神的指示。／告訴我，你的主人／失蹤已多少年了？／你的主人臨出外的時候，／曾吩咐一句什樣秘語了嗎？」詩中孤寂的六弦琴、傾覆的舊帝國和淪落的白俄少女等意象表露出詩人的人道主義情懷和世界主義的視野。

三、都市的頹廢與寂寞

　　都市工商經濟的發展帶來了消費文化的繁榮，在消費文化的背後又呈現出都市生活的頹廢和繁華背後的寂寞。30 年代的現代派詩人在都市現代工商文化的濡染下，一方面無法拒絕或逃避都市消費主義的誘惑，另一方面又難以完全擺脫傳統價值觀念的束縛，於是便不可避免地陷入到都市審美的焦慮之中。這一焦慮首先表現在他們對都市繁華和頹廢的矛盾心態上。20 年代曾經以異域的象徵主義詩風帶給文壇以震動的李金髮在 30 年代的《現代》雜誌上先後發表了 10 首現代派詩歌，從而匯入了 30 年代的現代派。他在〈憶上海〉（二卷一期）中表達了對這座「容納著鬼魅與天使的都市」的矛盾心理：「你裝出樂觀者之詔笑」，又「欠伸著如初醒之女兒」；「你於我是當年之仇讎的祖先」，又「於我是挽臂徐行之侶伴」；「我曾在你懷裏哭泣嬉笑」，也「曾在人馬從集中張惶急走」；「我」既在「悠悠長夜的華屋之一角」，「緊抱著彼人漫舞」，又「不能說那時盛年之華」，「得到如夜來梟聲之威赫」。詩人在這一系列的都市矛盾體驗中感歎道，「你已滿足於我的不幸罷！／無靈如蕩婦的誘惑者，／我將在南國的山川之垠，／宣唱你巫女似的不可宥之罪過」。前人在〈夜的舞會〉（《現代》，五卷三期）中通過舞場的聲光化電和紙醉金迷，描寫了舞會的頹廢氣息，「一叢三叢七叢，／柏枝間嵌著欲溜的珊瑚的電炬」，「Jazz 的音色染透了舞侶，／在那眉眼，鬢髮，齒頰，心胸和手足。／是一種愉悅的不諧和的鮮明的和絃的熔物」，「散亂的天藍，朱，黑，慘綠，媚黃的衣飾幻成的幾何體，／若萬花鏡的擁聚驚散在眼的網膜上。／並剪樣的威斯忌。／有膨脹性的 Allegro 三拍子 G 調。／飄動地有大飛船感覺的夜的舞會哪」。吳汶的〈七月的瘋狂〉（《現代》，五卷五期）、老任的〈夏之夜〉（五卷五期）和子銓

的〈都市的夜〉（六卷一期）分別描寫了「妖都」夜晚的瘋狂。在人欲橫流的舞場，「我敲開妖都第二扇門，／昂奮在衣角吶喊，／邁進接吻市場。／旋律，女人股間的臭，／地板上滾著威士卡的醉意，／棺蓋開後的屍舞」；「全裸的少婦吧，／無禁地任人摸索，／魔惑之憨笑哪」；「年紅，撥奏著顫慄的旋律：／作大爵士的合舞／。肉味的檀色，淫蕩的音符不斷地跳動著」。王一心直接以「頹廢」為題（〈頹廢〉，《現代》，四卷一期），描寫了陷入都市頹廢而無法擺脫的矛盾心理：「酒與肉把頹廢養的多肥」，無處不在的「頹廢」有時在「我的長髮上站著」，有時在「我長髮上睡」，「它盡夜張開罪惡的枯手」，甚至「從社會爬進我的靈魂」。

　　30 年代的現代派詩人大多是都市的外來者。「初到都市」的詩人在複雜多變的都市中常常產生無法融入的焦慮，他們以異鄉人、索居者和飄泊者的身份抒發伴隨著身份焦慮產生的難以排遣的寂寞感和失落感。初到都市者在「都市底大廈下」和「街燈之行列」中，感到「比漠野的沙風更無實感」的「青蒼的幽鬱」和「生疏的寂寞」（宗植〈初到都市〉）。都市的「索居者」彳亍地「在道兒上走」，無奈地發出「這個漂亮的都市於我一無所有」的感慨（嚴敦易〈索居〉）。都市的「旅人」，「背負著雨傘」，「不畏烈日和淫雨」，「在冥冥之中摸索」，最終也只有「小飯鋪的馬槽邊，／無罩的煤油燈」來撫慰疲憊的心靈（金克木〈旅人〉，《現代》，四卷四期），「攜著哀愁的篋笥以跋涉的旅人」，躑躅在／是「這修長的旅途」，「猶豫著」去路（匿名〈旅人〉）。陳江帆的〈公寓〉（《現代》，四卷六期）描寫了流居公寓者的寂寞，在繁鬧的都市中書寫了古老的悲秋思鄉之曲，「我流居在小小的公寓中，／在它上面是沒有秋天的，／沒有我家的秋天」，「思秋病是我馥鬱的混合酒」。王華的〈無題〉（《現代》，五卷一期）把

「飄泊的命運」比作「白雲裏一隻飛鴉，／曳著一條渺茫的生活」。艾青的〈搏動〉（《現代》，五卷二期）描寫了生活重壓下都市人的心理感受，「都市的，夜的光之海，／常給我已太重的積壓；／積壓的縱或不是都市的／煩雜的音色也吧；／積壓的而是回想的／音色的都市也吧；／但是，心的搏動果能／衡量我這病的搏動麼？」路易士的〈在都市裏〉（《新詩》，1936、11）表達了繁華都市中精神漂泊的憂鬱。在都市裏，「使我憂鬱的／不是那些摩天的大廈」、「沒有太陽的人行道」和「寶石做的交通燈」／我的眼睛遂落在街的遼遠處」，而是「塵沙一般」渺茫的感覺。金克木的〈招隱〉（《新詩》，1936、10）把城市比作是「喧嘩的沙漠」，「這裏沒有風，／又沒有太陽，／有的只是永遠蒸騰著的寂寞」。玲君的〈公園裏的一張椅〉（《現代》，五卷一期）借「公園裏某角落的一個椅」表達了在都市中被遺忘的寂寞：「寂寞的公園，寂寞的椅，／卻這樣缺少寂寞的人來訪啊！／路燈的昏晦的眼睛，衰頹／照著椅，是空了位的椅」。而廢名的〈街頭〉（《新詩》，1937、2）更是把都市的寂寞推向了極致，「行到街頭乃有汽車馳過，／乃有郵筒寂寞。／郵筒 PO／乃記不起汽車的號碼 X，／乃有阿拉伯數字寂寞，／汽車寂寞，／大街寂寞，／人類寂寞」。都市中瞬息而過的汽車、路旁的郵筒本是互不相關的物體，然而詩人從兩個無生命物體互不相干的關係中體味出了都市乃至人類共有的寂寞的生命體驗。

正如佈雷德伯里所言：「城市生來就是沒有詩意的，然而城市生來又是一切素材中最富於詩意的，這就要看你怎樣去觀察它了。」[32]浸潤在 30 年代上海工商文化中的現代派詩人，在他們的詩

---

[32] M・佈雷德伯里等：《現代主義》，上海外語教育出版社，1992 年版，第311 頁。

歌中以人造的機械的美代替了自然的山水的美，以動感的誘惑的都市代替了寧靜的恬淡的鄉村，以日常生活的審美代替了憂國憂民的抒情。他們用一種全新的方式去觀察、體驗和想像都市，在都市中發現了新的詩意，創造出一種適合表現機械文明和日常生活的現代派的都市詩歌。

第三節　戰爭文化心理與戰後都市亂相：九葉派的上海想像

長期以來，人們在一種民族主義心理的支配下審視 1930 年代至 40 年代的抗日戰爭和抗戰文學。國破城陷的屈辱所激起的民族主義情緒常常使我們更多地認為戰爭只是讓文學浸染了英雄主義的情結和政治意義的宣傳，從而遮蔽了戰爭文化心理對文學所產生的更為廣泛而深刻影響的客觀事實。事實上，戰爭在激起人們英雄主義情結和民族主義情緒的同時，也使人們獲得了更深刻的生命體驗和更廣泛的人類視野，從而深刻地影響了文學的審美表達。

一、戰爭文化心理的形成與表徵

戰爭文化心理是在特定歷史時期形成的文化特徵。它具體表現為戰爭觀念、戰時意識佔據著社會文化心理的重要位置，從而使得戰時的價值判斷、行為方式、思想傾向滲透到社會公共意識中，形成一種明顯帶有戰爭心理特徵的文化心理。上海的近代歷史是在外侮內亂中畸形發展的都市發展史。近代上海不僅是經濟發展的中心也是各種政治勢力的角力場。開埠以來，在這座沿海都會先後彌漫過小刀會起義、太平天國戰爭、北洋軍閥混戰、「一‧二八」事變和「八‧一三」抗戰等戰爭的硝煙。每次戰爭尤其是抗戰給上海的

政治、經濟、文化等社會生活造成了巨大的影響，呈現出不同的生存景觀和文化特徵，從而形成了一種特殊的戰爭文化心理。艾青曾說：「抗戰在今天的中國，在今天的世界，都是最大的事件，不論詩人對於這事件的態度如何，假如詩人尚有感官的話，他總不能隱瞞這事件之觸目驚心的存在。」[33]1932 年 1 月 28 日至 3 月 3 日，日軍對上海進行了狂轟濫炸，閘北、吳淞、江灣等地「瓦礫成堆，屍橫遍野」。據統計，「全市工廠、商店、住房等損失計 16 億元，工人失業 25 萬，學生失學 4 萬，市民死 6080 人、傷 2000 餘人，流離失所者不計其數，全上海人口比戰前減少 81 萬人」[34]。1937 年 8 月 13 日至 11 月 11 日，在長達 3 個月之久的淞滬會戰中，日本侵略者更是給上海帶來空前的浩劫。據統計，戰爭中中國軍民死傷 30 萬人，經濟損失 37 億元以上，上海的現代化進程遭受到毀滅性的打擊[35]。從「一・二八」事變到「八・一三」抗戰，國亡家破的威脅造成了普遍的焦慮和恐慌，上海各界抗日救亡運動高漲，成立了各種抗日救亡團體 180 多個，從政界、工界、商界、文藝界到農界，甚至包括舞女和僧侶，範圍之廣，數量之多，熱情之高，前所未有。上海的「一・二八」事變和「八・一三」抗戰，既是當時全國抗戰的重要組成部分，也是與世界反法西斯戰爭聯繫在一起的，從而使得這一時期的上海戰爭文化心理具有了全國性乃至世界性的共同特徵。

　　陳思和曾指出，「抗戰改變了知識份子在中國現代化進程中的社會地位及其與民眾的關係」[36]。上海的「一・二八」事變和「八・

---

[33] 艾青：〈詩與時代〉，《詩論》，人民文學出版社，1980 年版。

[34] 熊月之主編：《上海通史》第 7 卷，上海人民出版社，第 279 頁。

[35] 熊月之主編：《上海通史》第 7 卷，上海人民出版社，第 337 頁。

[36] 陳思和：〈簡論抗戰為文學史分界的兩個問題〉，《社會科學》，2005 年第 8 期。

一三」抗戰，使得民族處於生死存亡的危急關頭，知識份子主動放棄此前「高高在上」的啟蒙身份而融入到普通的平民大眾中間，共禦外侮，服務抗戰。正是在這一亡國的危機中，民族性的焦慮積澱為一種普遍的社會心理，進而深刻地影響了作家的創作心理和審美方式。同時，抗戰使得上海的政治文化地圖發生了改變，從華洋分治到孤島淪陷再到國統區的一黨專政，文學也相應隨之呈現出不同的景觀。在戰爭文化背景下，既有如〈第七連〉（邱東平）等正面直視「淋漓的鮮血」，也有如〈傾城之戀〉（張愛玲）等側面描寫「蒼涼的人生」；既有「執起我們的槍，／踏著我們的血跡，／前進，前進，前進」的戰鬥吶喊（鄭振鐸〈當我們倒下來時〉），也有「一齊舉起顫慄的手，／奪取『人』的位置，充實這多年空虛的軀殼」（杭約赫〈復活的土地〉）的人性挖掘。1940 年代的「九葉派」詩人不但親歷了這場民族的災難，而且是在抗戰中走上文學道路的。1947 年前後，曹辛之（杭約赫）、唐湜、唐祈、陳敬容等九葉派詩人在親歷了戰爭硝煙、目睹了民生疾苦之後來到上海（辛笛已於 1939 年來到上海），先後創辦了《詩創造》和《中國新詩》雜誌，「他們與因抗戰結束復員或畢業分配回到北平或天津的原昆明西南聯大詩人群穆旦、杜運燮、鄭敏、袁可嘉取得了遙遠的聯繫，共同推動著一股新的詩潮的發展」[37]。這股「新的詩潮」持續到1948 年 11 月，因《詩創造》和《中國新詩》被查禁，辛笛、杭約赫等人或在上海隱身避難或離開上海。1947 年前後，抗戰雖然勝利了，然而多年抗戰所積澱的戰爭文化心理又在全面爆發的解放戰爭和國民黨當局的白色恐怖中不但沒有褪去，反而更見緊張。這一戰爭文化心理在九葉詩人的詩歌創作中得到深刻的反映。雖然穆旦等

---

[37] 藍棣之：〈九葉派詩選前言〉，《九葉派詩選》，人民文學出版社，1992年，第 3 頁。

的詩作也充分體現了戰爭文化心理，但由於他們不在上海，因此本
文主要以「立足於上海」[38]的杭約赫、唐湜、唐祈、陳敬容、辛笛等
五位詩人的詩作為考察的對象，偶爾涉及袁可嘉、杜運燮等關於上
海和抗戰的詩歌作為例證。

二、戰後都市生活亂相的書寫

　　1945 年 8 月，日本投降，抗戰結束，國民黨接收了日偽統治了
8 年的上海。然而，像全國其他淪陷區一樣，國民黨在上海的接收很
快變成了「劫收」，各類官員貪贓枉法、瘋狂斂財、揮霍無度。這
一古今罕見的社會亂相連當時仍在重慶的蔣介石都不敢相信，他致
電給時任上海市市長的錢大鈞說：「余經可靠渠道獲悉，京滬平津
地區軍政及黨務人員一直生活奢靡，沉溺嫖賭，並假借黨政機關名
義，強佔巨宅大院，充作公署。他們無惡不作，不擇手段，及至敲
詐勒索。傳聞的滬、平情狀最烈。」[39]抗戰前後上海的混亂狀況還可
以從飛漲的物價上可見一斑。據統計，1945 年上海物價指數與重慶
相比，7 月為 25.5 倍，8 月為 48.1 倍，9 月為 56.4 倍[40]。而此時重慶
的物價也同樣在飛漲。而 1947 年 1 月至 12 月上海的米價就漲了 20
倍[41]。杜運燮在〈造物價的人〉中用戲諷的手法諷刺了抗戰時國統區
物價的混亂情景，在某種程度也是上海戰後物價飛漲的寫照，物價
從前「用腿走，現在不但有汽車，坐飛機，／還結識了不少要人，

[38] 唐湜：〈關於「九葉」──從《詩創造》到《中國新詩》〉，《文藝報》，
　　1986 年 11 月 12 日。
[39] 重慶《新民報》，1945 年 11 月 2 日，轉引自熊月之主編《上海通史》第 7
　　卷，1999 年，上海人民出版社，第 428 頁。
[40] 熊月之主編：《上海通史》第 7 卷，上海人民出版社，1999 年版，第 430 頁。
[41] 熊月之主編：《上海通史》第 7 卷，上海人民出版社，1999 年版，第 454 頁。

闊人，／他們都捧他，摟他，提拔他，／他的身體便如煙一般輕，／飛」。辛笛的〈一念〉也表現了上海物價飛漲、社會混亂所帶來的內心焦慮，「早上起來／有寫詩的心情／但紙幣作蝴蝶飛／漫天是火藥味／良知高聲對我說／這是奢侈 矛盾 犯罪」。

戰後的上海呈現出一片社會亂相，經濟崩潰，物價飛漲，民不聊生，而各類蠅營狗苟者也趁機群魔亂舞、驕奢淫逸。戰爭時期的緊張氛圍和社會動亂在國民黨反動派的白色恐怖和瘋狂掠奪下更加緊張。正是在這種戰爭文化心理的影響下，九葉派詩人大多運用戰爭思維來審視社會現實，他們要求「在內容上更強烈擁抱住今天中國最有鬥爭意義的現實」[42]，「呼喚並回應時代的聲音」，「有所掙扎，有所突破，有所犧牲，也有所完成」[43]。杭約赫的〈復活的土地〉以宏大的氣勢和史詩般的規模在世界反法西斯戰爭的廣闊背景下描述了「抗戰勝利後至解放前夕上海的情景」與「國統區人民的苦難和鬥爭」[44]，貫穿全詩的是鮮明的「戰爭意識」和激憤的「戰爭話語」。詩人首先描寫了戰爭中法西斯的貪婪和瘋狂，讚頌了全世界人民在反法西斯戰爭中的團結和勇敢。接著在戰爭的背景下回顧了上海作為半殖民地的屈辱歷史和殖民者的瘋狂掠奪，描繪了戰後上海混亂的社會現實。這片「饕餮的海」曾經是「冒險家們的樂園：多少不同的／旗幟和語言，萬里迢迢／奔來墾殖，用他們的魔法／在過分熟悉又陌生的我們的國度裏／經營，十八個省份的財富向這裏集中」，「魔術師的手杖和帽子，／使我們的耕地變幻為舞池，／使我們的血液和汗滴／釀成酒漿」。在這片「荒淫的海」中，不乏「擁擠的空曠的大廈」、「蔽天的櫛比的洋樓」、「貫穿

---
[42] 編輯室語，《中國新詩》第 2 輯，1948 年 8 月。
[43] 〈我們呼喚——代序〉，《中國新詩》第 1 輯，1948 年 7 月。
[44] 杭約赫：《復活的土地·附記》，《九葉集》，江蘇人民出版社，1981 年版，第 130 頁。

290

雲霧的煙突」、「閃爍刺眼的霓虹燈」、和「帶魚似的／頭尾相連的小轎車」，聚集著「顯貴的豪客」、「失意的將軍」、「掛冠的官長」和「鄉村裏的土財主」。那些「永不萎謝的嬌女郎和撫持她們愛情的葛藤的體面紳士」，全然不顧戰爭的創傷和人民的苦難，「一部辛酸的歷史／卻遺失在白癡的狂歡裏」。作者最後描寫了「國統區人民的苦難和鬥爭」，獨裁者用白色的恐怖「捕捉星星的火種」，覺醒的「城市之子」用「從敵人那裏奪取的武器，／來解放這最後一片被束縛的土地」。如果說〈復活的土地〉是一部宏大的史詩展現了上海的過去和現狀，那麼袁可嘉的〈上海〉和辛笛的〈夏日小詩〉則是兩幅描繪戰後上海日常生活的諷刺畫。詩人運用象徵和諷刺的手法表現了戰後上海都市生活的荒誕現實。雖然上海在「陸沉」，可是「新的建築仍如魔掌般上伸，／攫取屬於地面上的陽光、水分」。在這裏，袁可嘉用「魔掌般的建築」象喻統治者的高壓，借「下沉的陸地」象喻人民的苦難，同時還運用戰爭話語描述了戰後上海商場競爭的混亂狀態和麻木無知的荒淫生活，「貪婪在高空進行；／一場絕望的戰爭扯響了電話鈴，／陳列窗的數位如一串錯亂的神經，／散佈地面的是饑饉群真空的眼睛」，「到處是不平。日子可過得輕盈，／從辦公室到酒吧間鋪一條單軌線，／人們花十小詩賺錢，花十小詩荒淫。／紳士們捧著大肚子走進寫字間，／迎面是打字小姐紅色的呵欠，／拿張報紙，遮住臉：等待南京的謠言」。〈夏日小詩〉則借市儈理髮的場景諷刺了戰後上海一些市儈不顧戰爭創傷搜刮民脂、揮霍無度的醜惡嘴臉，「電燈照明在無人的大廳裏／電風扇旋轉在無人的居室裏」，「在南方的海港風裏／我聞見了起膩的肥皂沫味／有一些市儈在那裏漂亮地理髮／呵，真想當鼓來敲白淨的大肚皮／就著臍眼開花，點起三夜不熄的油脂燈／也算是我們謙卑地作了『七‧七』的血荷祭」。詩人們通

過上海戰後日常生活場景諷刺了洋場社會與眾不同的頹廢生活狀態和社會心理。只要戰爭不在眼前，生命沒有威脅，人們仍然是一派「商女不知亡國恨」的麻木心態，照樣上班、賺錢、娛樂和荒淫。

飽受了八年淪陷之苦的上海市民滿懷期待地迎來了抗戰的勝利，可是國民黨當局不但沒有給他們帶來幸福和安寧，反而為了飽私欲、排異己進行大肆掠奪，實施白色恐怖。為了備戰反共，他們用強盜的「邏輯」欺騙人民，「對有武器的人說／放下你的武器學做良民／因為我要和平／對有思想的人說／丟掉你的思想像倒垃圾／否則我有武器」（辛笛〈邏輯〉），他們是新時代的「石壕吏」，「百年的仇怨不去報」，卻「舉著來自海外的兇器，廝殺／自己的弟兄」，人們「不是守衛邊疆，又不是護衛／血地」，卻要「掛著哭聲離開」親人（杭約赫〈噩夢〉）。被愚弄的人們在專制和獨裁中醒悟過來，「自從你背叛了人性和你的諾言，／舊日的瘡疤又復在我們心頭綻開」，「我們是用繩子拴來的觀眾，／以充血的眼睛來欣賞你最後一段演技」（杭約赫〈最後的演出〉），「罷市，喧鬧的呼聲起來了／罷工，城市的高大的建築撼動了」（唐湜〈騷動的城〉），這些過去不久的戰爭背影和即將到來的戰爭陰影都無不在「九葉派」詩歌中得到清晰的反映。

三、戰爭文化心理與九葉詩人的審美視野

中國三、四十年代的抗戰是當時整個世界反法西斯戰爭的重要組成部分。法西斯戰爭給人類帶了巨大的物質損失和精神創傷。共有的戰爭文化心理體驗使得這個時期的中國文學擺脫了「五四」以來追慕西方文學過程中所產生的浮躁心理和表層借鑒，從而具有了對人類、戰爭、生命、文化等深層命題的反思和體悟。戰爭文化心理由此深刻地影響了九葉詩人的審美視野，使其詩歌創作具有了世

界主義的廣度和生命哲理的深度，從而形成了九葉派詩歌「現實、
玄學、象徵」的現代主義風格。杭約赫的〈復活的土地〉對法西斯
的侵略戰爭和二戰後東西陣營的冷戰進行了深刻的反思。詩人站在
在人類歷史的高度反思戰爭的本質和根源，無數次戰爭使得「世界
載著沉重的負擔，／掙扎在歷史的河流裏」。戰爭的根源是一種膨
脹的「原始渴求」，它「從柏林、羅馬、東京……／朝每一個空
隙，施展／貪婪的多毛的足，擴大／『生存空間』！以閃電的速
率，向巴黎、華沙、珍珠港，／俄羅斯和中國廣闊的土地上進
軍」。詩人在戰爭的反思中拷問人性，「一片片土地，一座座城
池，／一道道防線，焚燒著／炸裂著、崩塌著。人性／被壓縮、變
形、腐蝕，給捲進／瘋狂旋轉的『軸心』，毀滅！」。戰爭在給世
界帶來災難的同時，也使得「人類開始覺醒」，世界走向了團結，
「不同的顏色，不同的聲音，／拖過──殘酷的時間和空間，／在
一個熔爐裏匯合」，「最大部分的人類／從這一次戰爭裏，已經感
受了新的愛情／不在單純做個兵士，／在使用武器的時候也會／意
識到自己是個『人』，找尋著方向」。反法西斯戰爭勝利了，可是
「勝利的果實成了／野心的酵母」，「從西半球到東半球，掀起／
兩個體制的衝突，使中國、希臘……一大塊、一大塊破碎的土地─
─浸在血裏，投進火裏」。戰爭文化心理使詩人獲得了世界主義的
審美視野，開掘了在戰爭中拷問人性的深刻主題。唐祈的〈時間與
旗〉在歷史的長河中反思「時間」之於「鬥爭」的意義。詩人「走
近上海市中心的高崗」，「通過時間，通過鳥類洞察的眼」，看見
了「半封建半殖民地社會的光陰，／撒下一把針尖投向人們的
海」，「天空卻佈滿了濃重的陰霾」，「戰爭的風／吹醒了嚴冬伸
手的樹，衝突在泥土裏的／種籽，無數暴風中的人民／覺醒的雲那
就要投向戰爭」。在這裏，詩人強調了「戰爭」和「時間」的意

義,戰爭使人民覺醒,「鬥爭將改變一切意義」,「時間」既是「殘酷的/卻又是仁慈的」,人民「從勞動的征服中,戰爭的警覺中握住時間」,「完成於一面人民底旗」,「雖還有苦痛,/而狂歡節的風,/要來的快樂的日子它就會吹來」。人民在戰爭中「握住時間」,「要來快樂的日子」,而殖民者則通過戰爭滿足貪婪的「欲念」。他們在黃浦江的港口,「眺望非洲有色的殖民地,/太平洋基地上備戰的欲念,/網似的一根線伸向這裏⋯⋯」,「過去的時間留在這裏,這裏/不完全是過去,現在也在內膨脹,/又常是將來,包容了一致的/方向,一個巨大的歷史形象完成於這面光輝的/人民底旗」。詩人在歷史的長河中反思過去、現在和將來。這種對時間的焦慮、對命運的思考在唐祈的〈時間的焦慮〉、〈嚴肅的時辰〉、〈最末的時辰〉等其他詩作中也隨處可見,鮮明的時間意識進一步昇華了詩人的哲學沉思。

　　雖然戰爭文化心理使得杭約赫、唐祈等九葉詩人的創作超越了20年代魯迅等啟蒙文學「愈是民族的愈是世界」的審美範式,具有了胸懷世界的審美視野,同時也使得他們的詩歌擺脫了30年代現代派詩人個人感傷的小製作,而在外侮內亂的威脅中具有了普遍的民族焦慮的大格局。然而,任何事物都具有兩面性。毋庸諱言,戰爭文化心理在使九葉派詩歌創作獲取深刻的生命體驗和廣泛的人類視野的同時,也使得他們的詩歌創作難以避免戰爭文學所共有的一些局限,感染了過多的民族主義情緒和英雄主義基調,大量地運用二元對立的戰爭思維模式和藝術結構,時常忽視對個體命運遭遇的觀照和生命價值的開掘,從而在一定程度上消解了它們本有的悲劇美學效果和個性化風格。〈復活的土地〉在第二次世界大戰廣闊的背景上,以宏大的氣勢、彭湃的激情和二元對立的結構描寫了近代上海的都市變遷,詩人的視角「從柏林、羅馬、東京⋯⋯向巴黎、華

沙、珍珠港，俄羅斯和中國廣闊的土地上進軍」，最後落實到「上海——紐約、倫敦、巴黎的姊妹」上，從租界時期殖民者的瘋狂掠奪、國人的忍屈含辱，淪陷時期上層人們的驕奢淫逸和底層人們的饑寒交迫，到國統區時期反動派的白色恐怖和勞動人民的覺醒反抗。詩人用「饕餮的海」、「荒淫的海」、「豐富的海」和「遼闊的海」等「海」的意象來象喻包羅萬象的「魔都」上海。受戰爭文化心理的影響，〈復活的土地〉採取了殖民／反殖民、壓迫／反壓迫等二元對立的結構方式，站在民族的人民的立場，揭露了殖民者大肆掠奪的貪婪，描繪了上海畸形發展的都會繁華，批判了統治者的獨裁與專制，讚頌了人民的覺醒與反抗，顯然詩人在這裏關注的是大寫的「人」（人民或人類）而遮蔽了個體的小寫的「人」。唐祈在〈時間與旗〉中同樣也運用了二元對立的結構方式和「旗」的意象表達了對時間與戰爭的沉思。詩人在「殖民／反殖民」的對立中描述了殖民者在上海的末日景象和人民的憤怒情緒，「一九四八年的上海，這個龐大的都市的魔怪」，港口停泊著「龐大的兵艦」，「躲閃著星條旗」，「猶太人、英國人和武裝的／美軍部隊，水兵，巡行著／他們殖民地上的故鄉」。殖民者在「最末的時辰」把掠奪的財富「裝回到遙遠的／屬於自己的國度」。面對著殖民者的掠奪，「武裝卻不能在殖民地上保護，／沈默的人民都飽和了憤怒」，「我們第一個新的時間就將命令：／他們與他們間最簡單短促的死」。「壓迫／反壓迫」是詩作的另一線索，抗戰雖然勝利了但反動派的恐怖和人民的反抗、資本家的剝削和無產者的苦難仍在進行。「無數個良心」正在接受「卑鄙政權」的「宣判」，「資本家和機器佔有的地方，／墨晶玉似的大理石，磨光的岩石的建築物／下面，成群的苦力手推著載重車」，「在街頭任何一個陰影籠罩的角落／饑餓、反抗的怒火燒炙著太多的你和我」，「只有

295

鬥爭將改變一切意義」。「時間」意識和「旗」的意象貫穿全詩。
時間與生命、歷史等深刻的命題密不可分，旗幟是革命、戰爭等抽
象概念的具象化。這些融抽象於具象、把社會現實與哲理玄思相結
合、追求「思想知覺化」的詩歌，一方面把 20 年代以來李金髮、戴
望舒等人的現代主義詩歌推向了具有中國本土特色的新階段，但另
一方面在一定程度上對個體生命價值的忽視和個人性風格的遮蔽也
是顯而易見的。

第四節　洋場與戰場的雙重面影：徐訏的上海想像

　　徐訏深受傳統中國知識份子「天下興亡，匹夫有責」思想的影
響，他說，「抗戰軍興，舞筆上陣，在抗敵與反奸上覺得也是國民
的義務」[45]。1938 年初，當他從巴黎回到上海時，「孤島」給他的第
一印象是，「上海已不是上海，但上海人還是上海人，在這人海
中，我竟看不見中國的怒吼」[46]。1933 年至 1936 年，1938 年至 1942
年，1946 年至 1949 年，徐訏在上海前後生活了 10 年，其間目睹了
洋場的醉生夢死，親歷了戰場的風雲變幻，因而在他的上海想像
中，無論是都市中的「人」「鬼」奇戀，舞場與賭窟中的「花魂」
傳奇，歡場與戰場的愛恨情仇，還是江湖旅途的人生歷險和平凡人
家的顛沛流離，都常常隱現著洋場與戰場的雙重面影。

---

[45]　徐訏：《風蕭蕭・後記》，臺灣正中書局，1966 年版，第 597 頁。
[46]　徐訏：《回國途中》，《海外的鱗爪》，《徐訏全集》卷十，1967 年版，第
　　　71 頁。

一、戰爭背景下的都市想像

　　30 年代末，徐訏在介紹其劇作《月亮》的創作背景時說，「太平洋戰爭爆發以前的上海，那時候，租界上的人都有說不出的苦悶，連富有的企業家們都是一樣，他們已經慢慢地感覺到敵人經濟與政治方面的壓力」[47]，實際上這也是徐訏大多數關於上海想像的背景。《鬼戀》描寫了戰爭時期女主人公從職業革命生涯的奮發到都市隱居生活的鬱悶。《賭窟裏的花魂》描寫了戰爭背景下賭場的風雲變幻和人生的起落無常。《猶太彗星》借那位在上海開店的猶太人舍而可斯之口詛咒了戰爭的罪惡，描述了戰爭對家庭生活、文化藝術和宗教信仰的破壞。《一家》描寫了抗戰期間林氏一家從杭州到上海顛沛流離的生活、卑微庸俗的心理和分崩離析的悲劇。《風蕭蕭》通過「我」與舞女白蘋、交際花梅瀛子和美國小姐海倫之間富有傳奇色彩的情感經歷和間諜生活，把上海淪陷前後洋場的奢靡與戰場的驚險演繹得淋漓盡致。《江湖行》通過主人公周也壯在戰爭亂世的江湖人生和情感歷程，著重描寫了戰爭背景下上海的都市風貌。從整體氛圍上來看，在戰爭陰雲的籠罩下，徐訏筆下的上海已經失去了昔日新感覺派眼中光怪陸離的色彩，而常常表現出壓抑、冷寂和詭秘的氛圍。《月亮》中的上海，人們「都有說不出的苦悶」。《鬼戀》中的大街，「死寂而寒冷」，弄堂又黑又長，女主人公居住的「屋內陰沈沈的，的確好像久久無人似的」。《賭窟裏的花魂》中，「路上行人很稀少，月光淒清地照著馬路」。《風蕭蕭》中上海淪陷以後的北四川路，到處是「仇貨的廣告，敵人的哨兵，以及殘垣的陰灰」。《江湖行》中「疲倦的街燈投射著淒暗的光亮在死寂的街頭浮蕩」。在那些關於上海的詩歌中，徐訏直接

---

[47] 徐訏：《月亮》，《徐訏全集》第 9 卷，臺灣正中書局 1967 年版，第 1 頁。

描寫了戰爭陰雲籠罩下都市的蕭條、黯淡和淒涼:「黃昏後夜色塗
遍了近郊,／我在荒野上不忍再遠眺」,「殘垣裏爐灶久冷,／紡
車與搖籃早沒有人搖」(〈戰後〉);「深夜在街頭」,「街燈有
點意外的模糊,／樹影兒更顯出黯淡」,「夜賣聲顯得這樣清楚,
／我心頭浮著三分疲懶,／風來時有一聲咽嗚,／告訴我春意已經
闌珊」(〈深夜在街頭〉)。在〈從上海歸來〉一文中,徐訏真實
地記錄了他所親歷的太平洋戰爭爆發後上海淪陷的整個過程,「那
天我出門的時候,日軍早已進駐租界,市面非常恐慌」,「物資與
金融一片混亂」,銀行提不出錢,市面斷糧,「一星期之中餓死的
竟有二三百人之眾」,文化也遭到摧殘,「上海的雜誌,除『偽』
辦以外,只有一二種禮拜六的雜誌,還在出版,其他都已完全停
刊」,淪陷以後的上海「實在太沉悶了」[48]。

　　在徐訏的都市想像中,雖然舞場、賭窟、咖啡館、夜總會等娛
樂空間仍然是其筆下人物活動的主要場所,但顯然作者已不再只是
浮光掠影地表現都市中燈紅酒綠和紙醉金迷的生活表面,而是把關
注的重心投向它們背後人物的精神世界。徐訏常常在都市與戰爭的
背景下,探討愛與人性的哲學命題,把孤獨、失落、流放、虛無等
現代主義情緒,鋪展在一個個浪漫傳奇的故事中。《鬼戀》講述了
「我」與隱居都市的「鬼」偶遇、相戀、離散的愛情傳奇和「鬼」
過去在槍林彈雨中的革命經歷。在冬夜三更的南京路香粉弄口,
「我」邂逅了一位自稱是「鬼」的黑衣女子,並護送她回家。經過
幾次約會,「我」已深深愛上了「鬼」,但當我再次造訪她的時
候,她卻不知去向。「鬼」實際上是一個在革命中遭受挫折的職業
革命者。她曾有過豐富的革命經歷,「暗殺過人有十八次之多」,

---

[48] 徐訏:《蛇衣集》,《徐訏全集》卷十,臺灣正中書局 1967 年版,第 459-
　　463 頁。

在槍林彈雨中逃亡，所愛的人被殺害，她「把悲哀的心消磨在工作上面，把愛獻給大眾」，然而革命失敗後，同伴中「賣友的賣友，告密的告密，做官的做官，捕的捕，死的死」，深受打擊的她只好隱居都市，「扮演鬼活著」，「冷觀這人世的變化」。然而，遭受了心靈創傷退出革命活動的女主人公終究無法與世隔絕，在她身上仍然透露出都市文化的表徵。她有著都市女郎的摩登和現代知識女性的學識。她夜走南京路，吸品海牌的香煙，有著霞飛路櫥窗裏「銀色立體型女子模型的臉」和「一味的圖案味兒」。她「從鬼美講到靈魂之有無，講到真假，講到認識論，講到道德，講到愛」，「後來又講到弗洛依德之精神分析，愛因斯坦的相對論，還有什麼波力說，電子說都涉及了」。在三、四十年代的上海，曾經熱血沸騰的革命青年在遭遇理想的幻滅之後，常常會墮入紙醉金迷的十里洋場尋求精神的麻木和刺激，茅盾、丁玲等左翼作家筆下不乏這樣的小資產階級知識份子形象。與左翼作家迥異的是，徐訏並沒有運用階級分析的眼光來打量都市中的失意青年，而是借都市和革命的題材來思考人生和生命的深層意味。女主人公從積極的「入世」到頹然的「避世」，昭示了人生的失落與生命的虛無。《賭窟裏的花魂》同樣並沒有著意渲染賭窟裏迷亂狂熱的氛圍，而是借「我」與「花魂」傳奇的賭場經歷和聚散離合的愛情故事，表達了對生命本質和人生意義的哲學探討。作者著重描寫了「我」與「花魂」在賭場驚心動魄的賭博場面。「花魂」憑著高超的賭術，幫我贏回了很多錢，並教給了我久賭必輸的道理，把我從賭場中拯救出來，「我」也因此愛上了「花魂」，但後來女兒的來信讓「花魂」捨棄了愛情，又一次拯救了「我」的家庭，於是「我們」只能保持著純潔的友情。「賭窟」是小說中的一個重要意象。賭場如戰場，它既暗藏著風險，又充滿了機遇；它既是都市的象徵，也是人生的隱

喻。「花魂」從賭場生涯中領悟了生命的本質,她說,「我開過,最嬌豔的開過;我凋謝過,最悲淒的凋謝過;現在,我是一個無人注意的花魂」。「我」也從聚散離合的愛情經歷中體味出人生的哲理,「馬路是軌道,馬路中還有電車的軌道;汽車走著一定的左右,紅綠燈指揮著車馬的軌道;行星有軌道,地球有軌道!軌道,一層一層的軌道,這就是人生,誰能脫離地球攀登別個星球呢?依著空間的軌道與時間的歷史的軌道,大家從搖籃到墳墓」。在〈煙圈〉中,徐訏描寫了一群中學時代的朋友聚首一處,回想往事,感慨如煙人生的情景。他們來自不同的職業,經歷了不同的境遇,有新聞記者、體育家、學者、醫學博士、詩人和畫家等,然而他們卻有著共同的人生體驗,「大家不約而同的,感到一種苦,感到一種寂寞」。這些痛苦和寂寞來自於大家對前途的渺茫和人生的虛無感受,「誰能知道明天怎樣?一點鐘以後怎樣」,「人生究竟怎麼一回事」。為了求證人生的意義,他們收集每一個人臨終時「對人生之謎的解答」。然而,最後一個去世的哲學家周在閱讀了所有的答案之後,所得到的結果「也不過是畫一個圓圈罷了」。小說著重描寫了朋友聚會的情景和對人生意義的探詢,而淡化了具體的都市背景,作者對於人生的哲學探討超越了世俗的生活主題。在都市與戰爭的背景下探討人生與愛的主題,這在徐訏的兩部長篇小說《風蕭蕭》與《江湖行》中表現得更為淋漓盡致。

二、《風蕭蕭》與《江湖行》:洋場與戰場的雙重變奏

　　1937 年「八・一三」事變後,上海租界成為日軍虎視眈眈下的「孤島」。與緊張的戰爭氣氛相比,曾經因戰事而消沉的娛樂業逐步恢復起來,甚至出現了畸形的短暫繁榮。當時有文章寫道:「近來海上娛樂事業,畸形發展,跳舞場之生涯鼎盛,電影院之座客常

滿。」[49]徐訏當年風靡一時的長篇小說《風蕭蕭》以上海「孤島」為
背景，通過「我」與史蒂芬、白蘋、梅瀛子和海倫等人浪漫的洋場
生活、複雜的情感糾葛和緊張的間諜爭鬥，展示了上海淪陷前後都
市的生活狀貌和都市特殊人群的生存方式。小說前半部分著力描繪
了「我」與美國朋友史蒂芬、舞女白蘋和交際花梅瀛子在舞場、賭
窟、夜總會、咖啡館等娛樂場所的浪漫洋場生活。「我」原本「同
所有孤島裏的人民一樣，處在驚慌不安的生活中」，因無意中救助
了美國軍醫史蒂芬而成為他的朋友。於是在他的帶動下，「我」頻
繁地出入燈紅酒綠的洋場，結識了舞女白蘋、交際花梅瀛子和美國
小姐海倫。對於舞女白蘋來說，「伴舞是我的職業」，「所有的男
子是我的主顧」；對於交際花梅瀛子而言，她是「上海國際間的小
姐，成為英美法日青年們追逐的對象」；單純天真的美國小姐海倫
原本與母親相依為命，對歌唱事業充滿了美好的期待，然而戰亂時
期為了生計不得不放棄理想淪為日本人的陪女。而主人公「我」則
始終在兩種矛盾的生存方式中徘徊。一方面，作為一個研究哲學的
學者，「我」嚮往的是清淨的書齋生活，常常為自己的荒唐生活懺
悔，先是在杭州遊玩時不辭而別，後來又藉故逃離歡場、租屋讀
書；另一方面，作為史蒂芬、白蘋、梅瀛子等人的朋友，「我」又
難以抗拒喧鬧生活的誘惑，與他們日夜出入賭窟、酒吧、舞場和咖
啡館等娛樂場所。小說的後半部逐步展開了美、中、日三國間驚心
動魄的間諜戰。由於太平洋戰爭打破了以往的生活平衡，「我」感
到學者生活的「渺茫和空虛」，「獨身主義者也必須要以朋友社會
人間的情感來維持他情感的均衡」。史蒂芬、梅瀛子、白蘋分別表
明了他們作為美國和重慶方面間諜的真實身份，史蒂芬被日本人殺
害，「我」與海倫也加入了緊張複雜的間諜鬥爭。由於日本間諜宮

---

[49]　〈孤島上娛樂事業生氣勃勃〉，《電影週刊》，1938 年第 11 期。

間美子的欺騙，白蘋遇害，梅瀛子毒死了宮間美子，為白蘋報仇。最後，由於身份暴露，「我」放棄了都市的喧囂和書齋的幽靜，以民族大義超越了個人主義的生存選擇，「在蒼茫的天色下，踏上了征途」，奔赴內地，投入民族的抗戰洪流。浪漫的洋場生活與驚心的戰場（間諜）爭鬥既是徐訏表現都市的主要內容，也是《風蕭蕭》獲取讀者喜愛的重要因素。

　　「人在旅途」的飄泊是徐訏小說的一個重要主題。徐訏說「我一生都在都市里流落」[50]。他筆下的人生故事正是經由這些漂泊而產生的。在徐訏看來，「沒有故事的人生不是真實的人生，沒有人生的故事是空洞的故事」，「我所有的也許只是對我生命在人生中跋涉的故事」[51]。長篇小說《江湖行》以主人公周也壯在江湖人生和情感世界的漂泊為主線，著重描寫了戰爭背景下上海的都市風貌，展開了關於人生與愛的哲學探索。都市是一個大熔爐，充滿了無數改變命運的可能，周也壯、葛依情、舵伯、紫裳、映弓、小鳳凰等的人生命運都因來到上海而發生了根本改變。周也壯由流浪者變成了作家，葛依情由鄉下戲子變成了都市交際花，舵伯由江湖游商變成了都市巨賈，紫裳由一個流落街頭的賣唱小姑娘變成了一個紅遍上海灘的電影明星，映弓由一個不更世事的尼姑變成了一個意志堅定的革命者，小鳳凰由一個戲班花旦變成了一個好學上進的女學生，作品著重表現了都市對人的改變和偶然性對人生的決定性意義。小說中，「我」的人生經歷充滿了無數的偶然，「我」因為結識舵伯而認識並愛上葛衣情，為了葛衣情而到上海念書，為了躲避葛衣情而加入老江湖的流浪劇團。因為流浪演出而認識並愛上了紫裳。因為結識穆鬍子，而選擇了流浪江湖。因為流浪，而結識了阿清一

50　徐訏：《鳥語》，《徐訏全集》，臺灣中正書局，1966 年。
51　徐訏：《江湖行》，《徐訏全集》，臺灣中正書局，1966 年，第 1－2 頁。

家，結識了野鳳凰和小鳳凰。因為戰亂，留居上海而失去紫裳，因
為救助阿清而失去容裳等等。舵伯、葛衣情、老江湖、何老、紫
裳、穆鬍子、阿清、野鳳凰、小鳳凰等等這些偶然中結識的人們，
處處改變了「我」的人生選擇和命運走向。正如小說開頭的一段感
慨，「人生是什麼呢？我們還不是為一個偶然的機緣而改變了整個
人生的途徑，也因而會改變了我們生命裏最個別的性格」。在對都
市的想像和戰爭的關注中，徐訏超越了感性的具象層面，探索的是
人生和生命的本質性問題，從而進一步開拓了 30 年代新感覺派的都
市想像空間。正如有學者指出，徐訏是從文化哲學和文化心理的角
度切入，追求存在與生命的本質，其「尋找」和「超越」的主題與
西方現代主義的核心思想有著深刻的相通，同時這些作品那種全面
走向心理的傾向也正是現代派的典型表徵[52]。

　　在洋場與戰場的雙重變奏中，「對於情愛甚至性愛，徐訏小說
有較高的文化探討的熱情。情愛和性愛既代表一種現實的生命，又
代表一種超越的生命，高尚的性愛與生命同構，具有悲劇的性質，
而真正的情愛稍縱即逝，易於幻滅，難以保持自尊，也在揭示生命
的嚴峻性。所以徐訏男女愛情的結局都無從圓滿，性愛的形而上的
表現處處與西方現代主義文學窮究人生哲理的傾向相通」[53]。貫穿
《風蕭蕭》與《江湖行》兩部小說的是男主人公與不同女性之間錯
綜複雜的愛情故事。作者通過男主人公與不同女性之間的情愛關
係，對「情愛甚至性愛」進行了深層的文化探討。《風蕭蕭》中的
「我」與白蘋、梅瀛子、海倫之間保持著複雜的情感關係。「我」
喜歡「銀色」的白蘋，她常常「帶著百合花的笑容」，然而她的心

[52] 孔範今：〈論中國現代小說發展中的後期現代派〉，《悖論與選擇》，明天
　　出版社，1992 年版。
[53] 錢理群、溫儒敏、吳福輝：《現代文學三十年》，北京大學出版社，1998 年
　　7 月，第 519 頁。

底卻深藏著「潛在的淒涼與淡淡的悲哀」。「我」為「紅色」的梅瀛子所傾倒，她像太陽一樣眩人耳目，渾身散發著永不妥協的進取精神和支配力量。「我」愛慕「白色」的海倫，她「恬靜溫文」，「像穩定平直勻整的河流」。三位女性代表了三種不同的生命形態和文化內涵，而「我」作為一個「獨身主義者」從洋場歡娛，到戰場爭鬥，始終與她們保持著若即若離的情愛關係，站在一定的距離欣賞她們的「性美」。《江湖行》展示了主人公周也壯與葛依情、紫裳、阿清和小鳳凰等人在愛情世界的悲歡離合。主人公在不同的生命階段的不同類型的愛情具有不同的文化內涵。最初與葛依情的愛混雜著欲的衝動，後來與紫裳的愛體現了情的純潔無私、與阿清的愛包含了人道主義的同情、與小鳳凰的愛則寄寓著理想的追求。然而，這些愛情最後都以悲劇告終，葛依情患上了精神病，紫裳嫁給了宋逸塵，阿清殉情自殺，小鳳凰與呂頻原結婚遠赴加拿大，在江湖人生和情愛世界中漂泊的周也壯最終放棄了世俗的情愛隱居峨嵋山靜心寫作。像其他作品中的主人公一樣，周也壯並不是一個玩弄愛情的浪蕩子，他因為愛葛依情而到上海讀書，因為葛依情的世俗而選擇了紫裳，因為幫助阿清而失去了小鳳凰，他是一個對愛真誠付出的人，然而最後得到的總是痛苦。正如他自己所說，「我也曾細細分析自己，覺得我雖使我所愛的人痛苦，但我都出發於愛。我總是想使每一個人都快樂而結果則是使每個人都痛苦，包括自己在內。如果人沒有愛情，只有肉欲，那也許就沒有這些痛苦，只是同禽獸沒有分別了，我越是有這許多思想，也越是使我未能忘懷於這個紛亂的環境」，主人公最後把自己的愛情悲劇歸結為「紛亂的環境」。為了愛情，周也壯三度來到上海，又三度離開。第一次因為葛衣情「要嫁一個讀過書的人」，受到刺激的周也壯來到上海讀書。上海作為一個全新的世界而出現，讀書生活讓他感到「新鮮有

趣」，「那時候一種新的潮流把我們青年捲入了漩渦，我們從對於馬克思學說的興趣，很快的就變成了政治的狂熱」，周也壯他們「組織讀書會」，「幹戲劇運動」，「辦刊物」，「發傳單」，「貼壁報」，「討論時局」，「響應罷工」，「成了最活潑的社會運動的人物」，然而政治運動中的爾虞我詐讓周也壯又重新回到了舵伯的生活中。為了躲避葛衣情，周也壯加入了老江湖的雜耍團，離開上海，在流浪演出中認識了紫裳，七個月後周也壯隨劇團重回上海。因為紫裳的成名，周也壯選擇了與穆鬍子一道浪跡江湖，再度離開上海。為了喚回與紫裳的愛，三年後的周也壯又一次回到上海。這時的上海「依舊是擁擠的高樓與擁擠的人群。面對著這個龐大混亂的都市」，主人公「突然感到一種說不出的自卑，這個都市里沒有我已經很久，但是它並不因我的不在而有所變化。一瞬間，一切我所想所夢的似乎都落了空」。「八‧一三」事變後，周也壯積極地投身於抗戰，他與映弓一起「發動學生工人，團結文化界人士，號召全上海市民，積極的宣傳支援前線」。上海淪陷後，為了與容裳相聚，周也壯又一次離開上海。可見，都市對於主人公來說，始終是個無法融入的「他者」。《江湖行》不但直接描寫了上海「八‧一三」的抗戰場面，而且把戰亂作為故事情節發展的重要關節。周也壯因戰亂而被捕入獄，因與葛依情的關係而失去紫裳，因戰亂而途遇阿清，因幫助阿清而失去容裳（小鳳凰）。正如小說中人物所感歎的那樣，「在亂世中，我們無法抵抗不可捉摸的流動的環境與不可捉摸的變幻的情感」，「在這個大戰亂的時期，我們已經管不了這許多，大家有一天可找快樂，就享受一天吧，也許明天我們什麼都沒有了」。都市的流動性和異質性常常使人產生飄泊感和孤獨感，而戰爭的破壞和威脅則更進一步增添了人生無常的虛無感。徐訏一如既往地在都市與戰爭的背景下探討愛與人性的主

題，正如有學者指出，「作者身在『孤島』而心在汪洋，他通過悲
歡離合、兒女情長的風流故事，超越紛紜的人世，趨向清澈通明的
哲理和人性的世界」[54]。

三、自覺的文化意識與執著的生命探詢

徐訏是一個學者型的作家，具有自覺的文化意識。在《海外的
鱗爪》、《西流集》、《蛇衣集》、《傳薪集》、《個人的覺醒與
民主自由》、《在文藝思想與文化政策中》等系列散文隨筆集中，
徐訏對東西文化和人情人性等問題作了廣泛而深入的思考與比較。
在人情方面，徐訏認為，「中國的民族最富人性」，「中國人最富
於人性與溫情」，「在困苦之中生活，他們寧願兩個人吃一塊麵
包，不願一個人吃兩塊麵包」。雖然「上海並不是富於中國民族性
的人民居住的地方，它同許多碼頭一樣」，「是被國際流氓市儈歪
曲了的地方，但是在戰亂時候，這租界裏每個家庭都儘量容納外
客」。與西洋人相比，「中國人不信領袖」，「沒有宗教」，「不
能普遍的永常的相信主義」，「但信『兄弟』與『朋友』」。中國
對外移民，「靠的不是武力與軍器，而是人生中一點點人情的契
合」[55]。二戰時期，上海成為各國難民無需簽證的避難所，充分體現
了徐訏所稱讚的「中國人的人性與溫情」。在藝術方面，徐訏認
為，「中國藝術是分析開來把握，西洋藝術是整個來體會的」，
「西洋藝術重在從自然中取來放到社會裏去」，「中國藝術重要在

---

[54] 楊義：《中國現代小說史》，人民文學出版社，1998年版，第428頁。
[55] 徐訏：《談中西的人情》，《海外的鱗爪》，《徐訏全集》卷十，臺灣中正
書局，1967年版。

從自然中取來屬於自己，把自己的能力與欲望放進去」[56]。在宗教情感與文化接受方面，徐訏認為，「西洋對於宗教是愛與奉獻」，「中國人沒有宗教」，「盡人事是中國文化最中心的骨幹」，「童年以前為父母，成年以後為愛人與太太，中年以後為子女」。徐訏主張借鑒符合「時代精神」的西方文化，但是在借鑒的時候，自己要有「一個中心堅強的骨幹與信仰」，要「直接的推進」而不能「間接的模仿」[57]。由於徐訏幼時在畸形的家庭中長大，離開家庭後又進入到陌生的學校環境中住讀，他「稚弱而膽怯的心靈是孤獨的」，「在偶然的場合中」，他發現朋友是他「唯一的慰藉」，友情成為他「一切情感逃避的所在」。因而在他看來，友情是人類所有感情中最重要最基礎的部分。徐訏把友情與愛情進行了比較，他認為，「友情中可以沒有愛情，但是愛情中必須有友情」，「友情的微妙有甚於愛情」，「愛情都是由淺而深，由淡而濃的，友情雖也由歷史與時日而增進，但往往由濃趨於淡」[58]。徐訏還從美的角度來審視性與愛，他認為，「絕對的精神戀愛可說是一種變態，但完全是肉欲的也是一種變態」，「所謂性美，正是靈肉一致的一種欣賞與要求」。實際上，徐訏更看重的是精神上的性美，他說：「性美隨著欲的滿足而消失，但把性美作為愛的啟示則是永久的。」[59]從這裏，我們不難看到，徐訏在小說中為何描寫了那麼多介乎友情和愛情之間的模糊情感故事。徐訏對於東西文化的比較與思考，體現

[56] 徐訏：〈談中西藝術〉，《西流集》，《徐訏全集》卷十，臺灣中正書局，1967年版。
[57] 徐訏：〈西洋的宗教情感與文化〉，《西流集》，《徐訏全集》卷十，臺灣中正書局，1967年版。
[58] 徐訏：〈談友情〉，《傳薪集》，《徐訏全集》卷十，臺灣中正書局，1967年版。
[59] 徐訏：〈性美〉，《傳薪集》，《徐訏全集》卷十，臺灣中正書局，1967年版。

了他所受到的兩種文化的薰陶，對於人性的深層思考，體現了他對世俗生活層面的文化超越，這種自覺的文化意識無疑會滲進他的文學想像中。

徐訏筆下的上海人物大多蘊涵著鮮明的都市文化精神，彰顯著不同的生命形態。《風蕭蕭》中的史蒂芬是生活在上海租界的美國軍官，在他身上充分體現了「愛冒險，愛新奇，愛動」的西方文化精神和對中國文化的東方主義想像。「他是一個好奇的健康的直爽的好動的孩子，對一切新奇的事物很容易發生興趣」，「他談話豪放，但並不俗氣，花錢糊塗，一有就花，從不想到將來」，「他由好奇中國式的生活，慢慢到習慣於中國式的生活，後來則已到愛上了中國式的生活」，他「愛找不會說洋涇浜的中國舞女跳舞」，喜歡上四馬路的中國小菜館吃飯，這種對具有東方女性美的追求和中國菜的喜愛體現了史蒂芬的東方趣味。在「我」的身上則體現了東方文化的特質。「我是一個研究哲學的學者」，雖然身在洋場，但「我更愛的是在比較深沉的藝術與大自然裏陶醉。對於千篇一律所謂都市的聲色之樂，只當作逢場作戲，偶爾與幾個朋友熱鬧熱鬧，從未發生過過濃的興趣」，「而我的工作，是需要非常平靜的心境，這是關於道德學與美學的一種研究」。然而深處洋場社會的「我」，在史蒂芬等人的影響下，又「不得不用金錢去求暫時的刺激與麻醉」，出入舞場、賭窟、咖啡館、夜總會等都市娛樂消費場所。在與白蘋等人產生感情之前，「女人給我的想像是很可笑的，有的像是一塊奶油蛋糕，只是覺得在饑餓時需要點罷了；有的像是口香糖，在空閒無味，隨口嚼嚼就是；還有的像是一朵鮮花，我只想看她一眼，留戀片刻而已」，「我」骨子裏對女人的情感態度顯示出中國傳統男性的工具化心理和玩賞的藝術趣味。「我」既嚮往「書齋的幽靜」，又無法抗拒「都市的繁華」，在「我」身上集中

體現了中國現代知識份子在東西文化碰撞中左右失據的文化心態。
《風蕭蕭》中的女性大多具有融合東西兩種文化的特徵。梅瀛子無
論是家庭出身、身體特徵，還是精神氣質都代表了東西文化融合的
範型，是上海世界主義的集中體現。她在日本長大，父親是中國
人，母親是美國人，「她具有西方人與東方人所有的美麗」，是
「上海國際間的小姐，成為英美法日青年們追逐的對象」，「她有
東方的眼珠與西方的睫毛，有東方的嘴與西方的下顎，挺直的鼻
子，柔和的面頰，秀美的眉毛，開朗的額角，上面配著烏黑柔膩的
頭髮；用各種不同的笑容與語調同左右的人談話」。白蘋一方面有
著西方文化的熱情果敢，作為百樂門的當紅舞女，她開放灑脫，日
夜沉迷在舞場、賭窟、飯店、夜總會、咖啡廳等娛樂場所，充分體
現了都市的消費文化精神；另一方面她又不乏東方文化的嫻靜溫
柔，一旦從喧鬧的歡場回到幽靜的臥室，一種孤獨寂寞常常添滿了
她的心底，從「賭窟」到「教堂」充分體現了她身上雜糅的文化蘊
涵。而海倫雖是美國小姐，卻有著東方少女的單純、天真和嫻靜，
「她很害羞」，「她的低迷的笑容，她的含情的歌聲，她的溫柔的
遲緩的舉動」，都「有一種特別的溫柔」。《江湖行》中的主要人
物也都彰顯出上海文化的不同側面。舵伯從一個行走江湖的船夫變
成名動上海灘的巨賈，無論是他奇跡般的發家史，還是暴發戶式的
思想觀念和生活方式，無不體現出講冒險投機、好享樂鋪排的上海
商業文化特徵。在人生信念方面，他與大多數上海灘闖蕩者一樣，
認為「讀書是沒有辦法的人幹的事」，「做人只有兩方面，一方面
是會冒險吃苦，另一方面是會享樂」。在生活方式上，舵伯講排
場，好奢華，他的花園洋房裏「豪華的佈置與奢侈的場面很使我吃
驚」，「他手上巨大的寶石指環」，「使我想到與其說是裝飾，無
寧是一種武器」。與舵伯來往的客人都是「富商、豪紳，還有大學

教授與文壇耆宿」。他們在一起「談事談人，談金錢，談事業」。
紫裳從一個流落街頭的賣唱小姑娘到一個紅遍上海灘的電影明星，
無論是她的成名過程，還是前後的精神氣質，都充分體現了重名
利、講包裝、愛虛榮的上海演藝文化特徵。為了捧紅紫裳，舵伯先
是為她在國泰飯店包房間，便於她學戲和交際；接著為她請來「所
有上海的豪商巨賈，落伍的軍政要人，酸腐的文人學士」和新聞記
者召開發佈會，為她演出捧場；最後為她量身打造電影劇本等等。
在舵伯的全力打造下，紫裳「一夜成名」。成名後的紫裳也成為了
舵伯電影公司的「金礦」。正如作品中周也壯的感歎，「在我以後
的生命中，我看過不少人很快的成名，不少人一夜就成富翁；但沒
有一個人的成功像紫裳那麼快的。這不光是名，不光是利，而是一
種蛻變」，「我親眼看見她花布包著頭，穿著敝舊的布衣踏進我的
船艙，兩眼呆木地望著油燈的神態」，而如今，「她穿一件粉紅色
的衣服，戴著明珠的耳環」，頭上燙著「非常流行時髦的髮樣」，
手上戴著「耀目的鑽戒」，手指上修飾著「鮮紅的蔻丹」，「面貌
也已經有了都市的美容，鮮豔得像剛開的玫瑰」，「她已是被全城
稱作活觀音的明星，當地的縉紳、官貴、富商都來請她赴宴，這是
無法退卻的」。紫裳的「一夜成名」和「精神蛻變」正是無數上海
演藝界紅伶的寫照。此外，《江湖行》還表現了上海繁榮的劇團文
化和混亂的政治文化。為了成名，葛衣情等人的戲班，老江湖等人
的雜耍團和野鳳凰等人的劇團都紛紛進駐上海灘的大舞臺，他們都
有一套演藝宣傳策略，都全力打造自己的當家「花旦」，除了上述
舵伯對紫裳的打造外，再如野鳳凰等人對小鳳凰包裝，「我們很自
然的都在創造小鳳凰。陸夢標專心在技藝上給她指點，我與野鳳凰
則在心理上給她一種準備，在談吐舉止風度處世接物上，小鳳凰必
須有一種訓練」。這些正是當年「海派」劇團文化的寫照。在映

弓、周也壯、革命者魏、黃文娟等人的經歷中，則不同程度地折射
出上海的革命文化，映弓由一個膽怯的小尼姑成長為堅定的革命
者；周也壯曾經充滿了政治激情，熱衷馬克思主義，組織各種革命
活動，卻不料最終發現是被人利用；革命者魏以革命的名義玩弄女
性，與黃文娟發生關係後，又與別的女人胡鬧，還要藉口革命批評
黃文娟是「小資產階級的情感主義」和「戀愛至上主義」，頗似魯
迅當年所諷刺的上海灘的「流氓＋才子」。

　　在表現方式上，徐訏似乎繼承了 30 年代新感覺派對「光」與
「色」的都市感覺，但他不是用來描寫都市空間，而是用來描寫都
市女性，象徵都市的生命形態。《鬼戀》中的「鬼」，全身都是黑
色，「黑旗袍，黑大衣，黑襪，黑鞋」，充滿了神秘色彩，隱喻了
主人公在革命激情褪卻後隱居都市的黯淡心理和灰色人生。《賭窟
裏的花魂》中的女主人公，穿著「一件紫色的條紋比她眼白稍藍底
旗袍」，「中指食指與大指都發黃」，有「一對淺藍色的眼白配二
隻無光的眼珠」，「面色蒼白，嘴唇發幹，像枯萎了的花瓣」，這
是都市繁華褪盡後生命枯萎的象徵。《風蕭蕭》中，三位女性三種
顏色，代表了三種不同的性格特徵和生命形態。白蘋喜歡銀色，
「象徵著潛在的淒涼與淡淡的悲哀」，她的「性格與趣味，像是山
谷裏的溪泉，寂寞孤獨，娟娟自流，見水藻而潆漣，逢石岩而急
湍，臨懸崖而掛沖，她永遠引人入勝，使你忘去你生命的目的，跟
她邁進」。梅瀛子喜歡紅色，像太陽一樣光芒四射，眩人耳目，象
徵著人生中永不妥協的進取精神和支配力量，她「如變幻的波濤，
忽而上升，忽而下降，新奇突兀，永遠使你目眩心幌不能自主」。
海倫喜歡白色，「恬靜溫文」，「她像穩定平直勻整的河流，沒有
意外的曲折，沒有奇突的變幻，她自由自在的存在，你可以泊在水
中，也可以在那裏駛行」。在這三位女性中，作者著重描寫了白蘋

和銀色。白蘋的裝飾打扮和房間佈置都是銀色的,「銀灰色的旗
袍,銀色的扣子,銀色的薄底皮鞋,頭上還帶著一朵銀色的花」,
在她的房間裏,「被單是銀色的,沙發是銀色的,窗簾是銀色的,
淡灰色的牆,一半裱糊著銀色的絲綢,地上鋪著銀色的地毯」。
「我」對銀色作出了生命的思考,「銀色的女孩病在銀色的房間
裏,是什麼樣一個生命在時間中與青春爭勝呢」,白蘋以舞女生活
掩飾著間諜身份,最後成為政治鬥爭的犧牲品,她所代表的「銀色
象徵著潛在的淒涼與淡淡的悲哀」,「一瞬間凝成了寂寞與孤
獨」。在白蘋的銀色中還有莊嚴、肅穆的一面。在燈紅酒綠的舞女
生活和錯綜複雜的間諜生活背後,她內心嚮往莊嚴肅穆的教堂和寧
靜幽雅的書齋。一夜狂舞豪賭之後,她從賭窟步行到教堂,「在教
堂的門口,她的態度忽然虔誠起來」,「眼睛注視著神龕,安詳而
莊嚴地一步步前進」,「像是有深沉的幽思」,眼裏「發著異樣天
真的光芒」,讓「我」感到她的「雅致」和「純潔」。白蘋之所以
愛慕「我」,是因為「我」是一個喜歡幽靜書齋的學者,她為我租
房另居,佈置書房,嘗試在都市的繁華中獲取書齋的幽靜。

　　綜上所述,徐訏對於上海的文學想像大多是在戰爭的背景下展
開,因而時常隱現著洋場與戰場的雙重面影。其小說常常通過浪漫
的愛情故事和漂泊的都市人生,進行人性與愛的哲學探討,因而具
有鮮明而自覺的文化意識。有學者認為,徐訏成功的藝術經驗在於
對現代主義進行了中國化、浪漫化和通俗化的改造,尤其是「現代
主義主題與傳奇浪漫故事的遇合」[60]。然而,無論是現代主義的主題
還是傳奇的浪漫故事,都市與戰爭是二者遇合不可或缺的土壤和
媒介,孤獨、寂寞的產生與居大不易的都市和瞬間即逝的浮華息

---

[60] 孔範今:〈通俗的現代派——論徐訏的當代意義〉,《當代作家評論》,
　　1999 年第 1 期。

息相關，戰爭的威脅和命運的無常之於流放、虛無的生命體驗不可或缺。

第五節　戰爭背景下的都市「傳奇」：張愛玲的上海書寫

1943 年 8 月從香港回到上海一年多的張愛玲在一篇散文中表明瞭自己「到底是上海人」的身份和為上海人寫「傳奇」的初衷：「我為上海人寫了一本香港傳奇，包括〈沉香屑，第一爐香〉，〈沉香屑，第二爐香〉，〈茉莉香片〉，〈心經〉，〈琉璃瓦〉，〈封鎖〉，〈傾城之戀〉七篇。寫它的時候，無時無刻不想到上海人，因為我是試著用上海人的觀點來查看香港的。只有上海人能夠懂得我的文不達意的地方。」[61]當然，張愛玲所寫的不光是「香港傳奇」，更多的是關於安穩人生的「上海傳奇」。張愛玲「在一個低氣壓的時代，水土特別不相宜的地方」[62]給人們呈現出了令人驚豔的「上海想像」。

一、「上海淪陷，才給了她機會」[63]

丹納認為，「作品的產生取決於時代精神和周圍的風俗」[64]。張愛玲之所以要向上海人講述她的《傳奇》，同樣也取決於 40 年代初上海特有的精神氣候。20 世紀三、四十年代對上海影響最大的事件無疑是戰爭，「八·一三」事變和隨後的「太平洋戰爭」給上海的

---

[61] 張愛玲；〈到底是上海人〉，《流言》，花城出版社，1997年版，第3頁。
[62] 迅雨（傅雷）：〈論張愛玲的小說〉，《萬象》，1944年5月。
[63] 柯靈：〈遙寄張愛玲〉，《讀書》，1985年4月。
[64] 丹納：《藝術哲學》，傅雷譯，安徽文藝出版社，1998年版，第70頁。

政治、經濟、文化等社會生活帶來了巨大的影響，使之呈現出不同的生存景觀和文化特徵，上海由華洋共處，到孤島淪陷，民族的焦慮感上升為一種普遍的社會情緒，從而形成了一種特殊的戰爭文化心理。「淪陷」時期的上海，已完全由日本人控制，大批作家離滬，而留滬文人則大多回避敏感的社會問題，不甘寫附逆文章，於是大多選擇了沈默。趙景深回憶說：「這三年上海文壇已經非常的沉寂。所有有骨氣的文人，因家累過重，無法離開上海，都是擱筆辭稿，閉門杜客。我個人就抱了三不主義，就是『一不寫稿，二不演講，三不教書』。」[65]戰爭給張愛玲個人造成的直接後果是，1939年因戰事的影響，沒有去成英國留學，改入香港大學，1942 年又因戰事影響不得不中斷港大的學業回到上海。戰爭完全阻斷了張愛玲「書山有路勤為徑」的最初人生設想。儘管我們無法判斷張愛玲假如出國深造之後的職業前途，但因戰爭張愛玲提前作出了「賣文」為生的人生選擇，這一點是確證無疑的。張愛玲自小在封閉沒落的舊式家庭長大又受到母親和姑姑叛逆性格的影響，一直渴望做個自食其力的人。她說：「用別人的錢，即使是父母的遺產，也不如用自己賺來的錢來得自由自在，良心上非常痛快。」[66]回到上海後，急欲自立的她，首先想到的是自小頗為自信的創作，而此時「孤島」淪陷後文壇的沈默狀態提供了她出名的最好時機，正如柯靈所說，「偌大的文壇，哪個階段都安放不下一個張愛玲；上海淪陷，才給了她機會」[67]。1943 年 5 月，抱著「出名要趁早」的張愛玲帶著兩篇小說〈沉香屑，第一爐香〉和〈沉香屑，第二爐香〉登門拜訪了《紫羅蘭》的主編周瘦鵑，並很快在《紫羅蘭》的第 1、2 期上發

---

[65] 趙景深：《文壇憶舊》，上海北新書局，1948 年 4 月，第 134 頁。

[66] 余斌：《張愛玲傳》，廣西師範大學出版社，2001 年版，第 76 頁。

[67] 柯靈：〈遙寄張愛玲〉，《讀書》，1985 年 4 月。

表。隨後張愛玲的許多作品先後在《萬象》、《雜誌》、《古今》
等上面發表。1944 年《雜誌》出版社和中國科學公司出版了她的小
說集《傳奇》和散文集《流言》，「孤島」時期的上海掀起了「張
愛玲熱」。

　　張愛玲之所以選擇「上海人」的文化身份主要來自於她對上海
的文化認同。張愛玲從不隱諱她是「上海人」的身份和她對市民文
化的認同。她自稱是「自食其力的小市民」[68]，喜歡住在都市的公寓
樓裏逃避世俗的煩惱，享受生活的樂趣，「喜歡聽市聲」，甚至
「非得聽見電車聲才睡得著覺」[69]。她喜歡看京戲，讀小報，認為
「新興的京戲裏有一種孩子氣的力量，合了我們內在的需要」[70]，而
小報的「日常化」和「生活化」給她「一種回家的感覺」[71]。在那篇
著名的〈到底是上海人〉的文章裏，張愛玲十分深刻地指出，「上
海人是傳統的中國人加上近代高壓生活的磨練。新舊文化種種畸形
產物的交流，結果也許是不甚健康的，但是這裏有一種奇異的智
慧」，「上海人之『通』並不限於文理清順，世故練達」，他們
「壞得有分寸」，「會奉承，會趨炎附勢，會混水摸魚」。在介紹
了上海人的「奇異智慧」之後，張愛玲說，「只有上海人能夠懂得
我的文不達意的地方」，「我喜歡上海人，我希望上海人喜歡我的
書」[72]，這裏既有一個作者的文化認同，也有她的寫作期待。

　　張愛玲之所以向上海讀者講述「人生安穩的一面」，主要是因
為戰爭文化語境下讀者的閱讀期待。如前所述，戰爭直接導致了張
愛玲提前作出「賣文」的職業選擇，戰爭形成了「孤島」時期上海

---

[68] 張愛玲：《流言》，花城出版社，1997 年版，第 87 頁。
[69] 張愛玲：《流言》，花城出版社，1997 年版，第 27 頁。
[70] 張愛玲：《流言》，花城出版社，1997 年版，第 13 頁。
[71] 張愛玲：《流言》，花城出版社，1997 年版，第 113 頁。
[72] 張愛玲：《流言》，花城出版社，1997 年版，第 3 頁。

特有的文化語境，這一文化語境直接影響了張愛玲寫作方式的選擇。張愛玲在〈燼餘錄〉中詳細地描述了她在香港親歷戰爭的見聞和感受：「我們坐在車上，經過的也許不過是幾條熟悉的街衢，可是在漫天的火光中也自驚心動魄。就可惜我們只顧忙著在一瞥即逝的店鋪的櫥窗裏找尋我們自己的影子——我們只看見自己的臉，蒼白，渺小；我們的自私與空虛，我們恬不知恥的愚蠢——誰都像我們一樣，然而，我們每一個人都是孤獨的。」[73]後來很多人在分析張愛玲小說中的夢魘氛圍和蒼涼感受時總是強調早年舊式家庭的影響，其實更多的應該是來自她戰時的人生體驗。李歐梵說，20 世紀上半期的大多數時候，上海人的身份問題並沒有發生過什麼太大的問題[74]。的確，在華洋分治的政治格局和文化網路中，「阿拉是上海人」的身份還是十分牢固的。然而，戰爭完全打破了此前的平衡，使得上海整體「淪陷」，民族危機使得上海人對現實生活和未來身份產生了多重焦慮，於是更加渴求一種「安穩的生活」。身置其中的張愛玲既對戰爭有著切身的感受，更對上海市民的這一心態有著深入的體察。她說：「我寫作的題材便是這麼一個時代，我以為用參差對照的手法是比較適宜的。我用這手法描寫人類在一切時代之中生活下來的記憶。而以此給予周圍的現實一個啟示。我存著這個心，可不知道做得好做不好。」[75]

二、新舊雜糅的都市生活空間

　　19 世紀末 20 世紀初，上海外灘的摩天大樓和沿街的石庫門民居，車水馬龍的都市大街和曲徑通幽的後街弄堂，租界的十里洋場

---

[73] 張愛玲：〈燼餘錄〉，《流言》，花城出版社，1997 年版，第 64 頁。
[74] 李歐梵：《上海摩登》，北京大學出版社，2001 年版，第 326 頁。
[75] 張愛玲：〈自己的文章〉，《流言》，花城出版社，1997 年版，第 173 頁。

和華界的酒肆茶樓，「兩個空間無休止的『越界』，使上海形成了
一種所謂的『雜糅』的城市空間」[76]。而自 19 世紀後期以來，小刀
會起義、太平天國戰爭和連年的軍閥混戰使得江、浙一帶的地主、
士紳紛紛遷居到上海租界避難，進一步在華洋雜糅的城市空間增添
了一些遺老遺少的沒落氣息。出身於沒落貴族家庭的張愛玲便常常
通過遺老遺少們的舊家大宅展示出新舊雜糅的都市生活空間。〈傾
城之戀〉中的白公館「門掩上了，堂屋裏暗著，門的上端的玻璃格
子裏透進兩方黃色的燈光，落在青磚地上。朦朧中可以看見堂屋裏
順著牆高高下下堆著一排書箱，紫檀匣子，刻著綠泥款識。正中天
然幾上，玻璃罩子裏，擱著琺瑯自鳴鐘，機括早壞了，停了多年。
兩旁垂著朱紅對聯，閃著金色壽字團花，一朵花託住一個墨汁淋漓
的大字。在微光裏，一個個的字都像浮在半空中，離著紙老遠」。
在流蘇看來，「白公館有這麼一點像神仙的洞府：這裏悠悠忽忽過
了一天，世上已經過了一千年。可是這裏過了一千年，也同一天差
不多，因為每天都是一樣的單調與無聊」。〈金鎖記〉中的姜公館
雖是早期的洋房，但「堆花紅磚大柱支著巍峨的拱門，樓上的陽臺
卻是木板鋪的地。黃楊木欄杆裏面，放著一溜大篦簍子，晾著筍
乾。敝舊的太陽彌漫在空氣裏像金的灰塵，微微嗆人的金灰，揉進
眼睛裏去，昏昏的」。在童世舫眼中，七巧家「門外日色黃昏，樓
梯上鋪著湖綠色花格子漆布地衣，一級一級上去，通入沒有光的所
在」。〈留情〉中楊家住的雖是中上等的弄堂房子，但「在那陰陰
的，不開窗的空氣裏，依然覺得是個老太太的房間。老太太的鴉片
煙雖然戒掉了，還搭著個煙鋪」，「半舊式的鐘，長方紅皮匣子，
暗金面，極細的長短針，嚦嚦唆唆走著，看不清楚是幾點幾分」。

---

[76] 劉建輝：《魔都上海：日本知識人的「近代」體驗》，上海古籍出版社，
2003 年 12 月，第 2 頁。

〈小艾〉中的匡家住在「一座紅磚老式洋樓上」,「這種老式房子,房間裏面向來是光線很陰暗的」。可見,張愛玲筆下的這些舊家大宅,無論是整體氛圍還是器物陳設,無不散發出古舊、衰敗的氣息。傅雷當年批評張愛玲小說中的這種衰敗氣息使人「惡夢無邊」[77],半個多世紀後王德威則說她的小說裏「鬼影幢幢」[78]。然而,這些舊宅子裏的人們又置身於處處散發著西方文明氣息的現代都會上海,於是他們的生活起居又常常體現出雜糅在傳統中的現代意味。〈傾城之戀〉中的白家太太、小姐們喜歡時新款式的首飾,也去看電影,「詩禮人家」出身的白流蘇甚至學會了跳舞。〈留情〉中楊家過去有過「開通的歷史,連老太太也喜歡各色新穎的外國東西」,「房間裏有灰綠色的金屬品寫字臺,金屬品圈椅,金屬品檔高櫃,冰箱,電話」。〈花凋〉中鄭家的「留聲機匣子裏有最新的流行唱片」,有時還「全家坐了汽車看電影去」。〈小艾〉中的席五老爺也趕時髦地「新買了一部汽車」,太太們則都瞞著老太太打麻將。這些新舊混雜的氣息流布在張愛玲筆下的日常生活空間。張愛玲曾對《傳奇》的封面解釋說:「借用了晚清一張時裝仕女圖,畫著個女人幽幽地在那里弄骨牌,旁邊坐著奶媽,抱著孩子,彷彿是晚飯後家常的一幕。可是在欄杆外,很突兀地,有個比例不對的人形,像鬼魂出現似的,那是現代人,非常好奇地孜孜往裏窺視。如果這裏有使人感到不安的地方,那也正是我希望造成的氣氛」[79]。從這裏我們不難解讀出作者「古今雜糅」的手法。在「現代人」看來,傳統「家常的一幕」是「非常好奇」的;而在「晚清仕女」看來,「現代人」則「很突兀」,「比例不

---

[77] 迅雨(傅雷):〈論張愛玲的小說〉,《萬象》,1944 年 5 月。
[78] 王德威:〈女作家的現代鬼話〉,《台港文學選刊》,1989 年第 3 期。
[79] 張愛玲:〈《傳奇》再版的話〉,《傳奇》增訂本,1946 年上海中國圖書公司出版。

對」，「像鬼魂似的」。可見，《傳奇》的「奇」主要來自「傳統」與「現代」的雜糅和錯位。

　　近代的上海是新舊文化交流的畸形產物，「生活方式如此迥異，倫理道德那麼不同；一幅光彩奪目的巨型環狀全景壁畫，一切東方與西方、最好與最壞的東西畢現其中」[80]。除了遺老遺少的深院舊宅外，張愛玲還通過上海的另一類生活空間——公寓，展現出上海日常生活的另一面。與遺老遺少的深院舊宅相比，新式公寓常常表露出都市室內生活空間的現代氣息，上下升降的電梯，自動供水的浴室，隨時撥打的電話，西式的傢俱和屋頂花園等等。高層公寓常常給予人們兩種不同的都市生活體驗，一是生活的私密性，二是人生的蒼涼感。在張愛玲看來，「公寓是最合理想的逃世的地方」，「在公寓房子的最上層你就是站在窗前換衣服也不妨事」[81]。封閉狹窄的公寓往往掩藏著不為人知的「傳奇」和「流言」。〈紅玫瑰與白玫瑰〉中的佟振保兄弟與朋友王士洪、王嬌蕊夫婦合住在福開森路公寓。同處一室的振保與嬌蕊在相互窺伺和引逗中，很快由調情走向私通。然而一旦走出公寓，振保便是一個負責任的好男人，嬌蕊也必須是本份的王太太。〈心經〉中住在「白宮」公寓的許峰儀和許小寒父女在「親近」、「猜忌」、「試探」中，竟然發生了令人匪夷所思的畸戀。許小寒覺得「對於男人的愛，總得帶點崇拜性」，因而愛上了自己的父親，排斥自己的母親。許峰儀害怕女兒長大，他們之間「就要生疏了」，後來又為了逃避內心的譴責，選擇了與女兒的同學綾卿同居。公寓不僅是一個私密性的生活空間，也是一個觀察城市的最佳視角。站在高層公寓的陽臺上，憑欄遠眺，是張愛玲及其筆下人物觀察上海的常見

[80]　熊月之：〈歷史上的上海形象散論〉，《史林》，1996年第3期。
[81]　張愛玲：〈公寓生活記趣〉，《流言》，花城出版社，1997年版，第26—32頁。

角度，她們也因此而產生一種「鬱鬱蒼蒼」的蒼涼感。在〈我看蘇青〉中，張愛玲寫道：「我一個人在黃昏的陽臺上，驟然看到遠處的一個高樓，邊緣上附著一大塊胭脂紅，還當是玻璃窗上落日的反光，再一看，卻是元宵的月亮，紅紅地升起來了。我想著：『這是亂世。』晚煙裏，上海的邊疆微微起伏，雖沒有山也像是層巒疊嶂。我想到許多人的命運，連我在內的；有一種鬱鬱蒼蒼的身世之感。」[82]日落黃昏，獨自憑欄，再加上亂世人生，張愛玲小說中的蒼涼意蘊由此而來。〈心經〉中的許小寒坐在屋頂花園的欄杆上，「彷彿只有她一人在那兒，背後是空曠的藍綠色的天，藍得一點渣子也沒有——有是有的，沉澱在底下，黑漆漆，亮閃閃，煙烘烘，鬧嚷嚷的一片——那就是上海。這裏沒有別的，只有天與上海與小寒」。〈桂花蒸阿小悲秋〉的開頭，「丁阿小手牽著兒子百順，一層一層樓爬上來。高樓的後陽臺上望出去，城市成了曠野，蒼蒼的無數的紅的灰的屋脊，都是些後院子，後窗，後巷堂，連天也背過臉去了，無面目的陰陰的一片」。在日常世俗的生活場景中不經意地釋放出人生的蒼涼感受，既是張愛玲對上海孤島的城市印象，也是她由俗至雅的現代派敘事策略。

三、「淪陷」後的大街與「封鎖」時的情感

當然，張愛玲不止是單單描寫這些新舊雜糅，幾近封閉的室內生活空間。她有時也會涉及大街、電車、弄堂、樓道、電梯等開放或半開放的外部生活空間。然而在張愛玲筆下，由於城市的淪陷，繁華的都市大街常常變得灰暗、靜寂，流動開放的電車竟也陷入了

---

[82] 張愛玲：〈我看蘇青〉，《張愛玲散文全編》，浙江文藝出版社，1992 年版，第 272—273 頁。

「封鎖」（〈封鎖〉），嘈雜的弄堂有時顯得「空蕩蕩」的（〈留情〉），樓道和電梯裏常常是幽暗的（〈紅玫瑰與白玫瑰〉），即使有燈也是壞的（〈心經〉）。這裏我們不妨以〈留情〉和〈封鎖〉中的「街道」和「電車」來分析張愛玲筆下開放或半開放的都市外部生活空間。〈留情〉以 60 多歲有病妻在床的米晶堯和 30 多歲便守了 10 多年寡的敦鳳這樣一對再婚夫婦去拜訪親戚楊太太為線索，串起了米家、大街、弄堂和楊家等不同的都市生活空間。楊家是小說描寫的重點，人物的主要活動和對話都在這裏發生，但大街和弄堂又是人物活動不可缺少的過場。米晶堯和敦鳳先是一路相跟著在街上走，後來坐著三輪車到楊太太家。像張愛玲的大多數小說一樣，天氣「潮膩膩的」，在下雨。在這裏，作者幾乎遮罩了街上的建築景觀和來往行人，即使敦鳳中途下車去買了包栗子，也沒有提及路邊的商販和行人，唯一的現代性標誌——郵政局也只是一筆帶過，而「一座棕黑的小洋房」和「灰色的老式洋房」及其周邊的景致卻被作者描寫得細緻入微。景物的本身並沒有什麼特別之處，而它們讓米晶堯和敦鳳分別想起各自過去不幸而又難忘的婚姻才是作者要表現的主旨。米晶堯「沒什麼值得紀念的快樂的回憶」，只記得與前妻「一趟趟的吵架」，「然而還是那些年青痛苦，倉皇的歲月，真正觸到了他的心，使他現在想起來，飛灰似的靠微的雨與冬天都走到他眼睛裏面去，眼睛鼻子裏有涕淚的酸楚」。正是因為這些，才有了米晶堯和敦鳳在去時的路上「小小地鬧彆扭」，「在回家的路上還是相愛著」。小說結尾時，米晶堯和敦鳳從楊家出來，巷堂仍是「空蕩蕩的」，「街上行人稀少」，「這一帶都是淡黃的粉牆，因為潮濕的緣故，發了黑。沿街種著小洋梧桐，一樹的黃葉子，就像迎春花，正開得爛漫，一棵棵小黃樹映著墨灰的牆，格外的鮮豔。葉子在樹梢，眼看它招呀招的，一飛一個大弧線，搶

在人前頭，落地還飄得多遠」。在這裏引發作者興味的仍然是樓道裏冒白煙的小風爐和沿街飄飛的梧桐樹葉。從它們身上，男女主人公悟出了「生在這世上，沒有一樣感情不是千瘡百孔的」。張愛玲小說中的時間便常常如此地附著於一些有特別意蘊的空間形式上，使其時間空間化，空間主體化。正是在這個意義上，我們說張愛玲筆下的那些開放或半開放式的外部生活空間，實際上只是人物室內生活的延續和位移，它們是作為人物內心活動的陪襯和室內生活的轉場延續而獲得意義的。

　　〈封鎖〉這部具有張愛玲式都市隱喻色彩的短篇小說歷來被人稱道。張愛玲對電車素來有著特別的感情。她說她是「非得聽見電車聲才睡得著覺的」。張愛玲曾經住在電車廠附近，她把「電車進廠」看成是「電車回家」，讓這個「沒有靈魂的機械」洋溢著「無數的情感」。「如果不碰到封鎖，電車的進行是永遠不會斷的」，這是個運動的開放的空間。然而「封鎖了」，「切斷了時間與空間」，運動開放的電車忽然間便成為了靜止封閉的生活空間。小說中兩個原本循規蹈矩而又素不相識的都市男女在封鎖時的電車上演繹了一段短暫的「愛情」傳奇。　在這裏我們姑且先擱置呂宗楨和吳翠遠「傳奇」式的愛情，來看看封鎖時的大街和電車。作品中對大街有過三次描寫，第一次是在電車停下的時候，第二次是在翠遠和宗楨相談正歡的時候，第三次是封鎖解除後。第一次描寫了大街的主要景觀「行人」和「商店」，然而行人在奔跑，商店已關門，作者凸現的是大街反常的「靜」。第二次描寫了大街上的異常景觀「軍車」和「士兵」，凸現的是翠遠與宗楨的「異常接近」。第三次描寫了街上不同職業和不同國族的「行人」，然而描寫的不是人群卻是個體，凸現的是翠遠對「剎那」的人生體驗。三次對大街的描寫都沒有都市的感覺，而是為了電車中的「愛情」發展和人物的

心理活動作鋪墊。對於「封鎖」中的電車，作者實際上是把它作為一個封閉的室內生活空間來描寫的，只是在這個特殊的室內空間中引入大量的社會化內容，因此從整體上來看，它是淪陷時期上海「孤島」的隱喻。「電車裏的人相當鎮靜。他們有位可坐，雖然設備簡陋一點，和多數乘客的家裏比較起來，還是略勝一籌」，作者一開始便把「電車」與「家」對比，電車因此而具有了室內生活的前景。電車裏有幾個談論同事的公事房裏的人、一對長得頗像兄妹正在口角的中年夫婦、一個剝著核桃的老頭、一個抱著小孩的奶媽、一位畫人體骨骼圖的醫科學生等等，「大家閒著沒事幹，一個一個聚攏來，三三兩兩，撐著腰，背著手」，圍繞著醫科學生，「看他寫生」，討論他的畫。這完全是一副茶餘飯後「家常的一幕」，全然沒有戰時的恐慌和都市的忙亂。男女主人公正是在這種「家常」的背景下開始從無聊的「調情」發展到似是而非的「愛情」，最終在「封鎖」解除後恢復了陌生的「常態」。「封鎖期間的一切，等於沒有發生。整個的上海打了個盹，做了個不近情理的夢」。

　　大街本該是一個人群擁擠和過客匆匆的都市空間，愛情理應是一種甜蜜永恆的期待。然而，由於城市的「淪陷」和大街的「封鎖」，張愛玲筆下的街道卻呈現出反常的灰暗與靜寂，而「封鎖」時期的愛情也只不過是人性自私的見證。

四、高壓生活中的「上海氣」與戰爭背景下的「荒涼感」

　　人口眾多，居住擁擠，是所有城市的共性，尤其對於三、四十年代的上海，更是如此。開埠以後，上海以它的開放性和包容性吸納了世界各地和五湖四海的移民。由於經濟、政治、戰亂等各種原因進一步促進了上海人口的快速增長。1900 年上海人口超過 100

萬，1915 年躍過了 200 萬。1937 年抗戰開始，各淪陷區人民大批來上海避難，到 1945 年抗戰結束，上海人口達到 330 萬[83]。人口的急劇增長和戰爭的破壞造成了生存空間的逼窄和生活壓力的加重。張愛玲說：「上海人是傳統的中國人加上近代高壓生活的磨練。新舊文化種種畸形產物的交流，結果也許是不甚健康的，但是這裏有一種奇異的智慧。」[84]張愛玲小說中的人物無論是舊家族的遺老遺少，還是新公寓的洋場新人，都在擁擠逼窄的環境中和都市生存的壓力下養成了精明算計、自私重利、淡薄親情的「上海氣」。如果說張愛玲筆下的都市場景體現了上海文化東西雜糅的特徵，反映了淪陷時期上海日常生活的一面，那麼其筆下的人物則浸透了上海文化中世故練達、自私重利的商業精神，也即杜衡所說的「上海氣」[85]。

張愛玲筆下人物的「上海氣」主要表現在家庭內部的衝突和男女私情的角逐上。〈傾城之戀〉先是由白流蘇與哥嫂間為「錢」而爭，後是由白流蘇與范柳原間為「情」而鬥。離婚後回到娘家的白流蘇因哥哥做投機生意花光了她的錢而心存芥蒂，哥嫂也因流蘇長年吃住在娘家而心生怨言。流蘇前夫的死把這一矛盾推向了前臺，白家兄妹姑嫂間為了「錢」而撕破臉皮。白三爺先是假裝為了妹妹的將來著想，勸她回去給前夫奔喪守節，繼承家產，葉落歸根，等到流蘇點明了他是因為花光了自己的錢而怕她多心時，便收起了虛情假意跟流蘇算起賬來：「你住在我們家，吃我們的，喝我們的，從前還罷了，添個人不過添雙筷子，現在你去打聽打聽看，米是什麼價錢？」四奶奶先是假仁假義地說「自己骨肉，照說不該提起錢來」，接下來卻把白家兄弟做金子做股票失敗的原因歸咎於流蘇的

---

[83] 鄒依仁：《舊上海人口變遷的研究》，上海人民出版社 1980 年版，第 114 頁。

[84] 張愛玲：〈到底是上海人〉，《流言》，花城出版社，1997 年版，第 3 頁。

[85] 杜衡：〈文人在上海〉，《現代》，1933 年 12 月。

晦氣，「她一嫁到婆家，丈夫就變成了敗家子。回到娘家來，眼見得娘家就要敗光了——天生的掃帚星」。張愛玲說，「以美好的身體取悅於人，是世界上最古老的職業，也是極普遍的婦女職業，為了謀生而結婚的女人全可以歸在這一項下」（〈談女人〉）。受到哥嫂排擠的白流蘇最後只得把尋找一椿可靠的婚姻作為自己擺脫生活困境的唯一出路。白流蘇與娘家人的第二次「智慧之爭」表現在對花花公子范柳原的爭奪上。本來是介紹給妹妹寶絡的對象，四奶奶私下裏在為兩個女兒使勁，最後會跳舞的流蘇卻在角逐中贏得了范柳原的青睞。白流蘇「決定用她的前途來下注」，與花花公子范柳原周璇。「然而兩方面都是精刮的人，算盤打得太仔細了」，流蘇需要的是一個靠得住的婚姻，范柳原需要的是一時的感情刺激，但最後城市的淪陷成就了這一對自私男女的婚姻。類似於白流蘇式的上海智慧在〈金鎖記〉中曹七巧的身上則演繹成一段黃金劈殺人性的悲劇。七巧在爭奪和堅守財產的過程中表現出「奇異的智慧」。分家前她曾調查過姜家各地的房產和每年的收入，分家時她都「一一印證」，連老太太陪嫁過來的首飾也不放過。為了爭取更多的財產，她先試圖用「孤兒寡母」的不幸博取大家的同情，再用捶胸頓足的撒潑表示自己的不平，但最後「還是無聲無息照原定計畫分了家」。為了守住來之不易的財產，七巧先是使手段逼死了兒媳，後又耍計謀破壞了女兒的婚姻，親手葬送了兒女的幸福。七巧在奪財和守財過程中所表現出來的「精明算計」可謂是上海文化精神的一個典型範例，這在張愛玲的其他小說中也隨處可見。〈紅玫瑰與白玫瑰〉中「想做好男人」的佟振保與有著「稚氣的嬌嫩」的王嬌蕊在窺伺、試探、調情中完成了始亂終棄的傳統故事。嬌蕊對振保說：「我的心是一所公寓房子。」振保笑道：「那，可有空的房間招租呢？」嬌蕊笑著不答應了。振保道：「可是我住不慣公寓

325

房子。我要住單幢的。」嬌蕊哼了一聲道:「看你有本事拆了重蓋!」以上這段富於性暗示的調情充分表現出上海人世故練達的「通」和有分寸的「壞」。〈封鎖〉中的呂宗楨在封鎖的電車中為了躲避麻煩,而去誘引吳翠遠,等到封鎖一過,又恢復了萍水相逢的冷漠,上海人的精明自私在呂宗楨始亂終棄的短暫「愛情」中得以充分體現。〈沉香屑──第一爐香〉中的薇龍想借助姑母梁太太完成學業,而梁太太卻想利用薇龍為她留住身邊的男人,兩個上海女人在誘引與墮落的「傳奇」中表現出了精明自私的「上海氣」。〈桂花蒸 阿小悲秋〉中那位久居上海的西方人哥兒達竟也諳熟了一套世故的處世方法和精明的情場經驗。對於保姆阿小,他心中想道,「再要她這樣的一個人到底也難找,用著她一天,總得把她哄得好好的」。對於風月女子,「他深知『久賭必輸』、久戀必苦的道理,他在賭臺上總是看看風色,趁勢撈了一點就帶了走,非常知足」。飲食男女是日常生活最普遍的形態,「人類失掉了一切的浮文,剩下的彷彿只有飲食男女這兩項」,張愛玲說,她注重的是「人生安穩的一面」,「甚至只是寫些男女間的小事情」,因為它有著「永恆的意味」[86]。張愛玲筆下的人物正是在日常世俗的生活中為了各自的利益精打細算、勾心鬥角,充分表現出世故練達、精明自私、務實重利的上海商業文化精神。

雖然張愛玲說她的作品裏「沒有戰爭,也沒有革命」[87],但是在她的小說中戰爭的背影無處不在。〈創世紀〉中匡老太太紫薇「大塊大塊,灰鼠鼠的」人生片斷是對於戰爭的記憶,從「八國聯軍」、「拳匪之亂」、「辛亥革命」、「軍閥混戰」,一直到眼前的「上海淪陷」。〈桂花蒸 阿小悲秋〉中戰時的上海實行自來水限

---

[86] 張愛玲:〈自己的文章〉,《流言》,花城出版社,1997年版,第 173 頁。
[87] 張愛玲:〈自己的文章〉,《流言》,花城出版社,1997年版,第 173 頁。

制，家家都準備著儲水的大缸。〈傾城之戀〉中戰爭竟然成就了一
對自私男女的世俗婚姻。〈封鎖〉中戰時的封鎖「讓整個上海打了
個盹」，演繹了一場短暫的愛情傳奇。可見，張愛玲寫的仍然是戰
爭中的亂世上海。只不過她不正面寫悲壯的戰爭場面和慘烈的戰爭
過程，而是側面表現戰爭對日常生活的影響。因為「人是為了要求
和諧的一面才鬥爭的」，戰爭總會結束，而戰爭的影響則難以消
逝，它將成為一個時代的記錄，永遠存在於記憶之中，因此它「有
著永恆的意味」。親歷了滬戰和港戰的張愛玲，深深體驗了世事的
無常和人生的蒼涼。在她看來，「這時代，舊的東西在崩壞，新的
在滋長」（〈自己的文章〉），「個人即使等得及，時代是倉促
的，已經在破壞中，還有更大的破壞要來。有一天我們的文明，不
論是昇華還是浮華，都要成為過去。如果我最常用的是『荒涼』，
那是因為思想背景裏有這惘惘的威脅」[88]。正是這一「惘惘的威
脅」，成為張愛玲想像上海的思想背景，那些舊家族的爭鬥、新公
寓的隱私、街道的沉寂和弄堂的昏暗等等，都由此而來。

---

[88] 張愛玲：〈《傳奇》再版的話〉，《張愛玲散文全編》，浙江文藝出版社，
1992 年 6 月版。

結語　東西文化交融中的上海文化

與現代派文學

　　上海文化是在東西文化的交流與碰撞中形成的。它本是吳越文化的一支，傳承了「農商文化」的血脈，兼具著「散逸精巧」的氣質。開埠以後，西方文化在堅甲利炮的護送下後來者居上，上海在畸形的半殖民地狀態下逐漸發展成為「縮轂南北」的現代都會，形成了以商業性為內核的現代都市文化品貌。中國現代派文學正是在這一東西文化的交融中孕育、產生、發展和嬗變的。

一、上海文化的「現代性」與現代派文學的都市文化表徵

　　「西方現代文學的共通背景就是都市文化；沒有巴黎、柏林、倫敦、布拉格和紐約，就不可能有現代主義的作品產生。那麼中國有哪個都市可以和這些現代大都市比擬？最明顯的答案當然是上海。」[1]李歐梵關於都市文化與現代派文學的判斷無疑是切中肯綮的。19 世紀末 20 世紀初產生於西方的現代主義文學有兩個不容忽視的背景，一是現代工業文明和都市生活中的人性「異化」，二是世界大戰後的精神「荒原」。在現代都市物質生活中，人性受到異化而產生無法排解的孤獨和焦慮，而兩次世界大戰對人們原有精神信

---

[1]　李歐梵：《上海摩登》中文版序，北京大學出版社，2001 年 12 月，第 3 頁。

仰和價值規範的摧毀進一步使人們產生了從未有過的荒誕和虛無。西方現代主義作家由於「對現實的絕望而遁入內心，遁入藝術之中」[2]。正是基於這樣一種都市文化背景，「大部分現代主義藝術所採取的態度和獲得的觀點都出自於一種疏遠感，一種流亡者的心境」[3]，諸如波特賴爾筆下的漫遊者，喬伊斯筆下的守夜人，卡夫卡筆下的變形記等等，都是如此。而在近代「鄉土中國」，只有上海在它近百年來的西風東漸和現代工商業發展的基礎上才提供了孕育現代派的都市文化語境。如前文所述，都市上海的現代文化語境主要體現在它的現代性物質空間、商業性的消費生活和繁榮發達的報刊出版市場等主要方面。

首先，現代性的物質空間構建了上海都市的外部形象，提供了現代派文學想像的空間。矗立在外灘的摩天大樓、櫛比於南京路的百貨公司以及充斥於大街小巷的夜總會、歌舞廳、電影院和咖啡館等都市空間，鮮明地標識了上海物質的現代性。正是這些現代都市景觀提供了劉吶鷗、穆時英、徐訏、張愛玲等現代派作家感知都市和想像都市的空間形式。其次，商業性的消費生活營造了上海都市的文化氛圍，塑造了現代派作家的文化身份。上海文化的實質在很大程度上是商業文化，商業性的流通和娛樂性的消費滲透到都市生活的方方面面。在劉吶鷗看來，「吃大菜，坐汽車，看影劇，攜女子，這是上海新人的理想的日常生活」[4]。在穆時英筆下，他們是「Jazz，機械，速度，都市文化，美國味，時代美的產物集合體」（〈被當作消遣品的男子〉）。在都市的商業性消費生活中，現代

---

[2]　李歐梵：《.現代性的追求》，北京三聯書店，2000 年版。
[3]　馬爾科姆‧佈雷德伯裏：《現代主義的城市》，《現代主義》，上海教育出版社，1992 年版，第 80 頁。
[4]　劉吶鷗：《劉吶鷗全集‧日記集》（上），許秦蓁編，台南縣文化局出版，2001 年 3 月，第 106 頁。

派作家毫不隱諱自己的都市文化身份，他們坦言相告：「我們是租界裏追求新、追求時髦的青年人。」[5]第三，繁榮發達的報刊市場和出版機構打造了上海開放多元、追新求異的文化環境，為域外現代派文學的引進和本土現代派文學的創作提供了重要前提和現實基礎。在報刊方面，從早期的《教育世界》、《東方雜誌》、《新青年》（《青年雜誌》）、《民鐸》、《少年中國》、《小說月報》、《詩》月刊、《創造季刊》、《創造月刊》、《時事新報》，到 30 年代的《新文藝》、《現代》、《文學》、《新詩》、《世界文學》，再到 40 年代的《詩創造》、《中國新詩》、《文學雜誌》、《文藝復興》、《西風》、《西洋文學》等一些主要譯介和刊載現代派文學的雜誌幾乎都在上海。在出版方面，商務印書館、世界書局、中華書局、泰東圖書局、群益書社、三聯書店、現代書局、水沫書店等這些出版了大量現代派文學論著和作品的出版機構更是在上海。正是在上海繁榮發達的報刊市場和出版機構的直接哺育下，20 年代李金髮、穆木天、馮乃超、王獨清等象徵派的詩歌在上海出版，30 年代戴望舒、施蟄存、劉吶鷗、穆時英、杜衡等現代派群體在上海形成，40 年代杭約赫、唐湜、唐祈、陳敬容、辛笛等「九葉派」詩人在上海聚集。

　　一方面上海文化孕育產生了中國現代派文學，另一方面現代派文學也以其追新求異的思想觀念和藝術創作彰顯了上海都市文化，開拓了中國都市文學的新範型。20 年代第一個把「法國象徵詩人的手法」介紹到「中國詩裏」來的李金髮先後在上海的商務印書館和北新書局出版了《為幸福而歌》（1926）和《食客與凶年》（1927），他說自己所要表現的是「對於生命揶揄的神秘及悲哀的美麗」（《微雨・導言》）。他把波特賴爾「惡魔傾向」，魏爾侖

---

[5]　張芙鳴：〈施蟄存：執著的「新感覺」〉，《社會科學報》，2003 年 12 月 4 日。

的頹廢情調，以及馬拉美「神秘而深刻」的詩風，創造性地移植到自己的詩歌創作中，開創了我國象徵詩派的先河，引起了詩壇的震驚和讀者的強烈反響。在李金髮之後，1926 年 3 月上海《創造月刊》的創刊號上同時發表了三位象徵派詩人的理論主張和詩歌作品：穆木天的〈譚詩──給沫若的一封信〉、〈穆木天詩選〉、馮乃超的處女作組詩〈幻想的窗〉和王獨清的組詩〈吊羅馬〉、〈再譚詩──寄給木天、伯奇〉，隨後又在上海分別結集出版了象徵主義詩集《旅心》、《紅紗燈》和《聖母像前》。他們在反省五四以來新詩的基礎上提出了象徵主義的「純詩」主張，在當時引起了詩壇的震動，並對此後中國新詩的發展產生重要影響。

如果說 20 年代李金髮、穆木天等象徵派詩人主要是在國外汲取「異域的熏香」而借助上海的文化園地登陸詩壇。那麼 30 年代施蟄存、劉吶鷗、穆時英、戴望舒等現代派群體則完全是立足於開放多元的上海文化土壤，引進西方現代主義新潮，開拓中國現代派文學。他們先後在上海創辦了《無軌列車》、《新文藝》、《現代》、《新詩》等雜誌，大力譯介西方現代派文學，發表新感覺小說和現代派詩歌。劉吶鷗最先把法國的都會主義和日本的新感覺派介紹到國內。施蟄存大力譯介了奧地利顯尼志勒的精神分析小說和英美意象派詩歌。戴望舒先後譯介了道生、魏爾侖、果爾蒙、保爾‧福爾、耶麥和許拜維艾爾等象徵主義和超現實主義詩人的詩作。施蟄存、劉吶鷗、戴望舒等人在譯介域外現代派文學的同時，還把他們的先鋒藝術移植到自己的創作中，繼 20 年代象徵派之後進一步開拓了我國現代派詩歌和小說的新體式。在詩歌方面，戴望舒提出，「新的詩應該有新的情緒和表現這情緒的形式」，「詩是由真實經過想像而出來的，不單是真實，亦不單是想像」[6]。在〈雨

---

[6] 戴望舒：〈望舒詩論〉，《現代》，1932 年 11 月，第 2 卷第 1 期。

巷〉、〈我底記憶〉、〈流浪人的夜歌〉、〈昨晚〉等詩作中，他
把西方現代派的表現手法和中國古代詩歌的藝術傳統融合在一起，
表現了現代都市的愛情感傷和日常生活，創造了較為成熟的現代派
詩歌體式。在他的影響下，徐遲、路易士、金克木等現代派詩人都
紛紛把精微的想像投向了都市，他們在〈都會的滿月〉、〈二十歲
人〉、〈在都市裡〉、〈旅人〉等詩作中，或讚美都市的機械文
明，或描繪都市的新新人類，或呈現都市的罪惡頹廢，或表達都市
的現代寂寞，他們「用現代的詞藻排列成的現代的詩形」，表達了
「現代人在現代生活中所感受到的現代情緒」[7]。在小說方面，施蟄
存運用精神分析的手法剖析了現代都市人的內心苦悶和精神畸變，
並把這一苦悶和畸變復活到遙遠的歷史人物身上，在思想觀念和藝
術形式兩方面開創了我國心理小說的新範型。〈梅雨之夕〉、〈在巴
黎大戲院〉、〈魔道〉、〈鳩摩羅什〉、〈將軍底頭〉、〈石秀〉等
作品都是他力求創新的結果。施蟄存也因此被稱譽為「一個先鋒，一
個拓荒人」，「可能是中國第一個真正意義上的現代派作家」[8]。劉
吶鷗、穆時英把感覺主義、印象主義和蒙太奇等手法運用到對上海
的都市描繪中，在〈都市風景線〉、〈公墓〉、〈聖處女的感
情〉、〈白金的女體塑像〉等小說集中，劉吶鷗和穆時英呈現了現
代都市的「光」與「色」和十里洋場的「悲」與「歡」。他們是
「敏感的都市人」，「操著特殊的手腕」，「把這飛機、電影、
JAZZ、摩天樓、色情（狂）、長型汽車的高速度大量生產的現代生
活，下著銳利的解剖刀」[9]。他們創造了現代派都市小說的新文體，
「用有色彩的象徵、動態的結構、時空的交錯以及充滿速率和曲折

---

[7] 施蟄存：〈又關於本刊的詩〉，《現代》，第 4 卷第 1 期。
[8] 李歐梵：《上海摩登》，北京大學出版社，2001 年 12 月，第 168 頁。
[9] 《都市風景線》「廣告語」，《新文藝》，1930 年 3 月，第 2 卷第 1 號。

度的運算式，來表現上海的繁華，表現上海由金錢、性所構成的眾聲喧嘩」，「在現代文學上第一次使得都市成為獨立的審美對象」，「第一次用現代人的眼光來打量上海，用新異的現代的形式來表達這個東方大都會的城與人的神韻」[10]。

40 年代杭約赫、唐湜、唐祈、陳敬容、辛笛、徐訏、張愛玲等人把現實主義精神和浪漫主義想像融入到現代主義的藝術之中，書寫了上海戰場與洋場的雙重面影。在戰亂頻仍和民族危亡的生存現實面前，杭約赫、唐湜、唐祈、陳敬容、辛笛等九葉詩人聚集在《詩創造》和《中國新詩》周圍，把目光投向了域外具有共同語境和思想傾向的後期象徵派詩人里爾克、艾略特和奧登等人，提出了「現實、象徵、玄學」綜合的「新詩現代化」主張。杭約赫的〈復活的土地〉在世界反法西斯戰爭的廣闊背景下以宏大的氣勢、彭湃的激情和繁複的意象，描寫了近代上海的都市變遷，從租界時期殖民者的瘋狂掠奪和國人的忍屈含辱，淪陷時期上層人們的驕奢淫逸和底層人們的饑寒交迫，到國統時期反動派的白色恐怖和勞動人民的覺醒反抗，詩人用「饕餮的海」、「荒淫的海」、「豐富的海」和「遼闊的海」等「海」的意象象喻了畸形繁榮的「魔都」上海。同樣，唐祈的《時間與旗》也在近代上海的半殖民歷史背景下以「旗」的意象表達了對時間、戰爭和生命的哲學沉思。在上海前後生活了 10 年的徐訏，把對生命與愛的現代主義哲學思考融入浪漫奇詭的想像，在《鬼戀》、《賭窟裏的花魂》、《風蕭蕭》、《江湖行》等作品中書寫了都市中的「人」「鬼」奇戀，舞場與賭窟裏的「花魂」傳奇，歡場與戰場的愛恨情仇，以及江湖旅途的人生歷險。徐訏成功的藝術經驗在於，他對現代主義進行了中國化、浪漫

---

[10] 錢理群等：《中國現代文學三十年》，北京大學出版社，19978 年 7 月，第 325－327 頁。

化和通俗化的改造，尤其是「現代主義主題與傳奇浪漫故事的遇合」[11]。40 年代，張愛玲「在一個低氣壓的時代，水土特別不相宜的地方」[12]給人們呈現出了令人驚豔的「上海想像」。在《傳奇》和《流言》中，張愛玲用她豐富的想像、細膩的感覺和紛繁的意象描寫了「孤島」時期上海的洋房、公寓、弄堂、大街、電車等一系列都市的日常生活空間和大量生活其間的普通市民。張愛玲認為，「用參差對照的手法」，描寫「人生安穩的一面」，「在傳奇裏面尋找普通人，在普通人裏尋找傳奇」，「以此給予周圍的現實一個啟示」，「是比較適宜的」[13]。從這裏我們不難尋覓出張愛玲藝術上的成功之處，在日常世俗的生活場景中不經意地釋放出人生的蒼涼感受，既是張愛玲對上海孤島的城市印象，也是她由俗至雅的現代敘事策略。

從 20 年代李金髮、穆木天、馮乃超、王獨清等的象徵派詩歌，到 30 年代施蟄存、劉吶鷗、穆時英等的新感覺派小說和戴望舒、徐遲、路易士、金克木等的現代派詩歌，再到 40 年代杭約赫、唐湜、唐祈、陳敬容、辛笛等的九葉派詩歌和徐訏、張愛玲等的新海派小說，中國現代派文學的產生、發展和嬗變都與開放多元的上海文化息息相關，他們以創新的精神和先鋒的藝術創造了適合表現現代都市的藝術形式，彰顯了上海的都市形象和文化蘊涵。

---

[11] 孔範今：〈通俗的現代派——論徐訏的當代意義〉，《當代作家評論》1999 年第 1 期。

[12] 迅雨（傅雷）：〈論張愛玲的小說〉，《萬象》，1944 年 5 月。

[13] 張愛玲：〈自己的文章〉，《流言》，花城出版社，1997 年版，第 173 頁。

二、上海文化的「傳統質」與現代派文學的傳統文化表徵

上海文化是在東西文化的交流碰撞中形成的一種開放多元的綜合文化。它本是吳越文化的支脈。開埠以後，西方文化大量輸入，從器物到制度再到精神各個層面不斷改造和打磨著近代的上海。「就在這個城市，勝於任何其他地方，理性的、重視法規的、科學的、工業發達的、效率高的、擴張主義的西方和因襲傳統的、全憑直覺的、人文主義的、以農業為主的、效率低的、閉關自守的中國——兩種文明走到一起來了」[14]。既然中國現代派文學是在上海文化的孕育中產生、發展和嬗變的，那麼當我們在分析上海文化的「現代質」對現代派文學的影響時，就不能遮蔽上海文化的「傳統質」對現代派文學的濡染。早在 20 年代李金髮在引進西方象徵主義時便意識到傳統詩歌藝術的重要意義，他說：「餘每怪異何以數年來關於中國古代詩人之作品，既無人過問，一意向外採輯，一唱百和，以為文學革命後，他們是荒唐極了的，但從無人著手批評過，其實東西作家隨處有同一之思想、氣息、眼光和取材，稍為留意，便不敢否認，余於他們的根本處，都不敢有所輕重，惟每欲把兩家所有，試為溝通，或即調和之意」[15]。由於李金髮傳統文化的根基不深，又主要是在異域攝取的「世紀末的果汁」，因而他所進行的融合東西詩藝的努力並未取得明顯的效果，以至於胡適、梁實秋把他的象徵詩斥之為「笨迷」[16]，而即便是同為象徵派詩人的穆木天也譏刺地說：「我讀不懂李金髮的詩。長了二十七歲，還沒聽見這一類的

---

[14] 羅茲・墨菲：《上海——現代中國的鑰匙》，章克生等譯，上海人民出版社，1986 年版，第 4 頁。
[15] 李金髮：《食客與凶年・自跋》，北新書局，1927 年版。
[16] 見胡適〈談談「胡適之體」的詩〉，梁實秋〈我也談「胡適之體」的詩〉，《自由評論》，1936 年第 12 期。

中國話。」[17]李金髮詩歌的這一「先天不足」在三、四十年代的現代派作家筆下完全得到改觀。在上海文化的濡染下，施蟄存、穆時英、戴望舒、杜衡、徐訏、張愛玲等人在彰顯西方現代主義藝術經驗的同時，也表露出我國傳統文化的精神特徵。

　　懷鄉情結是中國傳統文化的重要精神特徵之一。近代上海是一個「華洋交錯，五方雜處」的移民城市。從國內移民看，足跡遍佈中國大多數省份，1935 年非上海籍的外鄉移民占上海城市總人口的76%左右。從國際移民看，1935 年，在上海居住的外國僑民來自 5大洲 61 個國家，多達 10 餘萬人，位居國內首位[18]。大量的外來移民懷著冒險的心態來上海灘尋找發展的機遇，「沒有多少人，不管是中國人還是外國人，抱著長期在此居住的希望來到上海。他們多半在幾年內發財致富，然後離開」[19]。然而，無論是成功者還是失意者在都市的浮華背後都常常難以釋懷傳統的懷鄉情結。吳福輝曾就此指出，「在洋場內部頑固地保存鄉籍文化」（著重號為原文所有），「這是個旅居者的城市，各個地方鄉籍民俗的保留（注意並非殘留），特別是在飲食起居婚喪禮儀方面的各行其事，是十分顯然的」[20]。這一傳統的懷鄉情結在以施蟄存、戴望舒為代表的現代派作家身上也得到不同程度的體現。施蟄存說：「一個作家的創作生命最重要的基礎是：國家、民族、土地；這些是他創作的根，是無

[17]　穆木天：〈無聊人的無聊話〉，見劉炎生《中國現代文學論爭史》，廣東人民出版社 2000 年版，第 224 頁。
[18]　鄒依仁：《舊上海人口變遷的研究》，上海人民出版社，1980 年版，第 112 頁。
[19]　羅茲·墨菲：《上海──現代中國的鑰匙》，章克生等譯，上海人民出版社，1986 年版，第 10 頁。
[20]　吳福輝：《都市漩流中的海派小說》，湖南教育出版社，1995 年 8 月，第 54 頁。

法逃脫的。」[21]「從江南帶書香味的城鎮走出來」[22]的施蟄存常常在都市洋場的繁鬧和古城小鎮的寧靜之間，帶著淡淡的感傷追憶故園的青春往昔。早期的《上元燈》中的作品大多是對蘇州古城和松江小鎮早年生活的懷舊與感傷。隨後，施蟄存的懷鄉情結繼續在都市向鄉野的回歸中得到延展，從繁鬧壓抑的都市回歸純樸自然的鄉土，是〈閔行秋日紀事〉、〈魔道〉、〈旅舍〉、〈夜叉〉等一類小說人物常見的一種行為方式。後來，施蟄存還把自己的懷鄉情結移植到那些遙遠的歷史人物身上，〈將軍底頭〉中的花驚定、〈鳩摩羅什〉中的鳩摩羅什、〈阿襤公主〉中的段功都無不是在異國他鄉懷著各自的鄉思。對鄉土故園的懷想與感傷同樣在戴望舒、嚴敦易、陳江帆等現代派的詩歌中屢見不鮮。戴望舒自稱是一個「懷鄉病者」。在〈百合子〉、〈八重子〉、〈夢都子〉等詩作中，詩人把懷鄉的憂鬱寄寓在三個上海的日本妓女身上。她們雖然置身於「百尺的高樓和沉迷的香夜」，但卻都是「懷鄉病的可憐的患者」，「縈繫著渺茫的相思」，在異國的都市中「度著寂寂的悠長的生涯」，「茫然地望著遠處」，「在燦爛的櫻花叢裏」的故鄉。然而，作為現代派的詩壇領袖，戴望舒的所懷之「鄉」更深地指向人類的精神家園，在〈對於天的懷鄉病〉、〈樂園鳥〉和〈深閉的園子〉等作品中，詩人嚮往著沒有俗世煩惱、充滿了自由、靜謐和愛意的「樂園」，在傳統的「家園」情結與西方的現代主義主題之間搭建起相通的「橋樑」。30 年代的現代派詩人大多是都市的外來者，「初到都市」的詩人在複雜多變的都市中常常產生無法融入的焦慮，他們以異鄉人、索居者和飄泊者的身份抒發伴著難以排遣的寂寞和鄉思。他們或者在都市的大街上發出「這個漂亮的都市於我

---

[21] 施蟄存：《沙上的腳跡》，遼寧教育出版社，1996 年版。
[22] 楊義：《中國現代小說史》，人民文學出版社，1988 年版，第 647 頁。

一無所有」的感歎（嚴敦易〈索居〉），或者在都市的公寓中懷想
故鄉的秋天（陳江帆〈公寓〉）。此外，「懷鄉」情結在杜衡、穆
時英、徐訏、張愛玲等人身上也有不同程度的表現。杜衡把自己的
一個短篇小說集直接命名為《懷鄉集》，表達了對污穢都市的厭棄
和對寧靜鄉土的嚮往：「我身上中古世紀的血卻使我有點自私地希
望區鎮不要被這樣的微菌傳染，替世界保存起一個純粹鄉村底樣品
來吧。」（〈懷鄉病〉）穆時英的都市書寫雖然大多描繪的是洋場
的「光」與「色」，但其文本深處仍然潛隱著一個「家園」的期
待。他筆下的主人公大多是都市中無家可歸的漂泊者，懷著「海一
樣深的寂寞」，或者詛咒都市的罪惡繁華，或者渴望回到日夜思念
的故鄉。穆時英的懷鄉情結在他流寓香港時表現得最為淋漓盡致，
在〈懷鄉小品〉、〈中年雜感〉、〈無題〉等一系列散文中穆時英
盡情抒發了自己對上海的「鄉情」，他忘情地說，「只要能再看見
黃浦江的濁水，便會流下感激的淚來吧」[23]，可見這位「新感覺派聖
手」的心底實在也蘊藏著傳統的「鄉愁」。張愛玲雖然是土生土長
的都市人，但從她自香港回到上海後發自肺腑的一句「到底是上海
人」中，我們不難體味出她已經把上海融化為心中的故土家園，由
此我們不難理解為何張愛玲「總是能用各種方式回到家庭，從上海
市民家庭的視窗來窺視這個城市舞臺日日演出的浮世悲歡」[24]。總
之，無論是施蟄存、杜衡等直接對故土家園的懷想，還是戴望舒、
穆時英等在都市漂泊中潛隱著難以釋懷的家園情思，或者是縈繞在
張愛玲心底的家園意識，這些都無不燭照出中國現代派作家在接受
西方文化的同時有著難舍的傳統文化情思。

---

[23] 穆時英：〈無題〉，香港《大公報》，1938 年 10 月 16 日。
[24] 錢理群、溫儒敏、吳福輝：《中國現代文學三十年》，北京大學出版社，
1998 年 7 月，第 515 頁。

才子佳人式的纏綿和詩情畫意般的浪漫是我國古代文人傳統的重要表徵。以吳越文化為基質的上海文化中總有「那樣一種說不出的陰柔綿軟」，「晉宋兩度的北人南遷，衝擊不了江南絲竹的輕音和吳儂軟語」，「近代的輪機汽笛仍沒能夠喚起勾踐子孫們的陽剛之氣」[25]。魯迅也曾譏諷現代文人在上海演繹著新式的「才子佳人」戲[26]。置身於現代都市中的現代派作家們不但有難以舍去的懷鄉情結，而且還在洋場生活中表露出古典的浪漫情懷。戴望舒對施絳年的相思相戀孕育出了他的「雨巷」纏綿，穆時英與仇佩佩的洋場戀情從上海演繹到香港，劉吶鷗的日記裏充滿了他對風塵女子百合子的真誠與關愛，張愛玲在「孤島」時期的上海也與胡蘭成演繹了一段才子佳人式的浪漫。然而，現代派作家們的浪漫情懷更多的是表現在他們的創作中。早在 1930 年代沈從文就指出，施蟄存是「把創作當詩來努力」，「以一個自然詩人的態度，觀察及一切世界姿態，同時能用溫暖的愛，給予作品中以美麗而調和的人格」[27]。從最初的〈上元燈〉、〈周夫人〉、〈舊夢〉、〈扇〉，到後來的〈梅雨之夕〉、〈鳩摩羅什〉、〈將軍底頭〉和〈黃心大師〉等作品，施蟄存常常把古典詩歌的意象和意境融入他的小說創作，形成了特有的詩意敘事風格。在穆時英的小說創作中，雖不乏早期〈南北極〉時的粗暴強悍之氣，但也有如〈公墓〉一類的低徊感傷之曲，「郊外邂逅」的欣喜與「斯人已去」的感傷相交織，靜謐的郊外墓園與丁香般的柔弱姑娘相映襯，作者的浪漫情懷得以盡情展露。愈

---

[25] 吳福輝：《都市漩流中的海派小說》，湖南教育出版社，1995 年 8 月，第 51 頁。

[26] 魯迅：〈上海文藝之一瞥〉，《魯迅全集》第 4 卷，人民文學出版社，1981 年版，第 234 頁。

[27] 沈從文：〈論施蟄存與羅黑芷〉，《抽象的抒情》，復旦大學出版社，2004 年版。

到後來穆時英的這種「柔媚感傷的氣質日見其濃」[28]，〈聖處女的感情〉、〈街景〉、〈蓮花落〉和〈竹林的惆悵〉等都是這一抒情寫意風格的呈現。戴望舒則最擅長把古典的浪漫情懷進行現代地演繹。東方古典式的丁香情結與西方現代派的薔薇意象在戴望舒詩歌中交輝相映，《望舒草》中的大部分詩篇既是詩人傳統浪漫情懷的寫照，也是作者現代憂鬱情緒的表達。在 40 年代，徐訏小說中的浪漫主義色彩在一定程度上遮蔽了他的現代主義沉思，以至有人把他歸類到「後期浪漫派」之列。無論是《鬼戀》、《賭窟裏的花魂》、《阿拉伯海的女神》、《精神病患者的悲歌》等中短篇，還是《風蕭蕭》、《江湖行》等長篇，徐訏在虛構的浪漫愛情故事中總是演繹著傳統的才子佳人式傳奇，只不過在這些愛情傳奇中，現代知識份子和都市摩登女郎置換了傳統的落難書生與繡樓小姐。

上海文化中的傳統與現代因數還常常以通俗與先鋒的形式表現出來。當然我們首先需要指明的是，傳統與通俗、現代與先鋒並非是兩組等同的概念，傳統和現代中都分別包含有通俗與先鋒的成分。上海文化的實質是它的商業屬性。無論是傳統還是現代，不管是通俗還是先鋒，它們的終端都是市場，而決定市場的是市民大眾，因而上海文化與通俗的流行的市民大眾文化有著天然的聯繫。在西方 19 世紀末以來，現代主義是「新潮」、「先鋒」的代名詞，「現代主義這個詞語曾被用來包括各種破壞現實主義或浪漫主義激情的運動」，現代主義的精神就是「與一切傳統猝然決裂」[29]。然而，作為上海文化孕育而生的中國現代主義文學，卻是在融合傳統與現代、通俗與先鋒中彰顯出它的本土性的。作為現代「都市之

[28] 吳福輝：《都市漩流中的海派小說》，湖南教育出版社，1995 年 8 月，第 51 頁。
[29] 佈雷德伯里等：〈現代主義的名稱和性質〉，《現代主義》，上海教育出版社，1992 年版，

子」的新感覺派始終在藝術的先鋒性與大眾的娛樂性之間尋找一種平衡。一方面，施蟄存、穆時英等人在進行著現代小說形式的實驗創新；然而另一方面，施蟄存、穆時英等人又有一種自覺的通俗意識。施蟄存很早就明確提出「想弄一點有趣味的輕文學」[30]，他還曾把他編輯的以輕情見長的《文藝風景》稱為「林蔭小路」，把以藝術探索著稱的《現代》雜誌稱作是「官道」，並且把二者看作同等的「輕重貴賤」，「因為我們在生活上既然有嚴肅的時候，也有燕嬉的時候」，「則在文藝的賞鑒和製作上，也當然可以有嚴重和輕情這兩方面」[31]。穆時英與葉靈鳳則在他們主編的《文藝畫報》上宣稱，他們只是「每期供給一點並不怎樣沉重的文字和圖畫，使對於文藝有興趣的讀者能醒一醒被其他嚴重的問題所疲倦了的眼睛，或者破顏一笑，只是如此而已」[32]。在與左翼的「軟、硬」電影之爭中，穆時英、劉吶鷗和黃嘉謨等更是提出了娛樂大眾的「軟性」主張。而穆時英和劉吶鷗等人的小說如果僅僅從他們所表現的內容來看，則大多不離施蟄存所說的三個「克」：Erotic,Exotic,Grotesque（即色情的，異國情調的，怪異的），而這些正是通俗的大眾的口味。難怪沈從文既承認穆時英「所長在創新句，新腔，新境」，又譏諷他只「適宜於寫畫報上的作品，寫裝飾雜誌作品，寫婦女、電影、遊戲刊物作品」[33]。而通俗與先鋒的融合在徐訏與張愛玲那裏更是無處不在。徐訏認為，「文藝的本質是大眾化的」，「這原是一

[30] 施蟄存：〈致戴望舒〉，孔另境編《現代作家書簡》，花城出版社，1982 年版，第 79 頁。
[31] 施蟄存：〈文藝風景創刊之告白〉，《北山散文集》（二），華東師範大學出版社，2001 年 10 月。
[32] 穆時英：〈編者隨筆〉，《文藝畫報》，1934 年 10 月，創刊號。
[33] 沈從文：〈論穆時英〉，《沈從文文集》第 11 卷，花城出版社、三聯書店（香港），1984 年版，第 204 頁。

個成功的作品自然而然的要求」，「作家本來是大眾的一員」，應該具有「大眾意識」，文學的大眾化就是「給大眾以健康的娛樂」，「偉大的作品之所以大眾化，就因為他有娛人的力量，就是說有濃厚的娛樂價值」[34]。他把對生命與愛的現代主義哲學思考融入浪漫的愛情傳奇，《鬼戀》、《風蕭蕭》等「雅俗共賞」的小說文本曾經風靡一時，並一度名列暢銷書榜首。張愛玲從不諱言她對通俗文化和市民趣味的喜好和認同，她自稱是「自食其力的小市民」，把讀者大眾看作自己的「衣食父母」[35]，喜歡聽市聲，看京戲，讀小報，「對於通俗小說一直有一種難言的愛好」[36]。在小說創作中，張愛玲一方面運用心理分析、象徵暗示、時空轉換等技巧製造出現代主義的荒涼感，另一方面又用參差對照的手法，從普通人那裏尋找傳奇，讓她的創作「完全貼近大眾的心，甚至於就像從他們心裏生長出來的」[37]。

　　懷鄉情結、浪漫傳統與通俗趣味這些西方現代主義完全背離和反叛的傳統卻在中國現代派作家身上得到彰顯，這種差異實際上是由東西兩種文化差異和文明進程的差異造成的，而上海文化便是這些差異的集合體。西方自 16 世紀「文藝復興」便開始擺脫宗教的束縛進行人道主義的思想啟蒙，直至 19 世紀上半葉資本主義工業化和城市化業已完成，此時資本主義的文化矛盾日顯突出，經濟危機，人性異化，再加上世界大戰對原有秩序的破壞，於是一種懷疑、反叛、虛無的現代主義思潮在 19 世紀末席捲西方。而在中國，直到 20

[34] 徐訏：《談藝術與娛樂》，《徐訏全集》卷十，臺灣正中書局，1967 年版。
[35] 張愛玲：《流言》，花城出版社，1997 年版，第 87 頁。
[36] 張愛玲：〈多少恨〉，《張愛玲文集》第 2 卷，安徽文藝出版社，1997 年版，第 279 頁。
[37] 張愛玲：〈我看蘇青〉，《張愛玲散文全編》，浙江文藝出版社，1992 年版，第 257 頁。

世紀初開始進行現代文化啟蒙，並且此時仍然處在前工業社會的
「鄉土」狀態，雖然短短的幾年間演繹了西方「百多年來」的文化
思潮，但顯然缺乏自身的文化土壤，即便是此時最具「現代性」的
上海，「以媒介文化為代表的現代大眾文化和社會啟蒙、工業化和
現代化是同步發展的」[38]。在此基礎上產生的中國現代派文學，
一方面引進西方現代派的先鋒藝術，另一方面又受到傳統文化不
同程度的濡染，因而既具有西方的現代性特徵又表露出中國的本
土化特色。

---

[38] 徐賁：《走向後現代與後殖民》，中國社會科學出版社，1996 年版，第
249 頁。

後記

　　我的博士論文就要在臺灣出版了。回首幾年前的求學歲月，荏
苒光陰並不如煙。在深淺不一的每一個腳印上，雖然少不了耕耘的
汗水和求索的艱辛，但這是每一位求知者共有的記憶，並不值得作
什麼特別的傾訴。然而每一次前行途中，師長的諄諄教誨、朋友的
拳拳幫助和親人的默默支持都讓我收穫了諸多難以忘懷的感動。三
年來，導師楊劍龍先生不僅教導我們要嚴謹治學、真誠待人和認真
處事，而且用自己的道德文章讓我們如沐春風，終身受益。拙文從
選題、寫作、修改到定稿，處處都離不開導師的悉心指導。大象無
形，師恩永銘。師母任芳萍老師三年來的點滴關心也讓每一位學生
難以忘懷。最讓我們感動的是一次耶誕節在楊老師家聚餐後，師母
送給我們每人一雙棉鞋墊，叮囑我們晚上看書要注意保暖，在那離
家的寒冬之夜，我們每個人都無不暖上心頭。在這裏，我還要感謝
我的碩士研究生老師吳有生和陳公仲先生，是他們最初為我開啟了
學術研究的門扉，並一直關注著我的成長；感謝孫景堯、王紀人、
楊文虎諸位先生，他們不僅在開題時為我的論文寫作提出了許多寶
貴意見，而且在課堂上帶給了我諸多啟示；感謝范伯群、周斌、王
兆勝、王光東、湯哲聲諸位先生，他們在我論文答辯時不僅給論文
以高度的肯定和讚譽，並且還對今後的修改提出了許多真知灼見；
感謝張登林、巫小黎、陳雪康、吳智斌、林雪飛等同門和遠在臺北
的朋友許秦蓁博士，他們一路給我鼓勵和幫助。尤其是許秦蓁博

345

士，特地從海峽彼岸寄來劉吶鷗、杜衡和徐訏等人的材料，並對我的論文提出了寶貴意見；當然，我還要感謝我的父母、愛人和女兒，他們永遠給我以精神的動力和心靈的慰藉。

最後，我還要向蔡登山、賴敬暉先生表示我的真誠謝意，沒有他們的熱情幫助和辛勤付出就沒有拙著的出版。學海無涯，書山有路，我願以此為起點，繼續我的行程。

李洪華

2008 年 4 月 10 日

主要參考文獻

一、史料類

張靜廬編：《中國現代出版史料》，中華書局，1955 年版。

馬之春等編：《三十年代左翼文藝資料選編》，四川人民出版社，1980
　　年版。

孔另境編：《現代作家書簡》，花城出版社，1982 年版。

上海通社編：《上海研究資料》，上海書店，1984 年版。

戈公振：《中國報學史》，中國新聞出版社，1985 年版。

劉惠吾編：《上海近代史》，華東師範大學出版社，1985 年版。

徐雪韻等編：《上海近代社會經濟發展概況》（882-1931），上海社會科學
　　院出版社，1985 年版。

楊光輝等編《中國近代報刊發展概況》，新華出版社，1986 年版。

唐振常主編：《上海史》，上海人民出版社，1989 年版。

張仲禮主編：《近代上海城市研究》，上海人民出版社，1990 年版。

上海研究中心編：《上海 700 年》，上海人民出版社，1991 年版。

賈植芳、俞元桂主編：《中國現代文學總書目·翻譯文學卷》，福建教育出
　　版社，1993 版。

曹聚仁：《上海春秋》，上海人民出版社，1996 年版。

忻平：《從上海發現歷史——現代化進程中的上海人及其生活 1927-
　　1937》，上海人民出版社，1996 年版。

胡平、曉風編：《中國文壇檔案實錄》，群眾出版社，1998 年版。

陳伯海主編：《上海文化通史》，上海文藝出版社，2001 年版。

林劍主編：《上海時尚：160 年海派生活》，上海文化出版社，2005 年版。

二、理論類

黑格爾：《美學》，商務印書館，1979年版。

朱光潛：《西方美學史》，人民文學出版社，1979年版。

劉放桐等編著：《現代西方哲學》，人民文學出版社，1981年版。

佛洛伊德：《精神分析引論》，商務印書館，1984年版。

韋勒克、沃倫：《文學理論》，三聯書店，1984年版。

弗·傑姆遜：《後現代主義與文化理論》，陝西師範大學出版社，1986年版。

榮格：《心理學》，三聯書店，1987年版。

波特賴爾：《波特賴爾美學論文選》，人民文學出版社，1987年版。

露絲·本尼迪克特：《文化模式》，三聯書店，1988年版。

彼得·福克納：《現代主義》，昆侖出版社，1989年版。

丹尼爾·貝爾：《資本主義文化矛盾》，三聯書店，1989年版。

麥·布魯特勃萊等：《現代主義文學研究》，中國社會科學出版社，1989年版。

福科：《性意識史》，桂冠圖書股份有限公司，1990年版。

佈雷德伯裏等：《現代主義》，上海教育出版社，1992年版。

哈貝馬斯：《交往行為理論──行動的合理性和社會合理化》，重慶出版社，1994年版。

吉姆·萊文：《超越現代主義》，江蘇文藝出版社，1995年版。

丹納：《藝術哲學》，傅雷譯，人民文學出版社，1996年版。

朱立元主編：《當代西方文藝理論》，華東師範大學出版社，1997年版。

哈貝馬斯：《公共領域的結構轉型》，學林出版社，1999年版。

賽義德：《東方學》，王宇根譯，北京三聯書店，1999年。

羅鋼、劉象愚主編：《文化研究讀本》，中國社會科學出版社，2000年版。

西美爾：《時尚的哲學》，文化藝術出版社，2001年版。

卡林內斯庫：《現代性的五副面孔》，商務印書館，2002年版。

本雅明：《發達資本主義時代的抒情詩人》，江蘇人民出版社，2005年版。

奧羅姆：《城市的世界》，上海人民出版社，2005年版。

Jorge Larrain 著、戴從容譯：《意識形態與文化身份》，上海教育出版社，2005年版。

莫德爾：《文學中的色情動機》，文滙出版社，2006年版。

包亞明主編：《城市文化》、《後現代都市狀況》，上海教育出版社，2006年版。

三、論著類

鄒依仁：《舊上海人口變遷的研究》，上海人民出版社，1980年版。

羅茲・墨菲：《上海——現代中國的鑰匙》，上海人民出版社，1986年版。

嚴家炎：《中國現代小說流派史》，人民文學出版社，1989年版。

陳玉剛主編：《中國翻譯文學史稿》，中國對外翻譯出版公司，1989年版。

曹正文：《舊上海報刊史話》，華東師範大學出版社，1991年版。

陳伯海、袁進主編：《上海近代文學史》，上海人民出版社，1993年版。

王文英主編：《上海現代文學史》，上海人民出版社，1993年版。

吳義勤：《漂泊的都市之魂》，蘇州大學出版社，1993年版。

吳中杰、吳立昌：《中國現代主義尋蹤》，學林出版社，1994年版。

楊東平：《城市季風》，東方出版社，1994年版。

吳福輝：《都市漩流中的海派小說》，湖南教育出版社，1995年版。

陳焄宇、何永康：《外國現代派小說概觀》，江蘇文藝出版社，1996年版。

譚楚良：《中國現代派文學史論》，學林出版社，1996年版。

解志熙：《美的偏至：中國現代唯美頹廢主義文學思潮研究》，上海文藝出版社，1997年版。

周憲：《超越文學——文學的文化哲學思考》，上海三聯書店，1997年版。

錢理群、吳福輝、溫儒敏：《中國現代文學三十年》，上海文藝出版社，1998年版。

楊義：《中國現代小說史》，人民文學出版社，1998年版。

朱壽桐主編：《中國現代主義文學史》，江蘇教育出版社，1998年版。

李天綱：《文化上海》，上海教育出版社，1998 年版。

許道明：《海派文學論》，復旦大學出版社，1999 年版。

孫玉石：《中國現代主義詩潮史論》，北京大學出版社，1999 年版。

邱明正主編：《上海文學通史》，復旦大學出版社，2000 年版。

李今：《海派小說與現代都市文化》，安徽教育出版社，2000 年版。

吳曉東：《象徵主義與中國現代文學》，安徽教育出版社，2000 年版。

徐行程、程金城：《表現主義與 20 世紀中國文學》，安徽教育出版社，
    2000 年版。

徐曙玉、邊國恩主編《20 世紀西方現代主義文學》，百花文藝出版社，
    2001 年版。

李歐梵：《上海摩登》，北京大學出版社，2001 年版。

陶東風：《文化研究：西方與中國》，北京師範大學出版社，2001 年版。

高秀芹：《文學的中國城鄉》，陝西人民教育出版社，2002 年版。

趙園：《北京：城與人》，北京大學出版社，2002 年版。

楊義：《京派海派綜論》，中國社會科學出版社，2003 年版。

王建開：《五四以來我國英美文學作品譯介史 1919－1949》，上海外語教
    育出版社，2003 年版。

張永勝：《雞尾酒時代的記錄者──〈現代〉雜誌》，上海人民出版社，
    2003 年版。

蔣述卓等：《城市的想像與呈現》，中國社會科學出版社，2003 年版。

王一川：《大眾文化導論》，高等教育出版社，2004 年版。

李俊國：《中國現代都市小說研究》，中國社會科學出版社，2004 年版。

方華文：《20 世紀中國翻譯史》，西北大學出版社，2005 年版。

李楠：《晚清、民國時期上海小報研究》，人民文學出版社，2005 年版

陳明遠：《文化人的經濟生活》，文滙出版社，2005 年版。

李永東：《租界文化與 30 年代文學》，上海三聯書店，2006 年版。

朱曉進：《政治文化與中國二十世紀三十年代文學》，人民出版社，2006
    年版。

金理：《從蘭社到〈現代〉》，東方出版中心，2006 年版。

四、作品類

杜衡：《懷鄉集》，現代書局，1933年影印本。

徐訏：《徐訏全集》，臺灣中正書局，1969年版。

魯迅：《魯迅全集》，人民文學出版社，1981年版。

袁可嘉等：《九葉集》，江蘇人民出版社，1981年版。

郭沫若：《郭沫若全集》，人民文學出版社，1982年版。

沈從文：《沈從文文集》，廣州花城出版社，1982年版。

戴望舒：《戴望舒譯詩集》，湖南人民出版社，1983年版。

茅盾：《茅盾全集》，人民文學出版社，1984年版。

嚴家炎編：《新感覺派小說選》，人民文學出版社，1985年版。

藍棣之編選：《現代派詩選》，人民文學出版社，1986年版。

李金髮：《李金髮詩集》，四川文藝出版社，1987年版。

穆木天：《穆木天詩選》，人民文學出版社，1987年版。

王獨清：《王獨清詩選》，人民文學出版社，1987年版。

馮乃超：《馮乃超詩選》，人民文學出版社，1987年版。

戴望舒：《戴望舒詩全編》，浙江文藝出版社，1989年版。

張愛玲：《張愛玲文集》，安徽文藝出版社，1992年版。

施蟄存：《沙上的腳跡》，遼寧教育出版社，1995年版。

施蟄存：《施蟄存文集》，華東師大出版社，1996年版。

吳歡章主編：《海派小說精品》，復旦大學出版社，1996年版。

張愛玲：《流言》，花城出版社，1997年版。

穆時英：《穆時英小說全集》，時代文藝出版社，1998年版。

陳丹燕：《上海的風花雪月》，作家出版社，1998年版。

孫樹棻：《上海的最後舊夢》，上海古籍出版社，1999年版。

劉吶鷗：《劉吶鷗全集》，台南縣文化局出版，2001年版。

陳子善編：《夜上海》，經濟日報出版社，2003年版。

五、期刊類

《教育世界》、《東方雜誌》、《新青年》（《青年雜誌》）、《民鐸》、
《少年中國》、《小說月報》、《詩》月刊、《創造季刊》、《創造月
刊》、《申報》、《時事新報》、《電聲》、《無軌列車》、《新文藝》、
《現代》、《萬象》、《良友畫報》、《文學》、《新詩》、《人間世》、
《天地人》、《世界文學》、《詩創造》、《中國新詩》、《文學雜誌》、
《文藝復興》、《西風》、《西洋文學》等。

六、論文類（略）

國家圖書館出版品預行編目

上海文化與現代派文學 / 李洪華著. --一版. --
臺北市：秀威資訊科技, 2008 .10
面；　公分（語言文學類；AG0092）

BOD 版
參考書目：面
ISBN 978-986-221-086-4(平裝)

1. 中國當代文學　2.文化　3. 上海市

820.908　　　　　　　　　　　　97017993

 語言文學類　AG0092

上海文化與現代派文學

作　　者/李洪華
主　　編/蔡登山
發 行 人/宋政坤
執行編輯/賴敬暉
圖文排版/郭雅雯
封面設計/陳佩蓉
數位轉譯/徐真玉　沈裕閔
圖書銷售/林怡君
法律顧問/毛國樑　律師
出版印製/秀威資訊科技股份有限公司
　　　　　台北市內湖區瑞光路 583 巷 25 號 1 樓
　　　　　電話：02-2657-9211　　傳真：02-2657-9106
　　　　　E-mail：service@showwe.com.tw
經 銷 商/紅螞蟻圖書有限公司
　　　　　台北市內湖區舊宗路二段 121 巷 28、32 號 4 樓
　　　　　電話：02-2795-3656　　傳真：02-2795-4100
　　　　　http://www.e-redant.com

2008 年 10 月 BOD 一版
定價：440 元

讀 者 回 函 卡

感謝您購買本書,為提升服務品質,煩請填寫以下問卷,收到您的寶貴意見後,我們會仔細收藏記錄並回贈紀念品,謝謝!

1.您購買的書名:＿＿＿＿＿＿＿＿＿＿＿＿＿＿＿

2.您從何得知本書的消息?

　□網路書店　□部落格　□資料庫搜尋　□書訊　□電子報　□書店

　□平面媒體　□ 朋友推薦　□網站推薦 □其他＿＿＿＿＿

3.您對本書的評價:(請填代號　1.非常滿意 2.滿意 3.尚可 4.再改進)

　封面設計＿＿　版面編排＿＿　內容＿＿　文/譯筆＿＿　價格＿＿

4.讀完書後您覺得:

　□很有收獲　□有收獲　□收獲不多　□沒收獲

5.您會推薦本書給朋友嗎?

　□會　□不會,為什麼?＿＿＿＿＿＿＿＿＿＿＿＿＿

6.其他寶貴的意見:＿＿＿＿＿＿＿＿＿＿＿＿＿＿＿＿＿

＿＿＿＿＿＿＿＿＿＿＿＿＿＿＿＿＿＿＿＿＿＿＿＿＿

＿＿＿＿＿＿＿＿＿＿＿＿＿＿＿＿＿＿＿＿＿＿＿＿＿

＿＿＿＿＿＿＿＿＿＿＿＿＿＿＿＿＿＿＿＿＿＿＿＿＿

讀者基本資料

姓名:＿＿＿＿＿＿＿＿　年齡:＿＿＿　性別:□女 □男

聯絡電話:＿＿＿＿＿＿　E-mail:＿＿＿＿＿＿＿＿＿

地址:＿＿＿＿＿＿＿＿＿＿＿＿＿＿＿＿＿＿＿＿＿＿

學歷:□高中(含)以下　□高中　□專科學校　□大學

　　　□研究所(含)以上 □其他＿＿＿＿＿＿＿

職業:□製造業 □金融業 □資訊業 □軍警 □傳播業 □自由業

　　　□服務業 □公務員 □教職　□學生 □其他＿＿＿＿＿

(請沿線對摺寄回,謝謝!)

秀威與 BOD

BOD（Books On Demand）是數位出版的大趨勢，秀威資訊率先運用 POD 數位印刷設備來生產書籍，並提供作者全程數位出版服務，致使書籍產銷零庫存，知識傳承不絕版，目前已開闢以下書系：

一、BOD 學術著作—專業論述的閱讀延伸
二、BOD 個人著作—分享生命的心路歷程
三、BOD 旅遊著作—個人深度旅遊文學創作
四、BOD 大陸學者—大陸專業學者學術出版
五、POD 獨家經銷—數位產製的代發行書籍

BOD 秀威網路書店：www.showwe.com.tw
政府出版品網路書店：www.govbooks.com.tw

永不絕版的故事・自己寫・永不休止的音符・自己唱